W0378175

KNAUR

Über die Autorin:
Jodi Taylor lebt in Gloucester, England. Sie arbeitete viele Jahre in öffentlichen Bibliotheken, bevor sie selbst zu schreiben begann. Ihr zunächst im Self-Publishing herausgebrachtes Debüt belegte wochenlang Spitzenplätze in den Kindle-Charts. Auch ihre folgenden Romane, unter anderem die Bücher um die Frogmorton Farm, wurden Publikumsrenner mit begeisterten Rezensionen.

JODI TAYLOR

DRAUSSEN WARTET DIE LIEBE

ROMAN

Aus dem Englischen
von Alexandra Baisch

KNAUR

Die englische Originalausgabe erschien 2014
unter dem Titel »The Nothing Girl« bei Accent Press.

Besuchen Sie uns im Internet:
www.knaur.de

Wenn Ihnen dieser Roman gefallen hat und Sie auf der Suche sind
nach ähnlichen Büchern, schreiben Sie uns unter Angabe des Titels
»Draußen wartet die Liebe« an: frauen@droemer-knaur.de

FSC
www.fsc.org
MIX
Papier aus verantwortungsvollen Quellen
FSC® C083411

Deutsche Erstausgabe September 2017
Knaur Taschenbuch

Redaktion: Sabine Thiele
Covergestaltung: herzblut02, München
Coverabbildung: vectorstate.com;
1Victoria/Shutterstock; Naddya/Shutterstock
Abbildung im Innenteil: Alexzel/Shutterstock.com;
Elsbet/Shutterstock.com; mis-Tery/Shutterstock.com;
Naddya/Shutterstock.com; Natalia Sheinkin/Shutterstock.com;
Poplers/Shutterstock.com
Satz: Adobe InDesign im Verlag
Druck und Bindung: CPI books GmbH, Leck
ISBN 978-3-426-51985-1

2 4 5 3 1

1. Kapitel

Letztendlich hatte ich mich dann doch nicht umgebracht. Nicht, dass ich es nicht versucht hätte. Tatsächlich traf ich alle Vorkehrungen mit der Gründlichkeit eines dreizehnjährigen Mädchens, dessen Lehrer besagte »Gründlichkeit« immer lobten, weil ihnen sonst nichts zu ihm einfiel. Sorgfältig hatte ich alle Mittel und Wege erwogen und meine Entscheidung gefällt.

Ich hatte mich gegen das Aufschneiden der Pulsadern entschieden, vermutlich aufgrund der Schweinerei. Irgendjemand würde sie hinterher beseitigen müssen. Man hatte mir aber beigebracht, ordentlich zu sein. Nicht viel Aufhebens zu machen. Ich weiß schon, die Badewanne wäre dafür gut geeignet, aber ich wollte ganz bestimmt nicht unbekleidet gefunden werden, und so fiel meine Wahl auf Paracetamol. Ich hortete es, achtete sorgfältig darauf, immer mal wieder ein Päckchen zwischen anderen harmloseren Einkäufen zu verstecken; ich wusste nicht genau, wann, nur dass es irgendwann bald zum Einsatz kommen würde.

Und so war es auch. Das Wochenende verlief nach dem üblichen Schema. Wie immer war da die Freitagabend-Euphorie. Die Schulwoche war zu Ende. Ich hatte zwei ganze Tage vor mir, an denen ich nicht einmal einen Gedanken daran verschwenden musste. Der Montag war noch eine halbe Ewigkeit entfernt. Ich war glücklich; selbst wenn das in meinem Fall nur bedeutete, nicht trübsinnig zu sein. Ich wachte am Samstagmorgen auf – keine Schule. Jippie! Am Samstagnachmittag dachte ich jedoch bereits, »morgen um diese Zeit bin ich schon wieder fast zurück in der Schule«, und etwas Dunkles überschattete meine Gedanken.

Am Sonntag war mein erster Gedanke, »morgen bin ich wieder in der Schule«, und somit verbrachte ich den restlichen Tag in ängstlicher Erwartung vor der kommenden Woche. Bis zum Sonntagabend war ich nur noch ein kleines Häufchen Elend in der Ecke meines Zimmers. Und der Tag danach war dann – natürlich – der Montag.

Aber jetzt nicht mehr. Das war mein letzter Montag gewesen. Der letzte Dienstag, Mittwoch und der ganze Rest. Das war mein letzter Sonntagabend. Es würde keinen weiteren Montag geben.

Zuerst nahm ich ein entspannendes Bad. Überraschenderweise war ich ziemlich ruhig. Ich hatte gedacht, ich würde vielleicht nervös sein, doch das Wissen, mich der Welt niemals wieder stellen zu müssen, verlieh mir die nötige Entschlossenheit. Es tat gut loszulassen. Sorgfältig bürstete ich mir die Haare, zog meine Lieblingsjeans und mein Lieblingsoberteil an und lehnte mich dann in die Kissen zurück. Ich hatte alles zusammengetragen, was ich brauchte – schließlich bin ich ja gründlich: Wasserkaraffe, Glas und drei Schachteln Paracetamol. Keine Nachricht. Mir lag nicht daran, andere leiden zu lassen. Ich überlegte, wie lange es wohl dauerte, bis sie mich fanden. Wenn ich morgen nicht in der Schule auftauchte, würden sie dann einfach davon ausgehen, dass ich einen weiteren Arzttermin wahrnahm, über den ich sie wieder einmal nicht informiert hatte? Nie sagten sie etwas, weil sie nicht diejenigen sein wollten, die auf dem Mädchen mit den Problemen herumhackten. Natürlich nur für den Fall, dass sie sich überhaupt daran erinnerten, wer ich war. Wie sollte ich ihnen vorhalten, dass sie das nicht konnten? Manchmal konnte ich mich ja selbst kaum an mich erinnern.

Keine Ahnung, ab wann meine Familie mich vermissen würde. Vielleicht wenn ich anfing zu stinken.

Ich hatte mir auch keine Mühe mit einem Testament gemacht. Zum einen, weil ich erst dreizehn Jahre alt war, hauptsächlich aber, weil meine Eltern tot waren und ich bei meinem Onkel und meiner Tante lebte. Ich hatte das Geld meiner Eltern geerbt, und jetzt würde es an sie gehen. Mein Onkel ist Anwalt. Ich weiß solche Sachen. Nicht, dass sie es nötig hätten. Sie waren selbst nicht gerade arm.

Da war ich also, bereit loszulegen. Als Mittel, nicht mehr in die Schule zu müssen, war es vielleicht etwas übertrieben – ein Vorschlaghammer, um eine Walnuss zu knacken –, aber ich hielt es einfach nicht länger aus. Mein bisheriger Lebensweg war zwar nicht sehr lang, dafür aber sehr schmerzhaft gewesen, außerdem war keine Besserung in Sicht, also wollte ich jetzt gehen, ehe es noch schlimmer wurde. Es war unwahrscheinlich, dass die Welt mich vermissen würde. Oder gar wahrnehmen.

Jahre später nannte mich jemand einmal das nichtssagende Mädchen. Zugegeben, es war ein emotionaler Moment, in dem Neid, Hass und Untreue nur so durch den Raum flogen und alles verletzten, was ihnen in die Quere kam. Doch vor all diesen Jahren, als ich erst dreizehn war und darum kämpfte, meinen Platz in dieser Welt zu finden, war ich genau das.

Das nichtssagende Mädchen.

Inzwischen weiß ich, dass es andere Menschen wie mich gibt. Menschen, die aus Versehen oder mit Absicht durch die Spalten im Leben fallen. Und keiner bemerkt es. Man ruft, aber niemand hört einen. Man geht unter, aber niemand sieht es. Man wird nicht übersehen, denn das würde ja bedeuten, dass man überhaupt erst einmal wahrgenommen werden müsste. Ich spreche von Leuten wie mir – von Geistern im eigenen Dasein. Die sich Schmerzen zufügen, nur um herauszufinden, ob sie noch am Leben sind.

Ich wischte eine Träne weg, nahm eine Blisterpackung, drückte die ersten beiden Tabletten heraus und schluckte sie mit etwas Wasser. Ich wollte schon zwei weitere einwerfen, als eine Stimme wie aus dem Nichts sagte: »*Ich finde, zwei reichen, meinst du nicht auch?*«

Vor lauter Schreck wäre ich fast vom Bett gefallen. Ich weiß nicht, was ich dachte. Ein auf unerklärliche Weise aufgetauchter Onkel Richard? Ein Einbrecher? Gott?

Ich krabbelte vom Bett, verteilte dabei überall Blisterpackungen und fragte: »Wer ist da? Wer spricht da?«

Das war der zweite heftige Schock für mich an diesem Abend, denn mir wurde klar, dass ich ganz normal sprach.

Das gibt es bei mir sonst nicht. Ich stottere nämlich. Eine ziemlich doofe Sache. Als Kind hatte ich leicht gestottert, wenn ich wütend oder verängstigt war. Nach dem Tod meiner Eltern wurde es immer schlimmer, bis ich das Gefühl hatte, ich müsste die Wörter aus meinem tiefsten Inneren regelrecht ausgraben, und jedes einzelne gesprochene Wort höhlte mich irgendwie aus. Außerdem war es schrecklich mühsam. Und es dauerte so lange. Zuerst zeigten sich die Leute ganz unterschiedlich verständnisvoll. Sie warteten geduldig, bis ich mich durch einen Satz gekämpft hatte, wodurch ich mich schlecht fühlte. Oder sie beendeten die Sätze für mich, wodurch ich mich noch schlechter fühlte. Also sagte ich immer weniger, und inzwischen spreche ich fast gar nicht mehr. Ganz bestimmt platzte ich jedoch nicht ohne viel Stammeln und Stottern und der beinahe übermenschlichen Anstrengung, die meine Klassenkameraden immer zum Lachen brachte, mit einem »Wer ist da? Wer spricht da?« heraus.

Merkwürdigerweise empfand ich keine große Angst. Schließlich war ich gerade dabei, mir das Leben zu nehmen. Was sollte da noch schlimmer werden? Ich glaube, ich war eher verärgert als verängstigt. Ich hatte es bis hierher geschafft – das war die wichtigste und vermutlich auch die letzte Handlung in meinem Leben –, und jetzt sagte mir jemand, zwei Paracetamol seien ausreichend, als plagten mich nur leichte Kopfschmerzen und nicht etwa ein so unerträgliches Leben, dass ich nicht länger darin gefangen sein wollte.

In diesem Moment höchster Dramatik, als ich in die im Schatten liegenden Ecken meines Zimmers starrte, nahm ich den Geruch von warmen Ingwerkeksen wahr. Ja, okay, ich war damals erst dreizehn. Und Kekse spielten eine große Rolle in meinem Leben. Außerdem war der Geruch vertraut und beruhigend.

Ich beugte mich zur Nachttischlampe und stellte sie heller. Der kleine Lichtfleck um mein Bett wurde größer, und die Dunkelheit zog sich etwas zurück. In gebührendem Abstand, auf der anderen Seite beim Schrank, stand ein riesiges goldenes Pferd.

Ein echtes Pferd. Kein Bild oder eine Projektion. Ein sehr echtes, sehr massives, sehr großes Pferd. Ohne es laut auszusprechen, fragte ich mich: »Bist du eine Halluzination?«

»Ich finde, Traumbild ist ein sehr viel schöneres Wort, findest du nicht, Jenny?«

»Bist du ein Traumbild?«

»Nein.«

»Stelle ich mir dich nur vor?«

»Nein.«

»Bin ich tot?«

»Nein.«

»Was bist du?«

Überrascht schaute es an sich herunter. *»Ich bin ein Pferd!«*

Einen Moment lang starrten wir einander an.

»Warum bist du hier?«

»Ich will dein Freund sein.«

Das klang zu schön, um wahr zu sein, und ich weigerte mich, es zu glauben. So etwas wie Freunde hatte ich nun einmal nicht.

»Wie bist du reingekommen? Können Pferde Treppen steigen?«

»Ich kann überall da hingehen, wo du hingehst. Weil ich dein Freund bin.«

Ich lehnte mich wieder zurück und starrte das Wesen an. Es hatte recht. Es war ein Pferd, das schönste, das ich je gesehen hatte. Und ganz bestimmt auch das größte. Es war golden und erstrahlte sanft im Licht der Lampe. Seine Mähne war lang und cremefarben, genau wie sein Schweif, den es sachte hin und her schwingen ließ. Sein Schopf zwischen den Ohren verdeckte leicht den weißen Stern auf seiner Stirn und zwei große dunkle Augen.

Seine Ohren zuckten, und es verlagerte leicht das Gewicht. Ich stellte mir mit einem Mal einen riesigen Haufen Pferdeäpfel auf Tante Julias teuer glänzendem Holzboden vor.

Es schnaubte, schien zu lachen, und das war witzig, aber ich versuchte noch immer, mit einem riesigen goldenen Pferd in meinem Zimmer und einem bislang nicht ganz durchgeführten Selbstmordversuch klarzukommen. Deshalb war ich auch ein klein wenig betrübt über diese Unterbrechung. Selbstmord ist eine ernste Sache.

»Warum jetzt?«

»Ich glaube, wir beide kennen die Antwort darauf.«

»Bist du etwa hier, um mich aufzuhalten?«

»Das muss ich nicht«, sagte es ruhig. Es senkte den Kopf und betrachtete die Bücher in meinem Regal.

»Warum musst du mich nicht aufhalten? Das kannst du außerdem gar nicht, ist das klar? Ich werde das durchziehen.«

Es drehte sich wieder weg vom Bücherregal. *»Nein, wirst du nicht.«*

»Du kannst mich nicht davon abhalten«, wiederholte ich und versuchte, nicht zu bockig zu klingen.

»Jenny, lass uns nicht gleich mit einem Streit anfangen. Du kannst mir sagen, was immer du willst. Tatsächlich hoffe ich sogar, dass du genau das machst. Ich bitte dich nur darum, ehrlich mit mir zu sein. Wenn du mich belügst, belügst du dich selbst.«

Ich war wütend. »Ich will, dass du verschwindest.«

»Nein, willst du nicht.«

»Doch. Geh weg. Du machst mir Angst.«

»Nein, mache ich nicht.«

»Ich rufe meinen Onkel.«

»Und was willst du ihm sagen?«

Das ließ mich verstummen. Ich hatte schon mehr als genug »Arzttermine« gehabt. Da fehlte es mir gerade noch, nach unten zu poltern und zu verkünden, dass sich ein riesiges, sprechendes Pferd in meinem Zimmer aufhielt.

»Jenny«, sagte es leise. *»Nimm die ganzen Packungen und wirf sie weg.«*

»Nein«, erwiderte ich und presste sie an mich.

»Du wirst es nicht tun.«

»Doch. Wohl.«

»Nein, wirst du nicht.«

»Das weißt du nicht. Woher willst du das wissen?«

»Weil du deine Hausaufgaben gemacht hast.«

»Was?«

»Du hast deine Hausaufgaben für Montag gemacht. Sie liegen da drüben. Ein Aufsatz über Julius Cäsar, zwei Seiten Übersetzung für Deutsch und dann noch etwas, das aussieht wie ... ja ... eine Seite mit Gleichungen. Die zweite ist übrigens falsch, aber alle anderen sind richtig. Gut gemacht.«

Ich hielt unvermittelt inne, kämpfte mit dem, was das bedeutete. Es hatte recht. Ich hatte meine Hausaufgaben gemacht. Obwohl ich vorgehabt hatte, mich am Sonntagabend umzubringen, hatte ich meine Hausaufgaben für Montag gemacht. Und als ich mich jetzt in meinem Zimmer umsah, sah ich auch, dass meine Sachen für Montag hergerichtet waren. Meine Uniform hing im Schrank. Meine Schuhe waren geputzt und einsatzbereit. Nun ja, ich habe doch gesagt, dass ich gründlich bin. Ich versuchte, darüber nachzudenken, was das bedeutete, und brach schließlich in Tränen aus.

Ich hörte, wie das Pferd durch das Zimmer auf mich zukam. Sein Atem strich warm und beruhigend durch meine Haare. Da war wieder dieser Geruch nach Ingwerkeksen. Es stand zwischen mir und der Tür. Mein Schutzschild gegen die Welt.

»Ist schon gut«, sagte es liebevoll. *»Es ist wirklich alles gut, Jenny. Du musst einfach abwarten und Tee trinken.«*

Ich fuhr mir mit dem Ärmel über die Nase. »Warum bist du hier? Warum ich?«

Niemals vergaß ich seine Antwort.

»Weil du etwas Besonderes bist, Jenny.«

So habe ich Thomas getroffen. Als ich nach seinem Namen fragte, sagte das Pferd: *»Thomas.«* Bestimmt war es einfach nur Zufall, dass mir dieser Name schon die ganze Zeit durch den Kopf gegangen war.

Fünf Jahre später verließ ich die Schule mit guten Noten; jedenfalls besseren als meine beiden Cousins. In einer perfekten Welt hätte Francesca natürlich Schönheit und Christopher Intelligenz besitzen müssen. Tja, das war dem Universum wohl etwas missglückt. Francesca war tatsächlich wunderschön. Christopher dagegen besaß leider die Intelligenz eines Regenwurms und nicht ganz so viel Persönlichkeit. Er war ein Reinfall auf der ganzen Linie. Obwohl seine Eltern und seine Schwester groß waren, hatte er es geschafft, deutlich unter der Durchschnittsgröße zu bleiben. In einer gutaussehenden Familie sah er nicht nur gewöhnlich aus, sondern war geradezu farblos. Zehn Minuten nachdem er verschwunden war, würde man sich nur mit Mühe an ihn erinnern können. Er machte das damit wett, dass er unausstehlich war. Sein einziges Talent waren völlig überzogene Vorstellungen hinsichtlich seiner Fähigkeiten. Er glaubte ernsthaft, er wäre etwas Besonderes, und jedes Mal, wenn seine verschiedenen Geschäfte spektakulär scheiterten, wie sie das unweigerlich immer taten, war er der felsenfesten Überzeugung, die Schuld daran läge bei allen anderen. Er war so dumm, dass er es geschafft hatte, die einzige Buchhandlung in Rushford zu übernehmen und langsam zugrunde zu richten. Weiß Gott, wie viel Geld Onkel Richard da reinsteckte, damit er nicht pleiteging. Aber so war es nun mal. Christopher bekam, was Christopher wollte. Obendrein war er nämlich ein feiger, gehässiger Tyrann, der mit Begeisterung Schwächere quälte. Ich wusste, wovon ich sprach. Ich erinnere mich daran, wie Russell Checkland ihn, als ich ein Kind war, mehrfach von mir wegreißen musste.

Und keiner erwähnte gute Noten und Francesca in einem Satz. Sie brauchte auch keine.

Und so führten die beiden ein behagliches Leben. Bei mir tat sich die nächsten zehn Jahre erst einmal nichts. Nach dem, was Tante Julia mir an jenem Tag eröffnet hatte, achtete ich darauf, nicht aufzufallen und ein nettes, ereignisloses Leben zu führen.

Dieses schicksalhafte Gespräch war die Folge meines Versuchs, mir etwas mehr Freiraum zu erobern. Ich hatte mir ein Herz gefasst und meiner Tante nervös ein paar Broschüren und Prospekte von Universitäten gezeigt. Aufmerksam ging sie alle durch, nutzte die Zeit, um zu überlegen, was sie sagen sollte. Ich dachte, sie sei verletzt, weil ich das Zuhause verlassen wollte, aber es war schlimmer als das.

»Jenny, Liebes.« Sie hielt inne.

Ich nahm einen tiefen, beruhigenden Atemzug, ordnete meine Worte, als wären sie widerspenstige Schafe. »I-i-ich ... mag die hier. Schau dir den G-G-Geschichtslehrplan an.«

Natürlich brachte ich das nicht ganz so problemlos heraus wie hier, aber wenn ich tatsächlich jedes Stottern abtippen würde, würde es ewig dauern, und es zu lesen ist noch lästiger, als es sich anzuhören. Sie müssen sich das jetzt einfach vorstellen.

»Jenny«, setzte sie erneut an.

»D-d-du schaust sie ja g-g-gar nicht an.«

»Jenny. Ich hatte so sehr gehofft, wir würden diese Unterhaltung nicht führen müssen. Du musst mir jetzt sehr genau zuhören. Natürlich sind dein Onkel und ich sehr erfreut über deinen guten Schulabschluss. Es ist schön zu sehen, wie gut du zurechtkommst.«

Tief in mir ballte sich etwas zusammen. Ich konnte fast sehen, wie meine Worte unbeschwert aus dem Fenster flogen und mich weit hinter sich zurückließen – ich würde niemals abheben.

»Liebes, die Sache ist die ... ach herrje, das ist so schwierig. Jenny, du lebst inzwischen schon sehr lange mit uns, und wir hatten gehofft, du würdest für immer bei uns wohnen bleiben.«

Thomas stand hinter mir und blies mir sanft in die Haare. Ich konnte ihn nicht sehen, wusste aber, dass er da war. Er war immer für mich da. *»Bleib ganz ruhig. Atme langsam. Warte erst mal ab, was sie zu sagen hat.«*

»Weißt du, vor ein paar Jahren, du erinnerst dich doch, da hatten wir die ganzen Arzttermine mit dir, und die Sache ist die, also, sie wollten, dass du ... in einer speziellen Anstalt lebst, wo du davon profitieren könntest, mit anderen wie dir zusammen zu sein.«

»Wie mir?«, platzte ich heraus.

»Ja. Wir lieben dich, Jenny, das weißt du. Dein Onkel und ich, deine Cousins Christopher und Francesca, wir sind deine Familie. Wir wissen, wie schwierig es für dich ist, eine … Beziehung zu anderen aufzubauen. Wir sagen den Leuten, du wärst ruhig und schüchtern, aber das ist nicht alles. Und das weißt du auch. Wir, dein Onkel und ich, waren natürlich schrecklich entsetzt. Niemals würden wir dich an einem solchen Ort unterbringen. Also hat dein Onkel mit ihnen gesprochen, und sie waren schließlich einverstanden und erachteten es als ausreichend, wenn wir eine ruhige und sichere Umgebung für dich schaffen würden, damit du weiter bei uns leben könntest. Und das hat so wunderbar funktioniert. Du hast zurückgezogen bei uns gelebt, ein normales Leben geführt und bist auf eine normale Schule gegangen. Aber das ist die Abmachung, Jenny. Du musst bei uns wohnen bleiben … es tut mir leid, Liebes, aber du musst einsehen, dass es so zu deinem Besten ist. Du bleibst hier, ohne Stress, ohne Druck. Solange du hier bei uns bist, kannst du ein nettes Leben haben. Die Alternative dazu würde dir überhaupt nicht gefallen. Jetzt verstehst du, weshalb wir dich nicht aufs College schicken können. Es tut mir schrecklich leid.«

Hinter mir sagte Thomas in einem Tonfall, den ich noch nie bei ihm gehört hatte: »*Es ist sehr wichtig, dass du jetzt ruhig bleibst. Schnapp dir die Broschüren, nimm dir Zeit, sie zu ordnen. Stapel die größeren unten und leg die kleineren obenauf. Mach das bitte jetzt.*«

Und das tat ich. Schließlich war ich es gewohnt, das zu tun, was man mir auftrug. Ich betrachtete meine Hände, die die College-Unterlagen sorgfältig sortierten, und konzentrierte mich auf meine Atmung.

Tante Julia fuhr hastig fort: »Ich bin froh, dass du es so gut aufnimmst, Jenny. Das zeigt einfach, wie gut du zurechtkommst, wenn du zu Hause ein sicheres Umfeld hast.«

Ich sagte noch immer nichts, legte die Broschüren vorsichtig auf dem Couchtisch ab.

»Sobald dein Onkel heute Abend heimkommt, werde ich mit ihm sprechen. Ich hoffe, das war kein zu großer Schock für dich.«

Ich lehnte mich zurück. Die aufgestauten und einander blockierenden Worte und Emotionen flauten langsam wieder ab. Ich sah zu Tante Julia, lächelte sie unsicher an und nickte.

»Ich wusste, dass du das verstehen würdest. Außerdem glaube ich nicht, dass das Studentenleben etwas für dich wäre, meine Liebe. Da geht es manchmal recht turbulent zu. Das würde dir nur Angst machen. Du weißt doch, wie schüchtern du bist.«

Wieder nickte ich.

»Jetzt gehst du schnell auf dein Zimmer, und ich bitte Mrs. Finch, dir eine schöne Tasse Tee hochzubringen.«

Thomas und ich schleppten uns zurück in mein Zimmer. Ich hatte Angst und zitterte. Ich setzte mich aufs Bett und wiegte mich vor und zurück. Etwas stimmte nicht mit mir. Ich war nicht normal. Sie hätten mich fast in eine Anstalt gegeben. Das könnten sie noch immer.

Aus dieser speziellen Unterhaltung ergaben sich drei Dinge. Onkel Richard kam am Abend zu mir hoch und schlug vor, ich könne doch ein Fernstudium machen. Er sagte das so freundlich, dass ich in Tränen ausbrach. Er meinte, es sei eine Schande, einen so guten Schulabschluss zu vergeuden; dass ein Studium zu mir passen würde; dass ich ein schlaues, kleines Mädchen sei. Er wollte ein paar Kursinformationen für mich zusammenstellen, die ich dann durchgehen könnte.

Ich hörte auf zu weinen, schluckte und nickte.

»Und, Jenny, wenn du ein Fernstudium machst, dann brauchst du einen richtig guten Computer. Erlaubst du, dass deine Tante und ich dir ein ... ein ... ›Schulabschlussgeschenk‹ machen? Hättest du gern einen neuen Laptop?«

Wieder nickte ich.

Er lächelte. »Und natürlich brauchst du auch ein Zimmer, um zu studieren. Komm mal mit.«

Wir traten auf den Treppenabsatz, öffneten die Tür und gingen nach oben auf den großen Dachboden mit seinen drei Gauben. Der Boden war mit Brettern ausgelegt, und da er zu Tante Julias Bereich gehörte und ihren Regeln unterlag, herrschte hier oben kein Chaos, und es war fast nicht staubig. Nur ein paar zusammengefaltete Kartons lagen in einer Ecke.

Thomas war uns nach oben gefolgt. »*O ja!*«, sagte er begeistert und durchquerte den Raum, um aus dem Fenster zu sehen. »*Daraus könnten wir wirklich etwas machen. Das Bett hier, Bücherregale überall an den Wänden, Schreibtisch oder Tisch unter dem Fenster, da drüben ein Fernseher, Teppiche, Kunstwerke und das alles. Und da drüben in der Ecke dein eigenes Badezimmer.*«

»Was?«, sagte ich lautlos. »Das alles werden sie niemals machen.«

»*Sie fühlen sich schuldig. Lass es darauf ankommen, solange du kannst. Ich gehe davon aus, dass du hier oben ganz schön viel Zeit verbringen wirst.*«

Also versuchte ich es. Mit Thomas, der mir von hinten soufflierte, tat ich so, als wäre ich Francesca, und bat um alles, was mir in den Sinn kam. Weder Onkel Richard noch Tante Julia hatten Einwände oder versuchten, mir etwas auszuschlagen. Ich bekam alles, was ich wollte. Einen wunderschönen Raum, warm und voller Licht. Viel Platz für meine Bücher, einen großen Tisch, an dem ich arbeiten konnte. Ich wählte meine Lieblingsfarben – keiner widersprach. Ich dachte, Tante Julia, die an den Gott der Farbkoordination glaubte, würde Einspruch erheben, aber ich bekam alles so, wie ich wollte. Sechs Monate später hatte ich meinen kleinen Palast.

Allerdings sollte Thomas recht behalten. Wir verbrachten sehr viel Zeit in meinem Zimmer. Inzwischen waren fünfzehn

Jahre vergangen, ich ertrug diesen Anblick nicht mehr, und als Russell Checkland mich fragte, ob ich ihn heiraten wolle, sagte ich ja.

Die Schuld dafür können Sie Thomas in die Hufe schieben. Ich zumindest tue das.

Ich war allein zu Hause, als es an der Tür klingelte. Tante Julia und Francesca waren shoppen. Selbst Mrs. Finch war ausgegangen.

»Na los, mach die Tür auf«, sagte Thomas, bewegte sich aber keinen Zentimeter vom Fernseher weg.

»Warum ich?«

»Ich bin ein Pferd. Ich öffne keine Haustüren.«

Ich seufzte theatralisch. »Sag mir, was passiert.«

Ängstlich ging ich die Treppe nach unten und stellte erleichtert fest, dass es nur Daniel Palmer, Francescas Verlobter, war.

»Schönen Abend«, sagte er beim Eintreten. »Du machst es richtig, bei diesem ganzen Regen drinnen zu bleiben, Jenny.« Das war nett von ihm, tatsächlich war ich nämlich gar nicht zum Shoppen eingeladen worden. Oder auch nur darüber informiert. »Ist Francesca schon zurück? Ich sollte sie vor zehn Minuten abholen. Ist sie da?«

Ich schüttelte den Kopf und bedeutete ihm, ins Wohnzimmer zu gehen. Freundlich plaudernd ging er voraus, schüttelte den Regen aus seinem ergrauenden Haar und wischte sich mit dem Ärmel über sein nasses Gesicht. In der dicken Jacke wirkte er massiger, als er war, dabei war er keineswegs dick. Tatsächlich war er nicht sehr viel älter als Franny, auch wenn sein stark zerfurchtes Gesicht und seine ruhige Art ihm diesen Anschein gaben. Und ich nehme an, regelmäßig mit Francesca zu verkehren reichte aus, um jemanden vorzeitig altern zu lassen. Ich mochte Daniel Palmer. Er redete zur Abwechslung *mit* mir und formulierte seine

Fragen für gewöhnlich so, dass ich sie mit Ja oder Nein beantworten konnte.

Jetzt ist es wohl an der Zeit, über diese ewig interessante Dreiecksbeziehung zu sprechen: Daniel Palmer, Russell Checkland und Francesca Kingdom.

Ich kannte Russell seit der Kindheit. Er, Francesca und ich waren etwa gleich alt. Christopher war drei Jahre älter und hatte seine eigene Gruppe ihm ebenbürtiger unangenehmer Freunde, also bekamen wir ihn nicht viel zu sehen. Tatsächlich bekam ich auch von Russell und Francesca nicht viel zu sehen, aber manchmal erlaubten sie mir, zehn Minuten mit ihnen herumzuziehen, ehe sie mich stehenließen.

Francesca war ein hübsches Kind, das zu einer atemberaubend schönen Frau heranwuchs. Sie hat dichtes, dunkles rotes Haar, das sich üppig um ihren Kopf lockt, grüne Augen und makellose, milchweiße Haut. Sie ist groß, hält sich spielend schlank und bewegt sich anmutig. Sie hat die Intelligenz einer Teekanne, aber das ist allen so ziemlich egal, allen voran Francesca. Sie hat alles, was sie braucht, um zurechtzukommen.

Und wie sie zurechtkommt. Es dürfte nicht überraschen, dass man ihr das Zeug zum Topmodel bescheinigte, woraufhin sie beschloss, genau das zu werden. Sie und Tante Julia gingen nach London, beauftragten einen überaus teuren Fotografen und verschickten die Aufnahmen an Modelagenturen. Ebenso wenig überrascht es, dass sie von der besten ausgewählt wurde und damit dann ihr Glück machte.

In London traf sie auch erneut auf Russell, der seinerseits sein Glück in der Stadt versuchen wollte. Er hatte ein Kunststudium absolviert, und seine Gemälde erregten bei den wichtigen Leuten beachtliche Aufmerksamkeit. Augenscheinlich war es Liebe auf den ersten Blick, und schon kurz darauf zog das aufsteigende junge Model mit der vielversprechenden Zukunft bei dem aufsteigenden jungen Künstler mit der ebenso vielversprechenden Zukunft ein.

Sie waren Londons strahlendstes Promipaar. Ständig war einer von ihnen oder sogar beide in der Zeitung. Es war eine Märchenliebe – auch er war groß, auch er hatte dunkles rotes Haar, aber seines hing ihm über die Augen, ein romantischer, poetischer Look. Wenn es je zwei Menschen gab, für die alles wie am Schnürchen lief, dann diese beiden. Ihr Leben war voll des Ruhms und Reichtums, voller Chancen und Aufregungen, die meinem Leben fehlten. Ich verfolgte ihr Tun und Lassen in Zeitungen und Zeitschriften, träumte jedoch nicht einmal davon, dass ich eines Tages Teil dieser Geschichte sein könnte.

Wie auch immer, es lief so richtig gut für die beiden, und dann bekam Francesca eine Rolle in einer neuen Fernsehserie angeboten. Kurz zuvor hatte eine Zeitschrift einen Artikel über sie und ihre Macken gebracht – sie trug niemals eine andere Farbe als Schwarz, Weiß oder Grün (was völlig affektiert war; sie sah in egal welcher Farbe phantastisch aus) – und ihre renaissanceartige Schönheit gepriesen. Das hatte der Regisseur Daniel Palmer gesehen, der eine Schauspielerin für eine kleine Rolle in seiner neuen Fernsehserie über die Borgias suchte. Dass Francesca keinerlei Schauspielerfahrung hatte, schien keinen zu stören, und tatsächlich musste sie auch nur finster, geheimnisvoll oder begehrlich aussehen (häufig genau in dieser Reihenfolge, manchmal aber auch alles gleichzeitig) und hin und wieder ein paar Sätze sagen. Die Serie war ein großer Erfolg. Genau wie Francesca.

Russell, der inzwischen nach einem neuen Hauptstück für seine nächste Ausstellung suchte, kam auf die Idee, Franny in einem ihrer Renaissancekleider zu malen. Anscheinend war es das Beste, was er bis dahin gemalt hatte. Ein ganz vernarrter Daniel Palmer erbeutete das Gemälde. Und Francesca gleich mit dazu.

Francesca, die entschieden hatte, ihre Zukunft liege fortan mehr im Schauspielern als im Modeln, sah in Daniel vermutlich jemanden, der ihr einfach Zutritt zu dieser Welt verschaffen konnte, also ließ sie es zu, erbeutet zu werden. Die beiden verschwanden am Horizont in einer Wolke des Glücks und – was sie betraf – des Ehrgeizes, und Russell Checkland wachte eines Morgens allein auf.

Russell litt sehr. Keiner weiß etwas Genaueres über diese Zeit. Zwölf Monate später schleppte ihn jedenfalls sein Vater, der das mit äußerstem Unmut wahrgenommen hatte, zurück nach Frogmorton, dem baufälligen Familienanwesen, bezahlte seine unzähligen Schulden, nüchterte ihn aus und schickte ihn zum Militär. Russell wehrte sich nicht.

Ein paar Jahre lang hörte man nichts von ihm, und Francescas Schauspielkarriere war auch nicht der glänzende Erfolg, auf den sie gehofft hatte. Sie verbrachte viel Zeit zu Hause. Tante Julia sagte, sie ruhe sich aus.

Und dann war Russell Checkland auf einmal wieder da, entlassen aus der Armee. Er hatte jemanden zusammengeschlagen, einen Unteroffizier, glaube ich. Ich dachte immer, genau darum ginge es in der Armee, aber anscheinend durfte man so etwas nicht tun, zumindest nicht als Gefreiter.

Er war also wieder zurück, unehrenhaft entlassen, und sein Vater starb drei Monate später. Es geht das Gerücht, die beiden Ereignisse stünden miteinander in Verbindung. Daniel Palmer musste ein paar Monate ins Ausland, und Russell und Francesca wurden gesehen, wie sie einander eines Abends voller Verlangen in einem abgeschiedenen Pub in der Nähe von Whittington beäugten.

Rushford fing wieder an, begeistert über seine beiden Lieblingsklatschkandidaten zu tratschen, und jetzt, nach Daniels Rückkehr, warteten alle darauf, was als Nächstes passieren würde.

Vermutlich raufte sich Tante Julia auf sehr elegante und geschmackvolle Weise, und ganz bestimmt ohne die Stimme auch nur das kleinste bisschen zu erheben, diesbezüglich die Haare. Was in Daniel Palmers Kopf vorging, darüber stellten alle nur Vermutungen an.

Wie aufregend, nicht wahr?

Da saß nun also der vermeintlich hintergangene Verlobte auf Tante Julias Sofa und wartete auf Francesca, die wirklich mit ihrer Mutter beim Shoppen war. Ich fragte mich, was ich jetzt tun sollte, als Thomas hereingeschlendert kam.

»*Und sie lebten glücklich bis an ihr Lebensende*«, sagte er, und es dauerte einen Moment, bis mir klarwurde, dass er über den Film sprach und nicht über das reale Drama, das gerade quer durch Rushford seinen Lauf nahm. »*Willst du ihm nicht eine Tasse Tee anbieten?*«

Zu meiner großen Erleichterung lehnte Daniel ab.

Ich bekam einen sanften Stupser in den Rücken. »*Streng dich ein bisschen an.*«

Sich konzentrieren, atmen und dann etwas sagen. »A-a-arbeitest du g-g-gerade an etwas I-I-Interessantem?«

Er wartete, bis ich den Satz ganz herausgebracht hatte.

»Ja, ich denke über die Tudors nach. Da gibt es richtig viel Material. Denkst du, etwas über Elisabeth würde gut ankommen?«

Ich nickte.

»Sie ist natürlich schon tausend Mal umgesetzt worden. Ich müsste einen neuen Ansatz finden, und ich hatte nicht gerade viel Zeit, mich damit auseinanderzusetzen. Das liegt noch immer auf meinem Ideenstapel. Was denkst du?«

Ich nickte.

»*Nein*«, sagte Thomas. »*Finde etwas, auf das du dich konzentrieren kannst, atme zweimal tief ein und aus, und dann sag wieder was. Du schaffst das.*«

Ich fixierte das Kissen mit dem Rosenmuster, zeichnete es mit Blicken nach und formulierte meine Gedanken. »K-k-konzentrier dich auf die B-B-Beziehung z-z-zwischen E-E-Elisabeth und Maria. Fang jede S-S-Serie als Sch-Sch-Schachspiel an. E-E-Elisabeth die rote Königin, Maria die weiße. Jede K-K-Königin stellt die beteiligten Personen vor. U-u-umreißt das Geschehen. D-d-die erste F-F-Figur zieht los. Blende zur n-n-normalen Handlung über. Und zum Sch-Sch-Schluss kommst du wieder zum Schachbrett zurück und zeigst den a-a-aktuellen Stand der Dinge zusammen mit allen t-t-toten oder verlorenen Figuren, die auf dem B-B-Brett herumliegen.«

Erschöpft hörte ich auf.

»*Super gemacht*«, sagte Thomas. »*Die Sätze waren ein bisschen abgehackt, aber abgesehen davon nicht schlecht.*«

Daniel Palmer lächelte mich an. »Das ist ein interessantes Konzept. Dir geht ziemlich viel durch den Kopf, oder? Ich werde darüber nachdenken.«

»Was ist ein interessantes Konzept?«, fragte Francesca, die schwer beladen mit Einkaufstüten durch die Tür kam. Er sprang auf, um sie zu begrüßen, und ich vergaß das alles schnell wieder.

»Ach, wie nett für dich«, sagte sie spöttisch, »Jenny hat mit dir geplaudert.«

Habe ich etwa vergessen zu erwähnen, dass sie auch eine ziemlich blöde Kuh ist?

»Ja, sie hat mich sogar ziemlich gut unterhalten.« Was für ein netter Mann er doch war. »Tatsächlich hätte ich den eigentlichen Grund meines Kommens heute fast vergessen.«

Er zog zwei Umschläge aus seiner Tasche. »Einladungen zu unserer After-Weihnachtsparty.«

»Oh, wie nett«, sagte Tante Julia, die jetzt hereinplatzte. »Ich bin immer so gern auf Ihren Partys, Daniel.«

»Eine für Sie und Richard und eine für Jenny.«

Ich nahm den Umschlag entgegen, als bestünde er aus reinstem Gold.

Tante Julia bemerkte mich erst jetzt.

»Entschuldige Liebes, ich habe dich nicht gesehen.«

Ich saß ja auch nur in Lebensgröße auf dem Sofa. Einmal habe ich eine Sendung gesehen, in der ein junges Mädchen von seinem ganzen Umfeld ignoriert wurde, bis es schließlich verblasste. Ich schaute an mir herunter, um zu überprüfen, ob ich noch immer sichtbar war, dann öffnete ich den Umschlag und las die Einladung.

»Aber Daniel, du weißt doch, dass Jenny nicht auf Partys geht. Die überfordern sie mitunter einfach ein bisschen zu sehr.«

»Es ist ja schön, dass du unsere Partys als so lebhaft einstufst, Julia, aber es handelt sich lediglich um ein paar Drinks und kleine Häppchen bei uns zu Hause. Keine wilde Tanzorgie, kein Zocken um Geld und ganz bestimmt nichts, was die Pferde scheu machen würde.«

Ich öffnete den Mund und wollte schon höflich ablehnen.

»Du solltest hingehen«, sagte Thomas ruhig, aber etwas an seinem Tonfall war anders.

Francesca blickte von ihren Einkäufen auf. »Sie geht nicht auf Partys.«

»Du solltest hingehen.«

Jetzt mischte sich auch Tante Julia wieder ein. »Vielen Dank, Daniel, aber ich fürchte, dass Jenny ...«

»Du solltest hingehen.«

Einen kurzen Moment lang hielt sich alles perfekt die Waage, doch ich musste mich für eine der beiden Waagschalen entscheiden.

»Ja«, verkündete ich, und alle starrten mich an. »Ja, ich w-würde gern kommen. Danke.«

»Wunderbar«, erwiderte Daniel. »Wir freuen uns, euch drei dort zu sehen. Dienstag in einer Woche. Francesca, bist du so weit?«

Sie sammelte ihre Taschen ein.

Er wandte sich an Julia. »Grüße an Richard. Jenny, ich würde mich gern länger mit dir über Elisabeth unterhalten. Können wir uns auf der Party einen Moment Zeit nehmen?«

Ich nickte und kam mir auf einmal wie ein richtiger Mensch vor.

»Was sollte das denn?«, grummelte Francesca im Gehen.

Meine Tante wandte sich mir zu. »Er ist ein sehr netter Mann. Das weißt du, Liebes. Es wäre klug, nicht zu viel in das hineinzuinterpretieren, was vermutlich einfach nur dem Anstand geschuldet ist.«

Gehorsam nickte ich und versuchte, mir meine Freude darüber nicht nehmen zu lassen. Ich wollte an diesem Moment festhalten. Ich würde auf eine Party gehen, und jemand wollte dort mit mir reden. Wie mit einem richtigen Menschen.

So kam es dann aber nicht. Ich muss jedoch einräumen, dass Daniel keine Schuld trifft. Es war nicht die beste Party, die er je gegeben hatte, aber ich genoss jede Minute.

Die nächsten zehn Tage zerbrach ich mir den Kopf über die Party. »Wie soll ich mich verhalten? Werden die Leute mit mir reden wollen? Was soll ich sagen?«

»Du gehst das völlig falsch an«, meinte Thomas nicht gerade tröstlich. *»Du solltest dir darüber Gedanken machen, was du anziehst, wie du die Haare frisierst und welche Schuhe du trägst.«*

»Schuhe?«

»Denken Frauen nicht die ganze Zeit daran? An Schuhe?«

»Ich weiß, was ich anziehen werde«, antwortete ich. »Ich habe Schuhe. Genau wie du – du bist ein Pferd. Darüber mache ich mir keine Gedanken. Woher soll ich wissen, wie ich mich richtig verhalte? Hätte ich nur nicht zugesagt. Ich werde mich schrecklich blamieren. Keiner wird den Abend damit zubringen wollen, mir beim Herauspressen von Sätzen zuzuhören. Das wird eine Katastrophe.«

»Nein, wird es nicht. Nur keine Panik. Wir gehen das jetzt mal durch. So, du kommst an, bestens gekleidet und frisiert.«

Ich schnaubte.

»Das solltest du besser nicht machen. Zunächst einmal ist das nicht sehr damenhaft, und dann hast du gerade ein richtig schlimmes Wort auf Pferdisch gesagt.«

»Ach ja? Was habe ich denn gesagt?«

»Das ist egal. Von einem jungen Füllen wie dir will ich keine solchen Flüche mehr hören.«

Ich kicherte und fühlte mich mit einem Mal wieder viel besser.

»Okay, du steigst also aus. Ganz langsam. Denk daran, alles langsam zu machen. Das verschafft dir Zeit, um nachzudenken, und lässt dich elegant aussehen. Lass deine Tante und deinen Onkel als Erste hineingehen. Halte dich hinter ihnen. Bleib stehen und sieh dich um, damit du nicht blindlings nach drinnen stolperst. Jemand wird dir den Mantel abnehmen. Du musst nichts sagen, lächle einfach. Jemand wird dir einen Drink anbieten.« Er schaute mich an. *»Nichts Alkoholisches.«*

Ich nickte. Auf keinen Fall etwas Alkoholisches.

»Der Gastgeber und die Gastgeberin werden dich begrüßen. Lächle einfach und bedanke dich für die Einladung. Dann machst du Platz für die nächsten Gäste und siehst dich um. Verzieh dich ja nicht in die erstbeste Ecke und bleib den ganzen Abend da stehen.«

»Aber du wirst doch da sein, versprochen? Du gehst mit mir dahin?«

»Natürlich komme ich, ich habe einfach nur keine Lust, den ganzen Abend über in einer Ecke rumzustehen. Du siehst dich also im Raum um. Lächle und nicke den Leuten zu, wenn eure Blicke sich treffen. Du musst nichts sagen. Ich weiß, dass du das nicht glaubst, aber die meisten Leute sind netter, als du denkst.«

Wieder nickte ich.

»Nachdem du dir einen Überblick verschafft hast, gehst du langsam durch das Haus. Daniel hat eine wunderbare Kunstsammlung, und die meisten Zimmer stehen vermutlich offen, da können wir dann herumschlendern und uns alles anschauen. Ich will mir vor allem Checklands Porträt von Francesca ansehen, du etwa nicht?«

»Doch«, sagte ich. »Die Bibliothek ist vermutlich auch offen. Dann können wir uns die Bücher ansehen.«

»Na also. Das sollte uns eine Weile von irgendwelchem Unfug abhalten. Dann holen wir uns was zu essen, nehmen ein weiteres nicht alkoholisches Getränk zu uns und gehen nach Hause. Um Mitternacht verwandelt sich deine Tante nämlich in einen Kürbis.«

Ich lachte und hatte mit einem Mal ein besseres Gefühl bei dieser Sache. Das war ein guter Plan. Leider kamen wir nie dazu, ihn in die Tat umzusetzen.

Nervös kam ich in meinem schlichten schwarzen Kleid die Treppe herunter. Um den Hals trug ich den wunderschönen dunkelrot-blau-grünen Glasanhänger meiner Mutter an einem dunkelroten Band. Die Haare fielen mir offen über die Schultern, ich hatte nur eine glitzernde Spange hineingesteckt.

Meine Tante betrachtete mich. »Richard, ich bin mir bei dieser Sache wirklich nicht sicher.«

Na ja, zumindest war sie nicht vor Entsetzen über mein Outfit zurückgewichen, aber sie hätte doch etwas dazu sagen können.

»Ich finde, du siehst wunderschön aus«, sagte Thomas leise hinter mir.

»Meine Liebe, Jenny wird diesen Abend außer Haus genießen. Es ist ja nicht so, als würde das zur Gewohnheit werden.«

»Nein, aber sie wird müde werden und …«

Hey, ich stehe genau vor dir, dachte ich.

»Blende sie einfach aus«, sagte Thomas. *»Ich mache das zumindest so. Von dem, was sie die letzten zehn Jahre von sich gegeben hat, habe ich kein Wort gehört. Lass dich von ihr nicht aufbringen. Bleib ruhig.«*

Leichter gesagt als getan. Mein Herz pochte wie wild, und meine Hände waren feucht, dabei hatte ich noch nicht einmal das Haus verlassen.

Irgendwie konnte Onkel Richard ihre Zweifel zerstreuen, und wir setzten uns ins Auto. Ich saß hinten und starrte aus dem Fenster. Vielleicht konnte ich ja auch einfach im Auto sitzen bleiben, bis es an der Zeit war, nach Hause zu gehen.

»Leg es bloß nicht darauf an, dass ich dich aus dem Auto ziehe«, sagte Thomas, der kurz auftauchte und gleich wieder verschwand. Das Cheshire-Pferd.

Die Palmers lebten in einem entzückenden alten Haus auf der anderen Seite von Rushford. Es war aus rotem Backstein und hatte diese wunderschönen gedrehten Schornsteine.

Ich ging Thomas' Anweisungen noch einmal durch. Onkel Richard half erst Tante Julia, dann mir aus dem Auto. Er drückte leicht meine Hand, was ich schön fand. Vielleicht könnte ich den Abend ja doch genießen.

Alles verlief, wie Thomas es vorhergesagt hatte. Ich lächelte dem zu, der mir den Mantel abnahm, und stand hinter meiner Tante und meinem Onkel, solange sie mit Francesca und Daniel redeten. Dann gingen sie weiter, und ich war an der Reihe. Daniel war die Freundlichkeit in Person. »Ich bin so froh, dass du gekommen bist. Schau, Francesca, Jenny ist hier.«

Doch Francesca war schon zur Seite getreten und redete mit interessanteren Leuten. Mir wurde schwer ums Herz, aber er überspielte diesen Moment ganz gut. »Mach dir keine Gedanken, sie wird später zu dir kommen. Der Großteil des Hauses steht heute Abend offen, also geh einfach herum und schau dir meine kleine Sammlung an. Und ich weiß, dass du auf die Bibliothek gespannt bist. Da hängt auch Francescas Porträt.«

Sie rief ihn zu sich.

»Schau dich um und sieh es dir an, wenn du willst, Jenny. Und ich möchte mich später immer noch mit dir unterhalten. Viel Spaß.« Er verschwand.

Jemand trat mit einem Tablett voller Gläser näher. »Früchtepunsch, Madam. Rot ist alkoholisch, grün nicht.«

Ich nahm ein grünes Glas. So, da war ich also. Ich hatte einen Drink in der Hand und musste bislang noch kein Wort sagen. Ausgezeichnet!

Ich erinnerte mich an Thomas' Anweisungen und ging langsam den Gang hinunter. Gedimmtes Licht spiegelte sich in den Holztäfelungen, und wunderschöne, ungewöhnliche Gegenstände waren an den Wänden ausgestellt, die ich mir gern aus nächster Nähe ansehen wollte. Daniel und seine Partys waren beliebt, und das Haus war voll. Die Gäste hatten sich auf die angrenzenden Räume verteilt. Überall hörte ich fröhliches Geschnatter. Leise Musik lief.

Ich sah mich um und entdeckte ein, zwei Leute, die gelegentlich auch bei uns zu Hause waren. Eine Frau winkte mir kurz zu, was nett war. Ich lächelte ihr zu. Dann fand ich einen ruhigen Platz – keine Ecke – und nippte an meinem Drink, wobei ich, wie ich hoffte, geheimnisvoll und nachdenklich aussah. Und da war auch schon Thomas.

»Magst du deinen Drink nicht?«

»Doch, der ist gut. Weshalb?«

»Du hast das Gesicht so merkwürdig verzogen.«

»Ich mache hier einen auf mysteriöse Geheimagentin.«

»Nein«, sagte er. *»Ganz ehrlich, tust du nicht.«*

»Du bist ein Pferd«, erwiderte ich. »Du hast nicht mal einen Gesichtsausdruck.«

»Tja, also da hast du nicht recht, du Schlauberger. Schau mal her.« Er flehmte, zog die Nase kraus und entblößte seine riesigen Pferdezähne.

»Mach das bitte nie vor kleinen Kindern oder schwangeren Frauen.«

Wieder schnaubte er. Ich mochte es, wenn er lachte. *»Schon besser«*, sagte er. *»Du siehst jetzt etwas entspannter aus. Sollen wir uns hier ein bisschen umschauen?«*

Wir gingen zur Treppe. »Zuerst oben, dann unten. Und die Bibliothek zum Schluss – das große Finale«, schlug ich vor.

»Guter Plan«, antwortete er. Wir standen gerade auf den ersten Stufen nach oben, als wir Scheinwerfer im Fenster aufblitzen sahen.

»Ein Nachzügler«, sagte Thomas, während wir darauf warteten zu sehen, wer da so spät noch kam. Die Treppe war direkt gegenüber der Haustür, also hatten wir die beste Sicht im ganzen Haus.

Die Tür ging auf, und ein einzelner Mann kam herein. Die Unterhaltungen verstummten sofort, so dass ich seine Schritte auf dem gefliesten Boden hören konnte.

Er blieb stehen, ohne sich der Bestürzung bewusst zu sein, die er verursachte. Selbstsicher schaute er sich um und suchte nach dem Gastgeber. Oder besser gesagt, nach der Gastgeberin. Seine Krawatte saß schief, seine Haare waren zerzaust. Er steckte die Hände in die Hosentaschen, relaxt und rüpelhaft. Ich konnte kaum glauben, was ich da sah, und machte einen Schritt zum Geländer, um besser sehen zu können. Diese Bewegung musste ihm aufgefallen sein, denn er schaute nach oben. Er starrte mich viel zu lange an, und ich konnte den Blick nicht von ihm abwenden.

Da stand Russell Checkland, und er war ziemlich betrunken.

»O *wow!«*, sagte Thomas. *»Jetzt wird's interessant.«*

2. Kapitel

Einen Moment lang schienen alle wie erstarrt, selbst Francesca. Sie stand in der Tür, leicht hinter ihm, so dass er sie noch nicht gesehen hatte. Der Moment zog sich endlos hin, bis Daniel Palmer mit dem höflichsten Lächeln der Welt nach vorn trat.

»Russell, wie schön, dass du gekommen bist. Wir waren uns nicht sicher, ob du es schaffen würdest.«

Ich nahm an, damit brachte Daniel zum Ausdruck: »Du warst zwar nicht eingeladen und bist hier ganz bestimmt nicht willkommen, aber lass uns jetzt keine Szene machen.«

»Ich wurde eingeladen«, sagte Russell sehr bedächtig und schwankte dabei leicht. »Die Einladung ist hier irgendwo, ich kann es beweisen.« Er schaute sich um, als erwartete er, dass sie sich irgendwo in der Luft neben ihm materialisieren würde. Jemand kicherte nervös.

»Er hat schon ein paar intus«, sagte Thomas. *»Was glaubst du, warum ist er hier?«*

Weil er nicht wegbleiben kann, dachte ich. Wie bei einer Motte und einer Flamme. Und sie ermutigte ihn dazu.

Francesca trat zu ihm, wunderschön schwarz-weiß gekleidet. »Ach, da bist du ja endlich, Russell. Aber immer noch besser zu spät als gar nicht.« Sie fasste ihn am Arm. »Daniel, Schatz, ich dachte, es wäre nett für Russell, mal wieder ein paar Leute zu treffen, jetzt, wo er versucht, in Rushford Fuß zu fassen, und das hier könnte ein guter Start sein.«

Daniels Schweigen dauerte nur eine Millisekunde. »Was für eine schöne Idee, Francesca. Warum führst du ihn nicht herum und stellst ihn vor?« Damit wandte er sich ab und führte seine Unterhaltung fort, scheinbar desinteressiert an dem Neuankömmling. Somit standen Francesca und Russell leicht isoliert in der Mitte des Raums. Das war deutlich gewesen.

»Nicht schlecht«, sagte Thomas. *»Sie ist wirklich strohdumm! Ich frage mich, ob ihr bewusst ist, was sie alles kaputt macht. Doch ich bezweifle es. Wenn sie ein bisschen Grips hat, dann stellt sie ihn Mr. Spritz von Eiswasser, Mrs. Starker-schwarzer-Kaffee und Miss Taxi-nach-Hause vor. Aber wir wollen doch nichts davon verpassen, oder? Sollen wir wieder nach unten gehen? Wir können uns immer noch später oben umsehen.«*

Ich stimmte zu, und wir mischten uns wieder unter die wild tratschende Menge im Erdgeschoss. Von Tante Julia oder Onkel Richard war nichts zu sehen, sie waren wohl beide beim ersten Anzeichen von gesellschaftlichem Unbehagen von den Holzvertäfelungen aufgesaugt worden.

Wir wanderten von einem Zimmer ins nächste, von Gemälde zu Gemälde, bewunderten und kritisierten, bis wir zum Schluss in der Bibliothek landeten. Das Licht war eingeschaltet, das Zimmer aber leer. Schmal und lang erstreckte es sich im hinteren Teil des Hauses. Jeder Zentimeter Wand war mit Regalen bestückt. Schwere, dunkelrote Vorhänge hingen an den Fenstern. Das Mobiliar bestand aus dunklem Holz und weichem Leder. Es war ein sehr männliches Zimmer. Das einzige Zeichen von Francesca war das berühmte Porträt über dem Kamin, das – typisch für sie – allerdings den ganzen Raum beherrschte.

Das Bild war großartig. Die Feinheiten der Kleidung waren hervorragend wiedergegeben, die Falten in den Seidenärmeln ganz besonders auffällig gestaltet. Der geklöppelte Kragen war wunderschön filigran, von geschmeidiger, sicherer Hand gemalt. Das Gesicht war ganz Francesca. Sie sah geradewegs aus dem Gemälde heraus, ein rätselhaftes Lächeln auf den Lippen, als schmiedete sie irgendwelche bösartigen Pläne; oder, was eher passte, wenn man Francesca kannte, ganz damit beschäftigt zu überlegen, was sie wohl zum Mittagessen zu sich nehmen sollte. Eine unsichtbare Lichtquelle ließ ihre Haare schimmern, hob die rotgoldenen Locken von den dunklen Schatten ab. Es war wirklich ein Kunstwerk.

»*Tja*«, sagte Thomas leise. »*Ich vergebe ihm alles. Das ist beeindruckend. Was hält sie da in der Hand?*«

Ich stellte mich auf die Zehenspitzen. »Eine kleine Glasphiole.«

»*Glaubst du, sie will gleich jemanden vergiften oder hat es gerade getan?*«

»Das werden wir nie herausfinden.«

»*Warum hat er aufgehört zu malen?*«

Ich zuckte mit den Schultern. »Seine Muse hat ihn verlassen.«

»*Glaubst du, sie bereut das jetzt?*«

»Ich weiß es nicht. Vielleicht weiß sie das ja nicht einmal selbst.«

»*Tja, er bereut es in jedem Fall. Armer Russell.*«

Überrascht schaute ich ihn an.

»*Ihm ist übel mitgespielt worden. Ich frage mich, ob ihr klar ist, dass sie sein Leben vermutlich ruiniert hat.*«

Ich zitterte. Mit einem Mal war das keine amüsante Seifenoper, die man aus sicherer Distanz heraus betrachtete und über die man so seine Vermutungen anstellte. Das war das Leben von drei Menschen. Und ja, wenn Russell Checkland sich nicht am Riemen riss, dann war sein Leben vermutlich ruiniert. Und ich ahnte, dass Daniel und Francesca auch nicht so glücklich zusammen waren. Mit einem Mal kam mir mein ruhiges Dachbodenleben gar nicht so übel vor.

»Stell dir vor«, sagte Thomas leise, *»stell es dir nur mal vor. Du hast dein ganzes Leben vor dir, strahlend und voller Versprechungen mit einer Frau, die du bewunderst, die deine Inspiration ist, dein Ein und Alles. Und eines Tages wachst du auf, und sie ist zur Tür hinausgewirbelt, um mit jemandem zusammen zu sein, der ihr das neue Spielzeug geben kann, das sie haben will. Wie muss er sich da gefühlt haben? Du weißt, dass er seine Wohnung kurz und klein geschlagen hat, oder? Hat die Gemälde zerrissen und alles in den Müll geworfen. Dabei war er so talentiert, Jenny. In seinen Bildern lag so viel Freude. Und jetzt ist das alles weg. Ich frage mich, ob er das jemals wieder zurückerlangen wird. Und ob er das überhaupt will.«*

Er klang so traurig. Ich drehte mich zu ihm um, streckte die Hand aus und streichelte über seine Stirn, etwas, das ich selten tat. Er war ja schließlich kein Haustier.

»Du magst ihn ziemlich gern, was?«

»Ja, das tue ich. Sein Vater war ein unsympathischer Mann. Seine Mutter, die ein Puffer zwischen den beiden hätte sein können, starb, als er noch so klein war, dass er sie durchaus gebraucht hätte. Die Liebe seines Lebens hat ihn verlassen. Selbst sein Talent hat ihm den Rücken gekehrt. Also ja, trotz all seiner Bemühungen, alles und jeden vor den Kopf zu stoßen, mag ich ihn.«

Ich erinnerte mich an den langen Blickkontakt auf der Treppe. »Ich auch.«

Eine ganze Weile betrachteten wir das Gemälde. Ich leerte mein Glas und schaute mich nach einem Platz um, wo ich es abstellen könnte. Aus dem Nichts tauchte eine Hand auf, und eine Stimme fragte: »Soll ich das nehmen?«

In Gesellschaft bin ich wirklich ziemlich hoffnungslos. Ich wusste nicht, was ich tun sollte. Ihm das Glas geben? Entsetzt zurückweichen? Ihn anlächeln? Mich durch ein langes Hallo kämpfen? Und wo bitte schön war Thomas, wenn ich ihn brauchte? Na wunderbar, auf der anderen Seite des Zimmers, um einen Blick auf die Erstausgaben zu werfen.

Ich drehte mich um und sah Russell Checkland zum ersten Mal richtig an. Seine Haare waren feucht, vielleicht von einer kurzen Begegnung mit kaltem Wasser. Er hatte sich nicht großartig verändert, seit ich ihn das letzte Mal gesehen hatte, doch neue Falten umspielten seine Augen und seinen Mund. Sein Gesicht wirkte schmaler, und wenn Thomas recht hatte und irgendwann Freude darauf zu sehen war, dann war jetzt nichts mehr davon übrig.

Unser Schweigen zog sich viel zu sehr in die Länge.

»Alles in Ordnung«, meinte er schließlich. »Sie sagten mir, ich könne bleiben, wenn ich mich ordentlich benehme, und bei wem könnte ich das besser als bei dir? Obwohl ich jetzt tatsächlich einräumen muss, dass es ganz offensichtlich nicht die schmeichelhafteste Bemerkung ist, die ich machen konnte. Du kannst mich gern ohrfeigen.«

Na prima! Ich war eine sichere Option. Genau das, was jede Frau gern hört. Einen kurzen Moment wünschte ich, ich wäre dunkel und gefährlich, und erlaubte meinem Blick nicht, zum Porträt abzuschweifen.

Ich wusste, wie ich ihn loswerden konnte. Ich atmete tief durch, konzentrierte mich auf den schief sitzenden Knoten seiner Krawatte, und dann fing der Kampf an.

Es hatte den völlig gegenteiligen Effekt. Er wartete nicht höflich oder versuchte zu helfen oder seufzte und verzog sich. Er sagte: »Du lieber Himmel, Jenny, das ist ja viel schlimmer geworden, seit ich dich das letzte Mal sah. Warte mal eben.« Dann verschwand er, ließ mich mit meinem Glas in der Hand und den krampfhaften Bemühungen zu sprechen zurück. Ich hatte gar nicht mehr an seine nervöse Energie gedacht und dass er kaum eine Sekunde stillstehen konnte.

Wenige Augenblicke später war er wieder zurück, eine Tasse mit Untertasse und ein Glas mit rotem Punsch in den Händen. »Hier, bitte schön. Trink das.«

Ich wollte nach Tasse und Untertasse greifen, aber er sagte: »Nein, das ist für mich. Das hier ist für dich.« Und damit drückte er mir das Glas in die Hand. Ich nahm einen argwöhnischen Schluck. Es schmeckte ganz okay. Ein bisschen spritzig, aber sonst ziemlich harmlos.

Während ich daran nippte, fing er wieder an zu reden. Ich hatte ebenfalls vergessen, dass er einem regelrecht das Ohr abkauen konnte. »Und, was hast du so gemacht, während ich weg war? Als ich dich das letzte Mal sah, hattest du ein Zeugnis mit Examensnoten an dich gepresst und gestrahlt wie ein Honigkuchenpferd. Bist du aufs College gegangen? An die Uni? Was machst du jetzt? Wohnst du immer noch in Rushford?«

Verzweifelt starrte ich ihn an. Er grinste mich von oben herab an, dieser idiotische Pony fiel in seine Stirn, und plötzlich war ich wild entschlossen, es zu tun. Ich würde es tun.

Nichts passierte.

Ich versuchte es erneut.

Nichts passierte.

Erwartungsvoll stand er da, dann sah ich, wie der Groschen bei ihm fiel. Er streckte den Arm aus und fuhr mir sanft mit zwei Fingern über den Unterarm. »Es tut mir leid. Ich bin ja so dämlich. Und betrunken. Und wütend. Und nichts davon ist deine Schuld. Soll ich dich in Ruhe lassen?«

Thomas war offensichtlich verschwunden, von ihm war keine Hilfe zu erwarten. Ich schüttelte den Kopf und zeigte auf ein altes Ledersofa beim Kamin.

»Gute Idee«, sagte Russell. »Meine Beine fühlen sich gerade so an, als gehörten sie jemand anderem. Und ich würde mir wünschen, bei meiner Zunge wäre das auch der Fall. Ich wollte dir keine Angst machen. Du siehst heute Abend so hübsch aus, dass ich es einfach vergessen habe.«

Hatte ich erwähnt, dass er auch ein redegewandter Charmeur war?

Vorsichtig nahm er Platz. Ich setzte mich neben ihn, fühlte mich etwas selbstsicherer und glühte leicht.

»Okay, fangen wir noch mal von vorne an. Schön, dich zu sehen. Geht's dir gut?«

Ich nickte und schaute ihn mit hochgezogener Braue an.

»Ja, mir geht's auch gut. Also, jetzt im Moment nicht so, und morgen werde ich mich und vermutlich auch den Rest der Welt hassen, aber darüber mache ich mir heute keine Gedanken. Was treibst du jetzt so? Hast du einen Job?«

Ich schüttelte den Kopf.

»Was machst du dann? Aber ja doch, du musst wahrscheinlich gar nicht arbeiten, oder? Du hast das Geld von deinen Eltern. Wo wohnst du? Moment, wohnst du etwa immer noch bei den Kingdoms?«

Ich nickte.

»Lass mal eben überlegen. Ich bin jetzt neunundzwanzig, und du musst so um die achtundzwanzig sein, und du wohnst immer noch bei diesen merkwürdigen alten Käuzen? Warum? Was ist passiert? Ach, jetzt reicht's aber wirklich, Jenny. Kipp deinen Drink runter und sprich mit mir.«

Was sollte ich sagen? Ich konnte ihm nicht erzählen, dass ich die Wahl zwischen Tante Julia oder irgendeiner Anstalt hatte. Er legte einen Finger unter mein Glas. »Trink es aus. Das hilft vielleicht. Wenn nicht, kannst du mir einen Aufsatz schreiben. Fünfhundert Worte zu: ›Warum ich mich dazu entschlossen habe, bei den langweiligsten Leuten im Universum zu bleiben, wo ich doch eine richtige Partymaus sein könnte.‹«

Ich würgte einen Schluck nach dem anderen hinunter.

»So ist es gut. Jetzt wirst du im Handumdrehen losplappern. Wenn ich ein paar Drinks hatte, dann höre ich gar nicht mehr auf zu reden.«

So funktionierte es zwar nicht, aber ich dachte daran, dass ich nüchtern und unbeholfen oder betrunken und unbeholfen sein konnte, und nüchtern und unbeholfen war ich schon mein ganzes Leben. Ich nahm noch ein paar Schlucke und lehnte mich zurück.

»Schon viel besser. Jetzt erzähl mal. Kein Stress. Je weniger ich im Weg bin, umso glücklicher scheinen alle zu sein.«

»Das Gefühl kenne ich.«

Wo war das jetzt hergekommen? Ach ja. Ich spähte in mein halbleeres Glas. Vielleicht hatte er mich ja nicht gehört.

Er starrte ins Feuer. Jetzt, wo er mich nicht mehr ansah, schlug mein Herz ein bisschen langsamer. Ich entspannte mich etwas. Knoten lösten sich. Ich dachte an das, was ich sagen wollte, und reduzierte es auf so wenige Worte wie möglich.

»S-s-sie hielten es f-f-für richtig, dass ich blieb. Manchmal werden S-S-Sachen ... a-a-also habe ich ... e-e-es war einfacher. Besser. Ich lese. Ich lerne. Ich habe meinen A-A-Abschluss gemacht, weißt du«, sagte ich und versuchte verzweifelt, für jemanden interessant zu wirken, der an einem Tag mehr unternahm als ich in einem ganzen Jahr.

Er war überhaupt nicht enttäuscht. »Aber du hättest so vieles machen können. Das könntest du noch immer. Ich sage ja nicht, geh nach London, Leeds oder Bristol, aber sicherlich ...«, er verstummte. »Entschuldige, das geht mich nichts an. Es kommt mir nur so vor, als würdest du dein Leben vergeuden.«

Etwas in mir krümmte sich zusammen, und einen Moment lang war ich wieder zurück in diesen langen dunklen Tagen, als meine Welt so klein war, dass ich nicht einmal aufrecht in ihr stehen konnte. Und dann diese langen dunklen Nächte, in denen ich mich fragte, weshalb ich so unbedeutend war und was nur aus mir werden würde, und ich versuchte, diese Panik zu unterdrücken …

Das musste sich auf meinem Gesicht spiegeln, denn da kam auch schon Thomas ins Zimmer galoppiert, um sich neben mich zu stellen, mit seiner beständigen, beruhigenden und beschützenden Präsenz. Mein Schutzschild gegen die Welt. Er blies mir Wärme und Beschwichtigung ins Haar.

Russell stellte Tasse und Untertasse bereits weg, sah mich dabei nicht an. »Mir scheint, ich richte heute Abend ganz schön viel Schaden an, nicht nur an meiner Person. Ich muss mich wirklich entschuldigen, Jenny. Manchmal denke ich, es sollte mir verboten sein, mich unter anständige Leute zu mischen.«

Ganz unvermittelt sagte ich: »Ich kenne das Gefühl.«

Er setzte sich wieder hin. »Ja, das kennst du. Und du kommst sehr viel besser damit zurecht als ich.«

»Nein. Nein, tue ich nicht. Aber w-w-wenigstens kämpfst du dagegen an. Du g-g-gehst da raus und sch-sch-schaffst es, dass man dich w-w-wahrnimmt. Du bist f-f-frei … zu kommen und zu gehen, w-w-wie es dir gefällt. Du hast s-s-soziale Kompetenzen. Du k-k-kannst sein, was immer du sein willst. Ich s-s-sitze jeden Tag nur in meinem Z-Z-Zimmer, hasse es, kann aber nicht gehen, weil ich z-z-zu viel … Angst vor den K-K-Konsequenzen habe.«

Himmel! Hatte ich das gerade alles gesagt? Hatte ich das wirklich alles gesagt?

Er stürzte sich darauf. »Was für Konsequenzen?«

Ach, zum Teufel aber auch. Ich kippte den restlichen Drink hinunter, genoss das warme, angenehme Gefühl. »E-e-entweder ich lebe bei meiner Familie, oder ich muss in eine Art A-A-Anstalt. Das ist die A-A-Abmachung.«

Er war verblüfft. »Aber warum? Was ist los mit dir?«

Entnervt starrte ich ihn an.

»Nein, so meine ich das nicht. Als ich das letzte Mal davon gehört habe, war ein leichtes Stottern überhaupt kein Grund, jemanden in einer sicheren Anstalt unterzubringen.«

»Na ja, ich g-g-glaube nicht, dass sie dabei an B-B-Broadmoor gedacht haben.«

»Sie sollten an gar nichts denken. Das ist völliger Schwachsinn, Jenny. Ich bin mir sicher, dass sie es gut meinen, aber es gibt da so etwas wie einen zu stark ausgeprägten Beschützerinstinkt, und es würde dir überhaupt nicht schaden, ein bisschen mehr rauszukommen. Du redest mit mir. Ich kann dich ganz einfach verstehen. Du solltest rausgehen und mehr üben. Mit Leuten in Läden reden. Jemanden nach der Uhrzeit fragen. Das finde ich wirklich. Du wirst ängstlich, weil du nicht richtig sprechen kannst, und du kannst nicht richtig sprechen, weil du ängstlich wirst. Durchbrich diesen Teufelskreis.«

»So e-e-einfach ist es nicht. Wenn es sich nicht während der K-K-Kindheit einrenkt, dann sind die Ch-Ch-Chancen …«

»Mir doch egal, wie die Chancen sind. Mach deine eigenen Chancen. Du redest doch gerade mit mir.«

»Das liegt am Alkohol.«

»Da ist doch fast keiner drin! Also wirklich! Glaub ein bisschen mehr an dich selbst, Mädchen. Oder fang den Tag einfach mit ein paar Wodkas an. Bei mir funktioniert's.«

Ich versuchte, Thomas ins Gesicht zu sehen, aber er hatte sich abgewandt. Lachte er etwa?

»Ja klar«, sagte ich sarkastisch. »S-s-statt dass ich jeden M-M-Morgen aufwache und mich frage, w-w-womit ich die nächsten Stunden zubringen werde, k-k-kann ich auch eine F-F-Flasche unterm Kopfkissen vorziehen und …« Ich hielt inne. Und was? Was würde ich tun, wenn ich könnte? Wenn ich die Wahl hätte, was würde ich dann machen? Erschreckende Klüfte taten sich zu meinen Füßen auf. Deshalb blieb ich in meinem Zimmer.

»Ich will damit ja nicht sagen, dass du durch Indien trampen sollst, also wirklich. Fang mit kleinen Sachen an. Ich habe da eine Idee. Was weißt du von Eimern?«

Okay, kein Alkohol mehr für mich. Ganz offensichtlich hatte ich eine Null-Toleranz-Grenze, und er beeinflusste bereits mein Gehirn. Aber ich wusste die Antwort darauf.

»Plastikdinger«, sagte ich stolz. »In vielen Farben. Oder aus Metall. Glänzend. Manchmal haben sie Löcher. Es gibt ... einen Song darüber. Und wenn etwas im Eimer ist, dann funktioniert es nicht mehr.« Beglückt über die Ausführlichkeit meiner Antwort lehnte ich mich zurück.

»Ausgezeichnet. Ganz offensichtlich bist du eine Koryphäe auf diesem Gebiet. Was machst du morgen früh?«

»Nichts«, sagte ich, ohne nachzudenken.

»Gut. Triff mich um halb elf vor der Post. Nein, elf ist besser – ich muss morgen ein bisschen länger im Bett bleiben. Dann kannst du mir beim Eimerkaufen helfen.«

»*Achtung*«, ließ Thomas plötzlich verlauten. »*Deckung!*«

Ich schaute auf. Ein sehr unglücklich dreinblickender Onkel Richard kam auf uns zu.

»Okay«, sagte ich zu Russell, dann stand auch schon mein Onkel bei uns.

»Russell. Ich habe gehört, du seist da.«

Russell stand auf, erschreckend nüchtern. »Richard, guten Abend. Jenny und ich haben uns auf den neuesten Stand gebracht.«

Mein Onkel sah zu mir, dann zu dem Glas auf dem Tisch und sagte in apokalyptischem Tonfall: »Jenny? Hast du etwa ... getrunken?«

Ich wusste nicht, ob ich lachen, weinen, hicksen oder durchdrehen sollte. Wie gewöhnlich verkrampfte sich aus Sicherheitsgründen alles in mir, und kein Ton kam heraus.

»Also wirklich«, sagte Russell entrüstet, »natürlich hat sie das nicht. Es sei denn, Kaffee gehört dazu.« Er zeigte zu Tasse und Untertasse.

»Jenny, du weißt doch, dass es deine Tante nicht gern sieht, wenn du Kaffee trinkst. Das kann sehr stimulierend sein.«

»Entspann doch mal, Richard, das ist eine Party. Erlaub ihr doch ein bisschen Spaß.«

Ich wusste, dass er sich über meinen Onkel lustig machte. Und ich fragte mich, ob er sich auch über mich lustig machte.

»Ja sicher doch, ich denke ja auch nur ein ...«

»Ein Kaffee bringt sie nicht auf die Straße ewiger Verdammnis«, beendete Russell.

Ich stand auf, und er half mir, das Gleichgewicht zu finden, während wir so taten, als würden wir einander die Hand schütteln. »Schön, dich mal wieder getroffen zu haben, Jenny.«

Ich nickte und war ausnahmsweise einmal dankbar, dass niemand eine Antwort von mir erwartete, war mir aber gleichzeitig der leisen Missbilligung, die Onkel Richard verströmte, sehr bewusst. Ich lächelte Russell an, der mir zuwinkte und lautlos mit den Lippen »Eimer! Nicht vergessen« formte. Zumindest hielt ich es dafür.

»Komm mit, Jenny. Es ist schon nach halb elf, und deine Tante ist müde.«

»Mach lieber sechshundert Wörter daraus«, rief Russell mir noch nach, während ich meinem Onkel kleinlaut aus dem Zimmer folgte. Thomas lief neben mir her, dichter als gewöhnlich, und stieß gelegentlich (und ziemlich überflüssigerweise) ein leises Schnauben aus.

Das war also meine erste Party.

Kurz darauf erhielt ich meinen ersten Heiratsantrag.

Am nächsten Morgen wachte ich richtig früh auf – und in heller Aufregung. Ich hatte einen Termin. Ich traf mich mit jemandem. Ich hatte ein Ziel.

»*Es ist erst halb sieben*«, sagte Thomas in seiner Ecke. »*Es ist noch nicht einmal hell, und du warst letzte Nacht erst kurz vor elf im Bett. Du wirst dich noch verausgaben.*«

»Ja, sehr witzig.«

»*Mach dir eine Tasse Tee und geh zurück ins Bett.*«

Und das tat ich.

Nach einer halben Tasse stellten sich bei mir die ersten Zweifel ein.

»Denkst du, er wird es vergessen?«

»*Nein.*«

»Er war ziemlich betrunken.«

»*Nicht, als er mit dir geredet hat.*«

»Glaubst du, er wird seine Meinung ändern?«

»*Nein, ein Kerl braucht immer ein paar Eimer.*«

»Mal angenommen, er kann nicht kommen.«

»*Dann wird er um elf Uhr nicht da sein, und du wirst enttäuscht sein, weil man dich versetzt hat, zusammen mit 99 Prozent der menschlichen Spezies, die früher oder später in ihrem Leben dieselbe Erfahrung machen. Wie jeder normale Mensch.*«

»Magst du ihn immer noch?«

»*Ja.*«

Ich trank noch einen Schluck Tee und schaute ihn zwischen meinen Wimpern hindurch an.

Er seufzte. »*Ja, ich glaube, er mag dich auch. Du meine Güte, das ist ja so, als würde ich wieder mit einem Teenager zusammenleben.*«

Um halb zehn war ich bereit, das Haus zu verlassen. Thomas zögerte es noch bis um zehn hinaus, gab dann aber nach und meinte, wir könnten ja langsam gehen und an den Schaufenstern entlangbummeln. Es regnete, und immer wieder stieß ich mit meinem Regenschirm gegen irgendwelche Leute.

Schlussendlich stimmte er zu, dass es vermutlich am besten wäre, geradewegs zur Post zu gehen und dort zu warten. *»Ehe du noch jemandem ein Auge ausstichst.«*

Ängstlich warteten wir eine Viertelstunde. »Er kommt nicht«, sagte ich.

»Es ist erst elf Uhr. Er ist Single, hat einen heftigen Kater und sucht gerade nach einem Parkplatz. Wir können uns glücklich schätzen, wenn wir ihn vor zwölf zu Gesicht bekommen. Entspann dich.«

Und so standen wir auf der Treppe und sahen zu, wie die Leute im Regen vorbeiliefen. Nur wenige Minuten nach elf hupte jemand. Russell Checkland löste seine Parkplatzprobleme, indem er einfach da stehen blieb, wo er gerade sein wollte, und wartete darauf, dass die Leute zu ihm kamen.

Ich schlängelte mich zwischen den geparkten Autos hindurch, während er sich zur Beifahrertür beugte und sie für mich öffnete.

»Schirm«, erinnerte mich Thomas und mutmaßte damit zu Recht, dass jeglicher vernünftige Gedanke sich den Morgen freigenommen hatte. Ich hatte ein bisschen damit zu kämpfen, während die hupende Kakophonie immer lauter wurde und die massige Gestalt von Mrs. Pargeter, unserer Politesse, auf uns zusteuerte.

Nervös und nass stolperte ich schließlich in seinen alten Land Rover. Im Auto roch es merkwürdig, eines dieser schief am Rückspiegel hängenden Duftbäumchen hatte seinen Kampf schon längst aufgegeben.

»Guten Morgen«, sagte Russell und reihte sich unter einem neuen Schwall Gehupe wieder in den Verkehr ein.

»Übler Tag. Hast du gestern Abend viel Ärger bekommen?«

Ich schüttelte den Kopf. Sobald wir nach Hause gekommen waren, hatte ich mich verzogen, und ich nehme mal an, Tante

Julia und Onkel Richard waren beide so erleichtert, ihre verstaubten Kompetenzen als Eltern nicht herauskramen zu müssen, dass sie es mir durchgehen ließen.

»*Frag ihn, wie es ihm geht*«, sagte Thomas. »*Denk an deine Manieren.*«

»Wie geht es dir?«

»Richtig gut. Habe geschlafen wie ein Murmeltier. Fühle mich großartig. Muss Jenny abholen. Und Eimer kaufen.«

»Warum?«

Gott sei Dank verstand er verbales Steno und konnte genug für uns beide plappern.

»Fürs Dach. An der Nordseite leckt es. Mein Vater hat den Großteil des Daches vor ein paar Jahren gemacht und diese Seite ausgelassen, weil es da noch nicht so schlimm war, aber jetzt schon. Also müssen Eimer her.«

»Kann es repariert werden?«

»Ganz einfach, wenn man gerade zufällig ein paar tausend Pfund übrig hat. Habe ich aber nicht, also mache ich mal schnell einen Abstecher zum Baumarkt und gebe stattdessen nur rund dreißig Pfund aus. Ganz schön schlau, was?«

Ich nickte, und wir fuhren durch diverse Pfützen auf den Parkplatz. Noch nie zuvor war ich in einem solchen Laden gewesen. Ich war mir ziemlich sicher, dass auch Onkel Richard noch nie hier war, und bei Tante Julia stellte sich die Frage gar nicht erst. Ich versuchte mir vorzustellen, wie Francesca in etwas Weißem, Durchsichtigem durch die Gänge schwebte und Mörtel und Farbe kaufte, doch es gelang mir nicht. Ganz und gar nicht.

»Hier lang«, sagte Russell, ging los, und ich folgte ihm.

Thomas war überwältigt. »*Wow! Sieh dir das an. Was ist das? Du meine Güte, warum sind wir noch nie zuvor hier gewesen? Hier ist es wunderbar. Wofür braucht man das?*«

Wir fanden die Eimer. Aus Plastik und knallbunt.

»Welche Farbe?«, fragte ich.

»Alle«, sagte er und warf acht in seinen Einkaufswagen. »Lass uns mal in die Gartenabteilung rüberschauen, vielleicht haben sie da noch welche aus Metall. Die hier sind weder Asche- noch Boxer-resistent.«

So langsam bekam der Morgen etwas leicht Surreales.

Wir fanden zwei verzinkte Eimer und stellten uns an der Kasse an. Russell zückte sein Portemonnaie und runzelte die Stirn.

»Probleme?«

»Ich versuche mich daran zu erinnern, welche der Karten vermutlich nicht abgewiesen wird. Versuchen wir es mal mit der blauen.«

Ablehnung von Kreditkarten war eine ganz neue Welt für mich, und ich wartete gespannt auf diese neue Erfahrung. Aber nicht heute. Mit unglaublich viel elektrischem Piepsen kamen wir durch.

Russell machte sich mit leicht verminderter Lichtgeschwindigkeit auf den Weg zum Ausgang. Thomas trödelte. »*Tja*«, meinte er und schaute sich ein letztes Mal um. »*Wer hätte das gedacht?*«

»Komm schon«, sagte ich, nervös, ich könnte zurückgelassen werden. Ich konnte mir sehr gut vorstellen, dass Russell, gedankenverloren vor lauter Aufregung über die neu erstandenen Eimer, ohne uns wegfuhr. Vom Parkplatz ertönte ein Hupen.

Ich nahm an, dass ich nach Hause gefahren oder wenigstens vor der Post abgesetzt würde und mein Tag damit vorüber wäre, doch er bog in die andere Richtung ab.

»Wohin fahren wir?«

»Oh, tut mir leid, hattest du was anderes vor? Es regnet gerade so stark, dass ich nach Hause will, um die Tropfen aufzufangen. Ich kann dich aber rauslassen, wo immer du willst.«

Ganz bestimmt wollte ich jetzt noch nicht nach Hause. »Nein, kein Problem.«

Er beschleunigte wieder, und wir rasten die Straßen entlang, durch Whittington hindurch und auf der anderen Seite wieder hinaus. Er bog direkt nach dem Ententeich ab, nahm einen schmalen Weg, und da war die Frogmorton Farm, genau wie ich sie nach all den Jahren noch in Erinnerung hatte.

Ein langes, niedriges Gebäude aus rotem Backstein hier, ein bisschen Gestein da und überall Schornsteine. Merkwürdig geformte Fenster, scheinbar willkürlich über die Fassade verteilt. Einige Nebengebäude mit seltsamer Konstruktion und Zweck drängten sich im Hof zusammen, der sich wiederum zu einer großen Weide hin öffnete.

Das Tor stand offen, und wir fuhren geradewegs in den Hof.

»Du willst doch hoffentlich nicht durch den Haupteingang reinkommen, oder?«

Ich schüttelte den Kopf.

»Gut, die Tür lässt sich nämlich nicht öffnen. Hier lang.«

Wir teilten die Eimer zwischen uns auf, und ich folgte ihm ins Haus. Ich erkannte die Stiefelkammer mit ihrem ganz eigenen Geruch nach alten, nassen Mänteln und Gummistiefeln. Er scheuchte mich hindurch und direkt weiter in die Küche.

»Oh, hallo, Mrs. C! Eimer!«

Da stand Mrs. Crisp. Sie war also noch immer da. Ein bisschen draller, ein wenig stärker ergraut, und ihr Blick war etwas wirrer, aber sie war ein weiterer Mensch, der sich nicht sehr verändert hatte.

Ich erinnerte mich, wie sie mir immer Kekse und Saft gebracht und wie ich gedacht hatte, sie rieche merkwürdig, bis Tante Julia eines Tages von einem »Ladies Lunch« zurückkam und mir klarwurde, dass es Sherry war. Sie wandte sich von dem ab, was sie gerade auf dem Herd umrührte, trocknete ihre roten Hände an einem Geschirrtuch ab und kam auf uns zu.

»Miss Dove, wie schön, Sie mal wieder zu sehen.« Zu meiner großen Erleichterung nahm sie mir die Eimer ab.

Ich lächelte und nickte.

»Keine Zeit zum Plaudern«, rief Russell, bereits auf dem Weg zur nächsten Tür. »Komm schon, Jenny.«

Sie verdrehte die Augen. Ich nahm die Eimer wieder an mich und folgte ihm.

»Da riecht etwas richtig gut«, sagte ich zu Thomas. »Glaubst du, sie fragen, ob wir zum Essen bleiben wollen?«

Er schaute mich schief an. »*Da bin ich mir sogar ganz sicher.*«

Oben auf dem Dachboden stellte ich meine Eimer sorgfältig auf die feuchten Stellen. Danach war ein deprimierendes, aber merkwürdig musikalisches Tropfen zu hören. Russell seufzte. Ich blickte zum Dach. Hier und da konnte ich winzige Pünktchen Tageslicht ausmachen.

»So schlimm ist es gar nicht«, sagte er abwehrend. »Die Dachziegel können draufbleiben. Der Verkleidung fehlt es an Füllmasse, und eine wasserdichte Membran muss über die Träger gelegt werden, dann ist alles wieder in Ordnung. Aber das geht nicht vor dem Sommer.«

»Aufgrund des Wetters?«, fragte ich, glücklich darüber, mit etwas Wissen aufwarten zu können.

»Nein, dann kommt die Pacht wieder rein.«

Ich muss wohl überrascht ausgesehen haben.

»Ich verpachte mein Land an meinen Nachbarn, ein Stück die Straße hinauf. Für seine Schafe. Im Winter und für die Lammzeit holt er sie aus dem Moor herunter. Und ich hoffe, sie sind unendlich dankbar dafür. Ich jedenfalls bin es. Wie auch immer, in diesem Jahr geht die Pacht da rein.« Er gestikulierte zum Dach. »Momentan muss ich mich um anderes kümmern.«

Ich zog die Augenbrauen hoch.

»Streichen. Ich habe jetzt Zentralheizung, das war die Pacht vom letzten Jahr. Also eine ganze Stange mehr als die Pacht vom letzten Jahr. Aber das ist erledigt, wenigstens haben wir es nun warm. Wenn ich jetzt noch das Dach mache, dann habe ich so ziemlich alle Rohbauarbeiten abgeschlossen. Jetzt wird alles zweimal mit zwei Schichten Magnolienweiß gestrichen, dann poliere ich die Böden, und das wäre es dann, bis ein Schornstein runterkommt oder ich Hausschwamm oder etwas ähnlich Beschissenes entdecke. Willst du eine Hausführung?«

Ich nickte begeistert.

»Na dann los.« Er packte mich am Handgelenk und zog mich mit sich.

Wir fingen im Erdgeschoss an.

Die Küche war ein größerer Raum mit Terracottafliesen. An den Wänden standen Geschirrschränke voller Porzellan. Ein riesiger Tisch mit einem bunten Sammelsurium an Stühlen stand inmitten des Raumes. Im Gegensatz zu Tante Julias sorgfältig abgestimmter Designerödnis war hier alles warm, gemütlich, heruntergekommen, und es roch hervorragend. Es gab einen alten Kachelherd, der auch für heißes Wasser zuständig war.

»Da drüben ist ein großer begehbarer Vorratsraum. Hinter dieser Tür ist Mrs. Cs Bereich. Da geht keiner sonst rein. Ihre ganzen verflossenen Liebhaber sind dort an den Wänden angekettet. Manchmal kann man nachts, wenn alles ganz ruhig ist, ihr erbärmliches Wehklagen hören. Das ist ja so tragisch.«

Mrs. Crisp schlug mit dem Geschirrtuch nach ihm. »Verschwinden Sie. Essen gibt's in einer halben Stunde.« Und an mich gewandt, sagte sie: »Mögen Sie Lamm in Aprikosenauflauf?«

»Bleibe ich denn zum Essen?«

»*Habe ich dir doch gesagt*«, verkündete Thomas.

»Entschuldige, Jenny, ich habe vergessen, es dir zu sagen.«

»Nein«, korrigierte Mrs. Crisp. »Sie haben vergessen, sie zu fragen.«

»Ach ja, das auch. Jenny, würdest du gern zum Essen bleiben?«

»*Denk nicht mal daran, nein zu sagen*«, murmelte Thomas.

Wir schauten ins Esszimmer, ein großer, trauriger Raum mit geschlossenen Fensterläden. Russell öffnete einen davon, damit wir besser sehen konnten, aber es wäre diese Mühe nicht wert gewesen. Also zog er ihn wieder zu.

Auf der anderen Seite des Ganges befand sich ein kleiner Salon, der um einiges schöner und gemütlicher war und auf den sehr vernachlässigten Garten hinausging. »Isst du hier drin?«

»Nein, für gewöhnlich esse ich in der Küche. Eine Zeitlang habe ich auch da geschlafen. Ich mag es, wenn ich einen Raum so richtig nutze.«

Das nächste Zimmer muss früher einmal ein Salon gewesen sein, aber jemand hatte eine oder zwei Wände herausgerissen und es inzwischen in einen sehr großen Raum mit zwei ausladenden Verandatüren zum Garten verwandelt. Eine breite Holztreppe an einem Ende führte nach oben in die Dunkelheit. Der breite Kamin war kalt und leer, das Mobiliar düster und trist. Aber es könnte ganz reizend sein. Auf dem Boden lagen echte Holzdielen, und die Wände boten genug Platz für Bücher und Gemälde. Ich konnte mir diesen Raum sehr nett vorstellen.

Mir fiel gar nicht auf, dass Russell Checkland ungewöhnlich ruhig war, während er zusah, wie ich alles in mich aufnahm.

Neben der Treppe war eine weitere Flügeltür. Ich zeigte darauf.

»Die führt zu einem Foyer und der nicht zu öffnenden Eingangstür. Unglaublich nützlich, um ungewollte Besucher zu entmutigen. Und hopp, nach oben mit uns.«

Die Treppe war wunderschön und massiv, doch ihr fehlte ein Läufer. Die Stufen knarzten laut und waren rutschig.

»Ich weiß«, sagte er, obwohl ich gar nichts gesagt hatte. »Irgendwann. Bis dahin pass einfach auf. Ich wette, Julia weiß nicht, dass du hier bist, solltest du also stürzen, werde ich deinen leblosen Körper einfach in einen Straßengraben werfen und so tun, als hätte ich dich nie gesehen.« Zu diesem Zeitpunkt schien mir das witzig.

Oben machte der Gang einen l-förmigen Knick. Am kürzeren Ende befanden sich zwei große Schlafzimmer.

»Das hier ist meins«, sagte Russell und zeigte den Gang hinunter auf eine Tür, auf die drei schmale Stufen zuführten. Mir fiel der gestrige Abend wieder ein, und ich fragte mich, ob er deshalb manchmal in der Küche schlief. Zu betrunken, um auch noch diese drei Stufen zu bewältigen. Er schlug nicht vor, mir sein Zimmer zu zeigen. Wahrscheinlich war das Bett nicht gemacht, und seine Socken sowie getragene Unterhosen waren überall verstreut. Vielleicht lag aber auch Francesca darin, nackt und fordernd auf dem Bett ausgestreckt.

»Jetzt reiß dich mal ein bisschen zusammen«, sagte Thomas, und das versuchte ich.

Das andere Zimmer zeigte er mir, und es war ganz reizend. Hier hatte man Sorgfalt walten lassen. Zwischen zwei hohen Fenstern stand ein großes Bett, zwei Einbauschränke flankierten den Kamin mit diesem Gasfeuer, das ihn wie einen echten Kamin aussehen ließ. An der einen Wand stand eine Kommode, an der anderen ein kleiner Frisiertisch. Es roch frisch. Mit etwas Farbe und Stoff könnte es ein sehr schönes Zimmer werden.

Hatte er das für Francesca hergerichtet?

»Und das ist das Beste. Komm her und schau es dir an.«

Er stürzte nach vorn wie ein Immobilienmakler, verkörperte eine Mischung aus Schnelligkeit und Provisionsgier. Wir traten durch eine kleine Tür in der Ecke und gingen eine schmale, gewundene Treppe sechs Stufen hinunter. Sie führten zu einem kleinen, aber modernen Badezimmer. Duschkabine, Badewanne, Waschbecken, Toilette, alles da.

»Ist das nicht toll? Wir nehmen an, dass es einst das Zimmer des Dienstmädchens war. Vielleicht auch das Kinderzimmer. Wie findest du es?«

Ich sah mich um und lächelte.

»Es gibt noch mehr zu sehen.«

Wieder die Treppe hoch, durch das Zimmer, den Gang hinunter und dann oben an der Treppe nach links. »Drei kleinere Zimmer und ein großes Badezimmer.«

Ich zeigte auf die Tür am Ende des Ganges.

»Oh, mein Atelier. Da geht eigentlich niemand rein. Bist du hungrig?«

Ich nickte, und wir eilten die Treppe wieder hinunter. Er hielt mein Handgelenk fest umschlossen, bis wir unten waren.

In der Küche war der Tisch bereits gedeckt. Mrs. Crisp ging gerade mit einer Tasse Tee in der Hand hinaus. »Ich lasse Sie allein«, sagte sie und schloss die Tür hinter sich.

Ich schaute zu Russell. »Für gewöhnlich verbringt sie die Nachmittage in ihrem Zimmer. Du weißt schon – Liebhaber.«

Ich nickte wissend.

Weiter sagte er nichts, was sehr ungewöhnlich für ihn war.

Das Essen war köstlich, und zum Nachtisch gab es ein Stück selbst gemachten Käsekuchen. Ich lehnte mich zurück, fühlte mich wohl und war vielleicht ein klitzekleines bisschen müde.

»Das hast du davon, in aller Herrgottsfrühe aufzuwachen, weil du ein Date hast«, sagte Thomas ohne jedes Mitleid.

»Das ist kein Date.«

»Ach nein, ist es nicht? Würdest du mich dann also bitte entschuldigen, ich sehe jetzt mal eine Weile aus dem Fenster.«

Und das tat er auch. Abgesehen vom Regen war nichts zu sehen, also weiß der Himmel, was er da so trieb.

Russell stellte das Geschirr in die Spülmaschine, während ich Kaffee kochte.

»Wir können uns ins andere Zimmer setzen, wenn du willst, aber ich denke, hier ist es wärmer und gemütlicher.«

Ich nickte.

»Und, was denkst du?«

»Hat sich nicht viel verändert. Ein bisschen ... heruntergekommener. Viel zu tun.«

»Mmmm«, meinte er. »Mrs. C sagte, ich dürfe dich das nicht fragen. Tatsächlich redet sie davon, seit ich es zum ersten Mal erwähnte, aber ich frage mich – würdest du mir gern helfen?«

»Ich?«

»Ja, es ist nicht schwer. Ich dachte, wenn ich das Schmirgeln und Vorbereiten übernehme, dann könntest du mit Farbe und Walze kommen und – Simsalabim wäre ein weiteres Zimmer fertig. Kannst du dir vorstellen, wie viel besser das Zimmer mit ein bisschen Farbe an der Wand aussehen würde? Wir schalten das Radio ein und singen dazu. Was hältst du davon?«

»Ich habe noch nie ... zuvor gemalert.«

»Also, das ist nicht schwer. Das kann es ja nicht sein. Männer machen das. Sag ja.«

Ich erinnerte mich an das Gefühl heute Morgen beim Aufwachen, mich auf etwas freuen zu können. Das musste nicht nur für heute so ein. Ich könnte diese Vorfreude erneut haben.

Ich nickte heftig, ein breites Lächeln im Gesicht.

»Du machst es? Das ist großartig. Dann schaffen wir es in der Hälfte der Zeit. Mach dir keine Sorgen. Du erledigst nur die einfachen Sachen, ich kümmere mich um die schwierigen.«

»Wenn du das glaubst, dann lässt du dir wirklich jeden Bären aufbinden.«

»Okay, ich hole dich morgen an der üblichen Stelle ab.«

Wir hatten eine übliche Stelle!

»Sagen wir um zehn? Du isst bei uns, und ich bringe dich so um halb drei, vier wieder zurück. Deine Malerklamotten lassen wir hier.«

Wieder nickte ich, mein Herz jubelte vor lauter Aufregung.

Zu Thomas sagte ich: »Was soll ich Tante Julia sagen?«

»Warum solltest du sie fragen? Hat sie dich je zuvor gefragt, wie du deine Tage verbringst?«

Das war auch wieder wahr.

»Lust auf einen weiteren Kaffee, um deinen Eintritt in die Reihen der Unterbezahlten und Überarbeiteten zu feiern?«

Russell schenkte mir nach – zwei Tassen Kaffee in weniger als einer Stunde. Ich befand mich geradewegs auf dem Weg in die Hölle, war darüber aber ziemlich vergnügt – dann hörte ich, wie ein weiteres Auto auf den Hof fuhr. Einen schreckerfüllten Moment lang glaubte ich, Tante Julia hätte wundersamerweise erahnt, wo ich mich aufhielt und Onkel Richard aufgetragen, mich nach Hause zu holen.

Zwei Fremde traten ein. Ich wich sofort zurück.

»Hey«, sagte der Mann. »Dein Pferd braucht ein bisschen mehr Bewegung.«

Ah, er sprach wohl von Boxer. Die glänzenden Eimer waren für ihn.

»Ich weiß. Aber er mag Regen nicht.«

»Ich habe keine Ahnung, was dich überhaupt dazu veranlasst hat, einen solchen Feigling zu kaufen.«

»Na ja, seinetwegen habe ich vor ein paar Jahren eine ganze Stange Geld verloren. So etwas verbindet einen.«

»Hallo«, sagte der Mann, der mich trotz meiner Bemühungen entdeckte. »Ich werde nicht darauf warten, dass Russell uns einander vorstellt. Seine sozialen Kompetenzen sind so ausgeprägt wie bei einem Fahrrad. Ich bin Andrew Checkland. Und so wahr mir Gott helfe, ich bin so etwas wie sein Cousin, auch wenn ich das für mich behalte, erzähl es also bitte nicht weiter … und das ist …« Er schaute sich um. »Wo ist sie hin? Sie war doch eben noch hinter mir. Hey!«

»Sag nicht immer ›hey‹ zu mir«, schimpfte seine Begleiterin, die durch die Tür hüpfte und versuchte, einen schlammverdreckten Schuh auszuziehen. Sie war groß und hatte blondes Haar, das zu einem strengen Knoten zurückgebunden war, wodurch ihre Wangenknochen betont wurden. Sie sprach mit leichtem Akzent. Später fand ich heraus, dass sie Deutsche war. »Ich brauche Hilfe mit diesem Schuh.«

»Du hast fünfhundert Paar Schuhe. Wie kannst du da vergessen haben, wie man sie auszieht?«

Russell stellte ihr einen Stuhl hin, bevor sie stürzte. »Hier, Tanya. Setz dich, während du dich mit deinen gemeinen englischen Schuhen abplagst. Ich möchte dir meine Mittagessenverabredung vorstellen, Miss Jenny Dove. Jenny, das ist so ein Halbcousin, den ich aus Mitleid hier dulde, und die unfassbar schöne Miss Tanya Bauer, die sich standhaft weigert, ihn für mich zu verlassen.«

Die beiden gaben ein gutaussehendes Paar ab. Russell war, wie ich fand, auf seine Weise ebenfalls gutaussehend, allerdings konnte er mit Andrews konventionellen dunklen Zügen nicht mithalten. Zwischen den beiden gab es eine gewisse Ähnlichkeit, aber Russells Gesicht war länglicher und knochiger. Und Tanya war atemberaubend.

Sie lächelte freundlich. »Ich kann dir leider nicht die Hand geben, weil meine Hände so dreckig sind wie immer, wenn ich bei Russell vorbeikomme, und dieser Schuft da macht es auch nicht besser, aber ich freue mich sehr, dich kennenzulernen.«

Ich lächelte sie ebenfalls an.

»Auch nett, dich zu treffen«, meinte Andrew und schob sich auf den gegenüberliegenden Stuhl. »Haben wir uns schon mal wo gesehen?«

»Um Himmels willen, Andrew«, sagte Russell. »Lass dem Mädchen doch mal eine Chance.« Er wandte sich an mich. »Er ist ein Checkland. Er kann einfach nicht anders. Lass dich von seinem oberflächlichen Glanz nicht täuschen. Konzentrier dich auf mich.«

Auf der anderen Seite des Küchentischs gab Tanya den Kampf mit ihrem Schuh auf. »Der ist nicht auszuziehen, und ich habe mir einen Nagel abgebrochen«, verkündete sie. »Andrew, bring mir bitte einen Kaffee.«

Andrew stieß einen lauten Seufzer aus und trieb zwei große Tassen auf. »Ist der frisch?«

»Fast.«

Er schenkte zwei Tassen ein und reichte ihr eine. »Hier, meine rechtmäßige Schöne. Kaffee, um die Schmerzen zu lindern.«

»Also«, sagte Russell. »Denkt nicht, es wäre nicht nett, euch hier zu sehen, aber weshalb seid ihr hier? Bleibt ihr länger?«

»Fünf Minuten, um nach Boxer, dem Haus und dir zu sehen. Genau in dieser Gewichtung. Und natürlich um diese wunderschöne Lady kennenzulernen. Noch mal hallo, Jenny.«

Wieder lächelte ich ihn an. Er war nett. Er zwinkerte mir zu.

»Lass das«, sagte Russell.

»Sieh mal einer an«, bemerkte Thomas. *»Gestern um diese Zeit war kein Mann in Sicht, und jetzt hast du zwei. Stell dir nur vor, was du bis zum Wochenende schaffen könntest.«*

»Das Pferd hast du gesehen. Das Haus hat jetzt neue Eimer, und mir geht's gut. Du kannst also gehen.«

Andrew trank seinen Kaffee aus. »Ach. Ich habe noch andere Patienten. Patienten, die bezahlen, stell dir nur vor. Deinem Pferd geht's gut, Russ. Gib ihm einfach noch die restlichen Tabletten, dann ist er wieder fast wie neu.«

Während ich die zwei beobachtete, fiel mir auf, dass Andrew Russell mehr als argwöhnisch beäugte. Mir wurde klar, dass er von letzter Nacht gehört hatte. Er war vorbeigekommen, um nach seinem Cousin zu sehen. Er war mir vom ersten Moment an sympathisch gewesen, aber jetzt mochte ich ihn noch ein wenig mehr.

Er schaute zu Tanya. »Bist du so weit?« Noch so einer, der nicht lange stillsitzen konnte.

»Nein«, sagte sie gelassen. »Ich will meinen Kaffee austrinken und mit Russell und Jenny reden.«

Sofort setzte er sich wieder. Sie steckte ihre Nase in die Tasse, hatte mir zuvor aber noch schnell einen Blick zugeworfen. So wurde man also mit einem Checkland fertig. Auch wenn ich gar nicht gewusst hatte, dass es zwei von dieser Sorte gab. Ich war mir nicht sicher, ob die Welt dafür bereit war.

»Wir fangen morgen mit Malern an«, verkündete Russell.

Andrew zog eine Augenbraue hoch. »Wir?«

»Jenny will mir zur Hand gehen.«

Andrew stöhnte. »Du kannst diese liebenswerte junge Frau nicht dazu bringen, als deine unbezahlte Sklavin zu arbeiten, Russell. Die Tage der weißen Sklaverei sind vorbei. Jenny, hör mir gut zu. Fliehe. Fliehe, solange du noch kannst. Es ist nicht so, als würde er dich irgendwann bezahlen. Mich bezahlt er nie.«

»Du schickst mir nie eine Rechnung.«

»Mich bezahlt er auch nie«, sagte Mrs. Crisp, die in die Küche zurückkam.

»Tue ich wohl«, erwiderte Russell empört. »Ich kann mich ganz genau daran erinnern, wie ich Sie letzten ...« Er verstummte.

»Letzten Mittwoch?«, sprang ihm Andrew zu Hilfe, und sie schnaubte.

»Oh! Das war wirklich ein schlimmes Wort. Hör ja nicht zu, Jenny.«

»Letzten Monat? Letztes Jahr? Du lieber Himmel, Russ!«

»Ich bin bis Ende letzten Monats bezahlt worden, besten Dank«, sagte sie.

»Siehst du«, verkündete Russell. »Ich weiß gar nicht, worum hier so viel Aufheben gemacht wird, und ganz ehrlich, eigentlich sollten Sie mich bezahlen, schließlich bin ich so ein wunderbarer Arbeitgeber.«

Daraufhin schnaubten alle, und Thomas verdrehte wegen unserer Ausdrucksweise die Augen.

In der Zwischenzeit hatte Tanya ihren Kaffee ausgetrunken. »Ich wäre dann so weit«, sagte sie und hüpfte zur Tür. »Ach, jetzt fällt es mir wieder ein. Russell, du kommst am Sonntag zum Mittagessen, um eins.«

Andrew zuckte mit den Schultern. »Nie weiß ich, ob es daran liegt, dass sie des Englischen noch nicht ganz mächtig ist, oder ob sie hier ihre Domina-Seite zum Ausdruck bringt. Russell, es würde uns sehr freuen, wenn du am Sonntag zum Essen zu uns kommen könntest, so gegen eins.«

»Genau das habe ich gerade gesagt.«

»Das hast du in der Tat, meine teutonische Verführerin. Ich habe es nur in etwas annehmbarere Bedingungen formuliert. Jetzt besteht die Chance, dass er tatsächlich kommt.«

»Gibt's Schweinebraten?«, fragte Russell hoffnungsvoll.

»Wenn du das wünschst.«

»Das tue ich, und deine Einladung kannst du formulieren, wie es dir beliebt, Tanya. Wenn du es so arrangieren könntest, dass Andrew nicht zugegen ist, dann wäre der Tag perfekt.«

»Nein, er muss da sein, um mit dir über dein Leben zu sprechen und sicherzustellen, dass du nicht zu viel trinkst.«

Andrew stöhnte. Ich kicherte.

»Ja«, sagte Russell. »Viel Glück damit, Kumpel. Die Tür ist hinter dir.«

Selbst Thomas widersprach nicht, als ich am nächsten Morgen aus dem Bett hüpfte. Ich packte eine alte Jeans, ein paar abgetragene Turnschuhe, ein verwaschenes Sweatshirt, ein paar Toilettenartikel und ein Handtuch ein.

Ich aß noch eine Scheibe Toast mit Mrs. Finch in der Küche, damit keiner dachte, ich wäre von der Erdoberfläche verschwunden oder von Aliens entführt worden, und gegen halb neun drängten Thomas und ich in den Nieselregen nach draußen.

Erstaunlicherweise stand Russell bereits vor dem Postamt und wartete auf uns. Ich hatte den Eindruck, als wäre er erleichtert.

»Ich war mir nicht sicher, ob du kommen würdest«, sagte er, verstaute meine Tasche im Kofferraum und stieg zu mir ins Auto. »Ich habe mich gefragt, ob du es dir wohl anders überlegst.«

»Nein. Ich freue mich darauf.«

Er lachte. »Das werde ich schon bald ändern.«

Er fuhr mit dem üblichen wütenden Hupkonzert auf die Straße. Ich glaube nicht, dass er jemals etwas davon mitbekam.

Mrs. Crisp war in der Küche. »Essen gibt's um eins«, verkündete sie streng.

»Immer mit der Ruhe«, sagte Russell. »Ich habe gerade erst gefrühstückt.«

»Ich rede mit Jenny. Achten Sie einfach nicht auf ihn. Sie kommen um eins nach unten und machen eine Stunde Mittagspause. Lassen Sie sich ja nicht in zehn Minuten von ihm da durchhetzen und dann wieder die Treppe hochjagen.«

»So, wie Sie das sagen, hört sich das leicht anzüglich an«, meinte Russell zu ihrem abgewandten Rücken. »Wir malern nur, wissen Sie?« Die Tür fiel hinter ihr zu. »Ich weiß nicht«, murmelte er. »Da zahlt man sie, und dann denken sie, man würde ihnen gehören.«

»Wo kann ich mich umziehen?«, fragte ich und versuchte so, ihn wieder zum eigentlichen Thema zurückzubringen.

»Von meinem Zimmer hältst du dich besser fern, sonst wird Mrs. C den ganzen Vormittag über vor sich hin murmeln und sich bekreuzigen, also geh doch einfach in das Zimmer daneben. Weißt du noch, wo das war? Ich bereite alles vor, und wir treffen uns oben am Treppenabsatz. Ich dachte, wir fangen mit den drei kleinen Zimmern an, dann kommt das schöne Zimmer dran und danach der Treppenabsatz. Ich mache die Treppe, und wir schließen mit den wichtigen Räumen unten ab. Okay?«

Ich nickte und verschwand, um mich umzuziehen.

»Weißt du, was du da machst?«

»Keinen Schimmer.«

»Dann halte ich mich besser im Hintergrund.«

Tatsächlich war es sehr viel einfacher, als ich gedacht hatte. Oder aber ich war ein Naturtalent im Malern und Gestalten. Russell machte die Decken, ich die Wände, die schnell und einfach erledigt waren. Ich habe selbst so einiges an Farbe abbekommen, insbesondere am ersten Tag, und musste mir ziemlich viel davon aus den Haaren waschen, aber abgesehen davon ging es richtig gut.

Hinsichtlich der Musikwahl waren wir uneins, also hörten wir einfach Radio 4, hauptsächlich damit Russell fluchen und vergebens mit egal welchem Moderator diskutieren konnte, der gerade seinen Zorn auf sich zog. Und das waren so ziemlich alle. Ich fand das unterhaltsamer als das eigentliche Programm.

Jeden Tag tauchte ich durch die Allee hinter dem Postamt auf und nahm dann mein normales Leben wieder auf.

»Ein bisschen wie Superman«, sagte Thomas, als ich angenehm müde und mit dem ungewohnten, aber freudigen Gefühl, etwas vollbracht zu haben, auf dem Heimweg war. So weit ich das beurteilen konnte, war keiner auch nur im mindesten an meinem Treiben interessiert.

Die Zeit verflog vergnüglich, doch dann ließ Thomas die Seifenblase platzen.

»Dir ist schon klar, dass es vorbei ist, wenn ihr mit dem Esszimmer fertig seid, also vermutlich übermorgen. Dann ist alles gestrichen.«

Das war mir tatsächlich nicht klar gewesen. Ich hatte so viel Spaß gehabt, dass ich gar nicht an danach gedacht hatte. Nächste Woche um diese Zeit wäre ich wieder zurück in meinem alten Trott. Das würde hart sein. Ich hatte eine Ahnung von etwas Besserem bekommen.

Ich schluckte und nickte.

»Was wirst du machen?«

Ich schüttelte den Kopf.

»Jenny ... rede.«

»Ich weiß es nicht. Ich habe mich daran gewöhnt, nicht im Haus zu sein. Vielleicht gehe ich dann spazieren. Erkunde den Sumpf.«

»Nicht allein.«

»Vielleicht mache ich bei einer Laufgruppe mit.«

»Du?«

Das fand ich jetzt ziemlich gemein. Für gewöhnlich drängte Thomas mich eher dazu, Neues auszuprobieren. Ich dachte, er wäre erfreut.

»Oder vielleicht bei einem Lesezirkel.«

Schweigen.

»Oder vielleicht trete ich einem Verein für Heimatgeschichte bei.«

Sein Schweigen hielt an. Was war nur los mit ihm?

»Du glaubst, das ist die Antwort darauf?«

»Wie lautet die Frage?«

»Was wirst du wegen deiner Gefühle für Russell Checkland machen?«

»Nichts. Dir muss aufgefallen sein, dass er bis über beide Ohren in Francesca verliebt ist, schließlich hast du mich überhaupt erst darauf hingewiesen.«

»Nein, ist er nicht.«

»Reden wir hier über dieselben Personen?«

»Er liebt sie nicht. Er begehrt sie. Er ist besessen von ihr. Aber er liebt sie nicht. Und sie ihn auch nicht.«

»Aber er glaubt, dass er das tut. Und das läuft auf dasselbe hinaus.«

»Nicht ganz, aber hör auf, das Thema zu wechseln.«

»Mache ich gar nicht. Da gibt's einfach nichts zu sagen.«

»Gibst du etwa einfach auf?«

»Was?«

»Du hast eine Ahnung von etwas richtig Gutem bekommen. Du hast Spaß daran gehabt. Sieh nur, wie sehr es dich verändert hat. Du strahlst richtiggehend. Ich bin überrascht, dass das noch niemandem aufgefallen ist. Willst du das alles einfach so aufgeben?«

»Was schlägst du denn vor? Dass ich das Haus ein zweites Mal streiche?«

»*Nein*«, erwiderte er in so geduldigem Tonfall, dass ich darüber die Beherrschung verlor. »*Ich sage nur, dass du dir Mühe geben solltest, ehe es zu spät ist. Willst du wirklich, dass die letzten beiden Wochen zum einzigen Highlight deines Lebens werden?*«

Ich war so wütend und verletzt, dass ich schnurstracks ins Bett ging, wo ich die ganze Nacht wachlag. Thomas stand neben dem Fenster. Ich hörte, wie sein Schweif hin und her schwang. Keiner von uns sagte ein Wort.

Und wir redeten auch dann noch nicht miteinander, als Russell mich am nächsten Morgen abholte. Ich war ruhig. Thomas war ruhig. Selbst Russell war ruhig.

In einer alles andere als fröhlichen Stimmung fingen wir mit dem letzten Zimmer an. Ich ärgerte mich über Thomas, der scheinbar keine Mühe scheute, um mir meine letzten Tage hier zu verderben. Das sah ihm so gar nicht ähnlich, ich war aufgebracht und wütend und bereit, meine Laune an der Welt auszulassen.

Man könnte also sagen, dass er ganze Arbeit geleistet hatte, damit ich mich für meinen ersten Heiratsantrag in bester Verfassung befand.

3. Kapitel

Es dauerte eine Ewigkeit, das Esszimmer zu streichen. Russell arbeitete so langsam, dass ich mehrfach auf ihn warten musste, ehe ich weitermachen konnte.

Gegen halb zwölf Uhr sagte er plötzlich: »Ich bin hungrig. Sollen wir heute mal früher essen?«

Ich nickte, packte meine Rolle in Frischhaltefolie ein, wusch mir die Hände und folgte ihm in die Küche.

Was wir an diesem Mittag aßen, weiß ich nicht mehr. Das war noch nie vorgekommen. Mrs. Crisp war eine erstklassige Köchin, und wir befolgten ihre Anweisung und ließen uns jeden Tag beim Essen Zeit. Ich weiß, dass sich Thomas irgendwann neben mich stellte und flüsterte: *»Pass jetzt auf. Ich glaube, was kommt, ist wichtig.«* Dann ging er wieder ans Fenster und schaute in den Regen hinaus. Russell, der fast genauso schweigsam gewesen war wie ich, kochte Kaffee und reichte mir meine übliche Tasse, vermutlich zum letzten Mal. Es blieb nur noch so wenig zu tun, dass er das locker allein fertigstellen konnte. Er bereitete sich darauf vor, mir zu sagen, dass er mich nicht mehr brauchte. Ich versuchte, das Ganze gelassen zu nehmen. Zwei Wochen waren besser, als überhaupt keinen solchen Moment gehabt zu haben.

»Nein, ist es nicht.«

Russell rührte seinen Kaffee um, legte den Löffel hin, griff wieder danach und rührte den Kaffee erneut um, ehe er, ohne mich anzuschauen, sagte: »Ich habe nachgedacht.«

Er starrte so lange auf die heiße Flüssigkeit, dass auch ich daraufblickte und mich fragte, ob etwas damit nicht in Ordnung war. Wirkte er etwa nervös? Was war hier los?

»Ich habe nachgedacht«, wiederholte er, vermutlich für den Fall, dass ich es beim ersten Mal nicht gehört hatte. »Ich habe da so eine Idee, und ich will nicht, dass du etwas sagst, ehe ich fertig bin.«

Als ob das jemals eintreten würde.

»Mir ist aufgefallen, dass wir beide, du und ich, einander ein bisschen aushelfen könnten, Jenny.«

Nachdem er es bis hierhin geschafft hatte, verfiel er wieder in Schweigen und starrte auf seinen Kaffee. Verwirrt sah ich zu Thomas, der scheinbar noch immer in die dunkler werdende Landschaft vor dem Fenster vertieft war, die Ohren jedoch nach hinten gestellt hatte, damit ihm nur ja nichts entging.

Und dann wurde es mir klar. Natürlich! Er wollte sich Geld leihen. Deshalb die Hausführung, deshalb hatte er mich beim Streichen, Eimerkaufen und Mittagessen einbezogen, das alles sollte zur Anfrage eines Darlehens führen. Ich weiß nicht, weshalb er sich so genierte. Ich würde ihm sehr gern helfen. Natürlich wäre Onkel Richard nicht ganz so erfreut. Tatsächlich wäre er darüber überhaupt nicht erfreut. Er war ein Notar. Er mochte Russell Checkland nicht. Es würde nicht einfach werden, aber letzten Endes gehörte das Geld mir, ohne Wenn und Aber.

Und vielleicht, sagte eine innere Stimme, könnte ich dann weiter hierherkommen. Ganz bestimmt wird er mir zeigen wollen, wofür das Geld ausgegeben wird. Und das würde bedeuten, dass ich ab und an hier wäre.

Augenscheinlich kam er zu einer Entscheidung; er schob seinen Kaffee von sich und platzte heraus: »Die Sache ist die, Jenny, ich brauche Geld, und du hast welches. Und du brauchst ein Zuhause, und ich habe eins. Ich finde, wir sollten uns in diesem ... gegenseitigen Nutzen zusammentun.«

Völlig verwirrt starrte ich ihn an.

»Ach du lieber Himmel.«

»Sch-sch-schlägst du vor ...? Nein, ich ... W-w-was?«

Verzweifelt starrte er mich an. »Was?«

»Das habe ich gesagt.«

»Versuchst du gerade, es absichtlich schwer zu machen? Ist das witzig für dich?«

Ich spürte, wie mir Tränen in die Augen stiegen. »Was? W-w-was habe ich falsch gemacht?«

»Nichts. Nichts. Es tut mir leid. O bitte, wein doch nicht.«

»Ich weine nicht«, schluchzte ich. »Aber i-i-ich weiß nicht, w-w-was du willst, und ich habe i-i-irgendwas falsch gemacht.«

»Nein, nein, hast du nicht. Hier.« Er zog ein mit Farbe beschmiertes Tuch aus der Hosentasche. Vor dem Hintergrund, dass ich es nicht schlimmer machen konnte, schneuzte ich mich und gab es ihm dann zurück.

»Na, du bist mir vielleicht ein gewissenhaftes Mädchen, was?«

Ich konnte mir ein tränennasses Lächeln nicht verkneifen.

»Oje, ich bin das alles falsch angegangen.«

»Das kannst du wohl sagen«, bemerkte Thomas.

Was angegangen? Was war hier los? Ich hatte dieses schreckliche Gefühl, das einen immer dann überkommt, wenn alle wissen, was los ist, nur man selbst nicht. Etwas in mir verkrampfte sich. Mein letzter Tag war ruiniert.

Russell drehte seinen Stuhl so, dass er mich ansah, und ergriff meine Hand. »Ich habe das total vermasselt. Haken wir das als Übungslauf ab und fangen noch mal von vorn an. Okay, los geht's. Jenny. Jeder von uns hat Dinge, die der andere braucht. Ich brauche Geld, um dieses alte Haus zu renovieren. Es kostet mich noch das letzte Hemd, aber es ist mein Zuhause, und ich liebe es. Und ich hoffe, das wirst du auch. Mit Geld kann ich wieder anfangen zu malen und meinen Ruf aufzubauen. Es wäre ein Neuanfang für mich. Und du – du brauchst ein Zuhause. Du musst von Julia und Richard weg. Ich weiß, sie haben sich um dich gekümmert, und dir hat es an nichts gefehlt. Wenn man mal von so Sachen absieht wie einem Leben, Möglichkeiten und natürlich Spaß. Ich kann dir ein Zuhause bieten. Du kannst hier bei mir leben. Du kannst dich in diesem Haus und Garten austoben. Wenn du möchtest, dann stelle ich dir ein paar Leute vor. Oder auch nicht. Was auch immer du willst. Da draußen wartet eine ganze Welt, und es ist an der Zeit, dass du ein Teil davon wirst. Ganz ehrlich, wenn du das nicht jetzt machst, dann wahrscheinlich nie. Willst du das, Jenny?« Seine Stimme wurde sanfter. »Jeden Tag deines Lebens um genau dieselbe Uhrzeit genau dasselbe mit genau denselben Leuten machen? Dein ganzes Leben lang? Willst du nicht ein bisschen reisen? Mal hier raus? Nicht wissen, was der Tag dir bringt? Ich kann dir helfen, und das werde ich auch tun. Wir können einander helfen. Ich kann da keine Nachteile erkennen.«

Er redete immer schneller.

»Und du musst dir auch keine Sorgen über ... du weißt schon was machen. Ich bin ein selbstsüchtiger Mistkerl, aber so schlimm bin ich nun auch nicht. Ich werde mich dir nicht aufdrängen. Und solltest du ... also, solltest du jemanden treffen ... dann werde ich nicht ... Natürlich nur, solange du diskret bist«, sagte der indiskreteste Mann im ganzen Land. »Ich denke einfach – es gibt eine Möglichkeit, wie wir beide bekommen können, was wir wollen und brauchen. Es ist schnell, schmerzlos, und wir beide profitieren davon. Wie findest du das?«

Ich starrte ihn an.

»Du kannst jetzt sprechen.«

Irgendwie gelang es mir, einen Ton herauszubringen. »Du willst wissen, ob i-i-ch mit … mit dir z-z-zusammenziehen will?«

»Nein. Nein, natürlich nicht.«

Mir war, als hätte mich jemand in den Magen getreten. Wie dämlich war ich nur?

»Ich will wissen, ob du mich heiraten willst.«

Und jetzt bekam ich einen Tritt ins Herz.

Hastig redete er weiter. Russell Checkland kann man einfach nicht lange zum Schweigen bringen.

»Ich gebe zu, das war nicht meine erste Wahl, aber dein Onkel wird niemals zulassen, dass du ohne Ehegelöbnis mit mir lebst, und tatsächlich hätte er damit auch recht.«

Das nahm dem Ganzen etwas von seinem Glanz.

»Nein«, sagte Thomas. *»Rechne ihm sein bisschen Ehrlichkeit an. Er hat dich nicht mit dummem Geschwätz umgarnt, von wegen du wärst die schönste Frau der Welt und er würde dich über alles lieben.«*

Russell sprach weiter.

»Wir kennen einander schon so lange.«

Wir hatten als Kinder ab und an zusammen gespielt.

»Ich mag dich, und du magst mich. Das hoffe ich zumindest. Ich denke, zusammen könnten wir ein ziemlich angenehmes Leben führen. Wir investieren beide etwas in diese Abmachung, also sind wir gleichberechtigte Partner. Ich glaube, wir könnten es ganz schön zusammen haben. Na, was sagst du?«

»Du solltest jetzt tatsächlich etwas sagen«, meinte Thomas. *»Das wäre nur höflich.«*

»Was? Was kann ich sagen? Was soll ich sagen? Was soll ich tun?«

»Im Ernst?«, fragte Thomas und schaute sich um. *»Mach, was immer du willst.«*

»Aber …«

»Nein, Jenny. Denk nicht darüber nach, was andere von dir erwarten. Mach nicht, was du für richtig hältst, sondern worauf du Lust hast.«

Russell schob mir die große Kaffeetasse hin, und ich nippte dankbar daran.

»Ich weiß, das kommt jetzt ziemlich überraschend für dich. Also vermutlich ist es eine riesengroße Überraschung. Oder vielleicht auch eher ein richtig heftiger Schock, aber du weinst nicht mehr, bist nicht zur Tür hinausgerannt und hast nicht nein gesagt. Habe ich Grund zur Annahme, dass ich halbwegs optimistisch sein kann?«

Er sah aus wie ein hoffnungsvoller kleiner Junge. »Hör mal, ich sehe schon, dass dich das völlig überrumpelt hat. Du brauchst Zeit, um darüber nachzudenken, ehe du mir antwortest.«

Ich nickte.

»Trink erst mal deinen Kaffee aus.«

Ich würgte den Kaffee hinunter.

»Schon besser«, sagte er zustimmend. »Ich muss zugeben, es ist schon irgendwie blöd, wenn man einem Mädchen einen Heiratsantrag macht und es einen ansieht, als wäre es von einem LKW überrollt worden. Aber lass dir ruhig Zeit.«

Er lehnte sich nach hinten und trommelte mit den Fingern auf der Tischplatte herum.

»Weißt du«, sagte Thomas, *»als Mitgiftjäger ist er erbärmlich. Bei einer etwas professionelleren Herangehensweise wären Blumen und keine Eimer im Spiel gewesen, ein romantisches Essen für zwei, Musik … und vielleicht ein Ring. Dieser Typ macht dir einen Antrag in einem heruntergekommenen Bauernhaus zur Musik von tropfendem Wasser und dem zweiten Spülgang. Sagst du ja?«*

»Ich weiß es nicht.«

»Das heißt also ja.«

»Das habe ich nicht gesagt.«

»Bei einem Antrag ist alles, das nicht nein bedeutet, ein Ja.«

»Du bist mir keine Hilfe.«

»Ich muss dir nicht helfen. Du weißt bereits, was du tun wirst.«

»Ich weiß, was ich tun *sollte*.«

»Das ist überhaupt nicht dasselbe. Besser, du kümmerst dich wieder um deinen zukünftigen Verlobten. Es sieht so aus, als würde er gleich platzen.«

Ich blickte zu Russell. Er hatte Ringe unter den Augen, zerzauste Haare und war unglaublich nervös. Einen langen Moment war ich kurz davor, ja zu sagen. Aber auch ich habe meinen Stolz.

»Francesca.«

Er machte ein langes Gesicht und lehnte sich zurück. Was hatte er erwartet? Dass er sich zu ihr schleichen konnte und ich ihm auch noch ein Lunchpaket auf den Weg mitgab? Ich hatte nicht die Absicht, ruhig zu Hause zu sitzen, während Rushford hinter meinem Rücken kicherte.

Erst sah er mich an, dann aus dem Fenster, dann auf seinen Schoß, dann wieder zu mir, nahm meine Tasse und schenkte uns beiden nach. »Ich werde dir die Wahrheit sagen. Das bin ich dir schuldig.«

Ich nickte.

»Ich verehre sie. Sie ist der Grund, weshalb ich lebe.«

Nicht vielen Frauen wird ein solches Geständnis zuteil, kaum dass man ihnen einen Heiratsantrag gemacht hat. Ich war stolz über meine Beherrschung. Thomas wandte sich vom Fenster ab und stellte sich hinter Russell, so dass ich ihn sehen konnte.

»Als wir uns damals in London wiedertrafen, war es so schön. Sie war so bildhübsch. Sie war damals auch netter, einfacher, lachte mehr. Und sie wollte mit mir zusammen sein. Jeder Tag brachte etwas Neues, Wunderbares. Keiner von uns konnte etwas falsch machen. Alles, was wir anpackten, wurde zu Geld. Ich konnte nicht aufhören zu malen. Die Bilder sprudelten einfach nur so aus mir heraus, ich wusste, was ich sagen wollte. Es war aufregend, berauschend. Ich dachte, so würde es immer weitergehen. Und dann bekam sie diese Rolle im Fernsehen, und ich dachte ... ach, egal. Und eines Morgens wachte ich auf, und sie saß mit gepackten Koffern neben dem Bett. Ich weiß, was die Leute über sie sagen, aber wenigstens hat sie sich direkt von mir verabschiedet. Dann nahm sie ihre Koffer und ging. Hätte ich doch nur geweint, statt mich zu betrinken. Hätte ich meine ganzen Werke nicht kurz und klein geschlagen. Hätte ich einfach weitergemacht. Bisher hatte ich Freude gemalt, vielleicht hätte ich dann einfach Verzweiflung malen sollen. Stattdessen trank ich. Maßlos. Und wie du weißt, ist dann mein Vater aufgetaucht. Hat meine Schulden beglichen, aber glaub ja nicht, ich hätte nicht auf die eine oder andere Weise auch bezahlt. Und bezahlt und bezahlt. Ich ging zur Armee – mir war alles egal. Ich glaube, ich dachte damals, ich würde meinem Land dienen oder so. Tja, aber das hat auch nicht funktioniert. Also kam ich wieder nach Hause, und da war sie. Nur wenige Meilen entfernt.«

Vorsichtig nippte er an seinem Kaffee.

»Ich hätte weggehen sollen. Und wegbleiben. Aber das konnte ich nicht. Ich wollte mich von ihr fernhalten, doch eines Tages war sie einfach da. Stand direkt vor mir. Ohne Warnung. Keine Fluchtmöglichkeit. Sie lächelte. Schon war ich zur Stelle. Keine Selbstbeherrschung. Kein Stolz. Sie hob den kleinen Finger, und ich kam angerannt. Aber jetzt ist es nicht mehr dasselbe. Andere sind involviert. Es ist falsch. Aber ich hatte gedacht – wenn ich sie einfach nur sehen würde, dann könnte ich vielleicht wieder malen. Dann würde eventuell alles wieder zurückkommen. Dann würde vielleicht alles wieder so sein, wie es war.«

»Siehst du«, sagte Thomas sehr leise, *»nicht ein Wort von Liebe.«*

»Und war dem so?«

»Noch nicht.«

Plötzlich hatte ich einen Moment der Klarheit. Nicht Francesca als Mensch war es, die er wollte. Sondern das, was sie repräsentierte. Das wollte er wieder zurückhaben. Diese Zeit, als alles, was er malte, zu Geld wurde und er sich wie der Herrscher der Welt fühlte. Aber man kann nicht zurückgehen. Das kann man nie.

Er tat mir so leid. Ich hatte ihn beneidet. All die Jahre hatte ich mein kleines Leben gelebt, und er war da draußen gewesen, im Zentrum seiner Welt, voller Leben und Energie. Es gab jedoch immer eine Kehrseite, und für gewöhnlich war sie mit Schmerzen und Leiden verbunden, und ich hatte das Ergebnis direkt vor Augen. In diesem Moment bekam ich Mitleid mit ihm. Ich streckte meine Hand aus.

Er ergriff sie und hielt sie fest. »Ich schwöre dir, wenn du mich heiratest, werde ich nie etwas tun, das dich verletzt. Darauf gebe ich dir mein Wort. Ich bin kein kompletter Idiot, weißt du? Bei mir wirst du sicher sein.«

Ich hatte keine törichten Vorstellungen hinsichtlich Erlösung. So etwas gibt es nicht. Aber eines Tages würde sie ihn wieder stehenlassen. Ob sie Daniel Palmer heiratete oder nicht, sie würde ihn stehenlassen. Und dieses zweite Mal würde er vielleicht nicht überleben. Und wenn das passierte – und das würde es –, dann sollte jemand für ihn da sein. Jemand, der ihn dann davon abhielt, die Dinge zu zerstören, die ihm etwas bedeuteten. Ich wusste, weshalb er es getan hatte. Um einen Schmerz mit einem anderen auszumerzen. Aber Francesca war nicht das Einzige, was er vermisste. Er trauerte auch um seine verlorenen Gemälde, das wusste er nur nicht.

Ich verschloss meinen Geist vor dem zu erwartenden Zorn und Unfrieden. Die nächsten Tage würden alles andere als leicht werden.

Er las meine Gedanken. »Ich werde es so hinstellen, dass ich an allem schuld bin. Ich werde da sein.«

»Und ich werde auch da sein«, sagte Thomas. *»Ich bin da, solange du mich brauchst.«*

Was könnte da schon schiefgehen?

Natürlich hätte ich Fragen stellen, mich erkundigen sollen, was die Ehe eigentlich beinhaltete. Was hatte er schon davon – mal abgesehen vom Geld? Wie würde ich davon profitieren – mal abgesehen davon, ein Zuhause zu haben? Ich hätte fragen sollen, was er von mir erwartete und was ich von ihm erwarten konnte. Nach Kindern. Nach der Zukunft. Wie würden wir das bewerkstelligen? Den Alltag, das A und O von zwei Menschen, die zusammenlebten. Und vor allen Dingen hätte ich über Francesca sprechen müssen. Richtige Fragen stellen, meine ich, nicht einfach nur seine leichtherzige Versicherung glauben ...

Ich hätte mich mehr anstrengen müssen. Worte kreisten durch meinen Kopf, aber keines davon ließ sich nieder. Ich hätte den Versuch machen sollen, diese Blockade in mir aufzulösen. Aber ich hatte einen kurzen, wunderbaren Blick in ein strahlendes, weit entferntes Land erhascht. Also sagte ich ja.

Natürlich war das der einfache Teil.

»Was machst du morgen?«, fragte er.

»Das Esszimmer fertigstreichen«, antwortete ich, fest entschlossen, meiner Familie noch mindestens ein Jahrzehnt nichts davon zu erzählen. Ich hatte keine Ahnung, wie ich erklären würde, dass ich einen Mann heiratete, den ich noch keinen Monat kannte und der stadtbekannt dafür war, ihrer Tochter in aller Öffentlichkeit nachzusteigen. Die ihn verlassen hatte. So gesehen konnte ich es kaum vor mir selbst erklären.

»Okay, ja, du hast recht. Immer nur eine Sache auf einmal«, sagte mein leicht ablenkbarer Verlobter. »Ich werde anrufen und einen Termin mit deinem Onkel vereinbaren ... am Mittwochmorgen. Danach komme ich dann zu dir, und wir reden gemeinsam mit deiner Tante. Ich möchte, dass du dir nicht allzu große Sorgen machst. Es wird ein bisschen schwierig werden, aber was können sie letzten Endes schon machen? Ein paar Minuten Unannehmlichkeit, dann haben wir's geschafft.«

Am nächsten Tag wurden wir mit dem Esszimmer fertig. Russell versuchte, Andrew dazu zu überreden, ihm am Wochenende beim Verrücken der Möbel zu helfen, doch dieser verreiste mit Tanya. Sie waren jedoch einverstanden, am Mittwochabend für eine kleine Feier in Rushford zu uns zu stoßen.

»Wir werden uns etwas entspannen müssen, nachdem wir den Nachmittag mit Reden bei deinen grauenhaften Verwandten zugebracht haben«, sagte Russell forsch, wobei sich keiner von uns diesen Tag so lebhaft vorstellte, wie er dann tatsächlich war, oder dass der Abend noch mehr Aufregung zu bieten hätte.

Am Mittwoch überlegte ich ernsthaft, den ganzen Tag im Bett zu bleiben. Thomas brachte mich zum Aufstehen. Ich zog mich sorgfältig an, dann saß ich da und starrte mit einem Knoten im Magen auf die Uhr.

Kurz vor Mittag hörte ich, wie ein Auto vorfuhr, und stellte mich auf die Zehenspitzen, um durch die Dachluke nach draußen zu spähen. Es war nicht Russell, sondern Onkel Richard. Etwas stimmte nicht. Er kam nie tagsüber nach Hause.

Hilflos wandte ich mich an Thomas.

»Du weißt nicht, was vorgefallen ist«, sagte er. *»Jetzt bloß nicht panisch werden.«*

»Onkel Richard hat nein gesagt, und jetzt werden sie mich wegschicken.«

»Onkel Richard hat nicht das Recht, nein zu sagen. Du bist achtundzwanzig. Du kannst tun und lassen, was du willst.«

»Sie werden mich wegsperren.«

»Nein, werden sie nicht. Die einzigen Riegel befinden sich in deinem Kopf. Ich weiß, dass es schwierig ist, aber du musst jetzt wirklich ruhig bleiben. Lass nicht zu, dass sie dich aufregen. Versuche, dich jeweils immer nur um eine Sache zu kümmern, ruhig und beherrscht. Das hier könnte sehr gut deine einzige Gelegenheit sein. Also nimm sie wahr.«

Es ist ja schön und gut, »bleib ruhig« zu sagen, aber gar nicht so einfach, das dann auch umzusetzen. Mir war das Katastrophenpotenzial in dieser Angelegenheit durchaus bewusst, und es sah ganz so aus, als würde ich mich ihr allein stellen müssen. Wo zum Teufel war Russell? Blieb er aus Angst weg? Hatte er es sich anders überlegt? Hatte Francesca urplötzlich ja gesagt, und er hatte mich vollkommen vergessen?

»Hör auf damit«, sagte Thomas in einem Tonfall, der für seine Verhältnisse schneidend war. *»Hör auf, dich zu quälen. Es gibt einen Haufen Gründe, weshalb er noch nicht hier ist. Kannst du die Stellung halten, bis er da ist?«*

»Ja«, erwiderte ich. Und dann etwas entschlossener: »Ja, das kann ich.«

»Braves Mädchen.«

Wir hörten Schritte auf der Treppe.

»Viel Glück.«

Onkel Richard klopfte an die Tür. Tante Julia konnte es nicht sein. Das letzte Mal war sie hier oben, um das Aufhängen meiner neuen Gardinen zu überwachen – vor etwa zehn Jahren.

Ich warf mich auf einen Stuhl und schnappte mir ein Buch.

»Verkehrt herum.«

Ich drehte es um und rief: »Herein.«

»Ah, Jenny, guten Morgen.«

»Hallo.«

»Könntest du bitte mal einen Moment nach unten kommen? Deine Tante und ich würden uns gern kurz mit dir unterhalten.«

Ich folgte ihm hinunter ins Wohnzimmer, eine hellblau-graue Symphonie aus schrecklich unbequemen Möbeln, was mir aber erst klar war, seit ich auf Russell Checklands ausgebeultem, durchgesessenem Krempel gesessen hatte.

Tante Julia schäumte vor Wut. Und zwar so richtig. Ich sah, wie sie rastlos auf und ab ging und ihre Augen wütend blitzten.

Als ich eintrat, wirbelte sie herum.

»*Geh langsam weiter*«, riet mir Thomas. »*Lass sie warten. Entweder verlangsamt sie das auch, oder aber sie explodiert. Egal was, es ist gut. Lass nur nicht zu, dass sie dich dazu treibt, etwas zu sagen oder überstürzt etwas zu tun.*«

Man bot mir keinen Platz an. Zwanzig Jahre hatte ich jetzt schon in diesem Haus verbracht, und noch immer hatte ich das Gefühl, als müsste man mich bitten, mich zu setzen. Das war einfach nicht richtig. Zuvor hatte mir das nie etwas ausgemacht, aber jetzt schon. Mein Herzschlag verlangsamte sich etwas, meine Beine strafften sich, und ich hob den Kopf.

»*So ist es gut.*«

»Was hast du nur gemacht? Was zum Teufel glaubst du da zu tun? Was hast du getan, um diesen abscheulichen Mann glauben zu lassen …?«

»Das reicht, Julia, setz dich bitte und beruhige dich. Denn solange wir nicht gehört haben, was Jenny dazu zu sagen hat, ist das alles vermutlich nicht mehr als ein Sturm in einer Teetasse. Also, Jenny«, fuhr er freundlich fort, »ich denke, du weißt, worum es hier geht.«

Freundlich oder nicht, man hatte mich noch immer nicht gebeten, Platz zu nehmen. Ich stand wie ein unartiges Schulmädchen auf dem Teppich und wurde so langsam ein bisschen wütend.

»*Ja, gut so, aber nutze es, lass es nicht verstreichen.*«

Mit fragend hochgezogenen Augenbrauen schaute ich Onkel Richard an. Ich würde es ihn aussprechen lassen.

Er hüstelte. »Russell Checkland war heute Morgen kurz bei mir im Büro. Er ist der Annahme, du hättest zugestimmt, ihn zu heiraten, und wollte mich darüber informieren. Stimmt das tatsächlich?«

Ich atmete einmal tief durch, aber Tante Julia platzte von der anderen Seite des Raumes heraus:

»Natürlich stimmt das nicht, Richard. Wie sollte das möglich sein? Ich kann nicht glauben, dass du ihn nicht einfach aus deinem Büro geworfen hast.«

»Nun ja, er ist ein ziemlich großer junger Mann, außerdem war er sehr höflich. Noch dazu ist es nicht förderlich fürs Geschäft, wenn Kunden sehen, wie Leute wahllos aus unserem Gebäude gewiesen werden. Und zudem kannst du dir vielleicht vorstellen, dass ich ihn eingehend befragt habe und er sehr kategorisch war. Er habe um die Hand unserer Nichte angehalten, und sie habe zugestimmt.«

Sie wandte sich an mich. »Sag, dass es nicht stimmt. Sag uns, dass er lügt.«

Da ich nichts dergleichen sagen konnte, schwieg ich einfach.

»Verstehe ich richtig?«, fragte Onkel Richard. »Dein Schweigen bedeutet, dass er tatsächlich die Wahrheit gesagt hat?«

Ich atmete erneut tief durch, doch wieder kam mir Tante Julia zuvor. »Es ist mir egal, ob es stimmt oder nicht. Das ist Quatsch. Das wird nie passieren. Sie weiß nicht, was sie tut, und er nutzt sie aus. Ich will ihn in vollem Umfang rechtlich belangen.«

»Meine Liebe«, sagte Onkel Richard, gewissermaßen resigniert. »Dürfte ich dich darauf hinweisen, dass wir noch immer nicht wissen, womit wir es hier zu tun haben, und bis Jenny es uns tatsächlich mitgeteilt hat, werden wir das auch nicht.«

»Moment mal – da kommt ein Auto. O ja, der Held ist eingetroffen. Besser spät als nie, aber so ist ein Checkland eben. Und sollte er auf dem Weg hierher angehalten haben, um noch weitere Eimer zu

kaufen, dann bist du durchaus berechtigt, dich offiziell darüber zu beschweren.«

Gedämpft hörte ich die Türklingel und dann Mrs. Finchs Stimme. Kurz darauf kam Russell herein. Er war ordentlich gekleidet, wenngleich seine Krawatte schief saß und seine Haare sich aus ihrer festgegelten Form lösten.

»Hallo zusammen«, begrüßte er uns freudig, ohne sich im geringsten bewusst zu sein, dass hier im Esszimmer gerade Alarmstufe 1 ausgerufen worden war, ganz zu schweigen von einer traumatisierten Verlobten, die wie angewurzelt auf dem Kaminvorleger stand. »Da bist du ja, meine Zukünftige. Hübsch siehst du heute aus. Ich habe dir das hier mitgebracht. Lass dich küssen.«

Mit diesen provozierenden Worten reichte er mir einen Strauß Rosen und küsste mich auf die Wange. Ich fragte mich ernsthaft, ob er zu selbstvergessen war, um die angespannte Stimmung zu bemerken, aber da hatte ich ihn falsch eingeschätzt. Er ergriff meine Hand, drückte sie fest, führte mich zum Sofa, setzte sich neben mich und ließ nur los, um zu sagen: »Grundgütiger, diese Polster sind vielleicht unbequem. Wag es bloß nicht, so etwas für unser Zuhause zu kaufen, Jenny«, und warf daraufhin ein paar von Tante Julias sorgfältig arrangierten Kissen auf den Boden.

Wenn das ein versöhnlicher Anfang gewesen sein sollte, dann war er gründlich misslungen. Thomas trat etwas näher heran.

»Es gibt keinen Ausweg aus dem Ganzen hier. Er setzt alles auf eine Karte. Das ist vermutlich eine gute Idee, aber du brauchst dabei richtig viel Rückgrat. Halte einfach durch. Eines Tages werden wir darüber lachen.«

Ich würde nie wieder lachen.

»Also«, fuhr Russell fröhlich fort. »Worüber reden wir vier hier?«

Oder vielleicht ja doch.

»Wie Sie vielleicht vermuten«, sagte Onkel Richard, »diskutieren wir über Jennys angebliche Verlobung mit Ihnen.«

»Sie diskutieren? Nennt man das jetzt so? Ich vermute mal, treffender wäre es wohl zu sagen, dass Julia dermaßen dramatisiert hat, dass Jenny gar nicht erst zu Wort gekommen ist. Lassen Sie mich allen viel Zeit und Mühe ersparen. Ihre Nichte, also Jenny hier, hat mir die riesige Ehre erwiesen, meinen Heiratsantrag anzunehmen. Es tut mir leid, dass ich etwas spät dran bin«, sagte er an mich gewandt. »Ich bin noch schnell beim Standesamt vorbeigefahren. Die waren da sehr hilfreich und haben mir alle möglichen Unterlagen mitgegeben. Hier, sieh dir das mal durch, sag mir, was du willst, such dir ein Datum aus, und dann schreiten wir zur Tat.«

Tante Julia war wieder auf den Beinen. Einen Moment lang brach mir eiskalter Angstschweiß aus, und ich dachte, ich müsste mich übergeben. In ihrer Wut sah sie furchteinflößend aus.

»Eine verschärfte Version von Margret Thatcher«, sagte Thomas. *»Lass dich von alledem nicht entmutigen. Du wirst das gut überstehen. Er wird nicht zulassen, dass dir etwas passiert, außerdem sind wir zu dritt und sie nur zu zweit.«*

Russell hielt meine Hand noch immer fest. Seine war warm, trocken und ruhig, und ich spürte, wie die Wärme wieder in meinen Körper zurückkehrte. Er sah überhaupt nicht beunruhigt aus, und so langsam vermutete ich, dass er das tatsächlich genoss.

»Diese sogenannte Hochzeit wird niemals stattfinden«, verkündete Tante Julia. »Als ihre Erziehungsberechtigten werden wir nicht zustimmen, dass Sie unsere arme Jenny …«

»Sie ist achtundzwanzig, Julia, sie braucht Ihre Zustimmung nicht. Sie kann tun und lassen, was sie will.«

Nein, konnte ich nicht, und das hatte er offenbar vergessen. Ich tippte ihm auf die Hand. Er hob meine Finger an seine Lippen und zwinkerte mir zu. Nein, er hatte es nicht vergessen. »Vertraust du mir?«

Ich nickte, aber nur einmal, noch immer unsicher.

»Es tut mir so leid, Mr. Checkland.« Ihre Stimme triefte vor Höflichkeit. »Hätten Sie die Höflichkeit besessen, Jennys Erziehungsberechtigte zu konsultieren, ehe Sie meine Nichte mit diesem lächerlichen Heiratsantrag aus der Fassung bringen, dann hätten wir Ihnen ohne dieses Bekümmernis für unsere arme Jenny genau erklären können, weshalb diese oder überhaupt irgendeine Heirat niemals stattfinden kann.«

»Warum nennen Sie sie immer Ihre arme Jenny?«, unterbrach er sie. »Mir erscheint sie vollkommen normal. Sie ist in keiner Weise labil, und es fehlt ihr auch sonst an nichts Lebensnotwendigem. Stimmt doch, oder?«, fügte er laut flüsternd für mich hinzu. »Sollte dem nämlich nicht so sein, dann wäre jetzt der passende Moment, es mir zu sagen. Ich komme damit klar, versprochen.«

Ich schüttelte den Kopf. Wieder einmal hatte er den Moment entschärft.

»Also, noch was anderes, bevor wir gehen?«

Er unternahm alle möglichen Vorbereitungen, um sich aus Tante Julias Sofa zu schälen.

»Verdammt, also ehrlich, Jenny, wir stecken hier vielleicht lebenslang fest. Meine Bemerkung hinsichtlich der Kissen gilt im Übrigen auch für die Sofas.«

»Tatsächlich?«, sagte Tante Julia garstig. »Dann sagen Sie uns doch bitte mal, Mr. Checkland, mit wessen Geld Sie diese neuen Sofas zu erstehen gedenken?«

Russell grinste sie an.

Ihr Gesicht nahm einen gefährlich dunklen Farbton an. Thomas schnaubte.

Nicht so unflätig, dachte ich.

»Verstehe ich richtig, Russell, dass Sie Ihre Frau allein mit dem Geld Ihrer Frau unterstützen werden?«, fragte Onkel Richard, und hier lag wohl der Hase begraben. Sollte er jetzt eine Schwäche zeigen oder versuchen, etwas zu erklären, es schönzufärben oder zu lügen ...

»Nun ja, hauptsächlich, ja. Wenngleich ich natürlich ein kleines Einkommen durch das Verpachten der Weideflächen habe. Fünfzig Pence pro Schaf, müssen Sie wissen«, erläuterte er Tante Julia, und ich glaube, wir alle amüsierten uns über den Ausdruck vollständiger Verwirrung auf ihrem Gesicht. »Noch dazu verbessern sie die Qualität der Weiden unglaublich. Und es obliegt ihnen, die Zäune instand zu halten. Also natürlich nicht den Schafen, sondern den Pächtern. Sie sehen, ein klasse Deal.«

Auf seine Weise war Onkel Richard weitaus unerbittlicher als Tante Julia.

»Es wäre demzufolge angemessen festzuhalten, dass Sie überhaupt nichts in diese ungleiche Ehe beisteuern und meine Nichte allein um ihres Geldes willen heiraten? Ihr Vater würde sich angesichts eines derartigen Betragens von einem Checkland im Grab umdrehen.«

Das zu sagen war nun wirklich genau das Falsche.

In einer geschmeidigen Bewegung war Russell auf den Beinen. Ich stand ebenfalls auf, bereit zu tun, was auch immer ich tun konnte. Russells Stimme war um einiges eisiger, als meine Tante es jemals zustande gebracht hätte. Sie war groß, aber er war größer. Er schaute sie von oben herab an, redete aber mit Onkel Richard.

»Sir, ich denke im Eifer des Gefechts vertun Sie sich etwas, wenn Sie von Ungleichheit sprechen. Vielleicht waren Sie derart in Mrs. Kingdoms nicht gerade hilfreiche Bemerkungen vertieft, dass Sie gar keine Zeit hatten zu erwägen, wie vorteilhaft es für Ihre Nichte sein könnte, einen Ehemann zu haben, der im Besitz eines viktorianischen Bauernhauses mit zwölf Zimmern, umfangreichen Nebengebäuden und Stallungen sowie dreiunddreißig Morgen erstklassigem Weideland ist, mit einem zuletzt geschätzten Wert von etwas über 750 000 Pfund, von denen soeben fünfzig Prozent auf den Namen meiner zukünftigen Frau übertragen werden. Ich weiß, dass meine Verlobte gut von ihren Eltern versorgt wurde, aber es würde mich doch sehr wundern – und gleichzeitig wäre ich höchst erfreut –, sollte sie eine ähnliche hohe Summe in unsere Ehe einbringen. In Anbetracht dieser Tatsachen wäre ich Ihnen sehr dankbar, wenn Sie mir die Bereiche der Ungleichheit aufzeigen könnten, über die Sie so besorgt sind, Sir.«

Ich stand neben ihm, aufrecht, aber zitternd, schwankte heftig zwischen Angst, Bewunderung und jetzt auch Hoffnung.

Onkel Richard lehnte sich nachdenklich zurück. Tante Julia war jedoch noch nicht fertig.

»Das mag ja alles sein«, sagte sie und wischte die zwölf Zimmer und die dreiunddreißig Morgen mit einer raschen Handbewegung weg. »Aber ich muss Ihnen mitteilen, Mr. Checkland, dass die ar…, dass Jennys heikler Gesundheitszustand es unmöglich macht, an einem anderen Ort als in ihrem behüteten Zuhause hier mit uns zu leben.«

Jetzt kam der kritische Moment für mich. Ich würde weggesperrt werden. Wieder einmal reagierte Russell blitzschnell.

»Wusste ich es doch«, sagte er zu mir. »Du bist ein Vampir und musst jeden Abend bei dir zu Hause im Keller in deinem Sarg verschwinden.«

Ich atmete den angenehmen Duft warmer Ingwerkekse ein und flüsterte: »Ich wohne auf dem Dachboden.«

»Dann bist du ein Android und musst jeden Abend nach Hause, um wieder aufgeladen zu werden? Kein Problem – wir kaufen Batterien. Oder wir besorgen ein richtig langes Verlängerungskabel?«

Das tat er absichtlich. Tante Julia war es nicht gewohnt, dass man sich über sie lustig machte. Sie war überaus erbost. Überrascht stellte ich fest, dass ich beinahe Gefallen daran fand.

»Mr. Checkland, hätten Sie sich die Mühe gemacht, meine Nichte kennenzulernen, statt sie einfach nur auf einer Party zu treffen und ihr dann so kurz darauf diesen lächerlichen Heiratsantrag zu unterbreiten, dann würden Sie wissen, warum Jenny weiterhin hier leben sollte.«

Sie wandte sich an mich, und ihre Gesichtszüge wurden weicher. »Jenny, ich will nur das Beste für dich. Wir beide. Dieser ... Mann ... hat dich einmal getroffen, festgestellt, dass du leicht zu beeinflussen bist, und ist nur deshalb hier, weil er verzweifelt Geld braucht und anders an keines herankommt. Also glaub bitte nicht, was er dir erzählt. Von wegen er besitzt ein großes, wohlhabendes Haus, wie er dir vorgegaukelt hat – es ist heruntergekommen, eine regelrechte Bruchbude. Du bist sein letzter verzweifelter Versuch, um es vor dem Verkauf zu retten.

Und abgesehen davon ...«, aber hier hielt sie inne. Selbst Tante Julia brachte es nicht über sich, den Hauptgrund, weshalb ich ihn nicht heiraten sollte – seine skandalöse Verbindung zu ihrer Tochter –, zu erwähnen.

Russell schaute ihrem Kampf interessiert zu und sagte dann fröhlich: »Ach, nichts davon stellt ein echtes Problem dar. Offensichtlich haben Sie vergessen, dass Jenny und ich einander seit fünfzehn Jahren immer mal wieder gesehen haben. Die letzten vierzehn Tage war sie in Frogmorton und hat mir beim Streichen und so geholfen, sie hat also eine sehr genaue Vorstellung, wie es um das Haus bestellt ist. Und offen gesagt, Julia, ich sehe nicht, wo das Problem sein soll, wenn sie zurückgezogen auf dem Land lebt, glücklich und beschäftigt ist und vor allem aber einbezogen wird.«

»Wollen Sie mir etwa sagen, dass sie dort gearbeitet hat? Zwei Wochen lang? Sie haben sie *arbeiten* lassen?«

»Also Ihnen kann man es tatsächlich nur schwer recht machen. Zuerst sind Sie verärgert, weil Sie glauben, wir hätten einander erst kennengelernt, und jetzt sind Sie aufgebracht, weil wir uns schon länger kennen. Sie müssen sich schon entscheiden, Julia, damit wir hier weiterkommen.«

Tante Julia schlug sich wacker. »Ihre Ärzte ...«

»O ja«, unterbrach er sie. »Ich wusste doch, dass da etwas war. Jenny, es tut mir leid. Es gibt noch einen weiteren Grund, weshalb ich so spät kam. Ich habe mit Peter Westall telefoniert. Du kennst ihn nicht, aber unsere Mütter waren eng befreundet, und wir sind das ebenfalls. Wie auch immer – Julia, Sie werden begeistert sein, das zu hören – er ist einer der führenden Spezialisten in seinem Bereich, und er hat versprochen, sich Jenny anzusehen, sobald wir einen Termin bei ihm vereinbart haben. Ich denke, es wäre durchaus sinnvoll, Jenny von jemandem mit einem neuen Blick und Ansichten untersuchen zu lassen und sich seine Empfehlungen anzuhören, außerdem können wir dann alle ruhig schlafen in dem Wissen, dass Jenny von erstklassigen Fachkenntnissen profitiert. Was halten Sie davon?«

Sie gab noch immer nicht auf. »Ich hatte immer vollstes Vertrauen in ihren derzeitigen ...«

»Das glaube ich Ihnen gern«, sagte Russell und lächelte sie an. »Und die Jenny, die wir heute vor uns haben, ist Zeugnis Ihrer Fürsorge.«

Irgendetwas ging doch hier vor sich.

»Tut mir leid, das alles ist mir auch ein Rätsel«, meinte Thomas.

»Okay, wenn das alles war, dann gehen wir jetzt mal. Wir treffen meinen Cousin und seine Freundin zum Essen. Hättest du Lust auf Kino, Jenny? Es läuft irgend so ein Kettensägen-Zombie-

Vampir-Grusel-Psychopathen-Ding. Oder natürlich Hugh Grant, wenn dir das lieber ist«, sagte er mit einem Seitenblick auf das Gesicht meiner Tante.

Sie machte den Mund auf.

»Lass es gut sein, Julia«, sagte Onkel Richard.

»Aber ...«

»Das reicht.«

»Nett, Sie wieder mal getroffen zu haben«, schloss Hurrikan Russell und führte mich zur Tür hinaus. »Nimm eine warme Jacke, Jenny, draußen ist es kalt. Keine Ahnung, wann wir wieder zurück sein werden. Hast du einen Schlüssel?«

Ich schüttelte den Kopf.

Wortlos öffnete Onkel Richard eine Schublade im schmalen Hausflur und reichte ihm einen. So einfach war das.

Russell gab den Schlüssel an mich weiter.

»Hier, Jenny. Verlier ihn nicht. Ich besorge dir einen Schlüsselanhänger. Du brauchst auch Schlüssel für mein Haus – entschuldige – unser Haus. An was man nicht alles denken muss. Mir schwirrt der Kopf. Tschüss.«

Er knallte die Haustür hinter uns zu.

»Na also«, kommentierte er und kletterte in seinen schrottreifen Land Rover. »Das lief doch richtig gut.«

Unter dem lauten Hupen eines ausweichenden weißen Lieferwagens fuhren wir auf die Straße.

»Sieh es doch einfach positiv«, sagte Thomas. *»So, wie er fährt, werden wir alle tot sein, ehe er dich heiraten kann, also ist das alles gar nicht von Bedeutung.«*

Wir rumpelten die High Street hinunter. Normale Leute, die normale Dinge unternahmen, waren irgendwie beruhigend. Nach und nach spürte ich, wie die Anspannung nachließ und ich müde, matt und schwach zurückblieb.

»Ich lasse dich hier raus«, verkündete Russell. »Besorg uns einen Tisch im *The Copper Kettle*, und ich suche einen Parkplatz für das Biest. Ich bin in fünf Minuten bei dir.«

Er fuhr an den Straßenrand, und mir war, als würde das Hupen dieses Mal weniger wütend ausfallen. Aber vielleicht hörte ich es einfach schon weniger.

Er fuhr weg.

Thomas und ich standen auf dem Bürgersteig und schöpften Atem. »Denkst du, dass es von jetzt an immer so sein wird?«, fragte ich ihn.

»Mit ein bisschen Glück. Sollen wir zusehen, dass wir aus dem Regen rauskommen?«

Wir verzogen uns ins *Copper Kettle*, und erst als ich tatsächlich im Gastraum stand und den Geruch von frisch gemahlenem Kaffee roch, wurde mir klar, wie sehr ich mich nach einer Tasse Tee verzehrte. Ich stellte mich an das »Bitte warten, Sie werden plaziert«-Schild. Und da stand ich dann. Und stand und stand. Alle Kellnerinnen schienen am anderen Ende des Restaurants mit etwas beschäftigt zu sein, obwohl es zu dieser Uhrzeit und bei diesem Wetter nahezu menschenleer war.

Lange Zeit stand ich so da. Thomas neben mir verlagerte das Gewicht, sagte aber nichts. Gelegentlich warf eine von ihnen uns einen Blick zu, dann wurde gekichert. Ich spürte, wie mein Gesicht heiß wurde. Mehr Zeit verstrich.

»Bleib stehen«, sagte Thomas.

»Warum?«

»Du wirst schon sehen.«

»Ich kann heute nicht noch mehr Kummer verkraften.«

»Warte einfach, was passiert.«

Noch mehr Zeit verstrich. Ich wusste nicht, ob ich nicht einfach durchgehen und mich an einen freien Tisch setzen sollte. Ich schaute mich im Gastraum um. Ich könnte mich überall hinsetzen, aber auf diesem Schild stand, man solle warten. Außerdem hatte ich gerade erst einen heftigen Kampf ausgefochten. Na ja, ich hatte auf einer Seite gestanden, während der heftige Kampf für mich gekämpft wurde, aber ich stand auf der Seite der Gewinner, also …

»Warum stehst du noch immer hier rum?«, fragte Russell, der mit Lichtgeschwindigkeit durch die Tür schoss. Er sah zu dem Haufen Kellnerinnen am anderen Ende. Als sie ihn erblickten, löste sich eine von der Gruppe und kam auf uns zu, ein professionelles Lächeln im Gesicht.

»Herzlich willkommen«, sagte sie zu ihm. »Bitte hier entlang.«

Er bewegte sich keinen Zentimeter. Sie wiederholte das Gesagte etwas lauter. Endlich schien er sie wahrzunehmen.

»Nein, nicht Sie«, erwiderte er, und ich schnappte nach Luft. Er schaute über ihre Schulter. »Hey, Sharon.«

Ein sehr hübsches, sehr dralles Mädchen kam hinter der Abschirmung hervor. Meiner Schätzung nach war es die Jüngste vom Personal, und als solche blieb vermutlich die meiste Arbeit an ihr hängen.

»Hallo, Mr. Checkland«, sagte sie schüchtern.

»Hallo, wie geht's dir? Jenny, das ist Sharon. Sie ist Mrs. Crisps Nichte.«

Wir lächelten einander an. Sie hatte ein wunderschönes Gesicht mit großen braunen Augen und blonden Löckchen. Ihre Zähne und ihre Haut waren perfekt. Aber sie war recht dick, und ihre Hüften stießen im Gehen gegen einige Tische. Eines der anderen Mädchen lachte. Ich sah, wie Sharon beschämt errötete, und beschloss, nie wieder in dieses Café zu kommen.

»Das Personal hier ist ein hoffnungsloser Fall«, sagte Russell, und das Lächeln der Kellnerin verschwand sofort. »Könntest du uns bitte zu einem Tisch führen, Sharon?«

»Natürlich«, antwortete sie und begleitete uns zu einem Tisch am Fenster. Sie brachte uns die Karten, als wir gerade Platz nahmen. Russell bestellte Tee mit allem Drum und Dran. »Rosinenbrötchen. Ganz viele. Und wenn wir die aufgegessen haben, dann würden wir gern einen Blick auf den Kuchenwagen werfen.« Sie notierte alles, lächelte wunderschön und verließ dann unseren Tisch, wobei sie wieder gegen einen der Stühle stieß.

»Was für ein reizendes Mädchen«, sagte Thomas. *»Mit dem Gesicht einer irischen Prinzessin.«*

Überrascht schaute ich ihn an.

»Ich habe mal eine getroffen.«

»Und?«, meinte Russell. »Wie ist es deiner Meinung nach gelaufen?«

»Peter Westall ist ein Friseur, oder? Oder eine Drogeriekette. Oder etwas, das man Leichtathleten auf die Füße sprüht. Den hast du dir ausgedacht.«

Er lachte einfach nur. Offensichtlich würde ich keine Antwort bekommen. Vielleicht war es auch besser, wenn ich das nicht wusste. Glaubhafte Abstreitbarkeit.

Sharon brachte unsere Bestellung, und Russell machte sich darüber her, als hätte er seit Tagen nichts mehr zu essen gehabt und nicht erst seit wenigen Stunden.

Ich trank meinen Tee, mir wurde nachgeschenkt, ich knabberte an einem Rosinenbrötchen, nahm mir ein zweites und gab meinen Gelüsten nach einem Erdbeerkuchen nach.

»Nachmittagstee«, sagte er. »Die beste Mahlzeit des ganzen Tages. Jeder hat schöne Erinnerungen an Nachmittagstees. Nach einem aufwühlenden Tag gibt es nichts Besseres. Willst du die Sahneschnitte?«

Ich schüttelte den Kopf, aber er nahm sich auch noch ein Puddingtörtchen. Ich betrachtete seinen hochgeschossenen, schlanken Körper und sann über die Ungerechtigkeiten der Welt nach.

Er schaute auf, und als uns gleich darauf die Rechnung gebracht wurde, zückte er sein Portemonnaie und fragte Sharon: »Legt ihr euer Trinkgeld hier zusammen?«

Bedauernd schüttelte sie den Kopf. Sie kam bei der Trinkgeldverteilung an letzter Stelle.

Er bezahlte die Rechnung und stand dann auf, hielt dabei demonstrativ eine Zwanzig-Pfund-Note zwischen seinen langen Fingern. »Vielen Dank«, sagte er. »Ausgezeichneter Service.« Sie wurde rot vor Freude und Dankbarkeit und steckte das Geld ein.

Er half mir in meinen Mantel und flitzte wie üblich zur Tür. Eine weitere Kellnerin, die vermutlich auf ein großzügiges Trinkgeld hoffte, öffnete sie für ihn.

Er sprach leise, aber ich hörte sehr gut, was er sagte. »Ignorieren Sie diese Lady nie wieder«, und bei dem Unterton stellten sich meine Nackenhärchen auf. Dann war er auch schon draußen und ging den Bürgersteig hinunter.

Ich stand im Regen und sah ihm nach. Leute hasteten mit gesenkten Köpfen vorbei, alle wollten schnell nach Hause. Die Lichter der Läden reflektierten auf dem glitzernden Bürgersteig. Mit einem Mal fühlte ich mich so allein wie noch nie zuvor in meinem Leben.

»Was ist los?«, fragte Thomas leise.

»Für ihn ist das in Ordnung. Er kehrt am Ende des Tages nach Frogmorton zurück, aber ich muss zu Tante Julia und Onkel Richard zurück und werde allein sein.«

»Nein, wirst du nicht. Du bist nie allein. Ich bin bei dir. Ich helfe dir, über das nachzudenken, was du sagen willst, und beschütze dich, während du es sagst. Wir schaffen das, Jenny. So wie wir es immer schaffen.«

»Aber nichts hat sich tatsächlich geändert, oder? Ich werde einfach nur von einem neuen Haufen Leute überwacht. Ich habe die Brücken hinter mir ganz umsonst abgebrochen.«

»Ich bezweifle, dass deine Tante oder dein Onkel heute Abend etwas zu dir sagen werden. Und morgen wahrscheinlich auch nicht. Und da kommt er auch schon wieder. Ich frage mich, wie weit er gegangen ist, ehe er bemerkte, dass er dich verloren hat.«

Russell und ich schauten einander im Regen an.

»Haben wir hier unsere erste Auseinandersetzung?«

Ich schüttelte den Kopf.

»Hast du es dir anders überlegt?«

»Sag's ihm«, riet mir Thomas. *»Das ist normal. Ihr beide müsst die Grundregeln für euch aufstellen. Er setzt sich für dich ein, beschützt dich und wird Drachen für dich umbringen, aber ihm wird nicht immer klar sein, dass er selbst manchmal der Drache ist.«*

Behutsam zog Russell mich aus dem Regen. »Was ist los?«

Ich brachte meine Worte in Reih und Glied. »Ich v-v-verlasse die ... Sicherheit und Geborgenheit meines Zuhauses für eine ganz neue Welt. Ich habe gerade ... meine ganze Z-Z-Zukunft in deine Hände gegeben, und ich habe Angst.«

Er sagte nichts. O Gott, hatte er es sich vielleicht anders überlegt? Autos rauschten im Regen an uns vorbei. Kaum jemand war noch draußen. Thomas stellte sich dicht neben mich, um mich zu beruhigen.

»Soll ich dich nach Hause bringen?«

Wollte ich das? In diesem Moment fühlte sich mein Dachboden richtig gut an. Thomas und ich könnten ein bisschen fernsehen, uns über die Nachrichten streiten. Ich könnte mir eine heiße Schokolade machen, ins Bett gehen und hören, wie der Regen auf das Dach prasselt.

»Und morgen?«, fragte Thomas. *»Was wirst du morgen Abend machen? Ein bisschen fernsehen, heiße Schokolade trinken und ins Bett gehen? Es wäre natürlich durchaus möglich, dass es nicht regnet, somit hättest du dann ein bisschen Abwechslung, nicht wahr?«*

»Thomas, ich weiß nicht, was ich tun soll.«

»Dann geh ins Kino. Selbst wenn du es dir anders überlegen solltest, dann hätten wir wenigstens einen Film gesehen, schließlich haben wir auch das schon seit einer halben Ewigkeit nicht mehr gemacht. Lass uns wenigstens einen Abend außer Haus verbringen, und dann entscheiden wir morgen früh, was wir machen werden.«

»Ich würde gern ins Kino gehen.«

»Dann sollst du das auch haben.« Russell hakte mich bei sich unter, und wir liefen los, wenngleich ein bisschen langsamer. »Kommst du dir gerade etwas überrannt vor?«

Ich nickte.

»Das hätte ich bemerken sollen. Aber hör zu, Jenny, du musst dich für dich einsetzen. Ich bin egoistisch und nicht gerade der Hellste. Du musst mir solche Sachen sagen. Sei bitte keine von diesen schrecklichen Frauen, die von mir erwarten, dass ich errate, was schiefläuft, und dann schmollen, wenn ich es nicht tue.«

Francesca?, fragte ich mich.

»Genau das habe ich gerade auch gedacht.«

Ich nickte. »Okay. Ich verspreche, i-i-ich beschwere mich bei jeder sich b-b-bietenden Gelegenheit ganz schrecklich.«

»So mag ich das.«

Tanya und Andrew warteten im Foyer auf uns und debattierten über den Film, den wir uns anschauen sollten.

»Jenny?«, sagte Russell. »Das ist dein Abend, du entscheidest.«

Ich wählte den Kettensägen-Zombie-irgendwas-Film, was bei Thomas, Russell und Tanya sofort auf Zustimmung traf. Andrew wollte irgendetwas mit Untertiteln sehen. Ungläubig starrten wir ihn an.

»Was?«, sagte er. »Im Gegensatz zu euch Troglodyten besitze ich intellektuelle Tiefe.«

»Nein, tust du nicht«, entgegnete Russell. »Du hast das Denkvermögen eines Kieselsteins. Du bist ein Checkland. Ich werde nicht zulassen, dass du meinen Familiennamen so durch den Dreck ziehst.«

Russell kaufte die Eintrittskarten, Andrew das Popcorn, und dann gingen wir in den Saal. Ich saß an einem Ende, direkt neben dem Gang. Thomas stand neben mir. Ich betrachtete sein Gesicht im wechselnden Lichtspiel. Er genoss jede Minute. Gelegentlich fühlte ich mich seinetwegen schuldig. Ich kam nicht viel unter die Leute und er folglich auch nicht.

Russell aß sein ganzes Popcorn und das meiste von meinem.

Ich starrte auf die Leinwand und machte mir Sorgen.

4. Kapitel

Nach dem Film war Russell wieder hungrig. Nach längerer Diskussion entschieden sie sich gegen den Inder und für den Chinesen, was den Vorteil hatte, dass er gleich um die Ecke war. Beim Essen stritten sie sich scherzhaft. Ich knabberte ein bisschen hiervon und davon. Thomas ging herum, schaute sich die Deko und die anderen Gäste an, ganz offensichtlich entschlossen, unserem Abend außer Haus das größtmögliche Vergnügen abzugewinnen. Der aufregendste Teil kam aber erst noch.

Wir stießen auf unser zukünftiges Glück an. Tanya wollte den Ring sehen, Andrew den Termin wissen. Und den Ort. Wir mussten beide enttäuschen.

Andrew seufzte und zückte ein Notizbuch. »Wir erstellen eine Liste.«

»Das tut mir schrecklich leid«, meinte Tanya. »Ich habe ihm schon gesagt, dass es völlig unangemessen ist, sich so in der Öffentlichkeit zu verhalten. Für gewöhnlich macht er das bei uns zu Hause. Das ist mir ja so peinlich.«

»Also«, sagte Andrew gleichgültig. »Ringe. Standesamt. Blumen. Gästeliste. Empfang. Flitterwochen. Deinen Tierarzt bezahlen. Wie viel davon hast du tatsächlich bereits organisiert, Russ?«

Sein Schweigen sagte alles.

Doch dann wurde Russell von einem plötzlichen Tatendrang erfasst. »Okay, Jenny. Du und ich, wir kaufen morgen Ringe, machen einen Termin beim Standesamt – da müssen wir beide hin. Willst du Blumen? Ich bin zurzeit ein bisschen knapp bei Kasse.«

Ich machte den Mund auf.

»Nein, das ist ein großzügiges Angebot, aber ich werde für unsere Hochzeit bezahlen. Wenn du willst, kannst du dein Brautkleid bezahlen, aber das war's dann auch schon. Okay?«

»Ich wollte sagen, ich will keine Blumen.«

»Oh. Na dann. Das wäre also geklärt.«

»Ich habe eine sehr gute Idee, Jenny«, schaltete sich Tanya ein. »Am Freitag ist mein freier Tag. Wenn du da auch Zeit hast, sollen wir dann zusammen dein Kleid kaufen? Wir könnten den Tag gemeinsam verbringen, mit Mittagessen und so. Ganz ohne Männer. Das wird bestimmt sehr nett.«

»Kann ich mitkommen?«

»Natürlich kannst du das.«

»Ja«, erwiderte ich dankbar. »Das ist eine sehr gute Idee.«

»Wie könnte das sehr nett werden«, warf Andrew ein, »wenn ich nicht dabei bin? Andererseits hat Jenny – vernünftiges Mädchen – ganz offensichtlich bereits genug von dir, Russ. Ich bin nur erstaunt, dass sie so lange dafür gebraucht hat.« Er riss die Seite aus seinem Notizbuch. »Hier, Kumpel, das Einmaleins der Hochzeit. Eines Tages wirst du mir dafür noch dankbar sein.«

Ich beugte mich darüber. »Gibt es da auch Untertitel?«

Andrew sah mich streng an. »Ich hatte gedacht, du wärst zu gut für Russell, aber jetzt denke ich, ihr verdient einander.«

Draußen umarmte Tanya mich zum Abschied, und Andrew küsste mich auf die Wange.

Russell und ich machten uns auf den Weg zum Land Rover. Der Regen hatte schließlich nachgelassen, aber es war kalt, und wir beeilten uns.

»Hier lang«, sagte Thomas und wies auf die Gasse hinter dem Postamt. *»Das ist viel schneller.«*

Automatisch bog ich ab, und Russell, der mitten in der Erzählung steckte, wie es dazu gekommen war, dass er diese Ansammlung von Rost gekauft hatte – auch bekannt als sein Land Rover – bog mit mir ab. Nach zehn Schritten glitt ein dunkler Schatten hinter einer Mülltonne hervor.

Ganz so dunkel war es jedoch gar nicht; an jedem Ende der Gasse stand eine Laterne, die problemlos genug Licht spendete, um das Messer zu erkennen, mit dem in einer nicht gerade bedrohlichen Geste herumgefuchtelt wurde. Eine leicht piepsige Stimme sagte: »Ihre Tasche, Lady.«

Russell schob mich hinter sich. Thomas trat nach vorn. Ich hätte wirklich Angst haben sollen, aber alles passierte so schnell. Ich spähte nach vorn, um zu sehen, was vor sich ging.

»Geben Sie mir Ihre Tasche.«

Ich sagte: »Ich habe keine.«

»Was?«

»Das stimmt«, bestätigte Russell ruhig. »Sie hat keine Tasche. Sie erwartet, dass ich alles bezahle.«

Jetzt wurde das Messer auf Russell gerichtet.

»Dann geben Sie mir Ihr Geld.«

»Okay. Ich hole meinen Geldbeutel jetzt raus. Ganz langsam, damit es dich nicht beunruhigt.«

»Machen Sie schon, Mister.«

Russell zog seinen Geldbeutel heraus und streckte ihn unserem Angreifer enttäuschend lässig hin. Im nächsten Moment schlug er ihm das Messer mit einer Hand weg und boxte ihn mit der anderen auf die Nase.

Klappernd fiel das Messer zu Boden, und Russell kickte es unter die Mülltonne. Unser Angreifer machte zwei Schritte nach hinten, fiel auf den Hintern und brach in Tränen aus. Ich hob Russells Geldbeutel auf.

»Jenny, würdest du dich bitte da drüben hinstellen?«

Gehorsam machte ich zwei Schritte zur Seite, mehr nicht, ich wollte schließlich sehen, was als Nächstes passierte.

»Hast du das gesehen?«, fragte Thomas. *»Ziemlich cool. Man merkt, dass er in der Armee war.«*

Das hatte ich ganz vergessen.

Eine ganze Weile war es still in der Gasse, abgesehen vom entfernten Rauschen des Verkehrs durch die verlassenen, nassen Straßen und dem merkwürdig abgehackten Schluchzen.

Russell hatte die Hände in die Hüften gestemmt und wartete ruhig ab. Ich weiß nicht, weshalb, aber auch Thomas und ich bewegten uns nicht.

Schließlich sagte Russell: »Komm schon, Junge, bleib da nicht so im Nassen sitzen. Steh auf.«

Die Gestalt mühte sich auf die Beine und richtete sich zu ganzer Größe auf. Ich erhaschte nur einen Blick auf ein erschrecktes, weißes Gesicht voll dunkler Flecke, einen dünnen, strichhaften Körper sowie große Hände und Füße. Er war noch nicht ganz ausgewachsen, seine Hand- und Fußgelenke schauten aus seiner Kleidung hervor, und seine Ohren standen wie Außenspiegel von seinem Kopf ab. Seine Haare waren nur ein dunkles, verzotteltes, dreckiges Gewirr. Kein Designerdreck, nur gewöhnlicher Ich-schlafe-auf-der-Straße-Dreck. Sein Anblick war erbärmlich, er zitterte vor Angst und Kälte. Blut tropfte aus seiner Nase.

»Ach herrje«, sagte Thomas mitleidig und tat, was er am besten konnte. Der Junge hatte keine Ahnung, dass Thomas da war,

aber etwas musste durchgedrungen sein, denn sein Schluchzen wurde zu einem Schniefen.

»Also?«, fragte Russell. »Was kannst du zu deiner Verteidigung sagen?«

Der Junge schüttelte nur den Kopf und starrte weiter auf seine Füße. Ich kannte dieses Gefühl.

»Na komm schon, vor fünf Minuten hat es doch noch ganz anders ausgesehen. Was hat es damit auf sich?«

Keine Antwort.

»Letzte Gelegenheit, ehe ich dich der Polizei übergebe.«

Er murmelte etwas.

»Was? Was hast du gesagt? Ich habe nicht die ganze Nacht Zeit, und die Lady hier friert.«

»Ich war hungrig.«

Er sagte die Wahrheit. Das erkannte ich an seinen eingefallenen Augen und Wangen. Ich weiß, die meisten Jungs im Teenageralter sind nicht mehr als ein Strich in der Landschaft, aber das hier war eine andere Art Hunger. Ein verzweifelter Hunger. Außerdem roch er wirklich richtig übel. Nicht nur nach ungewaschenem Körper und dreckigen Klamotten, sondern auch nach dem scharfen Gestank von Urin. Ich fragte mich, ob er sich eingenässt hatte, als Russell zuschlug.

»Was soll das hier dann?«

Der Junge seufzte, rieb sich die Augen mit den Knöcheln, genau wie ein Kind. Zudem sah er auch ziemlich erschöpft aus. Und jetzt, wo ich ihn besser sah, erkannte ich, dass die dunklen Flecke Blutergüsse waren. Er war schon ganz schön übel verprügelt worden, ehe Russell ihm eine verpasste.

»Lebst du auf der Straße?«

Er nickte.

»Wofür brauchst du das Geld? Drogen? Alk?«

Er schüttelte den Kopf. »Essen.«

»Dafür gibt es Anlaufstellen. Ich glaube bei der St Stephen's Klinik ist eine.«

Er nickte. »Da war ich.«

»Und?«

»Ich war zu spät dran für diese Nacht. Als ich rauskam, haben sie schon auf mich gewartet.«

Mit einem Mal wurde mir bange. Thomas schaute mich an, aber ich bedeutete ihm, dort zu bleiben, wo er war.

»Wer hat da gewartet?«

»Ein paar Männer. Ich habe sie nicht richtig gesehen. Die hängen da rum und amüsieren sich ... Als ich rausgekommen bin, haben sie mich umgerempelt. Sich meine Sachen geschnappt – was ich eben dabeihatte. Mich ein bisschen getreten. Und auf mich gepinkelt, ehe sie verschwunden sind.«

Schweigen. Thomas stellte sich noch etwas näher zu ihm. Unbewusst lehnte sich der Junge in seine Richtung. Ich schaute zu Russell, um herauszufinden, was er tun würde. Nie kam mir der Gedanke, dass er den Jungen wie angedroht der Polizei übergeben könnte. Ich glaube, ihm auch nicht.

Mich schauderte wieder, und das brach den Bann.

»Komm mit.«

»Was? Wohin? Wohin bringen Sie mich? Ich gehe nirgendwo mit Ihnen hin.« Langsam wich er zurück und stieß gegen die Mülltonne.

Russell seufzte. »Entspann dich, ja? Jenny, sag's ihm.«

Ich gab mir Mühe. »E-e-er ist in O-O-Ordnung. E-e-ein bisschen merkwürdig. Laut. Brüllt viel rum. Mach dir k-k-keine Sorgen.«

Russell wandte sich an mich. »Ein bisschen merkwürdig?«

»Das klingt besser als v-v-völlig seltsam. Ich habe v-v-versucht, ihn zu beruhigen.«

»Indem du ihm sagst, ich sei merkwürdig?«

»Soll ich l-l-lügen? Na gut.« Ich wandte mich an den Jungen. »Er ist v-v-völlig normal.«

Thomas lachte. *»Biete ihm einfach was zu essen an, und er kommt überallhin mit.«*

Ich musste mich sehr anstrengen. Das war jetzt schon ein langer Tag, und er wurde einfach nicht kürzer. »W-w-wir geben dir w-w-was zu e-e-essen.«

»Was?«

»Sie ist müde, und manchmal kommen ihr die Worte nicht so einfach über die Lippen. Sie hat gesagt, komm mit uns mit, und du bekommst eine warme Mahlzeit.«

»Kann ich meine Sachen holen?«

»Ich dachte, die hätte man dir gestohlen.«

»Hat man auch. Das sind andere Sachen, die ich brauche.«

Er verschwand hinter der Mülltonne und kam mit einem großen, zusammengelegten Karton und einer Einkaufstasche zurück, gefüllt mit etwas, das nach feuchten Lumpen aussah.

»Was ist das?«

»Das, was noch da ist. Das wollten sie nicht.«

»Den Karton brauchst du nicht.«

»Doch, den brauche ich. Es ist schwierig, einen so großen zu finden.«

Auch der war nass. Der Junge mühte sich ab, ihn unter den Arm zu klemmen. Russell wiederholte, er würde ihn nicht brauchen, aber er wollte ihn nicht zurücklassen, also machten wir uns auf den Weg.

Russell ließ ihn vor uns herlaufen, und ich fragte Thomas, der das Schlusslicht bildete: »Wozu braucht er den Karton?«

»Er schläft darauf. Der Boden kann sehr kalt und nass sein.«

»Oh.«

»Und er hält daran fest, damit er ihm nicht weggenommen wird.«

»Von wem?«

»Von anderen Leuten, die auf der Straße leben, oder von denen, die das Herumschubsen von Obdachlosen als legitimen Sport betrachten.«

»Oh.«

»Für manche Menschen ist die Welt oft kein sehr schöner Ort.«

Russell verfrachtete den Jungen auf die Rückbank, und dieser musste ihm versprechen, dass er sich benehmen würde. Der Junge nickte, sein Bett und seine Tasche noch immer fest an sich gepresst.

Wir erreichten Fluchtgeschwindigkeit, rasten um den Kreisverkehr von Whittington und jagten nach Frogmorton. Als Russell die hintere Tür öffnete, saß der Junge nicht mehr auf der Rückbank, sondern lag auf dem Boden.

»Oh, entschuldige, Kumpel.«

Der Junge kletterte nach draußen und schaute sich um. In der Küche brannte noch immer Licht.

»Kommt schon«, sagte Russell, und wir folgten ihm.

Mrs. Crisp war gerade dabei, Kakao zu machen.

»Da sind Sie ja, gerade rechtzeitig. Möchten Sie Kakao?« Sie brach ab, als sie unseren Gast genauer betrachtete. »Wer ist das?«

»Genau das ist die Frage«, antwortete Russell. »Wer bist du?«

»Kevin.«

Wir warteten, aber mehr kam nicht.

»Einfach nur Kevin?«

Er nickte trotzig.

»Sucht die Polizei nach dir, Kevin?«

Mrs. Crisp zog den Kragen ihres Bademantels etwas fester zusammen und suchte nach einem Nudelholz. Vielleicht auch nach einem Fleischklopfer.

Er schüttelte den Kopf.

»Sucht jemand nach dir?«

Selbst ich konnte die plötzliche Traurigkeit spüren. »Nein, keiner.«

»Keine Eltern?«

Er starrte nach unten. »Nein.«

»Wie alt bist du?«

»Bin letzte Woche achtzehn geworden.«

Er tat mir so leid. Andere Teenager haben Eltern, die zum achtzehnten Geburtstag ihres Kindes eine Party geben. Oder den Tag mit einem besonderen Geschenk feiern. Selbst ich hatte einen Laptop bekommen. Dieser Junge hatte seinen achtzehnten Geburtstag auf einem nassen Bürgersteig gefeiert und war getreten und bepinkelt worden.

Geschäftig lief Mrs. Crisp nach vorn. »Das reicht. Kann sich jemand bitte um ein schönes heißes Bad und Kleidung zum Wechseln für ihn kümmern?« Dabei starrte sie Russell so lange an, bis er es kapierte.

»Okay, hier lang, Kevin.« Sie verschwanden im Haus. Ich hörte, wie sie die Treppe hinaufgingen. Mrs. Crisp holte Eier, Speck und Tomaten aus dem Kühlschrank – lauter Zutaten für ein herrliches Frühstück.

Ich wollte mich nicht aufdrängen, also fragte ich schüchtern: »Kann ich helfen?«

»Ja, natürlich. Danke. Vielleicht könnten Sie die Toasts machen. Ich denke mal, wir brauchen viel Toast mit ganz viel Butter.«

Ich fand den Toaster und das Brot und machte mich daran, die Scheiben sorgfältig mit Butter zu bestreichen und sie auf dem Herd zu stapeln, damit sie warm blieben. Ich fand Marmelade und deckte den Tisch nach Mrs. Crisps Anweisungen. Thomas stellte sich in die Ecke, um nicht im Weg zu sein.

Etwa zwanzig Minuten später waren sie zurück. Kevin trug einen alten schwarzen Jogginganzug mit umgekrempelten Ärmeln und zu langen Hosenbeinen. Seine Haare waren nass und von überraschend dunkelblonder Farbe. Der Nachteil war, dass man die Blutergüsse ohne die schützende Dreckschicht viel besser sehen konnte. Das war mehr als nur ein bisschen Treten gewesen.

»Da bist du ja. Komm her und setz dich.« Sie zog einen Stuhl für ihn heraus und stellte einen übervollen Teller vor ihm ab. »Eier, Speck, Kartoffeln, Tomaten, Pilze und hier ganz viele Toasts und Marmelade. Greif zu.«

Und das tat er. Es war eine Art Essrausch.

»Mach langsam«, sagte Russell gar nicht mal unfreundlich, »sonst kommt alles gleich wieder raus. Ich muss zugeben, es wäre preiswert, wenn man das gleiche Essen mehrmals verspeisen könnte, aber so ist es doch eher eine Verschwendung. Dir nimmt niemand etwas weg, also lass es ein bisschen ruhiger angehen.«

Kevin nickte, hielt kurz inne, um einen Schluck Tee zu trinken, atmete einmal tief durch und bemühte sich dann um etwas Tischmanieren.

Russell, der anscheinend das Gefühl hatte, sein Gast sollte nicht allein essen, machte sich ein Schinkensandwich und ließ es sich ebenfalls schmecken. Ich aß etwas Toast mit Marmelade, und Mrs. Crisp stand auf und kam mit einem Zitronenkuchen zurück, von dem wir alle ein Stück aßen.

»Also, Kevin«, sagte Russell. »Erzähl mal deine Geschichte.«

Es war mehr eine Frage-Antwort-Runde als eine zusammenhängende Erzählung, und Kevin machte Pausen für Tee und ein weiteres Stück Kuchen. Es lief alles auf die altbekannte und traurige Geschichte hinaus: Sein Vater war abgehauen. Seine Mutter, die verzweifelt Geld brauchte und offensichtlich der Meinung war, irgendein Mann wäre besser als keiner, ließ sich auf einen Typen ein, für den sie zuvor vermutlich nicht einmal einen Blick übrig gehabt hätte. Man machte Kevin klar, dass er in seinem

Zuhause nicht länger erwünscht war. Zwischen den Zeilen konnte man herauslesen, dass seine Mutter keinen Finger rührte, um ihm zu helfen. Er war gerade mal siebzehn und hatte einen schlechten Schulabschluss – also fand er keine Arbeit. Eine Zeitlang lebte er bei Freunden, aber dann war auch das zu Ende. Er hatte keinen Job, weshalb er keine Wohnung bekam, und ohne Adresse bekam er wiederum keinen Job. Das war sein erster Winter auf der Straße. Obwohl er gebadet hatte, sah er noch immer dreckig aus. Der Schmutz war nicht nur an der Oberfläche. Er wirkte erschöpft, verzweifelt, einsam und total verängstigt. Immer wieder schaute er sich in der Küche um, hatte Angst davor, hierzubleiben und noch viel mehr Angst davor zu gehen. Ich fragte mich, was Russell tun würde.

Ganz offensichtlich hatte das Schinkensandwich seine Gehirnwindungen etwas auf Trab gebracht. »Wir können dich für heute Nacht hier behalten«, sagte er. »Das ist nicht viel, aber es wäre trocken und warm. Mrs. Crisp wird dir Decken geben. Handtücher hast du schon. Morgen früh bekommst du Frühstück, und dann unterhalten wir uns ein bisschen. An der Tür ist ein Riegel, falls du den benutzen willst.«

Der arme Kerl war am Ende seiner Kräfte. Nach mehreren Nächten ohne richtigen Schlaf und der üppigen Mahlzeit jetzt konnte er kaum noch die Augen offen halten. Er vergaß jedoch nicht, sich bei Mrs. Crisp für das Essen zu bedanken. Unter der Oberfläche des unfähigsten Straßenräubers der Welt verbarg sich ein ganz netter Kerl.

Wir sammelten unsere Siebensachen ein und machten uns auf den Weg zu den Stallungen auf der anderen Seite des Hofs. Russell ging voraus, und als er abrupt stehen blieb, stolperte ich in ihn und Kevin in mich. Thomas wich uns allen geschickt aus.

»Da fällt mir gerade ein, rauchst du?«

»Nein.«

»Sicher nicht? Es wäre kein Problem, ich müsste dir nur ein anderes Zimmer geben, weshalb ich wissen muss, ob du rauchst.«

Kevin schüttelte den Kopf. »Nein. Ich hab's noch nie versucht, außerdem könnte ich es mir gar nicht leisten.«

»Na dann, alles klar.«

Russell öffnete die Tür zum Stalltrakt. In der großen Box am Ende regte sich Boxer, und ein verschlafenes, aber neugieriges Schaf streckte den Kopf heraus, um nachzusehen, was los war.

»Oh, wie schön. Ein Pferd.«

Kevin legte alles auf dem Sattelhalter ab und ging zu Boxer, der den Kopf senkte und schnupperte.

»Wie gut, dass er zuvor gebadet hat«, murmelte Thomas. *»Du hast ja keine Ahnung, wie versnobt so ein ehemaliges Rennpferd sein kann.«*

»Wow, das ist echt cool. Wie heißt es?«

»Boxer.«

Kevin streckte seine Hand vorsichtig aus, und Boxer ließ gnädig zu, dass er ihm sanft über die Nüstern streichelte.

Russell schaute mich an und wackelte mit den Augenbrauen. Ich hatte keine Ahnung, was er mir damit sagen wollte.

»Komm, Kevin. Hier entlang.«

Wir stiegen eine wackelige Treppe hinauf; oben öffnete Russell eine Tür und schaltete das Licht in einer Kammer ein, die früher einmal ein Futterraum gewesen sein musste und in der noch immer eine gewisse ... Atmosphäre herrschte. Doch da der Raum mit Holz ausgekleidet war, war es warm.

»Du kannst heute Nacht hier schlafen. Da ist ein Schlafsack, und es gibt auch noch mehr Decken. Jenny hat die Kissen. Es tut mir leid, dass es hier kein Badezimmer gibt. Wenn du mal musst, dann musst du unten in einen Eimer pinkeln. Du kannst hinterher behaupten, dass es Boxer war.«

Kevin rang sich ein Lächeln ab.

»Mach dir morgen keinen Stress. Komm rüber, wenn du so weit bist. Dann kannst du da ins Badezimmer, und es gibt Frühstück.«

Er hielt inne.

Kevin schaute ihn an. Mir war klar, dass er dachte – und dann was?

Das fragte ich mich auch.

»Okay, hast du alles, was du brauchst?«

Kevin packte seine traurige kleine Einkaufstasche aus. Sie enthielt ein paar schmutzige T-Shirts, die er sorgfältig zum Trocknen ausbreitete, drei Socken (er ist ein Kerl, bei denen kommen Socken nur in ungeraden Zahlen vor) und einen zerfledderten *Harry-Potter*-Band mit einem alten Foto als Lesezeichen. Er legte alles auf den Boden und stand dann höflich da und wartete darauf, dass wir gingen.

Russell war anscheinend wieder in einer anderen Welt, also zupfte ich ihn am Ärmel.

»Oh, ja. Na dann, gute Nacht.«

Während wir über den Hof gingen, sagte ich: »Russell, er schläft in einem Nebengebäude ... auf dem Boden.«

»Er hat es warm, trocken, ist satt und sicher. Das ist das Beste, was ihm seit Wochen passiert ist.«

»Und was ist mit morgen?«

»Keine Ahnung, Jenny. Darüber muss ich nachdenken. Ich fahre dich jetzt nach Hause.«

Ich war froh, dass ich gehen konnte. Auch ich war müde.

Es war weit nach Mitternacht, als wir schließlich nach Hause kamen. Unbeholfen suchte ich nach meinem Schlüssel. Russell begleitete mich zur Tür. Während wir den Weg entlangliefen, gingen die Lampen nacheinander an. Russell blieb stehen, schaute sich um, sagte aber nichts.

Ich war zu müde, um nachzuhaken.

Schließlich sagte er flüsternd: »Hier ist alles ziemlich adrett und ordentlich, findest du nicht?«

Ich betrachtete meine Umgebung mit neuen Augen. Nach der schäbigen Fröhlichkeit von Frogmorton war dem wohl so. Onkel Richard und Tante Julia lebten in einem soliden, ansehnlichen und freistehenden Haus in einem soliden, ansehnlichen Stadtteil, und ihr Anwesen war makellos. Die riesigen Rasenflächen vor und hinter dem Haus wurden von einer Sorte Nadelbaum und erikaähnlichen Gewächsen dominiert, was heißt, dass sie minimale Pflege benötigten und dabei stets ordentlich und über alle vier Jahreszeiten hinweg gleich aussahen – langweilig.

Wir schlichen den Weg entlang, dann öffnete Russell die Tür für mich. »Gute Nacht, werte Zukünftige«, und noch ehe ich mir Sorgen über irgendwelche Gutenachtküsse machen konnte, tauchte Onkel Richard auf, mit dem zielsicheren Timing, das scheinbar allen Männern, die sich für unverheiratete Frauen verantwortlich fühlen, instinktiv innewohnte. Er trug Pyjama und Bademantel und hatte die Lokalzeitung unter dem Arm. Auf sehr bedeutsame Weise gab er keinen Ton von sich, aber Russell machte ganz unerschrocken weiter.

»Guten Abend, Richard. Wo war ich? Ach ja. Ich hole dich morgen früh um zehn Uhr ab, Jenny. Sei pünktlich – es steht einiges an, Leute treffen und so. Schlaf gut.« Er gab mir einen zärtlichen Klaps auf die Schulter, der mich leicht schwanken ließ, und verschwand dann den Weg hinunter, begleitet vom Aufleuchten und Erlöschen der Lampen. Sein Land Rover erwachte knatternd zum Leben und ratterte dann in die Nacht, woraufhin sich eine unerwartete samtene Stille einstellte.

Onkel Richard hielt die Tür für mich auf. Ich dachte daran, den Schlüssel zu behalten.

»Onkel Richard, d-d-du hättest nicht a-a-auf mich warten müssen«, sagte ich und fühlte mich sehr schuldig, denn hätten wir nicht ein womöglich kriminelles Element der Verbrecherklasse verköstigt und beherbergt, dann wäre ich schon längst zu Hause gewesen. Etwas hielt mich jedoch davon ab, Kevin zu erwähnen.

Onkel Richard lächelte milde. »Ich glaube, es gehört zur Jobbeschreibung eines jeden Vaters – und Onkels –, für junge, weibliche Familienmitglieder wach zu bleiben. Komm doch bitte noch einen Moment in die Küche. Ich habe die Milch auf dem Herd stehen.«

Ich setzte mich an den Tisch, während er sich eine Tasse heiße Milch einschenkte. Ich schüttelte verneinend den Kopf, als er mir auch eine Tasse anbot. Es war eine nette Geste, und es schien nicht der rechte Moment zu sein, um darauf hinzuweisen, dass ich seit über zwanzig Jahren hier lebte und er noch immer nicht wusste, dass ich keine Milch mochte.

Er nahm mir gegenüber Platz.

Thomas gähnte. *»Kommen wir denn überhaupt nicht ins Bett?«*

»Psst«, sagte ich, denn würde Onkel Richard seine Milch noch länger umrühren, dann hätte er bald den Tassenboden durchstoßen. (In Tante Julias Haus gibt es nur feine Porzellantassen.) Ganz offensichtlich hatte er etwas zu sagen.

»Sie will nur das Beste für dich, weißt du«, setzte er an und legte den Löffel endlich auf die Untertasse.

In der ruhigen Küche hörte ich das Knacken der Rohre, als die Heizanlage über Nacht herunterfuhr und das Haus in Schlaf versank.

Ich nickte.

»Du musst verstehen, dass das ein riesiger Schock für uns war. Insbesondere, da dieser Mann …«

»Der gute alte Russell Checkland. Hat im Haushalt der Kingdoms für Ärger gesorgt, seit er laufen kann.«

Ich nickte.

»Ich wollte dich etwas fragen, ganz in Ruhe, ganz ohne … irgendwelche Aufregung … ich muss fragen, übt er etwa Druck aus, damit du ihn heiratest, Jenny? Du kannst es mir sagen.«

Ich schüttelte den Kopf.

Er senkte wieder den Blick. »Bist du … schwanger?«

Erneutes Kopfschütteln.

»Machst du das aus eigenem freiem Willen?«

Ich nickte.

»Es ist nur … ich weiß, dass du ein zurückgezogenes Leben führst. Tatsächlich ist genau das wichtig für dich. Und das jetzt ist so drastisch. Wenn du weg willst, dann bin ich mir sicher, dass eine kleine Reise organisiert werden könnte. Vielleicht würde dir ein Tapetenwechsel guttun. Hättest du Lust darauf?«

»*Wow!*«, sagte Thomas. »*Sie wollen wirklich nicht, dass du den Liebhaber ihrer Tochter heiratest, was? Was willst du machen?*«

Und plötzlich war alles sehr klar wie ein beleuchteter Pfad, der sich vor mir auftat, um mir den Weg zu weisen. Zweifel fielen von mir ab, mit einem Mal war ich ruhig und gelassen.

»Ich möchte Russell Checkland heiraten«, sagte ich zu beiden.

»Okay. Ich verstehe. Ja, ich verstehe«, erwiderte Onkel Richard, aber dem war ganz sicher nicht so. »In diesem Fall … Jenny, ich will, dass du mir sehr gut zuhörst. Das ist wichtig. Ich werde mit deiner Tante sprechen. Es wird ein paar Tage dauern, bis sie darüber hinwegkommt, und solltest du Zeit mit deinem Verlobten verbringen und in Ruhe im Haus ein und aus gehen wollen, dann würde ich das begrüßen. Im Interesse von häuslichem Frieden und Harmonie wäre es jedoch besser, du würdest ihn davon abhalten, zu häufig hierherzukommen. Er besitzt die Gabe, deine Tante zu verstimmen.«

Ich nickte.

»Aber, und das ist das Wichtige, Jenny: Ich – wir beide – wollen, dass du weißt, solltest du nicht … glücklich sein … aus welchen Gründen auch immer, dann hast du hier bei uns ein Zuhause. Bitte vergiss das nie. Normalerweise würde ich mich natürlich nicht in die Angelegenheiten eines Ehepaares mischen, und denk bitte nicht, ich würde das jetzt tun, aber du bist mir über die Jahre sehr ans Herz gewachsen, und ich will einfach nur, dass du glücklich bist. Wenn du also eines Tages herausfinden solltest, dass du das nicht bist, dann kannst du immer hierher zurückkommen, und wir kümmern uns um dich.«

Ich musste den riesigen Knoten, der sich in meiner Kehle gebildet hatte, herunterschlucken und nickte. In diesem Moment wurde mir all das bewusst, was mir gefehlt hatte. Vielleicht hätte ich schon vor vielen Jahren mit meinem lieben Onkel so ein nettes Gespräch in der Küche führen sollen, einfach ein paar Minuten, bevor wir ins Bett gingen. Wie tröstlich wäre das gewesen.

Dafür war es jetzt zu spät.

Ich stand auf, ehe ich in Tränen ausbrach, lächelte ihm zu und ging nach oben ins Bett.

Am nächsten Morgen wartete ich weiter unten an der Straße auf Russell.

»Ah«, sagte er, »da habe ich wohl Platzverbot bekommen. Das machen wir vermutlich, damit sie sich nicht wie Norman Bates' Mutter auf mich stürzt.«

»Wer ist Norman Bates?«

Er seufzte. »Erinnere mich daran, dass ich den Film ausleihe.« Er schaute mich an. »Oder vielleicht ja auch nicht.«

»Ist er noch immer da?«

»Kevin? Ja. Hat sich erst dann gerührt, als ich gegangen bin. Das Speckfrühstück, das Mrs. C ihm gerade zubereitet, dürfte so in etwa seinem Körpergewicht entsprechen. Du musst mich bald heiraten, oder er futtert mich geradewegs aus Haus und Hof.« Er warf mir einen kurzen Blick zu. »War gestern Abend alles okay?«

»Jaja, obwohl Onkel Richard meint, es wäre das Beste, wenn du vorerst mal wegbleibst.«

»Ja, er ist ja nicht doof, was? Also, Kevin.«

»Ja?«

»Ich habe nachgedacht.«

»Will er den auch heiraten?«

»Ich werde ihn bitten, eine Weile zu bleiben. Als würde er mir damit einen Gefallen tun. Ich bin mir sicher, dass er ja sagen wird. Er will nicht zurück auf die Straße. Manche wollen das, sie können nicht sesshaft werden, aber nicht dieser Junge. Er kann mir auf dem Hof helfen, den ein oder anderen Job erledigen. Ich kann ihm nichts zahlen – noch nicht –, aber er kann bei uns wohnen und bekommt was zu essen. Hilfst du mir, sein Zimmer herzurichten? Bei mir stehen allerhand alte Möbel herum. Er bekommt ein Bett, einen Tisch, einen Schaukelstuhl, eine Kommode, du suchst aus. Ich glaube, irgendwo habe ich sogar noch einen alten Fernseher. Was denkst du? So kann er das Gesicht wahren, und für mich ist es ein guter Deal.«

»Ja«, sagte ich. »Ich hoffe, er bleibt.«

»Ich denke schon.«

»Und du wirst ihn bezahlen können – später, meine ich.«

Er schlitterte von der Straße in eine Parkbucht. Mit Absicht, wie ich hoffte.

»Ja. Darüber will ich mit dir reden. Ich habe über diese Geldsache nachgedacht. Mein Notar hat ein paar Unterlagen, die du wegen des Hauses unterschreiben musst und die wir dann als Zeichen des guten Willens an deinen Onkel schicken. Ich gebe zu, ich habe ihn neulich etwas auf den Arm genommen, aber ich verstehe, wie das für ihn aussieht, also habe ich mir etwas überlegt. Ich weiß, dass dein Onkel glaubt, ich würde das Geld für Alkohol, Partymäuse, zum Zocken und was auch immer benötigen ...«

Oder um Francesca zu unterhalten, sollte es dir gelingen, sie von Daniel Palmer wegzulocken, dachte ich.

»... also habe ich mir einen Kompromiss überlegt, um meinen guten Willen zu zeigen und dich aus der Schusslinie zu halten. Er gewährt dir weiterhin deine monatliche Unterstützung oder was auch immer du bekommst, ich bezahle alles mit meiner Kreditkarte und schicke ihm die Rechnungen, damit er sie für uns begleicht. So kann er versichert sein, dass der Großteil der Ausgaben für unser Haus und für dich ist, und er kann selbst sehen, dass ich keine Kosten für etwas anderes verursache. Wenn das alles vorüber ist und wir noch immer zusammen sind – und das werden wir –, dann denken wir uns etwas Dauerhafteres aus. Was hältst du davon?«

»*Hmmm*«, sagte Thomas hinter mir.

»Was?«

»Jetzt, wo ich so darüber nachdenke, halte ich das für einen ziemlich guten Plan. Ich sehe nicht, welche Einwände dein Onkel haben sollte. Und vermutlich ist dein ganzes Geld fest angelegt, also muss er Listen für Russell erstellen, was wo ist, und das nimmt Zeit in Anspruch. So gesehen, ja, kurzfristig könnte das funktionieren.«

»Das heißt«, fragte ich Russell, »du unterbreitest meinem Onkel diesen Vorschlag?«

»Um Gottes willen, nein«, antwortete er, ließ den Motor an und preschte wieder aus der Parkbucht. »Mein Notar wird das übernehmen. Ich werde aufs Heftigste dagegen protestieren.«

Er grinste mich an wie ein ungezogener Bengel. »Ich habe nicht nur ein ganz hübsches Gesicht, okay?«

Kevin beendete gerade sein Frühstück, als wir eintrafen.

Als ich hereinkam, stand er gerade auf, stieß ungeschickt gegen seinen Stuhl und hätte fast auch noch seine Tasse Tee umgestoßen. Seine Prellungen hatten sich inzwischen gelblich grün verfärbt, abgesehen von einer, die sich über Nasenrücken und unter einem Auge erstreckte und noch immer dunkelrot und violett war.

Ich hatte den Eindruck, als müsste ausnahmsweise einmal ich jemandem die Nervosität nehmen, also sagte ich guten Morgen und fragte ihn, ob er gut geschlafen habe.

Er nickte und schluckte so heftig, dass sein Adamsapfel auf- und ab hüpfte. Fast so abgehackt wie ich antwortete er: »Das wegen gestern Abend tut mir leid. Total leid.«

Russell fragte: »Wirst du das jemals wieder tun?«

»O nein, nein. Ich wollte das überhaupt nie tun. Ich habe stundenlang hinter dieser Mülltonne gekauert und versucht, meinen ganzen Mut zusammenzunehmen.«

»Und darauf gewartet, dass jemand vorbeikam.«

»Ja. Das war kein guter Platz. Sie waren die Einzigen, die an diesem Abend durch die Gasse kamen.«

»Ach nein!«, sagte ich zu Thomas.

»Sorry«, meinte er. *»War gerade ganz woanders. Ist was?«*

Während Kevin und Russell die Möbelstücke die Stalltreppe hochtrugen, bezogen Mrs. Crisp und ich das Bett, brachten ein paar Vorhänge an und trieben einen Lampenschirm und ein paar Kissen auf. Russell steckte ein Heizgerät ein und betonte extra noch einmal, es nie unbeaufsichtigt eingeschaltet zu lassen. Mir fiel wieder ein, wie er sich bei Kevin erkundigt hatte, ob er rauchte. Er hatte richtig Angst vor Feuer. »Nichts brennt so schnell wie ein Stall«, sagte er. »Und wenn man die Pferde nicht mehr rausholen kann, dann ist das … also pass ja auf, Kevin.«

Dieser nickte ernst. »Werde ich. Versprochen.«

Zum Schluss sah der Raum richtig nett aus. Vorsichtig legte Kevin sein Buch genau mitten auf dem Nachttisch ab, zwei frischgewaschene T-Shirts kamen in eine Schublade der Kommode, die drei Socken in eine andere. Dann hängte er noch seine Handtücher an die Rückseite der Tür und legte seinen Kamm unter den kleinen Spiegel.

Ich sah, dass er sich noch immer nicht von seinem zusammengelegten Karton hatte trennen können, sondern ihn sorgfältig unter dem Bett verstaut hatte. Das brachte mich fast zum Weinen.

Dann aßen wir alle zusammen.

»Esst alles auf«, sagte Russell. »Uns steht ein voller Nachmittag bevor.«

Ein voller Nachmittag, der für mich schon bald zu einem formlosen Durcheinander von Gesichtern und Orten wurde. Die Leute auf dem Standesamt waren sehr nett, was ganz gut war, denn nachdem man mir die Dokumente ausgehändigt und ich versucht hatte, strahlend auszusehen, wurde mir alles schnell zu viel. Ich sagte mir beständig, ich müsse dieses einmalige Erlebnis genießen, aber dieser plötzliche Wandel, von nichts zu allem, war schwierig, und ich sehnte mich nur noch nach Ruhe und Frieden. Man muss Russell zugutehalten, dass er versuchte, das meiste Reden für mich zu übernehmen. Manche Fragen musste ich jedoch selbst beantworten, und die Leute waren überaus freundlich, während ich mich mit den Antworten abmühte.

»Was stimmt nicht?«, fragte Russell, als die leitende Standesbeamtin für einen dringenden Anruf das Büro verlassen musste.

»T-T-Tante Julia wird das irgendwie v-v-verhindern. V-v-vielleicht ist sie das.«

»Das wird sie nicht. Das kann sie nicht. Alles wird gut. Lächle einfach und sag ja. Tatsächlich ist genau das mein Rezept für ein glückliches Eheleben. Was auch immer ich tue oder sage, dein Job ist es, zu lächeln und ja zu sagen.«

Das versuchte ich, aber das war eine traurige Angelegenheit. So langsam machte ich mir Sorgen, dass er mich als zu anstrengend empfinden und es sich anders überlegen könnte.

»*Wird er nicht*«, sagte Thomas.

»Ja, ich weiß«, erwiderte ich. »Ich bin sein Ticket in eine bessere Zukunft.«

»*Und er ist deines. Lass dich durch diesen ganzen Mist von deiner Tante nicht blenden. Er hat es selbst gesagt. Ihr seid gleichberechtigte Partner in dieser Sache. Erinnere dich einfach daran.*«

Die leitende Standesbeamtin kam zurück ins Büro. Anscheinend hatte der Anruf nichts mit uns zu tun, denn sie machte genau an der Stelle weiter, an der sie zuvor aufgehört hatte. Ich streckte die Hand aus und griff nach Russells Jacke, vorsichtig, damit er es nicht bemerkte. Das tat er jedoch und legte seine warme Hand über meine kalte.

»Das wird jetzt ein bisschen dauern«, sagte er fröhlich. »Sie hat es nicht so mit Worten.«

»Das ist überhaupt kein Problem«, antwortete die Standesbeamtin und lächelte mich an. »Wir haben so viel Zeit, wie Sie brauchen.« Damit fühlte ich mich ein bisschen besser.

Auch beim Juwelier übernahm Russell das Reden. Thomas und ich streiften umher, während sie leise besprachen, wie viel ausgegeben werden sollte, und kamen erst wieder zurück, als die Ringdisplays zur Ansicht hervorgeholt wurden. Ich starrte erst hilflos auf die Auslage, dann zum Verkäufer, der in seinem Laden vermutlich regelmäßig mit leicht panischen Frauen zu tun hatte.

»Also, mal sehen«, sagte er langsam, ohne auf Russell einzugehen, der rastlos umherging. »Sie haben schmale Hände, also nichts Großes oder Protziges. Mögen Sie Krappenfassungen?«

Ich schüttelte den Kopf.

»Wie wäre es dann mit diesem, diesem oder vielleicht auch diesem hier?«, fragte er und legte drei funkelnde Ringe auf ein Tuch vor mich.

Mit drei Ringen zur Auswahl kam ich sehr viel besser zurecht. Ich probierte alle an und entschied mich für den letzten, ein einfaches Band mit fünf eingelassenen Diamanten.

»*Unauffällig, aber ziemlich elegant*«, sagte Thomas. »*Genau wie du.*« Dankbar lehnte ich mich zu ihm.

Am nächsten Tag war dann der Kleiderkauftag, auf den ich mich zunächst so gefreut hatte, der mich inzwischen allerdings mit Furcht erfüllte. Tanya traf uns in der Stadt, schaute mich nur kurz an, schlug Russell auf den Arm und ließ eine kurze Bemerkung auf Deutsch fallen, die ich tatsächlich sehr gut verstand.

»Autsch«, sagte er und rieb sich den Arm. »Wofür war das denn?«

Sie ging nicht auf ihn ein. »Jenny, als Erstes gehen wir zu einem sehr guten Laden, der einer Freundin von mir gehört. Ich habe ihr von dir erzählt, und sie hat ein paar Kleider, die du dir ansehen kannst. Russell, du verschwindest jetzt. Ich rufe dich später an, wenn du uns abholen kannst. Tschüss.«

Murmelnd und ohne sich zu verabschieden gehorchte er.

Der Laden befand sich in einer der engen Seitenstraßen unweit der mittelalterlichen Brücke und war wirklich reizend. Außerdem ruhig, mit Teppichen ausgelegt und teuer aussehend. Der eigentliche Verkaufsraum war sehr klein, da sich die aufregenden Dinge im hinteren Bereich abspielten. Vier Kleider warteten dort auf uns, und ausnahmsweise traf ich meine Entscheidung sofort.

»Das da«, sagte ich und zeigte darauf.

»Ausgezeichnet«, meinte Tanya. »Das war auch meine Wahl. Das probierst du gleich mal an.«

Und dieses Mal war es kein Kampf wie in den gewöhnlichen Umkleiden. Hier gab es eine sehr nette Dame, die mir beim Entkleiden half, als hätte ich das nicht schon seit Jahren allein gemacht, und mir dann in diese wunderwunderschöne Kreation hineinhalf, ein Mantelkleid mit hohem Kragen und Ärmelabschlüssen aus Pelz, einem dezenten Verschluss an der Vorderseite und einem Tellerrock.

»Keine Schleppe«, sagte Tanyas Freundin, »dann müssen Sie sich um die Nässe keine Sorgen machen. Einen qualitativ hochwertigen Satin, der schön hängt und die Form behält. Das cremige Rosa passt perfekt zu Ihrem Teint. Weiß ist überhaupt nicht so schmeichelhaft, wie die jungen Frauen immer glauben.«

»Es ist perfekt«, lautete Tanyas Urteil. »Ein traditionelles Kleid mit Schleier passt nicht zu dir, Jenny. Du bist anders und solltest dich so anziehen, dass man das auch sieht.«

Zum ersten Mal dachte ich, dass es vielleicht gar nicht so schlecht war, anders zu sein.

»Kann ich es im Tageslicht sehen?«, fragte ich, weil mir Thomas einfiel, der nicht mit nach hinten hatte kommen wollen.

Langsam ging ich in den vorderen Bereich des Ladens, wo Thomas stand und einen sehr abenteuerlichen Hut an einem Ständer musterte.

Lange Zeit schwieg er, und mir kamen schon Zweifel. Hätte ich etwas Traditionelleres wählen sollen? Suchte er nach taktvollen Worten?

»Jenny, du siehst aus wie ein Winterengel. Lass dir von niemandem einreden, du wärst nicht wunderschön.«

Voller Dankbarkeit streichelte ich sacht über seine Nüstern.

Tanya klärte die wenigen Änderungen ab, die noch vorgenommen werden mussten, bestellte ein Paar einfacher cremefarbener Schuhe und ein Paar passender Handschuhe, kümmerte sich um Zustellungsdatum und Adresse, und dann waren wir fertig.

»Tja«, sagte sie, als wir vor dem Laden standen. »Du bist ein unglaublich effizienter Mensch, Jenny. Ich hoffe, du übst diesen guten Einfluss auch auf Russell aus. Ich habe dir das nicht gesagt, aber Andrew ist sehr froh, dass du Russell heiratest. Er denkt, du wirst ihm guttun.«

»Sieh mal einer an.«

»Das glaube ich nicht«, erwiderte ich.

Sie schaute mir tief in die Augen. »Er ist noch immer ein kleiner Junge, der nach seiner Mutter verlangt. Und du bist stärker, als du denkst. Mehr sage ich dazu nicht. So, und jetzt gehen wir Kaffee trinken.«

Also gingen wir ins *Copper Kettle*, wo die Kellnerinnen sich vor Eifer, uns zu bedienen, regelrecht überschlugen. Sharon war nicht da.

Wir tranken Kaffee und aßen Kuchen und hatten den restlichen Tag noch vor uns. Wir gingen in Tanyas Schönheitssalon – noch so ein erstes Mal für mich –, und ich bekam eine Maniküre, eine Pediküre, meine Haare wurden geschnitten und gefärbt und mein Gesicht massiert. Alles war sehr ruhig und vertraulich, also ging ich das Risiko ein. Während wir allein waren und angenehm dampften, fragte ich sie rundheraus:

»Wie starb seine Mutter?«

»Wenn man Russells Vater glaubt, dann aufgrund von Russells unmöglichem Verhalten. Glaubt man Russell, dann weil sein Vater ein herzloser Bastard war, der sie dazu trieb. Glaubt man dem Gerichtsmediziner, dann war es ein Verkehrsunfall. Ihr Auto kam in der Kurve an der Abzweigung von Whittington von der Straße ab. Sie fuhr zu schnell. Sie war eine waghalsige Fahrerin.«

Darüber dachte ich eine Weile nach.

»Denkt er, sein Vater hat sie tatsächlich umgebracht oder nur dazu getrieben?«

»Ich weiß es nicht. Jedenfalls glaubten alle, den anderen träfe die Schuld für etwas, das letzten Endes einfach nur ein Verkehrsunfall war.«

Sie sagte nichts mehr dazu und ich auch nicht.

Ein paar Stunden später verließen wir entspannt und erholt den Schönheitssalon. Ich hatte glänzende Haare, gepflegte Hände und war voller Elan. Tanya ertappte mich dabei, wie ich mich in den Schaufenstern betrachtete, und lachte. Wir gingen in eine Weinbar, wo sie Russell anrief und ihm die Erlaubnis erteilte, sich zu uns zu gesellen. Wenn er wolle, dürfe er auch Andrew mitbringen.

An diesem Abend redeten Thomas und ich zu Hause über ein paar Dinge. Ich hatte nicht gedacht, dass jemand meine Hochzeit mit Russell für ihn als positiv erachtete. »Mal abgesehen vom Geld natürlich. Und obwohl ich anscheinend die Hälfte des Hauses bekomme.«

»Ja«, sagte er nachdenklich und starrte einen Moment aus dem Fenster.

»Und sowohl Andrew als auch Tanya denken, ich würde einen guten Einfluss auf ihn ausüben.«

»Na ja, sie kennen dich eben noch nicht so gut.«

Ich spielte am Laken herum. »Glaubst du … glaubst du, diese Hochzeit könnte tatsächlich eine gute Sache sein?«

»Da bin ich mir ganz sicher.«

»Aber warum? Weshalb?«

»Das habe ich dir doch schon vor Jahren gesagt. Du bist etwas Besonderes.«

5. Kapitel

Wir heirateten ohne großes Aufsehen und so schnell wie möglich. Tante Julia brachte keine weiteren Einwände vor. Ich denke, sie war hin- und hergerissen zwischen dem Bedürfnis, die Angelegenheit zu vertuschen, und der Angst, dabei erwischt zu werden, falls die Leute dachten, es gäbe etwas zu vertuschen.

Der Tag vor der Hochzeit war kalt, aber sonnig. Russell legte Boxer ein Halfter an und schlug mir vor, den Weg zum Moor hinaufzugehen.

»Das wird dir guttun«, sagte er. »Du brauchst ein bisschen Farbe im Gesicht, außerdem wäre es nicht zuträglich für meinen Ruf, wenn du morgen wie eine frühchristliche Märtyrerin aussehen würdest. Und ganz bestimmt habe ich keine Lust darauf, deine Tante aufspringen und die Trauung unterbrechen zu sehen, weil du zu aufgeregt bist, um ›Ich will‹ zu sagen. Also schnapp dir deine Jacke und ein paar Gummistiefel, und los geht's.«

Das war eine gute Idee. Sobald ich draußen an der frischen Luft war, fühlte ich mich viel besser. Wir schritten voran, während Boxer vor den Monstern, die sich in den Büschen, gefährlichen Pfützen und merkwürdig geformten verborgenen Felsen versteckten, zur Seite hüpfte und scheute.

»Warum macht er das?«, fragte ich, während Russell ihn an einem feindlichen Telefonmast vorbeilocken wollte.

»Na ja, Andrew sagt, er sei ein richtiger Schisser. Er ist ein ehemaliges Rennpferd, wurde verhätschelt und verwöhnt, bis sie entdeckten, dass er, obgleich er so schnell wie der Wind war, für gewöhnlich in die falsche Richtung lief. Er hasst Pferdetransporter, Gedränge, andere Pferde, Lärm, Regen – was auch immer. Er gehörte einem Freund von mir, und wir beide haben ziemlich viel Geld in ihn hineingesteckt. Leider sieht das Leben für nutzlose Rennpferde nicht ganz so rosig aus. Er ist kastriert, also kann er nicht zur Zucht verwendet werden, mal abgesehen davon, dass das keiner wollen würde, weil er sowieso reif für die Klapse ist. Zur Jagd ist er nicht geeignet. Er hätte privat weiterverkauft werden können – immerhin ist er ein gutaussehendes Pferd –, aber ganz bestimmt hätte man ihn letztendlich in einen Pferdetransporter gesteckt, sechzehn Stunden ohne Futter oder Wasser durch die Gegend gefahren und am Zielort zu Hundefutter verarbeitet. Oder zu Wurst. Oder zu was auch immer. Also habe ich ihn gekauft. Für gewöhnlich mache ich Ausritte ins Moor mit ihm, doch da wir zu dritt sind und heute ein schöner Tag ist, dachte ich, wir könnten zusammen zu Fuß spazieren gehen. In der letzten Zeit war alles ein bisschen hektisch, findest du nicht?«

Ich nickte. Thomas lief neben mir her, spähte über Hecken und genoss den Ausflug. Ich streichelte Boxer an der Schulter und hoffte, dass Thomas mich nicht für treulos hielt.

»Ich w-w-würde gern reiten«, sagte ich leise und dachte, keiner hätte es gehört.

Wir kamen an einem anderen Gehöft vorbei.

»Hier wohnen die Braithwaites«, sagte Russell und winkte einem Mann zu, der den Hof mit zwei Hunden und einem Eimer überquerte. »Er pachtet Weideland von mir für seine Schafe.«

»Fünfzig Pence pro Stück«, bestätigte ich. Er wirkte überrascht. »Ich höre zu.«

Er lachte, dann brauchten wir fünf Minuten, um Boxer davon zu überzeugen, das Tor am Ende des Weges zu passieren. Thomas und ich gingen hindurch, hinaus ins offene Moor und warteten geduldig.

»Lässt du ihn n-n-nicht vom Strick los?«

»Nein. Sein Orientierungssinn ist so ausgeprägt wie der eines Teebeutels; dann müsste ich die ganze Nacht nach ihm suchen, und vermutlich würde er im Tesco bei der Umgehungsstraße von Rushford landen.«

Wir folgten dem Pfad entlang eines hübschen Bachs, der auf seinem Weg durchs Moor und durch die Felder von Russell über Steine und Kiesbetten plätscherte, bis er sich schließlich in den River Rush ergoss. So weit oben gab es keine Bäume, und der Wind war frisch.

»Kleiner Tipp von mir«, sagte Russell. »Solltest du dich jemals im Moor verirren, dann such nach Wasser – das gibt's hier oben in Hülle und Fülle – und folge ihm nach unten.«

»Okay«, erwiderte ich und dachte nicht weiter darüber nach.

An diesem Abend saß ich in meinem leeren Zimmer, in dem ich seit meinem achtzehnten Lebensjahr gewohnt hatte. Jetzt war alles verpackt und nach Frogmorton gebracht worden. Mein Zimmer sah leer und ungewohnt aus. Ich fragte mich, was wohl damit passieren würde. Mein Kleid hing im Schrank, Schuhe und Handschuhe lagen auf dem Regal. Tante Julias Friseur würde am nächsten Morgen um halb zehn vorbeikommen.

»*Wie fühlst du dich?*«, fragte Thomas.

»Etwas merkwürdig.«

»*Hast du Angst?*«

»Nein. Nein, er macht mir überhaupt keine Angst. Sollte ich beunruhigt sein?«

»Nein, ich denke nicht. Ich glaube, Tanya hat den Nagel auf den Kopf getroffen, als sie sagte, er sei nur ein kleiner Junge, der erst noch erwachsen werden müsse. Tja, das wird sich ändern.«

»Wie das?«

»Er hat jetzt Verantwortung. Es wird bestimmt interessant zu sehen, wie er damit umgeht.«

»Und Francesca. Wie wird er mit ihr umgehen?«

»Ich dachte, das hättet ihr geklärt.«

»Haben wir. Er hat sich da sehr klar ausgedrückt und war völlig ehrlich. Ich dachte, das wäre ein geringer Preis dafür, ein eigenes Leben zu bekommen.«

»Hast du es dir anders überlegt?«

»Nein, das ist nur die Anspannung vor der Hochzeit. Ich weiß, was es nach sich zieht, Russell Checkland zu heiraten«, sagte ich. Eine grundfalsche Einschätzung, wie sich herausstellte. »Er hat versprochen, diskret zu sein. Er hat mir versichert, mich niemals zu verletzen, und ich glaube ihm.«

»Also bereust du nichts?«

»Nein.«

»Also kein Grund, weshalb man diese Nacht nicht so richtig gut schlafen sollte?«

»Nein.«

»Erinnerst du dich daran, als wir dieses Zimmer zum ersten Mal gesehen haben? Wie aufgeregt wir waren?«, fragte er.

»Ja. Es kommt mir vor, als wäre das schon sehr lange her.«

»Es ist auch sehr lange her. Seit wir uns getroffen haben, hast du die Schule beendet, ein Diplom gemacht, und jetzt heiratest du. Du bist richtig erwachsen, Jenny.«

Eine eiskalte Hand schloss sich um meine Kehle. »Thomas, verlässt du mich?«

»Nein, nein. Ich habe dir doch gesagt, ich bin so lange bei dir, wie du mich brauchst, und du wirst mich noch ein bisschen länger benötigen.«

»Ich werde dich immer brauchen«, sagte ich.

»Nein«, meinte er traurig. *»Nein, wirst du nicht.«*

Heiraten Sie niemals.

Im Ernst.

Heiraten Sie ja niemals.

Vergessen Sie, dass der Erzbischof von Canterbury den Rückgang der traditionellen Heirat bedauert. Vergessen Sie, welche Politiker gerade familiäre Werte preisen, in dem Bemühen, die Aufmerksamkeit von ihren eigenen brisanten Artikeln in den Boulevardblättern abzulenken. Vergessen Sie diese ganzen Idioten mit ihrer rosaroten Weltsicht, von wegen der Tag der Hochzeit sei der glücklichste im ganzen Leben. Hochzeiten sind ein langer, vom Regen durchweichter Alptraum, und die einzigen Geräusche, die man hört, stammen von Verwandten, die giftig herumtuscheln. Ich habe keine Ahnung, wie man einen solchen Tag ohne riesiges goldenes Pferd an der Seite überstehen kann. Es fing bei meinen Haaren an. Nie zuvor hatten sie Anlass zu Streitigkeiten gegeben, doch auf einmal gerieten sie zwischen die Fronten, da ich die Haare aufgrund meines schlichten Kleides zur einfachen Banane aufgedreht tragen wollte.

Tante Julia hingegen wollte jungfräuliche Löckchen.

Um meinen Einwand zum Ausdruck zu bringen, schüttelte ich ganz einfach den Kopf, sobald sie zum Reden ansetzte, und machte es der armen Friseurin so völlig unmöglich, überhaupt anzufangen.

Schlussendlich kapierte sie es und verlor vermutlich eine langjährige Kundin, sah aber nicht zu unglücklich darüber aus, und ich bekam, was ich wollte.

Nicht so Tante Julia.

Sie tat mir richtig leid, ganz offensichtlich wollte sie dieses Ereignis nämlich nicht durch einen besonderen Aufwand würdigen, allerdings war sie von Natur aus völlig außerstande, in der Öffentlichkeit anders als perfekt gestylt aufzutauchen. Als Mittelweg wählte sie einen perlgrauen Seidenanzug – der nur so »Beerdigung« raunte – statt eines tiefschwarzen, völlig verschleierten Outfits mit einem Taschentuch am Augenwinkel, was ganz bestimmt ihre erste Wahl gewesen wäre.

Wir trafen uns unten an der Treppe, wo Onkel Richard nervös alle fünf Sekunden einen Blick auf die Uhr warf. Sie musterte mich einen Moment, dann fing sie mit ihrer Tirade an.

»Es ist nicht weiß. Was werden die Leute bloß denken?«

»Außer der Familie ist keiner anwesend«, beschwichtigte Onkel Richard und versuchte vergeblich, sie zur Tür zu bugsieren. »Keiner wird es sehen. Und jetzt lass uns gehen, wir dürfen nicht zu spät kommen. Also nur mit der gebührenden Verspätung«, endete er mit einem matten Lachen.

»Wo ist dein Schleier? Du brauchst einen Schleier. Und dann noch nicht einmal Blumen. Jenny, ich habe bislang geschwiegen, aber ich muss schon sagen ...«

»Blende sie einfach aus«, sagte Thomas. *»Das ist nicht wichtig.«*

Ich versuchte es. Ich versuchte ebenfalls, nicht über die Tatsache nachzugrübeln, dass noch keiner gesagt hatte, wie hübsch ich war. Denn das war ich. Wirklich. Außerdem war ich die Braut, also selbst wenn dem nicht so wäre, hätten sie lügen sollen. Das verletzte mich etwas.

»Ich finde, dein Kleid ist wunderhübsch, genau wie du.«

»Danke, aber du bist voreingenommen.«

»Nicht heute. Du siehst elegant und kultiviert aus, Jenny. Einsame Spitze. Das wird Russell Checkland umhauen. Nicht schlecht.«

Etwas fröhlicher stieg ich ins Auto. Glücklicherweise war es nur eine kurze Strecke.

Das Nächste war das Wetter. Es nieselte während der Fahrt, und der Himmel hatte eine eher gefährlich grau-gelbe Färbung. Und genau dann, als wir hielten, öffnete er seine Schleusen.

Onkel Richard mühte sich mit einem riesigen Schirm ab, und ich war ganz gut geschützt, im Gegensatz zu Tante Julia, deren schlechte Laune sich beträchtlich verschlimmerte, und bis wir endlich im Inneren waren, kochte sie regelrecht.

Man führte uns in einen sehr angenehmen Raum, wo Andrew und Tanya zusammen mit Mrs. Crisp und Kevin bereits warteten. Ich freute mich sehr, sie zu sehen. Kevin trug ganz offensichtlich eines von Russells Jacketts. Es war viel zu groß, und sein Kopf ragte aus den Schulterpartien heraus wie der einer Schildkröte.

Tante Julia warf einen vernichtenden Blick auf die Leute, die nicht nur die Kühnheit besaßen, mit dem Mann verwandt zu sein, der ihre Nichte heiraten sollte, sondern darüber hinaus auch seine Bediensteten zur Hochzeit mitbrachten, und verzog sich auf die Toilette, um den Schaden einigermaßen zu beheben.

Die Atmosphäre entspannte sich etwas.

Russell war nicht da. Ich sah, wie Andrew sein Handy herausholte, auf Wiederwahl drückte und es dann wieder in die Tasche seines Jacketts stopfte. Er machte ein wütendes Gesicht, sofern ihm das überhaupt möglich war.

Ich spürte, wie eine kalte Hand nach mir griff. Hatte Russell es sich anders überlegt? War er nach allem doch zu feige? Würde ich am Altar stehengelassen werden? Ich starrte zu Andrew, der mit den Schultern zuckte. Tanya lächelte leicht, sah dabei aber sehr verkrampft aus. Sie wussten nicht, wo er war. Auch Daniel Palmer war nicht da, dabei hatte er es versprochen. War es Russell etwa gelungen, Francesca endlich davon zu überzeugen, Daniel zu verlassen? Und war sie, weil sie nicht akzeptieren konnte, dass er eine andere heiratete, mit ihm gegangen? War das die ganze

Zeit seine Absicht gewesen? Mir erschien dieses Szenario absolut glaubhaft.

Schweigend warteten wir. Selbst Thomas schien nichts zu sagen zu haben. Die Tür öffnete sich wieder, Daniel Palmer kam herein und schüttelte seinen Regenschirm aus. Allein. Er schaute auf und ließ seinen Blick durch den Raum wandern. Da er Francesca nicht fand, wurde sein Mund zu einer schmalen Linie, die erst verschwand, als er mich erblickte.

»Hallo, Jenny. Du siehst sehr hübsch aus. Es tut mir leid, dass Francesca noch nicht da ist. Wir wollten uns hier treffen, aber du weißt ja, wie sie ist. Ich bin mir sicher, dass sie eines Tages zu spät zu ihrer eigenen Beerdigung kommen wird.«

Er gab sich große Mühe, und Andrew kam ihm großmütig zu Hilfe.

»Du brauchst dich nicht zu schlecht fühlen, der Bräutigam fehlt auch noch, also können wir noch lange nicht loslegen.«

Man sah ihm an, dass er das Gesagte bedauerte, kaum dass er es ausgesprochen hatte.

»Na großartig! Dieses Treten in Fettnäpfchen ist offensichtlich etwas Genetisches. Es wäre wohl besser, ihr beide bekommt keine Kinder.«

In diesem Moment wurde jedoch die Tür heftig aufgestoßen, und Francesca erschien auf der Bildfläche. Alle Münder standen offen. Sie posierte im Türrahmen, erlaubte uns einen Blick auf ihre makellose Silhouette. Ganz offensichtlich war sie aufgebracht. Alle alten Anzeichen aus der Kindheit waren vorhanden – die blitzenden Augen und die geröteten Wangen. Unwirsch zog sie ihre Handschuhe aus. Etwas – oder jemand – hatte sie in Rage versetzt.

Die Konvention missachtend, laut der man auf einer Hochzeit weder Schwarz noch Weiß trägt, hatte sie beides gewählt. Sie trug ein figurumschmeichelndes weißes Kleid mit schwarzen Accessoires. Ein kleiner Schleier war zwischen ihren Locken fixiert. Ob nun versehentlich oder absichtlich – sie sah viel mehr nach einer Braut aus als die Braut selbst.

Es folgte eine eher unangenehme Pause. Daniel sagte: »Francesca?«

Sie zischte: »Was?«

Als ich dachte, es könnte nicht mehr schlimmer werden, kam Tante Julia zu uns zurück. Jegliche Wohltat, die ihr durch die zehn Minuten auf der Toilette widerfahren war, war durch den Anblick einer übellaunig-zickigen Braut, die ihren Verlobten wütend anfunkelte, wie weggeblasen.

Sie holte tief Luft, doch noch ehe sie etwas sagen konnte, öffnete sich die Tür erneut, und Russell Checkland war bei uns.

Und er war sturzbetrunken. Er schwankte leicht, sein Blick blieb an Francesca hängen, dann sagte er: »Ich wollte nicht …«, und obwohl sie nicht gemeinsam hereingekommen waren, war allen sofort klar, dass sie kurz zuvor noch zusammen gewesen waren. Und dass es nicht gut gelaufen war.

»Himmel«, murmelte Andrew leise. Tanya verpasste ihm einen nicht allzu sanften Stoß, aber der eigentliche Held war Daniel Palmer, der die kochende Francesca ignorierte, nach vorn kam und mich am Arm fasste.

»Wenn du so weit wärst, Jenny, sollen wir dann reingehen?« Na gut, sein Interesse war nicht ganz uneigennützig, wenn er darauf drängte, dass Russell Checkland so schnell wie möglich verheiratet war, dennoch war ich ihm dankbar.

Russell riss sich zusammen und artikulierte sehr sorgfältig: »Danke, Daniel, aber ich mache das schon.«

Dieser ging jedoch gar nicht auf ihn ein, und gemeinsam betraten wir den Trausaal, gefolgt von Russell und Francesca und den anderen Gästen.

Wir behoben die ganz offensichtliche Verwirrung, die daher rührte, dass Braut und Bräutigam getrennt voneinander und mit anderen Partnern hereingekommen waren, und dann wurde die Trauung durchgeführt, ohne dass jemand zu große Schande über sich brachte.

Thomas stand die ganze Zeit neben mir, beruhigte mich durch seine Nähe, half mir mit den Worten und wollte zum Schluss unbedingt dafür gelobt werden, die Blumendeko nicht angeknabbert zu haben.

Russell hatte den Ring nicht verloren und schaffte es irgendwie, ihn mir auf den richtigen Finger zu schieben. Außerdem erinnerte er sich an meinen Namen. Mehr konnte ich wohl nicht erwarten.

Tante Julia blieb die ganze Zeit über unnachgiebig schweigsam und missbilligend.

Francesca seufzte hörbar, als ich mich mit den Worten abmühte.

Christopher kam nicht. Das war das einzig Anständige, was er je in seinem Leben getan hatte.

Es regnete noch immer, als wir uns zum *The Red Lion* aufmachten, wo Onkel Richard einen Nebenraum für ein spätes Mittagessen reserviert hatte. Für Russell und mich war die Hochzeitssuite gebucht worden. Das Hotelpersonal war sehr freundlich. Man führte uns in den Nebenraum, wo Champagner und Blumen auf uns warteten, als wären wir ein ganz normales Paar. Andrew schnappte sich Russell. Ich nahm an, er wollte ihn erneut mit Mr. Spritz von Eiswasser bekannt machen. Leicht trübsinnig dachte ich, dass ich mich besser daran gewöhnen sollte. Andrew steckte kurz den Kopf durch die Tür, flüsterte mit Tanya und verschwand dann wieder. Sie sprang ganz wunderbar in die Bresche.

»Der arme Russell hat etwas Falsches gegessen. Er möchte, dass wir schon mal ohne ihn anfangen. Setzt euch doch bitte.«

Wir nahmen Platz. Ich saß aufgrund des leeren Stuhles auf der einen und Tante Julia auf der anderen Seite isoliert da. Francesca saß mir gegenüber, peinlich darauf bedacht, nur ja nichts zu essen. Wütend hatte sie sich von Daniel abgewandt und ignorierte auch alle anderen.

Kevin hatte sich noch nicht an grenzenlosen Genuss gewöhnt und aß alles, was er in die Finger bekam.

Mrs. Crisp überwachte die Tafelrunde mit professionellem Blick, trank erst ihr Glas Champagner und dann Kevins leer.

Tanya wagte ein, zwei Bemerkungen, doch keiner antwortete, also gab sie es auf. Schweigend aßen wir. Es gab keine Trinksprüche. Keine Reden. Keinen Kuchen. Keinen Bräutigam. Und die Stimmung hätte man mit dem Messer schneiden können.

Schließlich brach Francesca das Schweigen. »War das nicht lustig, als die Standesbeamtin mich für die Braut hielt?«

Tante Julias Hand zuckte. Ich nahm an, sie unterdrückte den Drang, ihr eine Ohrfeige zu verpassen.

»Ich verstehe überhaupt nicht, wie ihr das unterlaufen konnte«, sagte Tanya ruhig. »Du bist viel zu alt, um die Braut zu sein.«

Selbst Francesca war angesichts einer derart himmelschreienden Unhöflichkeit sprachlos. Kurz schnappte sie nach Luft, dann stand sie auf, etwas weniger anmutig als gewöhnlich.

»Ja«, sagte Daniel und sprang hier für sich selbst in die Bresche. »Ich denke, es ist an der Zeit, dass wir gehen. Jenny, nochmals herzlichen Glückwunsch und vielen Dank für das nette Essen.«

Ich verlor den Boden unter den Füßen, aber ich bemühte mich, etwas gute Manieren und Stolz zu bewahren. Glücklicherweise erwartete niemand viel von mir, also sagte ich nur »Danke« und schüttelte Hände. Die beiden gingen, schauten einander dabei aber noch immer nicht an.

Tante Julia griff nach ihrer Tasche. »Ja, wir müssen los, ehe es dunkel wird, Richard.« Es war gerade mal halb fünf Uhr nachmittags.

Ihre Umarmung fiel sehr knapp aus, Onkel Richards etwas länger. »Denk an das, was ich dir gesagt habe«, flüsterte er. »Anruf genügt.«

Eine verwirrt dreinblickende Mrs. Crisp führte Kevin hinaus. Ich lächelte höflich, bedankte mich bei allen, als sie gingen, und ließ mir, wie ich hoffte, nicht anmerken, wie unbedingt ich jetzt allein sein wollte.

Zum Schluss war nur noch Tanya da. Ich schaute sie an. Sie seufzte laut und angelte unter dem Tisch nach ihren Schuhen. Als Letzter tauchte Andrew auf. Tanya stand auf, die Augenbrauen fragend hochgezogen.

Andrew sah sehr müde und sehr angepisst aus. Er sagte: »Jenny, es tut mir leid. Er ist verschwunden. Will es wahrscheinlich rauslaufen. Er wird bestimmt bald wieder hier sein.«

O Gott. Er kam zu spät zu seiner eigenen Hochzeit, war betrunken bei der Trauung, nahm nicht am Empfang teil und verschwand dann einfach. Steif vor Beschämung stand ich da.

»Jenny«, sagte er unsicher, aber ich wollte einfach nur allein sein.

In einer übermenschlichen Anstrengung presste ich die Worte aus meinem tiefsten Inneren hervor. »Andrew, e-e-es tut mir leid, dass du da reing-g-gezogen wurdest, Tanya, danke für deine U-U-Unterstützung heute. Ich denke, i-i-ich gehe j-j-jetzt auf mein Z-Z-Zimmer.«

Sie nickten unmerklich, hin- und hergerissen zwischen Erleichterung und Beschämung.

Schweigend machte ich mich auf den Weg zur Treppe. Sollte das Hotelpersonal überrascht sein, mich allein zur Hochzeitssuite gehen zu sehen, so war man zu höflich, etwas zu sagen.

Resigniert stieg ich die Treppe hinauf. Thomas neben mir war ungewöhnlich still. Vielleicht war Russell ja bereits in der Suite.

Nein, sie war leer. Mein Koffer stand am Fußende des Bettes. Ich ließ mich auf die Decke fallen und schloss die Augen.

Thomas sagte unsicher: *»Jenny, er hat sich nur ein bisschen Mut angetrunken und es übertrieben. Und jetzt läuft er das einfach raus, du wirst schon sehen.«*

»Nein. Heute war der Tag, an dem ihm klarwurde, dass er sie für immer verloren hat. Selbst wenn er sie dazu überreden könnte, Daniel nicht zu heiraten, so ist er doch nicht länger ungebunden. Ich glaube, jetzt, wo er nicht mehr zu haben ist, wurde ihr klar, dass auch sie verloren hat. Das ist einfach nur ein riesiges Chaos, und ich habe heute das Dümmste getan, was ich nur tun konnte. Ich hatte geglaubt, ich könnte ein normales Leben führen, so wie die anderen. Was habe ich mir nur dabei gedacht?«

Thomas antwortete nicht, aber meine Frage war ohnehin rhetorischer Natur. Ich flüchtete mich in Praktisches. Ich packte aus, was ich brauchte, zog mich aus und verstaute mein hübsches Kleid, das keiner erwähnt hatte. Sollte das wirklich der glücklichste Tag meines Lebens gewesen sein, dann freute ich mich nicht auf das, was danach kam.

Ich nahm ein langes, heißes Bad. Nach fast einer Stunde im Wasser war von Russell immer noch nichts zu sehen. Mein Ehemann. Ich fragte mich, ob es sich überhaupt lohnte, mich an dieses Wort zu gewöhnen.

»Na komm schon«, sagte Thomas. *»Machen wir uns einen Tee und sehen uns* Doctor Who *an. Das wird dir gefallen.«*

Für ihn riss ich mich zusammen. Ich hatte keine Lust auf Tee, aber sie hatten auch heiße Schokolade, also machte ich mir eine und setzte mich damit gemütlich aufs Bett. Thomas stand beruhigend nah, und wir sahen uns *Doctor Who* an.

Danach schaltete ich den Fernseher ab, nahm mein Buch und legte mich damit hin. Thomas schaute aus dem Fenster und beschrieb ab und an, was draußen vor sich ging. Wir dimmten das Licht, im Zimmer war es friedlich und warm, und ganz langsam fühlte ich mich etwas besser. Verheiratet oder nicht, ich war noch immer vor halb zehn Uhr abends im Bett. Je mehr sich ändert, umso mehr bleibt gleich.

Ich machte mir noch eine heiße Schokolade und setzte mich wieder ins Bett, vertieft in mein Buch. Ein Kratzen an der Tür ließ mich zusammenzucken. Das Chipkartenschloss klickte, und Russell Checkland kam herein.

Mir rutschte das Herz in die Hose. Er war nicht weg gewesen, um sich nüchtern zu laufen, im Gegenteil, er hatte weitergetrunken. Er stand am Fußende des Bettes und schaute mich ohne jegliche Freundlichkeit an. »Wie? Schon im Bett? Ganz verwegen, was?«

Er hatte es versprochen. Er hatte gesagt – was hatte er noch mal gesagt? Ich konnte mich nicht mehr an die genauen Worte erinnern. Hatte ich ihn missverstanden? Oder hatte er es sich anders überlegt?

Thomas verlagerte sein Gewicht, nur ganz wenig, doch die Drohung war implizit. Ich war nicht allein.

Ich blieb ganz ruhig sitzen, schaute Russell über meinen Tassenrand an, das Buch lag aufgeschlagen auf meinen Knien. Beweg dich nicht. Sag nichts. Was würde er als Nächstes tun?

»*Gut*«, sagte Thomas. »*Sehr vernünftig. Ich glaube, wir beide müssen ruhig bleiben. Sollte das nicht funktionieren, dann zieh ihm eins mit der Nachttischlampe über den Schädel.*«

Der Moment schien nicht enden zu wollen. Keiner von uns rührte sich. Schließlich stieß Russell ein kurzes Lachen aus und verschwand im Badezimmer. Mit zitternden Händen stellte ich meine Tasse ab.

»*Das ist okay*«, sagte Thomas. »*Und falls dich das irgendwie beruhigt, nach dem, was er heute getrunken hat, glaube ich nicht, dass er auch nur die Mundwinkel, geschweige denn sonst irgendwas nach oben bewegen kann.*«

Tatsächlich wurde im Badezimmer viel herumgepoltert. Ich hörte, wie die Dusche anging. Dann ein Rums und ein Aufschrei.

»*Oh, oh*«, kommentierte Thomas mitleidslos.

»Ja«, sagte ich und nahm mein Buch zur Hand.

»Er hat sich vielleicht selbst k. o. geschlagen.«

»Ich lese dieses Kapitel zu Ende, und wenn sich dann noch immer nichts rührt, sehe ich nach.«

Lange vor dem Ende des Kapitels war er wieder da, in T-Shirt und Shorts, was mich ein bisschen erleichterte.

»Unsere Unschuld ist gerettet«, sagte Thomas. *»Er sieht sich nach einer Extradecke und Kissen um.«*

Das tat er tatsächlich und baute sich schwankend ein Bett auf dem Sofa. Er ließ sich darauf fallen und zog die Decke über sich. Innerhalb von Sekunden schnarchte er.

Es war das erste Mal, dass ich nicht allein schlief. Also, das erste Mal, dass noch jemand anderes im selben Zimmer schlief wie ich.

»Was ist mit mir?«

»Na ja, du schnarchst nicht so laut, als würde Badewasser gerade den Ausguss hinabfließen.«

Wir hörten noch ein bisschen zu.

»Das ist ziemlich … laut.«

»Ja, ganz eindeutig schläft er mit Begeisterung.«

Den Großteil der Nacht lag ich wach und dachte nach. Dickköpfiger Stolz half mir dabei. Ich würde niemandem die Genugtuung geben, mich zu Tante Julia zurückrennen zu sehen. Wenn ich jetzt aufgab, dann würde ich niemals wieder eine Gelegenheit bekommen, mir ein unabhängiges Leben aufzubauen. Ich sah mich, wie die Jahre dahinschwanden und ich zur »verrückten alten Jenny Dove auf dem Dachboden« wurde. Ich zitterte. Ich war achtundzwanzig. Ich hatte durchaus noch weitere fünfzig Jahre durchzustehen. Fünfzig Jahre des Nichts.

Nein, ich hatte einen kleinen Schritt Richtung Unabhängigkeit gemacht. Und morgen würde ich den nächsten Schritt machen. Und einen Tag darauf den nächsten. Ich würde es schaffen. Ob mit oder ohne Russell Checkland, ich würde es durchziehen.

Irgendwann muss ich dann doch eingeschlafen sein, denn ich erwachte gegen halb acht Uhr am nächsten Morgen. Einen panischen Moment lang wusste ich nicht, wo ich war, dann erschrak ich fürchterlich, als jemand schnarchte, grunzte und sich dann umdrehte.

Rasch setzte ich mich auf und sah mich im Zimmer um. Russell Checkland – mein Ehemann – lag mit breit ausgestreckten Armen auf dem Rücken. Er hatte Gott sei Dank aufgehört zu schnarchen, war aber noch immer kein schöner Anblick. Sein Mund stand leicht offen, und seine stets widerspenstigen Haare standen in alle Richtungen ab. Seine Blässe betonte die dunklen Schatten unter seinen Augen. Er sah traurig und verletzlich aus. Keine Sentimentalitäten.

Seine Kleidung lag überall im Badezimmer verstreut, und ich kickte sie zur Seite. Ich versuchte gar nicht erst, leise zu sein, duschte, putzte mir die Zähne, zog mich an und kämmte mir die Haare. Bis ich zurück ins Zimmer kam, hatte er sich kein bisschen bewegt. Ich fragte mich, ob ich ihn wohl wecken sollte.

»Weshalb? Dafür wird er sich nicht bei dir bedanken. Ich glaube, es wäre netter, ihn schlafen zu lassen. Vielleicht sollten wir ihn auf die Seite drehen, damit er nicht an seinem Erbrochenen erstickt?«

»Er erbricht sich nicht.«

»Könnte er aber.«

»Ich bin mir sicher, dass ihm das nicht zum ersten Mal passiert. Vermutlich kann er sich ganz allein zur Seite drehen und wacht dabei noch nicht einmal auf. Keine Sorge.«

Ich packte meine paar Dinge zusammen, wieder ohne mich darum zu bemühen, sonderlich leise zu sein, aber es kam keine Reaktion. Vielleicht war er ja tatsächlich ohnmächtig. Ich ging ins Bad, füllte ein Glas mit Wasser und stellte es zusammen mit einem Streifen Paracetamol so hin, dass er es beim Aufwachen sehen konnte, dann verschloss ich meinen Koffer, nahm meinen Mantel und ging zur Tür, ohne einen Blick zurückzuwerfen.

Unten an der Rezeption fragte ich umsichtig: »W-w-wäre es möglich, die Buchung um w-w-weitere vierundzwanzig Stunden zu v-v-verlängern?«

»Lassen Sie mich nachsehen, Madam. Ja, das ist kein Problem.«

»Danke.« Er würde es niemals schaffen, um elf Uhr hier auszuchecken. Und ich ließ ihn die Rechnung begleichen. »Könnten Sie mir ein T-T-Taxi rufen?«

Ich stieg in den Wagen, und der Fahrer fragte: »Wohin soll's denn gehen?«

Tja, wohin? In mein altes oder mein neues Zuhause?

»*Also?*«, fragte Thomas.

Hatte es hier jemals Zweifel gegeben? Ich nannte ihm die Adresse von Frogmorton.

Ich dachte daran, ihn zum Hintereingang zu dirigieren, denn soweit ich informiert war, ließ sich die Vordertür noch immer nicht öffnen. Kevin tauchte genau dann auf, als ich den Fahrer bezahlte.

»Kann ich Ihren Koffer nehmen ... Mrs. Checkland?«

Ja, es klang auch für mich merkwürdig, aber genau die war ich. Mrs. Russell Checkland.

»Danke, Kevin.«

Als wir in die Küche traten, kam Mrs. Crisp rasch auf mich zu.

»Herzlich willkommen, Mrs. Checkland. Willkommen in Ihrem neuen Zuhause.« Sie hielt über meine Schulter hinweg Ausschau nach dem jungen Hausherrn.

Ihre Worte waren so warmherzig, dass mir mit einem Mal Tränen in die Augen schossen. Meine Verlegenheit muss ihr aufgefallen sein, denn sie sagte: »Ich nehme an, Sie werden sich am Vormittag erst einmal einrichten wollen. Ich bringe Sie nach oben.«

Und so gingen wir alle zusammen zur Treppe. Das Esszimmer stand voller Kartons.

»Ihre Bücher nehme ich an«, sagte sie, als sie meinen Blick erhaschte. »Ich wollte sie nicht auspacken. Ihre Kleidung und persönlichen Dinge sind alle in Ihrem Zimmer.«

Der Raum war genauso, wie ich ihn in Erinnerung hatte. »Ich habe ein paar Vorhänge angebracht«, sagte sie. »Außerdem habe ich recht schöne Bettwäsche gefunden, aber ich nehme an, dass Sie das alles früher oder später ersetzen werden.«

Waren da etwa leise Misstöne herauszuhören?

Sie bedeutete Kevin, meinen Koffer auf dem Bett abzustellen. Ich bedankte mich bei ihm. Der Koffer war nicht schwer, ich hätte ihn auch allein tragen können. Dann gingen sie aus dem Zimmer.

Ich trat ans Fenster und schaute in den nassen Dschungel hinaus, der Russell Checklands Garten war. Lange Zeit stand ich da, ehe Thomas zu mir kam.

»*Willst du nicht auspacken?*«

Ich seufzte. »Mir ist nicht danach.«

»*Was ist los?*«

»Es ... fühlt sich einfach nicht nach Zuhause an.«

»*Nein, es ist besser, findest du nicht?*«

»Ich weiß nicht.« Ich trat weg vom Fenster und setzte mich aufs Bett.

»*Jenny*«, seine Stimme war ernst. »*Ich habe dir nicht durch den emotionalen Strudel der letzten Monate geholfen, damit du jetzt allein und ohne Freunde in einem weiteren Zimmer herumsitzt. Zieh dich um, wir gehen spazieren.*«

»Es regnet.«

»Nein, tut es nicht. Zieh dir jetzt was an, das schmutzig werden darf, und dann gehen wir los.«

Und das machten wir.

Mrs. Crisp fragte, ob ich ins Moor hinaufgehen wollte. Ich antwortete kurz angebunden, ich wisse es nicht. Sie sah verlegen aus.

»Wir fragen immer, Mrs. Checkland. Das Wetter da oben ändert sich rasch, ganz besonders zu dieser Jahreszeit. Und wenn Sie nicht zurückkommen, dann wissen wir, wo wir suchen müssen.«

»Oh. E-E-Entschuldigung. Ja, ich gehe da hoch, aber nicht sehr weit. Ich halte mich an den W-W-Weg.«

Sie nickte, und wir brachen auf.

Wir gingen den Weg hinauf bis zu Braithwaites Hof. Mr. Braithwaite kam gerade aus der Scheune und winkte. Ich winkte zurück, und diese kleine Geste der Freundlichkeit besserte meine Laune.

Wie immer war die Luft hier oben frisch und klar, und sie wehte mehr als nur meine schlechte Laune weg. Der Boden war nass, aber die Sonne kämpfte sich durch die Wolken. Vielleicht war das ein gutes Zeichen.

Wir gingen etwa eine Stunde spazieren. Thomas war sehr ruhig, und ich hing meinen eigenen Gedanken nach.

»Worüber machst du dir Sorgen? Ob er in Frogmorton sein wird, wenn wir zurückkommen, oder ob er nicht da ist?«

»Ich weiß es nicht«, sagte ich ehrlich.

»Versuch, dir nicht allzu viele Sorgen zu machen. Die letzten achtundvierzig Stunden waren ziemlich hart. Einmal ordentlich durchschlafen und ein bisschen Zeit, um nachzudenken, dann laufen die Dinge auch wieder richtig.«

»Redest du von ihm oder von mir?«

»Tatsächlich bin ich mir da nicht so ganz sicher.«

Er war nicht da, als wir zurückkamen. Mrs. Crisp war besorgter denn je und fragte mich, ob er zum Abendessen zurück sein würde. Ich antwortete wahrheitsgemäß, ich wisse es nicht.

Ich saß in meinem Zimmer und überlegte, ob ich Andrew anrufen sollte, entschloss mich aber dagegen. Er hätte sich gemeldet, wenn Russell bei ihm wäre.

»Vielleicht ist er jetzt ja doch mit Francesca durchgebrannt«, sagte ich.

»Hörst du endlich mal auf, so besessen von Francesca zu sein? Die Chancen stehen gut, dass er aufgewacht ist, sich zum Kotzen fühlte und wieder eingeschlafen ist. Sollte er das Hotel verlassen haben, dann ist er vermutlich irgendwohin gegangen, wo es ruhig ist, damit er sich abreagieren und sich dann so richtig für seinen Auftritt schämen kann.«

Ich nickte. Vermutlich hatte er recht.

»Jetzt pack schon aus und fang an, dich hier einzurichten.«

Und das machte ich. Mrs. Crisp brachte mir Tee. Ich packte meine Klamotten aus und hängte sie auf, schob mein Hochzeitskleid vorsichtig auf eine Seite des Schranks. Ich legte meine paar Sachen auf der Frisierkommode ab und brachte meine Toilettenartikel ins Badezimmer. Thomas hatte recht. Das hatte er für gewöhnlich immer, aber das musste ich ihm ja nicht extra auf die Nase binden. Ich fühlte mich besser. Morgen würde ich noch meine Bücher und den Laptop auspacken.

Ich aß allein im kleinen Salon zu Abend, nachdem ich rundheraus abgelehnt hatte, in dieses schreckliche Esszimmer zu gehen. Und das große Wohnzimmer war kalt, trostlos und vollgestellt mit meinen Kartons, also verzog ich mich nach dem Essen einfach ins Bett.

Mrs. Crisp wünschte mir ernst eine gute Nacht und sah mir nach. Ich schaffte es bis in mein Zimmer, ehe die Tränen zu fließen begannen. Schluchzend rollte ich mich auf dem Bett zusammen. Thomas gab mir ein paar Minuten, bevor er sich zu mir beugte und mit der Nase durch meine Haare fuhr. Das Zimmer füllte sich mit dem Geruch von Ingwerkeksen.

Ich schluckte und riss mich zusammen.

»*So*«, sagte Thomas. »*War der heutige Tag so schlimm wie der gestrige?*«

»Nicht ganz.«

»*Na, siehst du, Fortschritte.*«

»Thomas, wo ist er? Was macht er nur?«

»*Ich weiß es nicht, aber er wird bald zurück sein. Das muss er. Er wohnt hier.*«

»Er war betrunken auf der Hochzeit. Hat nicht am Empfang teilgenommen. Und jetzt ist er verschwunden. Glaubst du, wir sollten die Polizei einschalten?«

»*Nein*«, sagte Thomas bestimmt.

»Also wenn er nicht mit Francesca durchgebrannt ist, dann ist der einzige Grund für seine Abwesenheit der, dass er nicht mit mir zusammen sein will.«

»*Ich denke, du könntest recht haben.*«

»Was?«

»*Nein, so meine ich das nicht. Aber ich denke, dass er zu beschämt ist, um sich hier blicken zu lassen. Seien wir doch mal ehrlich, er hat dir letzte Nacht Angst gemacht. Er wacht heute Morgen auf, und du bist weg. Er ist derjenige, der hier panisch sein sollte, nicht du. Morgen wird er aufkreuzen, warte es einfach ab.*«

Leicht getröstet ging ich ins Bett.

Doch auch tags darauf tauchte er nicht auf. Ich ging zum Frühstücken nach unten, und Mrs. Crisp war inzwischen die Sorge in Person. »Er ist kein übler Bursche«, sagte sie. »Aber manchmal nimmt er sich etwas so richtig zu Herzen. Das war schon immer so.«

Meine Gedanken kreisten um Francesca, und ich fragte mich, was für einen schweren Schlag sie ihm dieses Mal verpasst und ob sie das absichtlich getan hatte oder, was wahrscheinlicher war, ob sie einfach zu dumm und ichbezogen war, um sich darüber im Klaren zu sein, was für einen Schaden sie angerichtet hatte.

Mrs. Crisp verschwand, während ich langsam mein Frühstück beendete und mich fragte, was ich als Nächstes tun sollte.

»Kartons«, sagte Thomas, der irgendeine Kisten-Fixierung haben musste. *»Räum deine Bücher ein, dann wirst du dich besser fühlen.«*

Also machte ich das, ließ mir Zeit und stellte sie in die halbleeren Regale im Wohnzimmer. Dennoch war ich um die Mittagszeit damit fertig. Ich packte meinen Laptop aus und lud ihn auf.

Ich schaute mich in diesem großen, kalten Haus um und fragte mich, was mit der hellen, warmen Welt passiert war, die ich nur wenige Wochen zuvor hier kennengelernt hatte. Dann ging ich wieder hoch in mein Zimmer.

»Jenny, du musst damit aufhören«, sagte Thomas. *»Du hast alles Mögliche in Bewegung gesetzt, um von deiner Tante wegzukommen, und jetzt sitzt du wieder nur allein auf deinem Zimmer herum. Das ist dein Haus. Du kannst überall hingehen. Mach, worauf du Lust hast.«*

»Thomas, ich weiß einfach nicht, was ich tun soll. Ich hätte nie gedacht, dass ich hier so allein wäre. Ich weiß einfach nicht, welche Rolle ich hier habe. Tante Julia macht keinen Finger krumm, es sei denn, sie rückt ein oder zwei Blumen gerade. Bei ihr erledigt Mrs. Finch so ziemlich alles, aber ich bin mir nicht sicher, ob das auch was für mich ist. Dabei weiß ich nicht nur nicht, was ich tun soll, ich weiß auch nicht, wie. Vermutlich könnte ich einen Staubsauger einschalten oder Staub wischen, aber ich weiß nicht, wie man einen Haushalt führt. Was würde Mrs. Crisp sagen? Was erwartet sie von mir? Jenny Checkland zu sein ist was ganz anderes, als Jenny Dove zu sein.«

»Dann sag ihr das.«

»Was?«

»Sie ist kein Monster, Jenny. Sie ist die nette, ältere Mrs. Crisp, die sich um Russell gekümmert hat, nachdem seine Mutter gestorben war und der jetzt vermutlich angst und bange ist, nicht nur weil sie nicht weiß, wo er gerade ist, sondern auch, weil sie nicht weiß, ob es unter dem neuen Regime noch einen Job für sie gibt.«

Daran hatte ich nicht gedacht. Dass sich jemand noch mehr Sorgen um die Zukunft machen könnte als ich. Ich fühlte mich etwas ermutigt und ging nach unten. Wieder aß ich allein zu Mittag. Ich kaute langsam und brachte mein Geschirr dann zurück in die Küche.

»Ach, Mrs. Checkland, das hätte ich doch machen können.«

»Das ist schon in Ordnung, Mrs. Crisp. Wollen wir zusammen Tee trinken? Ich würde gern mit Ihnen sprechen.«

Sie eilte geschäftig herum, während ich mit verschränkten Händen dasaß und versuchte, meine Worte aneinanderzureihen. Als alles fertig war, konnte ich es nicht mehr länger aufschieben und fing an.

»Ich brauche Ihre H-H-Hilfe, Mrs. Crisp. Ich weiß n-n-nicht, was ich machen soll. Russell ist nicht hier, u-u-um es mir zu sagen. Ich weiß nicht, w-w-wo er ist. Ich habe noch n-n-nie einen Haushalt geführt. Was muss ich tun? B-b-biete ich meine Hilfe an? Das Haus ist g-g-groß. Ich sollte i-i-irgendwas machen. Aber ich w-w-weiß nicht, was.«

Es dauerte sehr lange, das zu sagen. Danach nippte ich an meinem Tee, schaute sie aber nicht an.

Sie faltete ein Geschirrtuch immer wieder aufs Neue. »Ich bin so froh, dass wir die Gelegenheit haben, miteinander zu reden, Mrs. Checkland. Und Russell brauchen wir ganz bestimmt nicht, um das zu klären. Nicht, dass er uns dabei eine große Hilfe wäre, meine Liebe. Vermutlich traut er sich nicht zurückzukommen, weil er weiß, dass er noch nicht zu alt ist, sich eine Kopfnuss abzuholen, wenn er hier auftaucht. An und für sich ist das jetzt natürlich Ihr Job. Wenn Sie einen Hocker benötigen, geben Sie mir Bescheid.«

Sie sah so grimmig aus, dass ich einfach lachen musste. Ich hoffte nur, sie würde mir nie mit einem Geschirrtuch hinterherjagen!

»Und vielen Dank für Ihr Angebot, Mrs. Checkland. Das nehme ich gern an. Ich habe auch schon darüber nachgedacht. Als die andere Mrs. Checkland, Russells Mutter, noch hier war, haben wir uns montags immer zusammengesetzt und das Essen und alles besprochen, was in der laufenden Woche so anstand. Und freitags habe ich ihr immer die Rechnungen gebracht, und wir haben gemeinsam die Buchhaltung gemacht. Sollen wir vielleicht damit anfangen?«

Das klang gut. Ich nickte. Das war viel einfacher, als ich es mir vorgestellt hatte. Auf der anderen Seite der Küche nickte Thomas aufmunternd und zustimmend. »Was die Hausarbeiten betrifft ...« Sie rutschte auf ihrem Stuhl herum. Ich hatte mir schon gedacht, dass es zu einfach gelaufen war. Stand irgendein grauenhaftes häusliches Problem an, das ich lösen musste? Ich erinnerte mich daran, wie Tante Julia einst sagte, jeder Satz, der mit den Worten anfange »Ob ich wohl mal eben mit Ihnen sprechen könnte, Madam ...«, sei der Auftakt zu einem häuslichen Desaster. Ich wappnete mich.

»Die Sache ist die«, sagte Mrs. Crisp langsam, dann straffte sie die Schultern und fuhr etwas bestimmter fort, »die Sache ist die, als die andere Mrs. Checkland noch hier war, war natürlich ich hier im Haus, und zwei Frauen vom Dorf kamen, um mir zu helfen. Nur in Teilzeit, ein paar Tage in der Woche. Als dann nur Russell und ich hier waren, war das alles nicht so wichtig, aber jetzt benutzt er wieder das ganze Haus, und alle Zimmer müssen sauber gehalten werden, und mit Kevin gibt es mehr Wäsche, und mehr Essen muss zubereitet werden, insbesondere, da sie nicht zusammen essen, und, es tut mir leid, Mrs. Checkland, aber ich bin nicht mehr die Jüngste …« Sie hielt inne. Ich war nicht die Einzige, die sich um die Zukunft sorgte.

Ich tätschelte ihre Hand. Tante Julia würde ausrasten – aber natürlich mit Stil.

»Das ist okay, Mrs. Crisp. Wir … ich werde sehen, was ich tun kann.« Ich hatte zwar keine Ahnung, aber hoffentlich würde mir etwas einfallen.

Sofern das überhaupt möglich war, wurde ihre Verlegenheit noch größer. »Um ganz ehrlich zu sein, ich hätte da schon jemanden im Kopf, ich habe das nur noch nicht erwähnt, weil, na ja, also, sie ist mit mir verwandt, und es erschien mir nicht angemessen.«

Müde vom Reden, zog ich nur eine Augenbraue hoch, aber sie verstand.

»Tatsächlich glaube ich, Sie kennen sie bereits, Sharon Ellis. Sie hat im *Copper Kettle* als Kellnerin gearbeitet. Sie ist meine Nichte.«

Meine Gedanken kehrten zu unserer Begegnung zurück. »Hat sie gekündigt?«

»Sie waren da nicht besonders nett zu ihr. Aber sie ist ein liebes Mädchen und arbeitet sehr hart. Sie würden es nicht bereuen, Mrs. Checkland. Sie backt ganz hervorragend. Eines Tages hätte sie gern ihre eigene Konditorei. Deshalb könnte sie auch nur in Teilzeit hier arbeiten. Zwei Tage in der Woche geht sie aufs College.«

»Sie klingt perfekt.«

Mrs. Crisp nickte. »Danke, Mrs. Checkland. Ich rufe sie an. Sie wird begeistert sein.«

Meine erste Entscheidung als Mrs. Checkland. Ich war ziemlich stolz auf mich. Und wenn es Russell nicht passte, dann hätte er verdammt noch mal hier sein sollen, um nein zu sagen.

»Prima. S-s-soll ich, bis sie anfängt, ein wenig zur H-H-Hand gehen?«

»Das würde ich sehr begrüßen, danke.«

»Ich habe meine B-B-Bücher eingeräumt, jetzt bringe ich die K-K-Kartons weg, und dann werde ich im Wohnzimmer abstauben und staubsaugen.«

So einfach würde es niemals sein.

»Ich wische Staub. Sie saugen.«

»Okay«, sagte ich, und zum ersten Mal seit langem fühlte ich mich ein bisschen glücklich.

Wir schlossen einen weiteren Kompromiss an diesem Abend. Ich hatte ein köstliches Abendessen auf einem Tablett in meinem Schoß im frisch geputzten Wohnzimmer zu mir genommen. Im Kamin brannte ein munteres Feuer. Die Vorhänge waren zugezogen, bis auf die Wandleuchten hatte ich alle Lampen ausgeschaltet. Es war die Art Raum, der am Abend am besten aussah. Thomas und ich schauten danach etwas fern. Ich war entspannt und glücklich, sah mich um und dachte, wie viel schöner alles doch jetzt war, als sich die Tür öffnete und Russell Checkland hereinkam.

6. Kapitel

Mir blieb das Herz stehen. Ich starrte zu dieser großen Silhouette, die vom Kaminfeuer erhellt wurde, und fühlte mich absurderweise schuldig – das ganze entspannte Vergnügen des Tages war dahin. Ich wusste nicht, was ich tun sollte. Ich hatte die Beine untergeschlagen, konnte mich also auf keinen Fall schnell bewegen, sollte das nötig sein.

»*Entspann dich*«, sagte Thomas. »*Das ist Russell Checkland. Ihr habt als Kinder zusammen gespielt. Er hat sich mit deiner Tante Julia angelegt und gewonnen. Bleib einfach sitzen und warte ab, was passiert.*«

Die Welt blieb stehen. Abgesehen vom Knistern des Feuers und dem irritierend unregelmäßigen Ticken der alten Standuhr in der Ecke war kein Geräusch zu hören. Ganz langsam beruhigte ich mich etwas.

Schließlich ergriff er das Wort. Mit erstickter Stimme sagte er: »Entschuldige«, und trat einen Schritt nach vorn.

Ich wusste nicht, was vorgefallen oder wo er gewesen war, und ich würde auch nicht fragen, aber er litt. Die Schatten unter seinen Augen waren furchtbar. Er musste wohl auch irgendwann in seinen Sachen geschlafen haben. Selbst jetzt war er noch nicht ganz nüchtern. Und er war erschöpft. Seine Hände zitterten. Was hatte ihm nur dermaßen zugesetzt?

Ich sollte etwas sagen, aber ich war so schockiert, dass ich nichts herausbrachte, also stand ich stattdessen auf und streichelte ihm vorsichtig über den Arm. Aus der Nähe roch er nach Alkohol, müffelnden Klamotten und Schweiß.

Ich ging in die Küche. Mrs. Crisp stand am Herd und drehte sich zu mir um. Ich glaube, sie hatte geweint. Sie sagte: »Wenn es Ihnen gelingt, ihn nach oben zu schaffen, dann bringe ich Tee. Vielleicht können Sie ihn ja dazu überreden, etwas Toast zu essen.«

Das schien mir eine gute Idee, also ging ich zurück ins Wohnzimmer. Er stand noch genau so da, wie ich ihn zurückgelassen hatte. Ich griff nach seiner Hand und führte ihn nach oben. Er folgte mir wie ein Kind.

Ich weiß nicht, wie ich mir sein Zimmer vorgestellt hatte, aber es war einfach nur ein normales Zimmer. Größer als gewöhnlich, mit einem dunkelroten Überwurf auf dem Bett, das auf einem kleinen Podest stand, aber abgesehen davon war es völlig normal. Angesichts seines Besitzers hatte ich mehr erwartet. Irgendeine künstlerische Aussage vielleicht oder sogar mönchische Strenge, aber es gab nichts Auffälliges. Keine Hinweise auf den Charakter des Besitzers. Vielleicht hatte er ja Angst davor, sein Innerstes zu entblößen. Vielleicht wusste er auch nicht, wie. Alles war sauber und aufgeräumt, aber trostlos. Traurig. Leer. In Gedanken suchte ich nach dem richtigen Wort. Desolat. Ein Raum der Enttäuschung. Ein gerahmtes Foto seiner Mutter stand auf der Kommode neben dem Fenster, und obwohl ich mich so diskret wie nur möglich umsah, konnte ich nirgendwo einen Hinweis auf Francesca entdecken. Sollte da je etwas gewesen sein, dann war es jetzt weg.

Ich führte ihn zum Bett und zog ihm Jacke und Schuhe aus. Seine Kleidung war nass. Ich sagte: »Zieh dich aus« und stellte das Wasser in der Dusche an. Als ich aus dem Badezimmer kam, zog er sich gerade das Shirt über den Kopf. Bisher hatte er noch immer nichts gesagt.

Ich hielt ihm die Tür zum Badezimmer auf, und er trat hinein. Dann schloss ich sie hinter ihm, ging zum Bett und sammelte seine Sachen ein.

Mrs. Crisp klopfte leise und übergab mir das Tablett, ich reichte ihr die nassen Sachen. Sie kam nicht herein. Das war jetzt mein Job. Ich stellte das Tablett auf dem Nachttisch ab.

Er kam aus dem Badezimmer, rieb sich die Haare trocken und setzte sich aufs Bett, ohne mich anzusehen.

Ich sagte: »Mrs. Crisp hat dir ein Tablett hochgebracht«, dann wandte ich mich ab und wollte gehen. Er hielt mich am Handgelenk fest und schien nach Worten zu suchen. Herzlich willkommen in meiner Welt.

Ich fragte: »Willst du mit mir reden?«

Er nickte, also zog ich einen Stuhl heran und setzte mich.

Auf diesen vielversprechenden Anfang folgte nichts, weshalb ich ihm etwas Tee einschenkte, ruhig dasaß und wartete. Keiner wusste besser als ich, wie schwer so etwas war.

Er nippte am Tee, wollte jedoch nichts essen. Ich hätte nie gedacht, dass ich einmal sehen würde, wie Russell Checkland Essen ablehnte.

Er stellte seine Tasse ab und sagte, ohne mich anzusehen: »Ich habe mich mit Francesca getroffen. Am Abend vor unserer Hochzeit. Sie sagte, sie würde mich lieben. Dass sie niemals hätte einwilligen dürfen, Daniel zu heiraten. Sie … hat sich mir angeboten.«

Ich spürte, dass Thomas ganz in meiner Nähe war, mir beistand, so gut er konnte. Auf der Suche nach Kraft und Trost lehnte ich mich zu ihm, wollte nichts mehr davon hören.

Russell sagte es mir dennoch, seine Stimme klang erschöpft, traurig und irgendwie auch beschämt.

»Das war es, was ich immer gewollt hatte. So lange schon hatte ich sie gewollt. Sie kam zu mir zurück. Ich umschlang sie. Sie roch noch immer gleich. Ich …«

Bei aller Liebe, ich wollte das nicht hören. Was glaubte er eigentlich, was er hier tat?

Ich stand auf und wollte wegrennen.

Wieder hielt er mich am Handgelenk zurück. Seine Stimme war brüchig. »Nein, geh nicht. Du musst das wissen.«

»Nein, muss ich nicht«, sagte ich und wand mich aus seinem Griff.

Thomas legte die Ohren an und bleckte die Zähne. Mit einem Mal kippte die Stimmung im Zimmer und wurde bedrohlich.

Russell bemerkte es, ohne zu wissen, was los war. Ich war nie allein. Er ließ mich los, hielt die Arme hoch, als würde er sich ergeben.

»Entschuldige, entschuldige.« Der alte Russell blitzte kurz auf. »Wie du siehst, habe ich ein ziemliches Chaos veranstaltet, Jenny.« Dann war der alte Russell wieder verschwunden. Sein Blick trübte sich, und sein Mund verzog sich zu einer bitteren, hässlichen Linie.

»Ich … ich habe abgelehnt. Sie lachte. Ich drückte sie weg. Sie schlug mich. Es war ziemlich hässlich. Sie weinte, war fast schon hysterisch. Ich hätte nicht … Sie spuckte mich an. Ich hielt sie fest, bis sie ruhiger war. Ich weinte ebenfalls. Dann reichte ich ihr ein Glas Wasser. Sie ging. Ich schlief nicht. Am nächsten Morgen war sie wieder da. In diesem Kleid. Sie war atemberaubend. Ich rief Andrew an. Sagte ihm, ich würde ihn vor Ort treffen. Ich wollte nicht, dass er herkam und sie sah.«

»Siehst du, er wollte die ganze Zeit sein Wort halten«, meinte Thomas. *»Das ist doch vielversprechend.«*

»Sie sagte, ich würde dich niemals heiraten. Dass du nicht … ach egal. Sie dachte, es wäre ein Trick, um sie eifersüchtig zu machen. Sie machte sich darüber lustig. Ich wurde wütend und warf sie raus. Buchstäblich. Ich schob sie in ihr Auto und sagte ihr, sie solle niemals wieder herkommen. Vielleicht habe ich ihr weh getan. Danach tat es mir leid. Sie flehte mich an. Ich sagte, ich hätte jetzt ein neues Leben. Sie fuhr weg. Ich ging in die Stadt. Stellte das Auto irgendwo ab. Nahm einen Drink, um ruhiger zu werden. Der half nicht, also kippte ich noch einen. Und noch einen. Dann habe ich geheiratet. Danach ... Nach der Trauung wusste ich nicht, was ich tun sollte. Ich sagte mir, ich würde irgendwo hingehen, um wieder nüchtern zu werden, und dann wachte ich auch schon in der völlig falsch betitelten Hochzeitssuite auf, und du warst weg. Ich dachte, du wärst zu deiner Tante zurückgegangen. Ich hätte es dir nicht vorgehalten.«

Ich schenkte ihm Tee nach.

»Wenn du gehen willst, dann verstehe ich das und werde alles tun, was in meiner Macht steht, um dir zu helfen. Aber unter uns, wir können das schaffen. Du weißt, was ich meine.«

Er wollte, dass ich ging.

Eine ausgewachsene Panik erfasste mich, die mich aller Sprache, Gedanken, Bewegung, fast schon des Lebens beraubte. Alles ging in die Binsen, und ich fiel in ein Loch.

»Atme«, sagte Thomas leise. *»Atme, mein kleines Mädchen. Atme einfach.«*

Das tat ich, dann sah ich wieder etwas klarer.

Russell reichte mir seinen Tee. »Hier. Trink ein bisschen.«

Langsam setzte sich alles zusammen. Meine ersten Gedanken waren angsterfüllt.

Ich würde geschieden werden. Annulliert. Was auch immer. Ich konnte nicht mehr zurückgehen und bei Tante Julia leben. Sie würde mich niemals wieder aus den Augen lassen. Ich würde nicht einmal allein zur Bücherei gehen können. Sie könnten sogar entscheiden, dass es an der Zeit für »diesen speziellen Ort« wäre.

Der nächste Gedanke war voller Wut. Diese Ehe war seine Idee gewesen. Er hatte das durchgesetzt. Er war einen Deal eingegangen. Wir waren einen Deal eingegangen. Ich brachte das

Geld, er das Zuhause. Und jetzt, aufgrund dieser ... aufgrund von Francesca, die einfach nur ihren hübschen manikürten kleinen Finger heben musste, würde er diesen schönen Neustart einfach wegwerfen und das bisschen, was von seinem Leben noch übrig war, ins Unglück stürzen. Und meines mit.

Meine nachfolgenden Gedanken galten den anderen. Francesca würde hier nicht leben wollen. Das hier war keine schicke Designer-Verwahrlosung. Das hier war echt. Sie würde es hassen und ihn dazu bringen, es zu verkaufen. Und ohne mein Geld würde er das tun müssen. Selbst wenn er einen vernünftigen Preis dafür bekäme – was nicht der Fall sein würde –, war Francesca teuer, und früher oder später wäre das Geld aufgebraucht. Und dann wäre Francesca weg. Erneut.

Und wenn er sie davon überzeugen konnte, hier zu leben, würde sie Mrs. Crisp auf der Stelle entlassen. Eine exzentrische Haushälterin, die täglich eine Flasche Sherry trank, war nun einmal so gar nicht Francescas Stil. Sie würde dafür sorgen, dass sie ging. Oder vielmehr würde sie diese Aufgabe Russell überlassen, und das würde den beiden das Herz brechen.

Und Kevin war ein grausam flüchtiger Blick auf ein normales Leben gewährt worden, ehe er wieder auf die Straße abgeschoben würde, wo er ganz bestimmt nicht überlebte.

Und Boxer; was würde aus dem neurotischen ehemaligen Rennpferd werden, das schon im Wind flatternde Wäsche völlig aus der Fassung brachte?

Ich schaute mir Russell in seinem jetzigen Zustand an und fragte mich, ob ich gleich mit ihm reden oder lieber zurück auf mein Zimmer gehen sollte, wonach alles in mir lauthals verlangte. Vielleicht wäre es besser, bis zum Morgen zu warten, wenn sich alle beruhigt hätten.

Während ich ihn betrachtete, öffnete er die Augen. »Jenny, bist du in der Lage, mit mir zu sprechen?«

Ich nickte.

»Im Moment ist das Wichtigste, dass du nicht aufgrund meiner Dummheit leidest. Ich werde das alles in Ordnung bringen und dafür sorgen, dass es dir gutgeht, du wirst schon sehen.«

Ich spürte, wie mich ungewohnte Wut durchzuckte.

»Ach, Herrgott noch mal, Checkland, hör einfach auf mit dem Sch-Sch-Scheiß, ja?«

Das ließ ihn verstummen.

»Ich weiß schon gar nicht mehr, w-w-wie oft du das zu mir gesagt hasst. D-d-damals eine Lüge. J-j-jetzt eine Lüge.«

Vermutlich war das so, als würde man ein feuchtes Tuch als Waffe einsetzen, doch aufgrund der Plötzlichkeit war es effektiv. Er war völlig überrascht. Mir fiel Tanya wieder ein, die Andrew ankündigte, was sie tun würde, und dann auch genau das tat. Ich nutzte seine Überraschung aus.

»Was genau willst du, Russell?«

Er schaute mich mit offen stehendem Mund an. »Was?«

»Eine e-e-einfache Frage. Noch vor drei Tagen wolltest du m-m-mich. Oder zumindest mein Geld. Du wolltest dieses Haus. W-w-wieder malen. Einen Neuanfang machen. Und jetzt s-s-sagst du, du willst mich nicht. Jetzt willst du F-F-Francesca. Entscheide dich, Russell, und lass es mich w-w-wissen.«

Ich stand auf. Mein Pulver war verschossen. Ich musste jetzt ganz schnell an einen ruhigen Ort. Thomas trat nach vorn und stellte sich zwischen uns. Mein Schutzschild.

»Also, das war unerwartet, aber zufriedenstellend. Lass uns jetzt gehen, während er noch versucht, wieder einen klaren Gedanken zu fassen. Sieh zu, dass du das letzte Wort hast.«

Wir gingen zur Tür.

»Jenny, warte. Bitte bleib noch.«

»Geh nicht zurück. Bleib bei der Tür stehen und tu so, als könntest du es nicht erwarten zu verschwinden. Ja, das ist sehr gut.«

»Ich will nicht, dass du gehst.«

Ich schaute zum Tablett. »Du hast Tee und Toast. Alles, was du brauchst.«

»Nein, ich meine, ich will nicht, dass du Frogmorton verlässt. Ich sagte doch, ich habe sie weggeschickt. Ich habe gerade nur versucht, dir zu erzählen, was vorgefallen war. Um dir eine Wahl zu lassen. Wie kommst du auf die Idee, ich könnte wollen, dass du gehst? Ich habe gemeint, was ich über den Neuanfang gesagt habe. Wir haben geheiratet, nicht wahr?«

»Das nennst d-d-du eine Hochzeit?«

Mein Schrei überraschte uns alle.

»Du warst b-b-betrunken. Du bist mit deiner G-G-Geliebten aufgekreuzt. Du ...«

»Sie ist nicht meine Geliebte.«

Sein Schrei hallte von den Wänden wider.

»Schläfst du etwa nicht mit ihr?«

»Nein.«

»Aber ...«

»Oh, ich streite nicht ab, dass ich das getan hätte und dass es ein paar erotische Momente gab, die mich in den Wahnsinn getrieben haben, aber nein. Bis sie hier aufkreuzte ...« Er hielt inne.

»Ihr Plan ist es also, dass ich a-a-ausziehe, sie Daniel verlässt und du mein Zimmer für sie herrichtest?«

Ich muss zugeben, so unverblümt ausgesprochen klang es sehr übel, aber das war nicht der eigentliche Grund für seinen Gesichtsausdruck. Er kramte vermutlich durch seine sehr verschwommenen Erinnerungen der letzten Tage, und ihm wurde klar ...

»Sie hat ihm nie gesagt, sie würde Daniel verlassen. Sie wird Daniel niemals verlassen. Oder sein Geld. Oder sein nettes Haus. Oder seine nützlichen Kontakte. Sie wollte einfach nur, dass Russell die Hochzeit absagte. Sie möchte den alleinigen Besitzanspruch über Russell Checkland. Ich sage dir, Jenny, wenn du dich jetzt nicht behauptest, dann be-

kommt sie das. Denk an den Schaden, den sie anrichten kann. Wenn du es zulässt.«

»Aber was soll ich denn tun?«

»Kämpf um ihn, Jenny. Wenn du denkst, dass er es wert ist.«

Wieder sah ich zu Russell, der erschöpft war, seelisch wie körperlich. Ich dachte an die wenigen herrlichen Wochen und setzte ihnen die bittere Beschämung dieser kurzen Ehe entgegen. Wie hatte ich es nur geschafft, in eine solche Angelegenheit zu geraten? War ich wirklich so dumm gewesen, dem unorthodoxen Charme von Russell Checkland zu erliegen?

Anscheinend schon.

Wie dumm konnte man nur sein!

Ich drehte mich wieder zur Tür. Die emotionale Belastung der letzten drei Tage hatte bei allen ihren Tribut gefordert, und ich wollte einfach nur weg hier.

»Jenny.«

Ich ging zurück zum Bett, nahm ihm die leere Tasse ab und stellte sie weg.

»Schlaf jetzt, Russell. Rede morgen.«

Er mühte sich wieder in eine sitzende Position. »Bist du dann noch da?«

»Ich muss. Ich habe mein Zuhause für dich verlassen. Im Gegensatz zu dir habe ich keine Wahl.«

»Ausgezeichneter Schlusssatz«, sagte Thomas.

Mrs. Crisp kam mit einer großen Tasse heißer Schokolade den Gang entlang.

»Ich dachte, Sie könnten Lust darauf haben, Mrs. Checkland.« Sie schaute mich forschend an. »Ach, Liebes.«

Ich ließ zu, dass sie mich zu meinem Zimmer brachte. Sie führte mich zum Bett und legte mir eine weiche Decke über die Beine.

»Kommen Sie heute Nacht nicht mehr nach unten. Ich schließe ab und kümmere mich um alles. Ruhen Sie sich aus. Morgen früh sieht die Welt ganz anders aus.«

Ich nickte und umklammerte noch immer die viel zu heiße Tasse.

Traurig sagte sie: »Er ist einfach nur ein verlorener Junge, müssen Sie wissen.«

Nachdem sie weg war, stand ich auf und schloss die Tür ab. Nicht, dass es den geringsten Anlass dafür gäbe, aber ich hatte das Gefühl, so eine klare Position zu beziehen.

Ich setzte mich auf den Fensterplatz und starrte hinaus in den dunklen Garten.

»Ich bin stolz auf dich, Jenny. Du hast dich wirklich behauptet.«

Ich schüttelte den Kopf.

»Erinnerst du dich etwa nicht? Als wir uns kennenlernten, hast du mich gefragt, weshalb ich da wäre, und ich sagte dir, du wärst etwas Besonderes. Tja, das hast du soeben bewiesen. Ich habe das schon immer gewusst, und jetzt werden es auch andere erfahren.«

Ich war wütend. »Thomas ...«

»Ich weiß«, sagte er sanft. *»Aber wie immer unterschätzt du dich. Genau wie der Rest der Welt, inklusive des Idioten im Zimmer nebenan, und das ist okay, denn bis den anderen ihr Fehler klarwird, hast du alles, was du willst. Aber tappe nicht in dieselbe Falle.«*

»Aber ...«

»Wenn das Leben einfach wäre, würde allen alles beim ersten Mal gelingen. Das passiert aber nur wenigen. Du könntest eine davon sein.«

Er hatte sich verändert. In der letzten Stunde war er ... härter geworden.

Genau wie ich, dachte ich. Da war diese Zukunft, um die wir kämpfen mussten.

Ich schlief ein paar Stunden und war früh wach. In einem ersten Impuls wollte ich so lange auf meinem Zimmer bleiben, bis Russell weg war, aber damit zeigte sich Thomas überhaupt nicht einverstanden.

»Das ist dein Haus«, sagte er bestimmt. *»Geh da raus und markier dein Territorium.«*

»Ich soll mein Territorium markieren? Etwa wie ein Hund?«

»Wenn du das für nötig befindest, aber warum nicht zunächst einmal eine eher konventionelle Herangehensweise wählen? Mal sehen, wie das funktioniert. Wenn du jedoch wild entschlossen bist, deine Säfte zu verspritzen, dann stehe ich hinter dir. Bildlich gesprochen, du verstehst schon.«

Genau wie beabsichtigt, wurde meine Welt dadurch ein bisschen heller. Er hatte recht. Wenn ich sicher durch die felsigen Riffs von Russells und Francescas Beziehung navigieren wollte, dann würde ich das nicht von meinem Zimmer aus machen können.

Ich ging nach unten, wo Kevin gerade sein Frühstück beendete. Er grüßte mit einem schnellen guten Morgen, schnappte sich seine Tasse und ging. Ich wählte Toast, weil das schnell und einfach war und weil ich mit Mrs. Crisp sprechen wollte.

Ich wollte sie fragen, ob sie mir beibringen könnte zu kochen. Es war ja schön und gut, was Thomas da so von wegen bleiben und kämpfen sagte, aber ich wollte Fähigkeiten erwerben, die mir helfen würden, mich in der Welt zurechtzufinden, in die ich mich in nicht allzu ferner Zukunft katapultiert sah. Ich hatte das Gefühl, dass Francesca zurückkommen würde und Russell nicht für immer nein sagen könnte.

»Ja, natürlich«, antwortete sie auf meine Frage. »Was für eine hervorragende Idee.« Sollte sie irgendeine Vermutung haben, weshalb ich kochen lernen wollte, so behielt sie das für sich.

»Ich habe K-K-Kochen an der Schule gehabt«, sagte ich, um zu zeigen, dass ich willens war. »Aber ich war n-n-nicht sehr gut darin.«

»Das ist kein Problem«, sagte sie munter. »Wir fangen mit den Grundlagen an. Wie wäre es, wenn ich Ihnen zeige, wie man ein Ei pochiert? Für Ihren Toast.«

Jetzt gleich?

»Ähm. Ja, okay«, meinte ich und verlor fast die Nerven, weil ich nicht wusste, was ich tun sollte.

Thomas lachte leise.

»Hör auf«, sagte ich. »Sonst musst du es essen.«

Er seufzte. *»Ich bin ein Pferd. Wir essen keine Eier.«*

»Du hast mein Osterei letztes Jahr gegessen.«

»Das zählt nicht. Pass lieber auf, 007.«

Es folgte Topfgeklapper, Wasser, Salz, Eier, Sieden, und schließlich legte Mrs. Crisp ein perfekt pochiertes Ei auf meinen Toast und sagte: »Sie sind dran.«

Es folgte ein Moment der Aufruhr und Beunruhigung, dann warfen wir den Topf weg. Das pochierte Ei klebte in Teilen noch immer darin.

»Was ist passiert?«, fragte Thomas, als wir den Weg zum Moor hinaufliefen, um etwas frische Luft zu schnappen und uns ein bisschen zu erholen.

»Ich weiß es nicht«, sagte ich. »Ich habe es genauso gemacht wie Mrs. Crisp, aber das Ei hat sich einfach nicht aus dem Topf gelöst.«

»Ja. Ich habe noch nie zuvor gesehen, wie sich ein Ei quasi selbsttätig mit einem Topf verbunden hat.«

Ich schüttelte den Kopf, enttäuscht über mein Versagen.

»Aber es war lustig. Ich glaube, mein Lieblingsmoment ist der, als sie den Topf mit beiden Händen festhielt und schüttelte und das Eigelb an die Wand klatschte.«

Ich versuchte, ernst zu bleiben.

Oben im Moor setzte ich mich auf einen großen flachen Felsen beim Bach und schaute zu, wie Thomas herumgaloppierte.

Er donnerte mit wehender Mähne und fliegendem Schweif mühelos den Hügel hinauf und bockte übermütig vor lauter Lebensfreude. Ich sah, wie seine Muskeln hervortraten und sich streckten, als seine Schritte länger wurden und er den Hügelkamm entlanggaloppierte, eine dunkle Silhouette vor dem blauen Himmel, die all die Anmut, Kraft, Schönheit und Freiheit in sich vereinte, die ich niemals kennenlernen würde.

Während er weg war, beugte ich mich über das bräunliche Wasser und hielt nach Fischen Ausschau. Ich konnte bis zum steinigen Bachbett hinuntersehen. Fische sah ich allerdings keine.

Ich dachte an die letzten paar Tage und blinzelte die Tränen weg. Nein, ich würde nicht weinen. Das würde überhaupt nicht helfen.

Thomas tauchte wieder auf und setzte geschmeidig über den Bach. Einen Moment lang bildete er einen perfekten Bogen über dem Wasser, und die Zeit blieb stehen. Dann stand er neben mir und blies mir in die Haare.

Ich war neidisch.

»Tja«, sagte er. *»Vielleicht galoppierst du selbst eines Tages durchs Moor.«* Ich hatte jedoch inzwischen eher aufgehört, an das zu glauben, was die Leute mir sagten.

»Mach das nicht.«

»Mach was nicht?«

»Hör nicht auf zu glauben. Ohne Glauben gibt es keine Hoffnung. Und ohne Hoffnung gibt es gar nichts. Bewahre den Glauben, dann hast du auch immer Hoffnung.«

Ich stellte mich auf die Zehenspitzen und küsste ihn sanft auf die Nase.

»Sollen wir zurückgehen, oder willst du noch ein paar Saltos machen?«

»Hey, das wäre doch klasse, oder? Stell dir nur die Welt des Springreitens vor, wenn Pferde lernen würden, im Fosbury-Stil zu springen – mit einer eleganten Landung auf dem Rücken nach jedem Hindernis.«

Ich musste grinsen.

Lachend gingen wir den Pfad zurück, schubsten uns gegenseitig und alberten herum. Ich fühlte mich so gut, ich vergaß völlig, dass ich verheiratet war. Bis ich in die Küche kam und meinen Ehemann am Tisch sitzen sah, der gerade sein Frühstück beendete. Mrs. Crisp machte sauber. Das Eigelb war nicht mehr an der Wand.

Abrupt blieb ich stehen, das Lachen war mir vergangen. Ich nickte förmlich, sagte »Guten Morgen«, obwohl inzwischen vermutlich schon Nachmittag war, und ging weiter ins Wohnzimmer. Er folgte mir.

»Hast du mal einen Moment?«

Davon hatte ich mehr als alle anderen, die ich kannte.

Er sah besser aus. Zwar war er noch immer ein bisschen durch den Wind, aber er sah definitiv besser aus.

Da ich meinte, zu meiner Beruhigung die nüchterne Umgebung meines Laptops zu benötigen, setzte ich mich an den Tisch am Fenster. Vielleicht empfand Russell ähnlich, denn er setzte sich mir gegenüber, schob einen Berg unbezahlter Rechnungen zur Seite, legte ein kleines Päckchen auf den Tisch und sagte unbeholfen: »Das wollte ich dir bei unserer Hochzeit geben, aber ich hatte keine Gelegenheit dazu. Bitte ... mach es auf.«

Das Papier war zerknittert und mit viel zu viel Klebeband verschlossen. Das alles zu entfernen war eine Herausforderung, aber ich war hartnäckig.

Eine kleine Uhr in einem schwarzen Samttäschchen kam zum Vorschein. Winzige Diamanten waren auf dem Ziffernblatt eingelassen, und das Armband war filigran gearbeitet. Die Uhr sah alt aus und lag nicht in einer Schachtel vom Juwelier. Ich sah zu Russell.

»Sie gehörte meiner Mutter. Du hast schöne Hände. Ich dachte, es würde hübsch aussehen. Probier sie mal an.«

Rasch befestigte ich sie an meinem Handgelenk, sie passte perfekt. Ich drehte meine Hand hin und her und bewunderte, wie das Licht mit den winzigen Diamanten spielte. Sie hatte seiner Mutter gehört. Und er hatte sie mir gegeben.

»Sie ist w-w-wunderschön. Danke.«

Er ergriff meine Hand. »Es tut mir leid.«

Es war eine einfache Entschuldigung, ohne großes Aufhebens, und bedeutete mir sehr viel mehr als die erschöpften Äußerungen der letzten Nacht.

»Sind wir wieder gut?«

Ich nickte.

»Keine Scheidung?«

Ich schüttelte den Kopf.

Leise sagte er: »Gut«, dann räusperte er sich und stand vom Tisch auf, um aus dem Fenster zu sehen.

Glücklicherweise klingelte in diesem Moment das Telefon. Ich hörte, wie Mrs. Crisp den Anruf entgegennahm. Kurz darauf klopfte sie an die Tür.

»Wissen Sie, wo Ihr Auto ist?«

»O Gott, nein. Ich kann mich nicht mal daran erinnern, wo ich es abgestellt habe.«

»Tja, ich weiß nicht, wo es war, aber ich weiß, wo es jetzt ist. Das war Miss Bauer. Sie ist in ihrem Büro und sieht gerade zu, wie Ihr Auto auf der High Street abgeschleppt wird.«

Mit einem Mal wurde er aktiv. Unsere Ehe retten war ja schön und gut, aber hier ging es um seinen Land Rover. »Was?«

»Sie ist noch am Telefon, falls Sie sie sprechen wollen.«

Er schnappte sich den Hörer. »Tanya? Wann? Wo? Scheiße. Bin unterwegs. Mrs. C, können Sie mir bitte ein Taxi rufen?«

Sie ging nach draußen. Er schnappte sich seine Jacke.

»Jenny, ich muss los. Es ist Freitag, und die schließen übers Wochenende. Wir sehen uns nachher.«

Eine Tür knallte zu, und der Raum war erfüllt von Russell Checklands Abwesenheit.

»Also noch immer verheiratet?«

»Scheint so.«

»Gut oder schlecht?«

»Keine Ahnung.«

»Lass uns mal einen Blick auf die Uhr werfen. Die sieht wirklich schön aus. Passt zu dir.«

Wieder drehte ich mein Handgelenk hin und her.

»Interessant. Die hat er jetzt schon seit Jahren, aber Francesca hat sie nicht bekommen. Er ist vielleicht ein Idiot, aber nicht ganz dumm.«

»Könnten wir eine Weile mal nicht über Francesca reden?«

»Gute Idee. Was gibt's zum Mittagessen?«

Vier Stunden später tauchte Russell wieder auf, angespannt und mürrisch und mit einem großen roten Abdruck auf der Wange. Er war offensichtlich immer noch zutiefst verärgert. Einen Moment lang schwieg er und holte dann tief Luft.

Ich zog eine Augenbraue hoch. Ein unwilliges Lächeln tauchte auf seinem Gesicht auf. Das musste man ihm schon lassen – er hatte Humor.

»Sie hat mich geschlagen.«

»Wer?«, fragte ich fassungslos. Ganz bestimmt nicht Mrs. Pargeter, unsere letzte, große Hoffnung gegen das motorisierte Chaos.

»Tanya. Ich habe bei ihr vorbeigeschaut, um mich zu bedanken. Das war das mindeste. Und wenn ich zu Wort gekommen wäre, hätte ich das auch getan. Doch kaum hat sie mich gesehen, schoss sie hinter ihrem Schreibtisch hervor, schrie mich circa zehn Minuten lang auf Deutsch an, und dann hat sie mir eine geknallt. Diese Deutschen können ganz schön zuschlagen, ehrlich. Sie hat gesagt, wenn ich mich nicht am Gürtel reiße (ich bin mir sicher, sie meinte Riemen), wie auch immer, wenn ich mich nicht an irgendeinem textilen Geflecht reiße, dann wird sie sich meine Person anscheinend so richtig vorknöpfen. Sie ist wirklich eine furchteinflößende Frau. Ich muss den Hut vor Andrew ziehen. Hör auf zu lachen. Du bist meine Frau und treue Gefährtin, und ich erwarte wirklich mehr von dir, als über mein Unglück zu kichern. Ich habe Schmerzen, okay?«

»Vermutlich erwähnst du besser nicht, dass sie die zweite Frau ist, die ihn in drei Tagen geschlagen hat. Jetzt fehlst nur noch du, dann hat er einen Hattrick kassiert.«

»Und bezahlen musste ich in etwa viermal so viel, wie es wert ist, um das verdammte Ding wieder zurückzubekommen.«

»Wen, Tanya?«

»Nein, mein Auto natürlich. Konzentrier dich, Jenny.«

»Entschuldige.«

Er seufzte. »Sollen wir was essen und uns dann einen ruhigen Abend machen? So tun, als wären wir ein ganz normales Paar?«

Ich nickte.

Mrs. Crisp warf einen fachmännischen Blick auf den Bluterguss.

»Wollen Sie ein Steak?«

»Zur inneren oder äußeren Anwendung?«

Sie schmunzelte nur.

»Das gefällt Ihnen, nicht wahr?«

Noch immer schmunzelte sie, der Blick nicht ganz so unstet wie normalerweise um diese Tageszeit.

»Das Essen ist fertig, Mrs. Checkland.«

Wir nahmen unsere erste Mahlzeit als Eheleute ein. Russell plapperte munter, fast so, als würde er versuchen, mit seinem Schwall an Worten etwas auf Abstand zu halten. Irgendwann holte er dann auch wieder mal Atem.

»Da fällt mir ein, ich muss etwas wiedergutmachen. Hättest du Lust, morgen etwas Nettes zu unternehmen? Sollen wir irgendwohin ausgehen? Wohin würdest du gern?«

»Rushby«, sagte Thomas sofort. *»Lass uns ans Meer fahren.«*

»Ich würde gern an die K-K-Küste. Können wir nach Rushby fahren?«

»Ausgezeichneter Vorschlag. Da können wir am Strand entlanggehen und nachsehen, ob etwas Interessantes angeschwemmt wurde – ein neues Dach wäre nicht schlecht –, zum Mittagessen Fish and Chips, eine Tour mit der Standseilbahn, und wenn du Lust hast, halten wir auf dem Rückweg irgendwo zum Essen an. Guter Vorschlag, Frau Gemahlin. Solche kannst du gern öfter machen, wenn dir danach ist.«

»Vielen Dank«, erwiderte ich mit unüberhörbarem Sarkasmus. Russell grinste.

Da klingelte sein Telefon.

Alle wussten, wer der Anrufer war.

Er wühlte in seiner Tasche, zog das Handy heraus, schaute auf den Bildschirm, runzelte die Stirn und sagte knapp: »Mailbox.«

»Tja«, sagte Thomas. *»Ich bin nicht glücklich, dass sie angerufen hat, aber ganz begeistert, dass er nicht drangegangen ist.«*

»Zumindest jetzt nicht.«

»Nein, im Ernst. Das war vermutlich das allererste Mal, dass er einen Anruf von ihr nicht angenommen hat. Stell dir nur vor, was ihr jetzt durch den Kopf geht, was sie denkt. Und wir haben den Ausflug morgen. Ich mag Rushby. Da kann ich mein Chariots-of-Fire-*Ding am Strand machen. Hast du das jemals gesehen? Ziemlich beeindruckend.«*

»Tatsächlich?«

»Ja, weshalb nicht?«

»Gut, dass du unsichtbar bist.«

»Was soll das jetzt heißen?«

Am nächsten Morgen machten wir uns auf den Weg. Thomas und ich sprachen noch immer seine Chariots-of-Fire-Darbietung durch.

»Ich bin so aufgeregt«, sagte er, als wir in Russells kürzlich geretteten Land Rover stiegen.

»Ich auch.«

Wie schade nur, dass wir nie dort ankamen.

Wir düsten schmale Wege hinunter, nahmen das, was Russell, die »Panoramastraße« nannte.

»Er hat sich verirrt«, sagte Thomas. *»Wie hat er das nur geschafft? Das ist nicht schwer, Herrgott noch mal! Man fährt zwanzig Minuten in westlicher Richtung, bis man nass wird, und dann bleibt man stehen, weil man dann ins Meer gefallen ist. Tadaa.«*

Ich wollte gerade etwas zu diesem Tadaa sagen, als Russell, der seiner Rostlaube eine beachtliche Geschwindigkeit abverlangte, abrupt auf die Bremse trat. Die Landschaft raste an der Windschutzscheibe vorbei, und der Sicherheitsgurt zerrte schmerzhaft. Wir schlingerten über die Fahrbahn und kamen mit aufstiebenden Kieselsteinen zum Stehen. Ich prallte gegen meinen Sitz, saß einen Moment lang verblüfft da und rieb mir dann Schulter und Nacken.

Thomas hatte sich nicht bewegt.

Russell war schon halb ausgestiegen, als ihm einfiel, dass er mit seinem Beifahrer verheiratet war.

»Alles in Ordnung mit dir?«

Ich nickte. Reden konnte ich später.

»Was zum Teufel ...?«, fragte Thomas.

Ich löste meinen Sicherheitsgurt und dankte Gott dafür, dass

Russell zu arm für Airbags war. Wir standen auf der falschen Straßenseite, hatten aber, nach Russells Standards, wohlbehalten geparkt. Ich folgte meinem dahineilenden Ehemann auf leicht wackeligen Beinen. Er kletterte über ein Gatter und verschwand.

»Jenny, es tut mir so leid. Ich glaube, ich habe dich darin bestärkt, einen Wahnsinnigen zu heiraten.«

»Ja, das werden wir später besprechen. Oh.«

Wir kamen zu dem verrotteten Gatter, das in einer weitläufigen, kümmerlichen Hecke stand.

Auf der anderen Seite waren diese schrecklichen, überweideten Felder, die man manchmal vom Zug aus sah. Ein alter Eisenbahnwaggon stand in einer Ecke. Kein Gras zu sehen. Nach dem ganzen Regen war das alles nur eine riesige Schlammpfütze.

Einen Moment lang sah ich nichts, aber Russell steuerte auf die entlegene Ecke zu, wo sich ein Haufen Dreck bewegte, der zu einem großen Hund wurde.

Nein, kein Hund. Ein sehr kleiner Esel, der verzweifelt versuchte, vor ihm zu fliehen. Russell ging langsam auf das Tier zu, blieb ein paar Schritte vor ihm stehen und redete leise mit ihm. Der Esel war erbärmlich abgemagert. Überall standen die Knochen heraus. Nirgendwo ein Zeichen von Futter oder Wasser. Das arme Ding war so hungrig, es hatte die Querbalken aus Holz angenagt.

Ich kletterte über das Gatter.

Der kleine Esel schien panisch zu werden, weshalb ich ruhig stehen blieb. Russell entfernte sich von ihm, um den alten Eisenbahnwaggon zu durchsuchen.

Ich fragte Thomas: »Kannst du etwas tun?«

»Ich denke doch«, sagte er und stellte sich dicht neben das Tier, wobei seine Hufe im Matsch versanken. Er senkte den Kopf und schnupperte hinter den Ohren des bemitleidenswerten Wesens. Der Esel blieb ruhig stehen, ohne zu wissen, weshalb. Er kippte die Ohren ab und schloss die Augen.

»Gut gemacht.«

»Ich glaube nicht, dass ich das war. Ich glaube, sie – denn es ist übrigens ein weiblicher Esel – ist zu schwach, um sich noch irgendwie zu wehren.«

Russell kam aus dem Waggon, das Gesicht angespannt und wütend. Er fasste mich am Arm. »Du willst da nicht reingehen, Jenny.«

»Oh.«

»Ist leider so. Komm, lass uns zu dem einen Esel gehen, den wir vielleicht retten können.«

Thomas hatte gute Arbeit geleistet. Das Tier stand ruhig und mit gesenktem Kopf da, zu schwach und zu verstört, um sich zu wehren.

Russell blickte einen Moment nachdenklich über die Schulter zum Tor und dann zu mir.

»Natürlich«, sagte ich. »Musst du das fragen? Es ist übrigens eine Eselin.«

»Also gut, ich nehme nicht an, dass sie laufen kann, deshalb ...«

Er trat zu dem Esel, legte einen Arm um sein Hinterteil, einen um seine Brust und hob das sehr überraschte Eselchen hoch. Mit baumelnden Beinen hing es da und versuchte, seine Jacke anzuknabbern.

»Kannst du dich ums Gatter kümmern?«

Er lief los, strauchelte leicht im Schlamm, und ich stapfte durch den Matsch hinter ihm her, eine waschechte Komplizin beim Kidnappen eines Esels.

Das Gatter war mit einem Vorhängeschloss versehen.

Vorsichtig setzte er sie ab, und sie fing sofort an, an meinem Mantel herumzukauen. Wieder senkte Thomas den Kopf zu ihr.

»Manchmal«, sagte Russell, »kann man diese Gatter aus ihren Angeln heben. Kannst du mir helfen?« Wir pressten unsere Schultern unter den obersten Querbalken, und das Gatter zerbarst. Jetzt konnten wir unserer Anklageschrift also auch noch Sachbeschädigung hinzufügen.

Er hob die Eselin wieder hoch, und zusammen liefen wir die Straße hinunter.

Ich fragte: »Soll ich das Gatter wieder aufrichten?«

Ich bin sehr pflichtbewusst.

»Sinnlos.«

Russell eher weniger.

Er war wütend, aber nicht auf mich, also eilte ich ihm nach.

»Ich werde sie hinten ablegen, Jenny. Setzt du dich zu ihr und versuchst, sie ruhig zu halten? Ich glaube nicht, dass du Probleme haben wirst. Es tut mir leid, sie ist voller Schlamm und noch Schlimmerem, aber ich weiß nicht, wie wir es sonst machen sollen, und ich möchte, dass Andrew sie sich so schnell wie möglich ansieht. Wäre das okay für dich?«

»Ja«, sagte ich ehrlich und kletterte hinein. Er hievte die Eselin nach drinnen, und Thomas war ebenfalls da.

Ich hörte, wie Russell kurz telefonierte, dann ließ er den Motor an. Kurz wollte das verängstigte Tier weglaufen, aber Thomas setzte seine magischen Kräfte ein, und wir kamen fast unversehrt nach Frogmorton zurück.

Wir setzten in den Hof zurück, und sowohl Kevin als auch Mrs. Crisp kamen nach draußen, um zu sehen, weshalb wir so früh zurück waren. Ich weiß nicht, was genau sie erwarteten, aber ganz bestimmt nicht das.

Russell machte die Tür auf, und ich übergab ihm die Eselin. Er hielt sie im Arm, die Beine baumelten wieder nach unten, während alle unsere Beute mit offenem Mund anstarrten.

»Was ist das?«, fragte Mrs. Crisp, die etwas verwirrter war als für gewöhnlich um diese Uhrzeit und sich an dem Geschirrtuch, ihrer Allzweckwaffe, festklammerte.

»Ist das ein Hund?«, fragte Kevin skeptisch.

»Alles in Ordnung mit dir da drin, Jenny? Du musst ein bisschen herumgestoßen worden sein.«

»Ja«, antwortete ich. »Mach dir um mich keine Sorgen. Bleib bei ihr, falls sie Angst bekommt.«

Ein Auto hupte auf der Straße, und Andrew fuhr in den Hof. Ich hatte gehofft, Tanya würde ihn begleiten, aber er war allein. Er kam auf Russell zu und musterte das verdreckte Tier.

»Das ist eine Eselin«, sagte er schließlich.

»Wie schön zu sehen, dass sich diese ganzen Jahre Tierarztstudium bezahlt gemacht haben«, erwiderte Russell. »Wir Normalsterblichen hielten das für einen Riesenhasen.«

Andrew sah sich um. »Wo ist Jenny? Du hast sie nicht zufällig gegen den Esel eingetauscht, oder?«

»Ich bin hier«, sagte ich vom Rücksitz. »Ich bin nur etwas steif und komme nicht raus.«

Kevin eilte mir zu Hilfe, und ich stolperte nicht gerade elegant aus dem Rover.

»Guten Morgen, Andrew. Danke, dass du gekommen bist.«

»Ganz ehrlich, du bist viel zu gut für Russell. Er hat sich noch nie bei jemandem bedankt, der in sein Leben trat.«

»Tja, habe ich wohl, aber vermutlich in einem völlig anderen Kontext. Ich möchte hier ja niemanden drängen, denn obwohl sie nicht viel auf die Waage bringt, würde ich sie gern bald herunterlassen. Außerdem knabbert sie schon wieder an meiner Jacke herum.«

»Lass sie das nicht machen – Esel haben einen sehr empfindlichen Magen.«

Noch ehe sich jemand bewegen konnte, drehte sie den Kopf, blinzelte unter langen Wimpern hervor zu Russell auf und pinkelte ihn an.

»Oh, das ist ein gutes Zeichen«, sagte Andrew. »Ihre Nieren arbeiten. Kevin, könntest du bitte ein bisschen warmes Wasser in einen Eimer füllen? Mach ihn nicht voll. Ich will nicht, dass sie zu schnell zu viel trinkt.«

»Nein«, meinte Russell und betrachtete mit düsterer Miene seine ehemalige Hose. »Wir wollen doch ihre bereits voll funktionstüchtige Blase nicht überlasten.«

»Dann lass uns mal in den Stall gehen.«

Gemeinsam machten wir uns auf den Weg.

Vorsichtig setzte Russell sie in der Box neben Boxer ab. Mit merkwürdig gespreizten Beinen stand sie da und sah sich um.

Andrew folgte ihm hinein. »Ist dir das schon aufgefallen, Russell? Früher oder später bepinkeln dich alle deine Frauen aus beachtlicher Höhe. Zugegebenermaßen für gewöhnlich nicht gleich zu Beginn eurer Beziehung.«

»Schau einfach nach dem Esel, ja? Deshalb bist du hier.«

»Nein, ich bin für ein Mittagessen hergekommen, wenn die wunderbare Jenny mich dazu einlädt.«

»Das hat nichts mit Jenny zu tun. Ich bin der Herr im Haus. Ich treffe hier die Entscheidungen.«

Da meldete ich mich zu Wort. »Andrew, bleib doch bitte zum Essen.«

»Danke, Jenny. Sehr gern.« Er beugte sich tief nach unten und spähte auf ihre Füße. »Wo ist unser neurotischer Dummkopf heute Morgen?«

»Gleich nebenan und verrenkt sich den Hals, um herauszufinden, was hier vor sich geht. Soll ich ihn rausbringen, damit sie etwas Ruhe hat?«

»Nein, Esel sind Herdentiere, vielleicht findet sie seine Gegenwart beruhigend.«

»Bist du dir sicher? Er ist nicht gerade eine Leuchte, wie du weißt. Es ist sogar sehr wahrscheinlich, dass sie um einiges cleverer ist als er.«

»Russell, es gibt einzellige Organismen, die intelligenter sind als dein Pferd. Kannst du die Abtrennung aufmachen? Ganz vorsichtig. Wir wollen sie ja nicht erschrecken.«

Das Ergebnis entsprach überhaupt nicht dem, was wir erwarteten. Wir traten zurück, und sie und Boxer schauten einander zum ersten Mal an.

Es war Liebe auf den ersten Blick. Er streckte den Kopf zu ihr und schnaubte leise. Sie machte einige unsichere Schritte, torkelte wie eine Kreuzung aus Bambi und Shaun das Schaf. Dann hob sie den Kopf zu ihm und blickte ihn durch lange Wimpern an wie Marilyn Monroe. Im Hintergrund spielte Rachmaninow. Irgendwo pfiff eine Drossel.

»Oh«, sagte Mrs. Crisp. »Wie entzückend.«

Wir alle sagten »Ahhhh«. Es war ein magischer Moment.

Sie atmete tief ein und schloss die Augen. Ihr gesamter Körper blähte sich auf, und sie spannte ihre spindeldürren Beine an.

»Oh- oh«, sagte Thomas. *»Deckung.«*

Ich dachte immer, Esel riefen »i-ah«. So sieht man das auch in Schriftform. Hübsch und ordentlich. Und Kurz. I-ah.

Falsch. Unser Esel macht:

»IIIIIIIIIIAAAAAAAAHHHHHHHHRRRRRRGHGHGHGH«, dann eine kurze Pause, bis der Nachhall verklungen ist, und weiter geht es mit einem »IIIIIIIIIIAAAHHHHIIIIIAAAAAAAAHHHHHHHHRRRRRRGHGHGHGH«, das zu einem entsetzlich blubbernden Stöhnen abflaut, wie bei einem streitlustigen Hahn, dem man die Kehle durchschneidet. Und es war laut. Du lieber Himmel, war es laut! Vögel fielen von den Bäumen. Die Fenster klapperten. Ein tieffliegender Jet machte eine 180-Grad-Wendung und kehrte zur Basis zurück, um sich über den Lärm zu beschweren.

»Du meine Güte!«

»Ach du Scheiße!«, sagte Andrew. »Was zum Teufel hast du da jetzt auf die Welt losgelassen, Russ?«

Russell blickte seinen Cousin entrüstet an. »Du hättest uns vorwarnen können.«

»Woher sollte ich verdammt noch mal wissen, dass sie sich wie das Kettensägenmassaker anhört? Wie kann so ein winziges Ding so entsetzlich laut sein? Geht es allen gut?«

»Ich glaube, meine Ohren bluten«, sagte Russell.

»Um dich sorgt sich keiner. Du hast sie hergebracht. Das ist alles deine Schuld.«

»Das kannst du mir nicht vorhalten. Es war Jennys Idee, nach Rushby zu fahren.«

Beide schauten mich an.

»Heißt das etwa, du hast den wunderbaren Ausflug für deine Frau abgebrochen, um sie stattdessen mit verschiedensten Körperflüssigkeiten vom Esel zu beschmieren?«

Das stimmte. Ich war mit allem verschmiert, was ein kranker, verängstigter Esel von sich geben kann, wenn er sich in Bedrängnis glaubt. Vergessen Sie Russells Jacke. Auch mich würde man in die Reinigung schicken müssen.

Geschäftig öffnete Andrew seinen Koffer. »Russell, du kannst hierbleiben. Alle anderen gehen jetzt besser, damit ich sie mir ansehen kann.«

Wir gingen nach draußen. Mrs. Crisp befahl mir, mich auf eine Zeitung zu stellen, während sie mir aus dem Mantel half, der das meiste abbekommen hatte. Der Rest war gar nicht so übel.

Dann tranken wir Tee.

Kevin war begeistert. »Sie ist super. Können wir sie behalten?«

»Sie ist unrechtmäßiges Eigentum«, erinnerte ich ihn. »Wir kommen alle ins Gefängnis.«

»Nein«, sagte Mrs. Crisp. »Nicht wenn man sieht, in welchem Zustand sie ist. Sie sieht aus, als wäre sie ausgesetzt worden. Und das schon vor einer ganzen Weile.«

Ich erinnerte mich an den Eisenbahnwaggon, in den Russell mich nicht gehen lassen wollte.

»Angenommen, der Besitzer taucht auf und will sie zurückhaben?«

Sie schüttelte den Kopf. »Russell wird sie nicht zurückgeben. So war er schon als Junge. Hier war alles voll kranker Streuner, die er alle behalten hat. Sobald man einmal von Russell Checkland gerettet wird, gilt das das ganze Leben.«

Kevin hing bei diesen Worten seinen eigenen Gedanken nach.

»Wir sollten ihr einen Namen geben.«

»Emilie«, schlug Mrs. Crisp vor. »Emilie, die Eselin. Das klingt hübsch.«

»Oder Brüller. Das wäre ein passender Name für sie.«

»Du meinst, weil sie so laut ist wie ein Brüllaffe.«

»Ja genau. Sie klingt so, als würde ihre Stimme durch einen Windkanal gejagt.«

»Was ist hier los?«, fragte Russell, der durch die Stiefelkammer hereinhüpfte. »Warum sitzt ihr alle hier rum und habt eine schöne Zeit? Ich zahle euch nicht fürs Rumsitzen und Glücklichsein. Ich will euch arbeiten sehen. Insbesondere wenn Jenny jeden dahergelaufenen Hans, Franz und Andrew zum Essen einlädt. Weniger Freude. Mehr Arbeit. Nicht du, Jenny. Du kannst rumsitzen, wie es dir gefällt.«

»*Wie großzügig*«, sagte Thomas.

Keiner rührte sich.

»Wir suchen nach einem Namen für den kleinen Esel.«

»Pisser.«

»Auf keinen Fall.«

»Ich fände ja Mini ganz schön. Sie ist doch so winzig.«

Kevins Augen blitzten. »Ich weiß es. Ich habe den perfekten Namen. Mrs. Crisp hat recht. Sie ist winzig. Aber sie macht auch ganz schön viel Dreck. Wie wäre es denn mit …«

Er machte eine bedeutungsvolle Pause.

»Ja?«

»Pinkelinchen.«

7. Kapitel

Während des gesamten Mittagessens wurde darüber diskutiert, wie wir sie nennen sollten. Ich hörte zu, wie Russell und Andrew die Ideen des jeweils anderen niedermachten. Auch Mrs. Crisp wagte gelegentlich einen Vorschlag. Nachdem sie bis zum Stillstand diskutiert hatten, legte ich den Löffel hin und sagte: »Marilyn.«

Inzwischen debattierten sie bereits darüber, wer nun genau schuld daran war, dass in grauer Vorzeit das Toilettenfenster kaputtgegangen war, und es dauerte eine Weile, bis sie sich wieder darauf konzentrierten.

»Marilyn«, wiederholte ich. Sie starrten nur vor sich hin. Mir war klar, dass ich es einfach für sie machen musste.

»Marilyn«, sagte ich zum dritten Mal. »Nach Marilyn M-M-Monroe. Ihr wisst schon, immer dieser Blick durch ihre langen Wimpern.«

»Ich bin mir ziemlich sicher, dass Marilyn Monroe nie jemanden angepinkelt hat«, sagte Russell.

»Ja, aber ich verstehe, worauf Jenny hinauswill«, meinte Andrew. »Hätte sie das jemals gemacht – jemanden angepinkelt, meine ich –, dann hätte sie genau denselben Gesichtsausdruck gehabt. Gute Wahl, Jenny. Dann heißt sie also Marilyn. Ist noch Streuselkuchen übrig?«

»Nein. Musst du nicht irgendwann zurück zu dir nach Hause? Wo ist Tanya überhaupt? Hat sie genug von dir? Ich habe dir gesagt, dass das passieren würde.«

»Ist für ein paar Tage nach London gefahren. Morgen Abend wieder zurück.«

»Hat die Schnauze voll von dir, nicht wahr?«

»Ganz im Gegenteil, sie ist so überwältigt von ihrem unbeschreiblichen Glück, dass sie ab und an wegmuss, damit es ihr nicht zu sehr zu Kopf steigt. Natürlich stellt sie es nicht genau so dar, im Grunde genommen meint sie jedoch genau das. Aber zurück zu Marilyn. Es ist ziemlich einfach, Russ. Warmes Wasser, wenig Stroh, kein frisches Heu. Mal eine Karotte oder einen Apfel. Wenn sie im Nacken eine Speckfalte ansetzt, dann wird sie überfüttert. Ich rede mit dem Eselzentrum und besorge dir die Kontaktdaten ihres Hufschmieds. Die Hufe der Kleinen sind in schockierendem Zustand, aber mit regelmäßigem Feilen und etwas Bewegung sollte das wieder besser werden. Vermutlich wird sie ihre Artgenossen vermissen, aber Boxer scheint Eindruck auf sie gemacht zu haben, also lass sie zusammen, wenn es geht. Ich schaue morgen vorbei – zum Mittagessen – und nächste Woche auch noch ein paarmal. Sie wird ein bisschen Arbeit machen, Russ. Ist dir das klar?«

Dieser nickte.

Ich fragte: »Was passiert, wenn ihr Besitzer sie zurückhaben will, Russell?«

»Tja, er bekommt sie nicht zurück. Außerdem wird er das gar nicht wollen. Ihn würden die Polizei, der Tierschutzverein und eine saftige Tierarztrechnung erwarten. Und wo wir gerade davon sprechen, Andrew, das hier ist jetzt mehr als nur ab und an mal nach Boxer sehen und mir dann sagen, dass er einen an der Waffel hat. Was bin ich dir schuldig?«

Andrew zuckte mit den Schultern. »Ich fürchte, du wirst für ihre ganzen Medikamente und sonstigen Dinge aufkommen müssen, und den Rest vergessen wir einfach mit einem guten Essen.«

Ich lächelte ihn an, und er erwiderte das Lächeln.

Ich sagte: »Ich werde Mrs. Crisp bitten, dir ein paar von ihren Scones einzupacken, wenn du willst.«

Im Hinausgehen hörte ich ihn sagen: »Und, wie geht's deinem Gesicht?«

Ich schloss die Tür hinter mir.

Mrs. Crisp hatte ihm bereits ein Päckchen zusammengestellt.

»Er wird morgen zum Mittagessen wieder hier sein, Mrs. Crisp. Hat er ein Lieblingsgericht?«

»Er ist der Typ für Roastbeef und Yorkshire-Pudding. Ich kümmere mich darum.«

Sowohl Thomas als auch Kevin waren noch bei Marilyn, und ich ging zu ihnen hinüber, um nach ihnen zu sehen. Andrew folgte mir und packte seine Sachen zusammen.

»Alles okay?«, fragte er leise.

Ich konnte ihn nicht anlügen, also schwieg ich stattdessen.

Er nestelte an seiner Tasche und sagte schließlich: »Ich habe kein Recht, dich darum zu bitten, aber wenn du bei ihm bleiben könntest, wäre ich dir sehr dankbar.«

Plötzlich hatte ich einen dicken Kloß im Hals.

»Ich weiß, dass es nicht einfach ist. Er ist nicht einfach ... aber du bist seine letzte Chance. Lass dir von dieser ...«, plötzlich fiel ihm wieder ein, dass Francesca meine Cousine war, »... sie will ihn nicht. Sie will nur, dass ihn sonst keine bekommt. Ihr passt es ganz gut, ihn an der Leine zu haben, und er vergeudet sein Leben. Sie vergeudet sein Leben. Er muss wieder anfangen zu malen, aber er hat sich eingeredet, dass er das nicht ohne sie tun kann.«

Ich nickte.

»Habe ich dir doch gesagt.«

Er legte mir eine Hand auf die Schulter. »Und halte dich von deiner Tante fern. Wenn du Hilfe brauchst – dann komm zu uns. Ich verstecke mich hinter dem Vorhang und schicke Tanya vor, um sich für dich zu prügeln.«

Ich verschluckte mich fast vor Lachen.

»So gefällst du mir schon besser. Wir sehen uns morgen.«

»Roastbeef«, sagte ich.

Er führte meine Hand an seine Lippen und küsste sie.

»Was machst du da?«, fragte Russell.

»Morgen gibt's Roastbeef.«

»Das ist keine Entschuldigung. Verschwinde jetzt.«

Ich ging zurück, um nach Marilyn zu schauen; ich konnte kaum glauben, was heute alles passiert war.

Sie stand in ihrer großen Box, zwergenhaft und verängstigt. Kevin hatte ihr etwas Stroh in einer Ecke als Schlafplatz aufgehäuft.

»Dabei hätten wir sie vermutlich genauso gut in ein Hundekörbchen legen können.«

»Danke, dass du dich um sie kümmerst.«

»Kein Problem. Schade nur wegen unseres Ausflugs. Und dein Mantel wird niemals wieder so sein wie davor.«

»Ach, na ja.«

Sie trank etwas Wasser und fing an, ihr Nachtlager aufzufressen.

»Sieh nur, wie sie frisst. Darf sie das denn?«

»Weißt du das nicht?«

»Ich bin ein Pferd.«

»Also, das ist doch fast so was wie ein Esel.«

»Nein, ist es nicht. Ach, und da kommt auch schon der junge Hausherr.«

Russell war nicht gerade gut gelaunt. Ich hatte keine Ahnung, was das Problem war. Er blieb stehen und zappelte nervös herum. »Was hat Andrew gesagt?«

»Oh, nicht viel. Hat nur gefragt, was es morgen zum Mittagessen gibt, und gesagt, dass wir uns dann sehen.«

Russell blickte finster drein und ging weiter.

»Interessant.«

»Was?«

»Nichts. Gar nichts.«

Marilyn erholte sich rasend schnell. Sie brachte uns bei, nichts herumliegen zu lassen, weil sie alles anknabberte. Sie brachte uns bei, all ihren Forderungen umgehend Folge zu leisten, weil sie ansonsten die Augen schloss, das Gesicht wie ein Kind bei einem Wutanfall verzog, die Lunge füllte und den offiziellen Dezibelgrenzwert um ein Vielfaches überstieg.

Und genau dann, wenn sie die größtmögliche Verzweiflung oder Bestürzung hervorgerufen hatte, schaute sie verschmitzt unter ihrem Schopf hervor, und wir waren Wachs in ihren Händen.

Kevin bürstete sie vorsichtig – sie hatte ein paar ziemlich üble wunde Stellen –, und wie sich herausstellte, hatte sie eine richtig schöne graubraune Farbe unter dem ganzen Dreck. Ihr breiter Kopf verjüngte sich zu einer schmalen Nase, und ihre riesengroßen dunklen Augen spähten vertrauensvoll in die Welt. Ihre Hufe waren in schrecklichem Zustand, aber der Schmied sagte, das würde besser werden. Er feilte sie etwas zu, und ein paar Tage konnte Marilyn kaum noch herumstaksen. Es war erbärmlich. Andrew verabreichte ihr ein Schmerzmittel.

Jeden Tag brachten wir sie für ein paar Stunden in den Hof. Sie steckte ihre Nase in Sachen, die sie nichts angingen, versuchte die Wäsche anzuknabbern, musste aus der Stiefelkammer verscheucht werden und schob ihren Kopf durch das Gatter, um

Passanten zu beäugen. Einer davon war unser Nachbar Martin Braithwaite, der eines Tages zu Fuß ins Dorf unterwegs war.

»Ach«, sagte er, als würde ihm ein Licht aufgehen. »Ein Esel! Das muss ich Monica sagen. Sie war sich sicher, hier würde jemand mit der Kettensäge zerteilt.«

»Das tut mir leid«, sagte Russell, der am Gatter lehnte. »Klein, aber mit kräftiger Stimme.«

»Ich will gemütlich ein Pint trinken gehen. Lust mitzukommen?«

»Klar«, erwiderte Russell und kletterte durch das Gatter. »Ich werde von den Strapazen eines Eselbesitzers erzählen. Kommst du, Jenny?«

Ich schüttelte den Kopf. Ich hatte etwas anderes zu tun.

Er wirkte überrascht. »Oh. Okay. Hat das was damit zu tun, dass Andrew kommt? Schon wieder?«

»Vielleicht. Wir sehen uns später.« Damit lief ich los, weil ich gerade Kevin um die Ecke biegen sah, mit dem ich kurz reden wollte.

Thomas wirkte amüsiert. »*Ach, Jenny.*«

»Was?«

»*Nichts.*«

»Was ist nichts?«

»*Überhaupt nichts. Da ist Kevin.*«

»Hi, Mrs. Checkland.«

»Hallo. Hast du gerade viel zu tun?«

»Ich muss Boxer rausholen, dann nicht mehr.«

Wir führten Boxer auf seine Weide voller Schreckgespenster. Er verabschiedete sich liebevoll von Marilyn, und sie versuchte herauszufinden, ob der Wassertrog inzwischen essbar geworden war. Boxer galoppierte mit hoch erhobenem Schweif über die Weide. »Den sticht der Hafer«, sagte Kevin begeistert und sah ihm nach.

Ich musterte ihn. Er war nicht derselbe Junge, den wir an jenem Abend aufgelesen hatten. Schon in der kurzen Zeit war er fülliger geworden. Und da er fast ununterbrochen etwas in sich hineinschaufelte, war er auch noch ein bisschen gewachsen. Er würde ein richtig großer Kerl werden. Ohne blaue Flecken und mit seiner schicken neuen Frisur sah er verhältnismäßig normal aus – also für jemanden, der auf Frogmorton lebte.

Er war noch immer sehr ruhig, war sich noch immer unsicher, was ihn und was uns betraf, hatte fast Angst davor, sich zu entspannen, für den Fall, dass man ihn wieder wegschicken könnte. Er war so schrecklich beflissen, es war herzzerreißend. Er stürzte sich auf alles, suchte verzweifelt nach Anerkennung und Akzeptanz. Sein kleines Zimmer war blitzsauber, wie ich feststellte, wenn ich ihm frische Bettlaken brachte. Russell sagte, er würde nicht – und sollte nicht – für immer bleiben, aber wir könnten ihm eine Atempause verschaffen, während er sich überlegte, was er mit seinem Leben anfangen wollte.

Es überraschte mich oft, dass Russell bei manchen Dingen so einfühlsam sein konnte, dann aber wieder so unglaublich blind bei anderen.

Wie dem auch sei, an diesem Morgen war ich eine Frau mit einer Mission.

»Kevin«, sagte ich, als er wieder bei mir war. »Was weißt du über das Gärtnern?«

Er zögerte. Ich sah, dass er »viel« sagen wollte, weil es die Antwort war, die ich gern hören würde, aber er war ein ehrlicher Kerl.

»Nichts.«

»Ich auch nicht. Komm mal mit.«

Durch die schiefe Gartentür betraten wir den ummauerten Dschungel, den ich vom Wohnzimmer aus sah. Zu dieser Jahreszeit gab es noch keine Blätter, aber ein paar Knollen schoben sich durch das Dickicht am Boden. Überwuchertes Unterholz war das schon nicht mehr.

»*Nein*«, sagte Thomas. »*Überwuchert war vor zehn Jahren. Bist du wahnsinnig? Das ist eine Lebensaufgabe.*«

»Genau«, sagte ich und wies auf Kevin, der sich gerade aus irgendetwas Dornigem befreite.

»*Ah, ich verstehe.*«

Wir kämpften uns bis zu den Terrassentüren vor und warfen dann einen Blick zurück auf den Garten, was ein bisschen entmutigend war. Ich überlegte tatsächlich, ein paar Leute damit zu beauftragen – irgend so ein paar Rowdys wären meine erste Wahl, zusammen mit einem halben Dutzend Baggern und einem ordentlichen Schuss Herbizid. Aber nein, darum ging es nicht.

Kevin trat mit der Fußspitze gegen die Erde. »Darunter ist Stein. Vermutlich irgendeine Terrasse, die hinter dem Haus verlief, und vermutlich sind da auch ein paar Stufen. Ja, sehen Sie«, sagte er und riss etwas Braunes, Abgestorbenes weg. »Hier ist eine Steinbalustrade, unter diesem ganzen ... Zeugs da. Und das hier sind – autsch! – ja, genau hier wachsen Rosen – autsch! – um die Türen. Au! Müssten die nicht zurückgeschnitten werden? Ich bin mir sicher, mein Dad ... Autsch!«

»Okay«, sagte ich. »S-s-such Gartenwerkzeug und so. Und irgendwas D-D-Dickes zum Anziehen. W-w-wir treffen uns hier in zehn Minuten.«

Er verschwand, und ich recherchierte Rosenschnitt im Internet.

Als er mit einer Schubkarre voll gefährlicher und merkwürdiger Arbeitsgeräte wieder auftauchte, verteilte ich drei Blätter auf dem Boden, die wir uns eingehend anschauten.

»Also das hier sind entweder Kletter- oder Ramblerrosen«, sagte er langsam. »Wir sollten nach auswärts gerichteten Trieben schauen. Oh, sehen Sie, da ist einer. Und das abgestorbene Gehölz entfernen. Nein, stecken Sie Ihren Arm da nicht rein, Mrs. Checkland, ich mache das.«

Zunächst gingen wir etwas zögerlich vor, aber dann wurden wir immer mutiger. Riesige Schwaden dorniger Äste regneten auf uns herunter.

Thomas zog sich in sichere Entfernung zurück. *»Jetzt verstehe ich, warum Prinzessinnen sich mit diesem Zeug umgeben«*, sagte er. *»Mal abgesehen davon, dass in diesem Fall hier die Prinzessin selbst das Dornengestrüpp kleinhackt.«*

Nach einer halben Stunde glaubten wir, die Tür öffnen zu können. Ich rannte ums Haus herum ins Wohnzimmer und hantierte ungeschickt mit dem Schlüssel. Nichts bewegte sich. Kevin sagte etwas, das ich nicht verstehen konnte, verschwand und tauchte dann hinter mir mit einer Dose auf und erschreckte mich dabei fast zu Tode.

Wir ölten, er rüttelte, wir ölten wieder, der Schlüssel drehte sich, und die Tür ließ sich öffnen. Wir jubelten. Sie hätten dabei sein müssen.

Ein halbes Dutzend Mal gingen wir von drinnen nach draußen, immer hin und her, einfach, weil das jetzt möglich war.

»Sollen wir uns an die nächste machen?«, fragte er, und ich nickte.

Eine halbe Stunde später lag zehn Mal mehr Rosengestrüpp auf dem Boden, als die Mauer hinaufwuchs. Kevin lud es mit einer Heugabel in die Schubkarre.

»Und jetzt«, sagte er begeistert, »machen wir ein Lagerfeuer.«

Auch ich war begeistert. Ich hatte noch nie zuvor ein Lagerfeuer gemacht.

Wir schleppten alles nach hinten zu den alten Gebäuden, wo Russell seinen Land Rover abstellte. Schon nach wenigen Minuten knisterte das Feuer fröhlich vor sich hin und hüllte uns in dicke Rauchwolken.

Wir kämpften uns aus den Schwaden hervor, husteten und wedelten mit den Armen. Ich starrte Kevin an. Er war rußgeschwärzt, dreckverschmiert, blutete aus einem halben Dutzend kleiner Kratzer und stank nach Holzfeuer.

»Da ist er nicht der Einzige. Ihr beide seht aus, als wärt ihr aneinandergekettete Strafgefangene.«

Mrs. Crisp tauchte auf.

»Mrs. Kingdom ist hier und möchte Sie sehen.«

»*Oh*«, sagte Thomas.

»Und Miss Kingdom ebenfalls.«

»*O Scheiße*«, sagte Thomas.

Mein glücklicher Nachmittag verpuffte mit dem Rauch des Lagerfeuers. Sprachlos starrte ich Mrs. Crisp an. Was? Wo? Tante Julia hier? Jetzt?

Kevin verkrümelte sich.

Mrs. Crisp sagte mitfühlend: »Es tut mir leid, aber sie haben Sie schon von der Straße aus gesehen. Sie wissen, dass Sie hier sind.«

Eins nach dem anderen. »Wo ist Russell?«

»Noch immer im Dorf.«

Das war Mrs. Crisps Art zu sagen »noch immer im Pub«. Ich wollte mich ihnen nicht allein stellen, aber wenn er sturzbetrunken zurückkam, könnte er sich als sehr zweischneidiges Schwert entpuppen.

»*Du bist nicht allein*«, sagte Thomas. »*Wasch dir das Gesicht und die Hände, servier ihnen schnell eine Tasse Tee, und werde sie wieder los, ehe er zurückkommt.*«

»Francesca ist da. Was will sie?«

»Tja, grob geschätzt würde ich sagen, sie will den Hausherrn sehen lassen, was ihm entgeht. Komm schon.«

Ich folgte Mrs. Crisp durch die Stiefelkammer zurück ins Haus.

»Sie sind im Wohnzimmer, Mrs. Checkland«, sagte sie gestikulierend. »Ich bringe Ihnen gleich etwas Tee.«

Ich wusch mir die Hände, rieb sie an der Jeans trocken und wünschte mir, ich hätte den festen Schritt einer ehrbaren Hausherrin, als ich leise ins Wohnzimmer schlich.

Die beiden saßen nebeneinander auf dem Sofa. Tante Julia hatte ihren »Wenn ich nichts berühre, dann fange ich mir vielleicht nichts ein«-Gesichtsausdruck aufgesetzt. Francesca hatte sich für einen Besuch auf dem Land herausgeputzt, trug die Haare locker hochgesteckt, mit ein paar Strähnen, die ihr lose über den Rücken hingen. Dazu ein enganliegendes schwarzes Top, Röhrenjeans und Hammerabsätze.

Ich trug einen halben Rosenbusch, etwas Dreck auf einer Wange und den Duft von verbranntem Holz. Als ich die Gummistiefel von den Füßen kickte, stellte ich fest, dass meine Socken nicht zusammenpassten.

Tante Julia erhob sich langsam. Sie hatte ihre Jacke nicht ausgezogen.

»Super! Sie bleibt nicht lange«, sagte Thomas. *»Schütte einfach etwas Tee in sie hinein und werd sie wieder los.«*

»Thomas, sie ist meine Tante. Sie hat sich zwanzig Jahre um mich gekümmert. Erst bekommen die beiden einen Keks, und dann schmeißen wir sie raus.«

»Hallo, Tante Julia«, war alles, was ich herausbrachte. Francesca ignorierte ich. Das war mein Haus. Ich hatte sie nicht hergebeten und sah keinen Grund, ihre Anwesenheit hier zu kommentieren. Vielleicht verstand sie den Wink ja.

»Träum weiter«, sagte Thomas.

Tante Julia starrte mich schreckerfüllt an. »Jenny, was hast du nur gemacht?«

»Gartenarbeit«, erklärte ich fröhlich.

In Tante Julias Welt war Gartenarbeit eine überwachende Tätigkeit. Sie zeigte, andere Leute gruben.

»Aber – du blutest ja. Was hat er mit dir angestellt?«

»Nichts. Rosen sind dornig.«

»Aber – wieso tust du das?«

»Ich mag es.«

Ihre Brust hob und senkte sich, und ihre äußerste Beherrschung verstärkte ihre Wut nur.

»Wo. Ist. Russell. Checkland?«

»Ups«, sagte Thomas. *»›Unten im Pub‹ ist vielleicht nicht die beste Antwort.«*

Wie immer in schwierigen Momenten machten die Worte bei mir gerade mal wieder Feierabend.

In diesem Moment knallte die Hintertür zu. Der Bösewicht war zurück.

Russell kam lässig herein, angeheitert, aber nicht völlig betrunken. Francescas Anblick auf seinem Sofa wischte ihm das Lächeln aus dem Gesicht. Er starrte nur sie an, überging Tante Julia und mich völlig. Allerdings nahm er nie jemanden wahr, wenn Francesca irgendwo anwesend war.

Tante Julia hatte hingegen keine Schwierigkeiten, ihre Zielperson auszumachen. Ich verzog mich zum Fenster. Das konnten sie ohne mich regeln.

»Guter Schachzug«, sagte Thomas. *»Lass sie das austragen, und wir kümmern uns um den, der zum Schluss noch steht. Egal wer das ist.«*

Francesca war aufgestanden, als Russell hereinkam. Eine halbe Ewigkeit schauten sie einander an. Ohne sich mit einer Begrüßung aufzuhalten, fragte er rundheraus: »Warum bist du hier?«

»Wir wollen dem frisch verheirateten Paar einen Besuch abstatten.«

Klang da etwa leichter Spott mit?

Sie schwebte zu ihm. Er trat misstrauisch einen Schritt zurück. »An deiner Stelle würde ich das nicht tun. Ich bin voller Eselsabber.«

»Mitten in ihrem Elan ausgebremst«, sagte Thomas.

»Ja«, erläuterte Russell mit alkoholgeschwängerter Heiterkeit. »Wir haben einen kranken Esel. Und da kommt aus jeder Körperöffnung was raus. Und wo wir gerade davon sprechen, wie geht's Ihnen, Julia?«

Sie ging geradewegs in den Angriffmodus über.

»Besser als der armen Jenny, so wie es aussieht, Russell.«

»O Gott, wir sind doch nicht etwa wieder bei der ›armen Jenny‹ gelandet, oder? Was ist denn jetzt schon wieder los?«

»Sind Sie etwa blind? Sehen Sie sich doch mal an, wie sie aussieht!«

»Julia, das sind nur zweierlei Socken. Deswegen muss man keinen Anfall bekommen.«

Wieder plusterte sie sich auf. »Ich kann nur annehmen, dass Sie absichtlich beleidigend sind. Ich besuche meine Nichte, und sie blutet.«

Er schaute mich nicht einmal richtig an. »Die Rosen haben dir zugesetzt, was? Diese fiesen kleinen Biester. Du bekommst meinen Motorradhelm. Er hat ein Visier. Problem gelöst, Julia.«

»*Nein, ist es nicht*«, prophezeite Thomas.

»Nein, ist es nicht«, entgegnete sie. »Sie sieht so müde und unglücklich aus. Was haben Sie nur mit ihr angestellt?«

»Tja, als ich vor ein paar Stunden gegangen bin, hat sie nicht müde und unglücklich ausgesehen. Also was haben Sie mit ihr angestellt?«

»Was *ich* mit ihr angestellt habe?«

»Das habe ich gerade gesagt. Versuchen Sie mal, einem zu folgen, Julia. Haben Sie beide etwa getrunken?«

»Lenken Sie nicht ab. Ich will wissen, wie Sie meine Nicht behandeln und was hier vor sich geht. Vorher werde ich nicht fahren.«

»Um Himmels willen, Jenny, jetzt sag es ihr schon. Sonst ist sie an Weihnachten noch da.«

»Ich weiß gar nicht, warum hier so viel Aufhebens gemacht wird«, sagte Francesca missmutig, weil sie so lange übergangen wurde. »Es ist ja nicht so, als ob das eine richtige Ehe wäre, oder? Russ hat das nur gemacht, damit ich eifersüchtig werde, und sie hat's getan, weil sie verzweifelt ist.«

Das ließ alle verstummen.

Leise stand ich auf und ging hinaus. Mrs. Crisp, die etwas hilflos mit dem Teewagen dastand, hielt mir die Tür auf.

Ich zog meine Gummistiefel an, überquerte den Hof und ging durch den Garten zurück zum Lagerfeuer. Der gesamte Garten und mehrere Mauern waren zwischen ihnen und mir, dennoch konnte ich das Gebrüll auch dort noch hören.

Mit einem Stock stocherte ich im glimmenden Feuer herum, weil man gar nicht anders kann, als in einem Feuer herumzustochern. Die Asche verlosch allmählich. Langsam wurde es dunkel.

Irgendwo wurde eine Tür zugeschlagen und ein Auto angelassen. Selbst der Motor klang wütend.

Aber er war nicht so wütend wie ich. Nicht so verletzt wie ich. Oder so beschämt. Oder so dumm. Ich stocherte immer weiter, und das Feuer ging immer mehr aus.

»Jenny«, sagte Thomas leise. *»Warum bist du nur so wütend?«*

Das wollte ich nicht beantworten. Nicht einmal mir selbst.

Irgendwann hörte ich Schritte, und Russell tauchte auf. Er setzte sich neben mich und legte mir eine alte Jacke über die Schultern. Ich hatte gar nicht bemerkt, wie kalt es inzwischen war.

»Ich habe gute und schlechte Nachrichten.«

Das war mir egal.

»Die gute Nachricht ist, dass wir uns von deiner Verwandtschaft völlig abgenabelt haben. Anscheinend werden sie sich nie wieder bei uns blicken lassen, und wir werden uns ganz bestimmt nicht bei ihnen blicken lassen.«

Ich sagte nichts.

»Die schlechte Nachricht ist, ich befürchte, meine Frau wird nie wieder mit mir sprechen. Kannst du bitte etwas sagen, damit ich ein wenig beruhigt bin.«

Mühsam presste ich die Worte heraus.

»Ich w-w-will die Sch-Sch-Scheidung.«

»Diese Worte beruhigen mich jetzt gar nicht.«

Ich schlug ihn auf den Arm.

»Hattrick«, sagte Thomas.

»Autsch!«, sagte Russell und rieb sich über die getroffene Stelle. »Was …?«

»Genug. Ich will die Scheidung.«

»Jenny …«

Ich versuchte aufzustehen. Er zog mich zurück nach unten. Wieder schlug ich ihn.

»Tja; jetzt bist du den anderen voraus, punktemäßig.«

»Au!«

Wieder versuchte ich aufzustehen, und wieder zog er mich zurück. »Schluss. Aus. Nein, Jenny, hör einfach zu.«

Nichts da. Ich wollte nicht länger zuhören. Nichts mehr von wegen sich um mich kümmern und dass ich es bestimmt nicht bereuen würde. Ich hatte genug von all dem. Ich weiß, dass es mein Fehler war. Ich hatte einen großen Fehler begangen, aber wenigstens konnte ich den Schaden eingrenzen. Er starrte mich an. »Du meinst es ernst, oder? Das willst du wirklich?«

»W-w-wie lange s-s-soll ich das denn n-n-noch ertragen, ehe d-d-du siehst, dass es n-n-nicht funktioniert?«

Lange Zeit schwieg er.

»Ich habe eine Idee.«

»… b-b-besser oder schlimmer als die letzte?«

»Nein, hör zu. Was da drinnen gerade passiert ist, tut mir leid. Ich habe mich mies verhalten. Das haben alle. Außer dir. Glaub mir, Francesca wird nie wieder herkommen. Oder Julia. Aber du musst dir das gut überlegen. Das müssen wir beide. Wir sind da sehr vorschnell reingestürzt. Lass es uns nicht ebenso vorschnell beenden. Dir ist kalt. Komm mit rein und iss etwas. Dann reden wir. Komm schon.«

Er zog mich hoch, und wir machten uns auf den Weg nach drinnen. Inzwischen war es stockdunkel. Kevin hatte Boxer in den Stall gebracht, und alles war zugesperrt. Ich folgte Russell ins Haus.

»Wir essen in der Küche«, sagte Russell zu Mrs. Crisp. Sie nickte und verzog sich in ihr Zimmer.

Ganz offensichtlich habe ich nicht das Zeug zur Heldin, denn ganz entgegen dem angemessenen Herumstochern im Essen aß ich alles, was man mir auftischte.

»So sehe ich das gern«, sagte Thomas.

Dann machte Russell Kaffee und zog seinen Stuhl heran.

»Okay, Folgendes. Ich bin kein Monster, und wenn du wirklich gehen willst, dann kannst du das natürlich. Ich wäre nicht glücklich darüber, aber ich werde mich dir ganz bestimmt nicht in den Weg stellen. Aber, und das ist ein dickes Aber, ich glaube nicht, dass du jetzt sofort gehen solltest. Wir sind ja noch keine zwei Wochen verheiratet. Das würde ganz schön viel Gerede geben. Die eine Hälfte der Leute wird sagen, dass irgendwas mit dir wirklich nicht stimmen kann, und die andere Hälfte wird behaupten, dass ich dich so mies behandelt habe, dass du es nicht einmal den ersten Monat ausgehalten hast. Keiner von uns möchte das. Lass uns zwölf Monate abwarten, und dann lassen wir uns klammheimlich scheiden. Wir erzählen das niemandem, wir machen das einfach. Ich bin bereit, auf dein Geld zu verzichten, wenn du mir im Gegenzug die Hälfte des Hauses zurückgibst, dann bekommen wir beide wieder das zurück, was wir in die Ehe eingebracht haben. Und wir können uns freundschaftlich trennen. Das wäre mir wichtig. Wie findest du das?«

In genau dieser Küche auf genau diesem Stuhl hatte ich gesessen, als er mir den Antrag gemacht hatte, und jetzt sprachen wir über Scheidung. Wie hatte das alles nur so schnell so schieflaufen können?

Ich nickte. Das schien mir ein guter Plan zu sein. Zumindest besser als sein letzter.

Mit einem dumpfen Knall stellte er den Kaffee vor mir ab.

»Okay, dann hätten wir das geklärt. Schau doch nicht so niedergeschlagen drein, wir schaffen das schon. Und in der Zwischenzeit machen wir einfach was ganz Normales.« Er griff über den Tisch und nahm sich ein großes Blatt Papier.

»Ich gehe davon aus, dass du jetzt keinen Batzen Geld in das Haus stecken willst, solltest du aber den Garten weiter in Angriff nehmen wollen, dann würde mich das sehr freuen. Das ist gut für dich, und es wäre gut für Kevin. Das war im Übrigen eine richtig tolle Idee. Ich dachte, ich mache dir mal schnell eine Skizze vom Garten, wie ich ihn in Erinnerung habe, und erstelle dir einen Plan. Hier, hinter dem Haus, verläuft eine Terrasse, und gegenüber der Terrassentüren sind Stufen. Zwei Wege verlaufen diagonal von Ecke zu Ecke. Aber – und jetzt wird's spannend – mittendrin steht ein Brunnen. Das Becken hat knapp vier Meter Durchmesser, glaube ich, mit so einem halbnackten Flittchen als Statue. Das Kleid hält sie in einer Hand gerafft, mit der anderen schüttet sie Wasser aus einem Krug aus. Sie hat das hübscheste Paar Titten, das ich je gesehen habe. Und bis ich so etwa fünfzehn war, war es eigentlich auch das einzige Paar Titten, das ich je gesehen hatte.«

Ich stürzte meinen Kaffee hinunter.

»So gefällt mir das schon besser«, sagte er zustimmend. »So übel ist das alles gar nicht, Jenny. Du wirst schon sehen. Sollen wir ein bisschen zusammen fernsehen?«

Ich nickte und stand auf. Das war ein langer Tag gewesen.

Und genauso war der nächste Tag. Ich konnte mich kaum mehr daran erinnern, wie es war, als ein Tag dem anderen glich.

Als erstes Ereignis tauchte Sharon bei uns auf, und kurz darauf schien Kevin von einer Lähmung befallen worden zu sein. Und ja, es gab eine Verbindung zwischen diesen beiden Ereignissen.

Russell und ich standen im Hof und schauten Marilyn zu, die herumhumpelte und ihren kleinen Kopf in alle möglichen Dinge steckte.

Mrs. Crisp hängte gerade die Wäsche auf und warf ein misstrauisches Auge auf die potenziell ein Geschirrtuch anknabbernde Marilyn.

Thomas stand in der Sonne und hatte ein Bein entspannt eingeknickt.

Kevin schob die Schubkarre pfeifend über den Hof.

Wir waren also alle da, und wir alle sahen es.

Sharon öffnete das Tor, trat ein und schloss es sorgfältig wieder hinter sich.

Wir alle blickten auf. Marilyn lief los, um herauszufinden, ob sie essbar war.

Sharon sah ihre Tante und lächelte ihr umwerfendes Lächeln.

Kevin schob die Schubkarre geradewegs in den Wassertrog.

Russell sah zu mir, wackelte mit den Augenbrauen und grinste. Ich grinste zurück. Das Leben war so viel einfacher, jetzt, wo wir uns scheiden lassen wollten. Der Druck war weg.

Wir warteten beide ab, was als Nächstes passieren würde. Mrs. Crisp lief auf Sharon zu, um sie zu begrüßen. Sharon sah so aus, wie ich sie in Erinnerung hatte – abgesehen von der kleinen verführerischen Eselin, die an ihrem Rock herumschnupperte.

Plötzlich fiel mir ein, dass ich das Russell gegenüber gar nicht erwähnt hatte.

»Entsch-schuldige, ich habe das ganz vergessen. Sie k-k-kommt ein paar Tage die Woche, um Mrs. Crisp zu helfen.«

Doch er war viel mehr an Kevin interessiert. »Meinst du, ich sollte rübergehen und ihn aufwecken?«

»Nein, lasst ihn. Wenn er die Schubkarre loslässt, fällt er um.«

»Mr. und Mrs. Checkland, Sie erinnern sich an Sharon, meine Nichte?«

»Natürlich«, sagte Russell. »Wie geht's dir?«

»Ich freue mich sehr, hier zu sein, Sir.«

»Nur ein paar Regeln«, verkündete er. »Denk bitte immer daran, dass ich hier der Herr im Haus bin. Meine Regeln sind Gesetz. Ich erwarte, dass meine kleinsten Wünsche umgehend erfüllt werden, größere innerhalb von zehn Minuten. Ich toleriere keine Nachlässigkeit, und jedem Angestellten, der Anzeichen von Fröhlichkeit aufweist, droht die sofortige Entlassung. Hier wird lange und hart gearbeitet. Vielleicht wirst du bezahlt, vielleicht aber auch nicht. Herzlich willkommen.«

Sie kicherte.

Er seufzte. »Warum funktioniert das nie?«

Ich sagte zu ihr: »Danke fürs Kommen. Wir freuen uns sehr, dich hier zu haben«, und es kam mir erstaunlicherweise leicht über die Lippen.

»Noch so ein unentdeckter Vorteil einer Scheidung«, murmelte Thomas, der alles erstaunlich gut aufnahm.

»In zwölf Monaten kann viel passieren.«

Damit sollte er recht haben.

Etwas lauter sagte Russell: »Kevin, komm rüber und sag hallo.«

Dessen Gesicht war so knallrot wie ein Sonnenuntergang.

Sharon lächelte, errötete und senkte den Blick. »Hallo.«

Kevin murmelte etwas. Es könnte ein Hallo gewesen sein.

Russell klopfte ihm auf die Schulter und sagte an Sharon gerichtet: »Mrs. Crisp wird dich drinnen herumführen, und Kevin kann dir dann draußen alles zeigen. In Ordnung, Kevin?«

Er murmelte noch etwas.

»Das ist einfach grausam«, sagte Thomas. *»Kann ihn mal jemand erlösen?«*

Ein Auto hupte auf der Straße, und dankbar ging Kevin zum Tor. Russell runzelte die Stirn. »Das ist ein bisschen früh für Andrew. Ich dachte, er würde morgen kommen. Warum ist er überhaupt so oft hier?«

Weshalb war er sauer auf mich?

»Ach Jenny«, sagte Thomas.

Es war Onkel Richard.

»Scheiße«, fluchte Russell. »Da kommt uns schon wieder was ins Haus. O nein, das machst du nicht.« Ich wollte mich soeben dezent in den Garten verziehen. »Ich brauche Unterstützung, und das bist du. Und wenn es mir nicht gelingt, dich in einem halbwegs anständigen Zustand zu präsentieren, dann glauben sie, ich hätte dich deines Geldes wegen umgebracht und deine Leiche verscharrt. Wie schade aber auch, viel lieber würde ich nämlich dabei zusehen, wie die Liebe unserer beiden jungen Turteltäubchen erblüht, aber es soll keiner sagen, dass ein Checkland angesichts von Gefahr zurückweicht. Komm schon, Frau Gemahlin. Geh voraus.«

Es war beruhigend, dass Onkel Richard so verlegen aussah, wie ich mich fühlte. Er trat vor uns ins Haus, und ich zupfte Russell am Ärmel. »Hast du ihn angerufen?«

»Nein, du vielleicht?«

Ich schüttelte den Kopf.

»Tja, dann lass uns mal rausfinden, was er will.«

Onkel Richard lehnte Tee, Kaffee, etwas Stärkeres, jegliche Form von Erfrischung ab.

Seine Erschütterung war so greifbar, dass ich seinetwegen selbst ganz erschüttert war.

»Onkel Richard?«

Er seufzte. »Ich bin wegen gestern hier. Dem, was meine Frau und meine Tochter mir erzählt haben, entnehme ich, dass ... bedauerliche Bemerkungen gefallen sind.«

Weiter kam er nicht.

»In der Tat, eine Bemerkung war so bedauerlich, dass meine Frau ihr eigenes Haus höchst aufgelöst verlassen hat. Ich leugne nicht, dass im Anschluss daran weitere ... bedauerliche Aussagen auf beiden Seiten gefallen sind, aber ...«

»Ich verstehe, Russell, aber verstehen Sie bitte, dass diese von der Sorge herrühren, die man sich um das Wohl Ihrer Frau macht.«

»Sie hingegen verstehen sicherlich, dass diese Bemerkungen unangebracht und ungerechtfertigt waren, Sir. Dass Jennys Erscheinungsbild keinesfalls den primitiven Verhältnissen zuzuschreiben ist, in denen ich sie anscheinend zu leben zwinge, sondern einfach das Resultat von anstrengender Gartenarbeit war. Was auch jeder gesehen hätte, der weniger geneigt wäre, voreilige, falsche Schlüsse zu ziehen.«

»Er ist ziemlich gut, nicht wahr?«

»Ich bin mir sicher«, fuhr Onkel Richard beharrlich fort, »dass eine vernünftige und zeitnahe Erklärung von Ihnen jegliche falsche Schlussfolgerung hätte bereinigen können.«

»Oh, und ich bin mir ebenfalls sicher, dass dem so gewesen wäre, hätte ich besagte vernünftige und zeitnahe Erklärung äußern können, Sir. Des Weiteren«, fuhr Russell fort und spielte nach wie vor seinen Heimvorteil aus, »wäre ich Ihnen äußerst dankbar, wenn Sie Ihre Tochter darauf hinweisen könnten, dass ihre ungebetenen Besuche hier weder angemessen noch erwünscht sind.«

»Wow«, sagte Thomas. *»Jetzt zeigt er's ihm aber. Und ihr. Und dir auch, Jenny. Nicht schlecht!«*

Onkel Richard nahm ihm das keineswegs übel, sondern nickte schweigend. »So unangenehm Ihre Worte auch sind, Russell, es freut mich, das zu hören, das kann ich nicht abstreiten. Und ja, ich werde die Nachricht überbringen.«

»Vielen Dank, Sir. Mir ist durchaus bewusst, dass das keine angenehme Aufgabe ist, aber vermutlich ist es besser, wenn Sie es sagen und nicht ich. Und es wäre bestimmt besser, es kommt von Ihnen und nicht von Daniel, den ich nur ungern in diese Angelegenheit involvieren würde.«

»Ich denke, das kann ich nachvollziehen.«

Schweigen breitete sich aus.

»Tja«, sagte Thomas. *»Das ist wieder einmal typisch für ihn. Jetzt kriegt er die Kurve. Genau dann, wenn es nicht mehr so richtig darauf ankommt. Was stimmt mit ihm nicht?«*

Auch ich war ganz perplex. Warum hatte er das nicht schon letzte Woche gemacht? Oder letzten Monat? Warum jetzt? Und änderte das irgendetwas?

Onkel Richard regte sich. »Jenny, wenn das Angebot noch immer gilt, dann würde ich gern eine Tasse Tee trinken.«

Ich sprang auf und ging zu Mrs. Crisp. Als ich zurückkam, überreichte ihm Russell gerade seine Kreditkartenabrechnung und die Belege.

»Nein, nein, Russell, die Abrechnung reicht völlig. Behalten Sie die Belege für Ihre eigenen Unterlagen. Ich nehme an, wenn Sie mir diese übergeben, dann genehmigen Sie die Bezahlung.«

Russell hielt inne.

»Ja«, sagte ich. »Ich habe ... alle geprüft, und alles hat seine Richtigkeit.«

Russell lächelte. »Hast du? Also, vielen Dank. Ich hasse das. Könntest du das jeden Monat machen?«

»Natürlich, wenn du das möchtest.«

»Du weißt gar nicht, wie sehr.«

Also musste ich von jetzt an die Hausarbeiten überwachen, Kochen lernen, gärtnern und die Buchhaltung prüfen. Wie ein normaler Mensch.

Mrs. Crisp brachte den Tee. Im besten Geschirr. Anscheinend

mochte sie Onkel Richard. Tante Julia und Francesca hatten Glück, dass sie ihren nicht in einem Eimer serviert bekamen.

»Ich habe mich gefragt«, sagte Onkel Richard, als er eine Tasse entgegennahm, »... also eigentlich hat Julia mich gebeten zu fragen ... als Geste, ob ihr ... also wenn ihr morgen Abend nichts vorhabt ... ob ihr wohl ... eine Einladung zum Essen annehmen würdet?«

Glücklicherweise hatte ich gerade nichts in der Hand, ansonsten würde uns jetzt eine von den guten Tassen samt Untertasse fehlen, und wir hätten einen weiteren schrecklichen Fleck auf dem Teppich. Ich hatte dort zwanzig Jahre gelebt und konnte an einer Hand abzählen, wie oft ich mit ihnen zu Abend gegessen hatte. War das irgendein Trick, um mich wieder zurückzuholen? Würde ich das Haus, wenn ich es erst einmal betreten hatte, nie wieder verlassen können?

Ängstlich schaute ich zu Russell, der tatsächlich Gedankenlesen zu seinen weiteren Fähigkeiten zählen konnte.

»Warum kommen Sie nicht hierher, Richard? Erlauben Sie dem frisch verheirateten Paar, Sie zu verköstigen. Und so«, sagte er mit schelmischer Arglist, »können Sie gleich überprüfen, unter welchen Bedingungen Jenny hier lebt.«

Glücklicherweise fasste Onkel Richard das als Scherz auf.

»Tja, also, wie nett. Das wäre sehr nett. Julia und ich wären entzückt.«

Ängstlich fragte Thomas: »*Wirst du etwa kochen, Jenny?*«

Mrs. Crisp wurde völlig panisch.

»Wo ist das Problem?«, fragte Russell. »Sie kochen jeden Tag. Es geht nur darum, es für zwei Leute mehr zu tun.«

»So einfach ist es nicht«, sagte sie. »Eine Abendgesellschaft ist etwas völlig anderes. Und es ist schon so lange her. Die Kingdoms sind es gewohnt, zum Essen auszugehen. Sie werden erwarten ...«

»Nein, werden sie nicht. Das ist nur ein Familienessen. Ich, Jenny, Mr. Kingdom und sein Rottweiler. Überhaupt kein Grund zur Panik.«

Sie ignorierte ihn und griff nach ihren Kochbüchern. Er hielt sie auf.

»Jenny wird das Menü auswählen.«

Damit versetzte er wiederum mich in schreckliche Panik.

»Stopp, stopp«, sagte er. »Jetzt beruhigen sich hier alle mal wieder.«

Sharon trat nach vorn und sagte mit ihrem bezaubernden Lächeln: »Ich kann helfen. Ich kann den Nachtisch machen, wenn Sie wollen.«

Kevin murmelte etwas.

»Seht ihr«, verkündete Russell, der das anscheinend verstanden hatte. »Er wird auch mithelfen.«

Mrs. Crisp wandte sich mir zu. »Was sollen wir morgen servieren?«

»Also, ich mag Huhn.«

»Ja, ich könnte ein Hühnchen machen. Mit einer Weinsoße und Trauben. Ein einfacher Meeresfrüchtesalat als Vorspeise. Den kann ich schon im Voraus zubereiten.«

»Kleine Haselnusstörtchen«, steuerte Sharon bei.

»Na also«, sagte der Grund der Aufregung triumphierend. »Ich wusste, dass wir eine Lösung finden, sobald ihr aufhört, panisch zu sein. Und Sie müssen sich überhaupt nicht schämen, Mrs. C. Ihr Essen hat mich zu dem Mann gemacht, der ich heute bin.«

Schweigend musterte sein Haushalt den Mann, der er heute war.

»Nein«, erwiderte Mrs. Crisp entschieden. »Mir können Sie nicht die ganze Schuld in die Schuhe schieben.«

Der restliche Tag rauschte nur so vorbei. Da man mich aus der Küche vertrieben hatte, nahm ich den kleinen Salon in Angriff, polierte und saugte, bis alles nur so glänzte. Wir stöberten durch den Wäscheschrank und fanden einiges, das wir benutzen konnten. Das beste Geschirr wurde herausgeholt, zusammen mit einem Arsenal von Besteck. Während wir es polierten, lief Mrs. Crisp ständig vor sich hin murmelnd in die Speisekammer und wieder hinaus, und der Grund für diesen ganzen Ärger vergrößerte das Chaos, indem er verkündete, es kämen noch zwei weitere Gäste, Andrew und Tanya.

Mrs. Crisp starrte ihn nur wortlos an.

»Wo ist das Problem? Nur ein paar zusätzliche Kartoffeln.«

Ich nahm ihn mit zu einem kleinen Spaziergang, während sie nach ihrer Allzweckwaffe, dem Geschirrtuch, suchte. Wir gingen den Weg hinauf ins Moor.

Er erwähnte die geplante Scheidung mit keinem Wort, sondern plapperte nur in seiner typischen Art fröhlich vor sich hin.

»Ich glaube, er will nicht, dass du gehst.«

»Ich gehe ja auch nicht. Zumindest die nächsten zwölf Monate nicht.«

»Ich glaube, er will gar nicht, dass du gehst.«

»Eher unwahrscheinlich. Je früher ich weg bin, umso eher kann er sich nach einer neuen, weniger unbeständigen Geldquelle umsehen. Andernfalls hätte er Francesca ja umsonst den Laufpass gegeben.«

Thomas schwieg, wie nur er schweigen konnte.

»Stimmst du nicht zu?«

»Ich stimme zu, dass seine Geldprobleme noch immer nicht gelöst sind. Und was den Rest betrifft … Jenny, warum malt er noch immer nicht?«

»Ich weiß es nicht.«

»Tja, dann frag ihn.«

»Wie, einfach so?«

»Sonst wartest du, bis du alt und grau bist, bis du überhaupt mal zu Wort kommst.«

Einmal tief durchatmen. Und gleich noch einmal. »Russell, wie läuft es mit dem Malen?«

Er brach ab. »Also alles, was recht ist, Jenny. Ich stecke momentan bis zum Hals in Eseln, Abendgesellschaften und Scheidung.«

Ich sagte nichts.

Er seufzte. »Mach das nicht.«

»Was?«

»Nichts sagen.«

Ich sagte noch immer nichts.

»Na ja, ich habe natürlich kein Material mehr. Ich habe alles weggeworfen.«

»Neben der Burg von Rushford gibt es einen sehr guten Laden für Künstlerbedarf.«

»So einfach ist das nicht.«

Einmal tief durchatmen. Und gleich noch einmal. »Nein, ich weiß, dass es das nicht ist. Du hast wegen Francesca mit dem Malen aufgehört. Du hast dir eingeredet, ohne sie könntest du es nicht. Und dann war es irgendwann kein Grund mehr, sondern eine Ausrede.«

Er blieb stehen und schaute mich an, dann ging er weiter. »Wie gut, dass wir uns scheiden lassen. Manchmal machst du mir ein bisschen Angst.«

Ich erlaubte ihm nicht, das Thema zu wechseln.

»Vielleicht hast du ja recht. Okay, ja, du hast recht. Ich habe Angst ... ich habe Angst, dass ich es nicht mehr kann. Was ich damals malte, war das Leben, wie ich es wahrnahm. Voller Freude und Überschwang und Zuversicht. Ich bin Risiken eingegangen. Sie haben sich bezahlt gemacht. Aber jetzt bin ich nicht mehr derselbe Mensch. Ich zweifle nicht daran, dass ich noch immer dieselbe technische Gewandtheit habe, aber der Funke, dieses Etwas, das von mir auf die Leinwand übersprang und zum Leben erwachte – der ist verschwunden. Und ganz ehrlich, ich habe Angst davor, das herauszufinden. Also schiebe ich es weiter vor mir her. Sollte es nämlich wirklich weg sein …«

Ich nahm seine Hand.

Er schien überrascht, zog sie aber nicht weg.

Ich sagte: »Mach es. Geh das Risiko ein.«

Er lächelte traurig und schüttelte den Kopf. »Du weißt nicht, worum du mich da bittest.«

»Doch, das weiß ich. Ich bin das Risiko eingegangen. Jetzt bist du dran.«

Lange Zeit gingen wir schweigend nebeneinander her. Ich wollte ihn nicht weiter drängen. Laut Tante Julia fühlten Männer sich schon gedrängt, wenn man etwas in einem Jahrzehnt zweimal erwähnte, also schwieg ich.

»Willst du mit mir zum Laden kommen?«

»Sehr gern.«

»Na dann, okay, abgemacht.«

»Gut.«

»Ich mache es.«

»Schön.«

»Hör mal, jetzt hast du bekommen, was du willst. Also sei wenigstens so nett und lass mir das letzte Wort, ja?«

»Okay.«

8. Kapitel

Nach all unseren Anstrengungen sah der kleine Salon richtig nett aus. Na ja, besser als vorher zumindest. Wir stellten Kerzen auf, denn obwohl die Wände hier erst vor kurzem wunderschön gestrichen worden waren, waren die Vorhänge, Teppiche und Stuhlbezüge schmuddelig. Bei Kerzenlicht hatte es diesen Shabby-Chic-Look.

Russell war damit beauftragt, die Eingangstür benutzbar zu machen. Es wurde ganz schön gepoltert und geflucht – alles Teil eines männlichen Rituals, wie Thomas mir versicherte, das in einem ohrenbetäubenden Quietschen gipfelte, in das Marilyn lautstark einstimmte.

»Wenn das so weitergeht, haben wir den Gemeinderat am Hals«, rief Russell. »Kann denn keiner in diesem Haus hier etwas leise machen?«

Sharon, die den Tisch in Flüsterlautstärke eindeckte, grinste nur.

Russell und ich wurden nach oben geschickt, um uns zurechtzumachen. Er sträubte sich jeden Zentimeter des Weges.

»Das ist doch nur ein Familienessen, verdammt noch mal. Warum kann ich da keine Jeans tragen?«

Keiner machte sich die Mühe, darauf zu antworten, und er stapfte mürrisch in sein Zimmer. Als ich ihn daran erinnerte, dass dieser ganze Abend seine Schuld war, wurde ich mit einem frostigen Blick und dem Kommentar, die nächsten zwölf Monate könnten für ihn gar nicht schnell genug vergehen, bedacht.

Wir versammelten uns in der Küche. Mrs. Crisp und Sharon trugen Schwarz. Ich hatte mein langärmeliges schwarzes Kleid angezogen, Russell ein schwarzes Hemd und eine schwarze Hose.

»*Ach du meine Güte*«, sagte Thomas. »*Als würde sich ein Haufen schwarzer Löcher in tiefster Trauer versammeln.*«

Tanya und Andrew trafen als Erste ein, wir hatten also eine kurze Verschnaufpause.

Sie wollten wie immer durch die Küchentür eintreten, aber Russell ließ sie noch einmal ums Haus gehen, damit sie an die Vordertür klopften. Dort wurde vetterlich herumgebrüllt. Dann riss Russell die Tür mit dem bereits bekannten misstönenden Quietschen auf, und postwendend folgte die Antwort einer kleinen Eselin in den Stallungen.

»Ich kann das alles einfach nicht glauben«, meinte Andrew. »Ich schwöre, dieses Haus ähnelt jeden Tag mehr der Fred-Karno-Truppe.«

»Guten Abend, Tanya«, sagte Russell und ignorierte ihn. »Darf ich dir den Mantel abnehmen?«

Sie reichte ihn ihm. Sie trug Schwarz. Es gab keine Hoffnung, für keinen von uns.

»Was ist mit meinem Mantel?«, fragte Andrew.

»Was soll damit sein?«, entgegnete Russell und führte Tanya bereits ins Wohnzimmer.

Ich nahm Andrew das beanstandete Kleidungsstück ab und fühlte mich leicht schuldig, weil ich keine vierundzwanzig Stunden, nachdem er mich gebeten hatte, bei Russell zu bleiben, mit dem Gedanken spielte, mich von ihm scheiden zu lassen.

Wir blieben noch etwas in der Diele, während Andrew die Vordertür in Augenschein nahm und behauptete, sich nicht daran erinnern zu können, wann sie das letzte Mal geöffnet werden konnte. Irgendwann kam Russell zurück, um nach uns zu sehen.

»Was macht ihr?«, fragte er argwöhnisch.

»Uns die Tür anschauen«, sagte Andrew undeutlich und starrte die Angeln an.

»Warum?«

»Was?«

»Ach, egal«, fiel ich hastig ein, da ich meinte zu spüren, wie sich eine vetterliche Auseinandersetzung zusammenbraute. »Lasst uns was trinken.«

»Ach, Jenny.«

»Das sagst du andauernd.« Ich konnte seine Äußerung jedoch nicht weiter hinterfragen, denn helles Scheinwerferlicht kündigte die Ankunft von Tante Julia und Onkel Richard an.

»Sie sind da«, rief Russell mit so viel Charme wie *Poltergeist*. »Lasst die Truppen antreten. Frau Gemahlin – an die vorderste Front.«

Sie waren liebenswürdig. Onkel Richard war das – natürlich – immer auf seine unaufdringliche Art. Tante Julia biss andeutungsweise die Zähne zusammen, aber man konnte ihr nicht vorwerfen, sie würde sich keine Mühe geben.

Bei der misstönenden Tür zuckten sie kaum zusammen, Marilyns Antwort darauf überraschte sie schon etwas mehr.

»Grundgütiger«, sagte Tante Julia. »Was zum ... was um alles in der Welt war das?«

»Marilyn«, erläuterte Russell und erklärte damit rein gar nichts.

»Unsere Eselin«, warf ich hastig ein, ehe sie Russell noch vorwarf, er würde Frauen gegen ihren Willen im Stallgebäude festhalten.

»Unsere kranke Eselin«, fügte er hilfreich hinzu.

Mit größter Anstrengung versuchte sie, ein kleines bisschen zu scherzen. »Dann haben Sie wohl ein Problem, Russell. Wenn sie sich krank so anhört, was für ein Geräusch gibt sie dann von sich, wenn sie wieder gesund ist?«

Glücklicherweise nahm Mrs. Crisp ihr den Mantel ab, ehe Russell sie fragen konnte, ob sie sich vor dem Herkommen einen hinter die Binde gekippt hatte, und führte sie freundlich, aber bestimmt ins Wohnzimmer.

Auf der Türschwelle blieb Tante Julia stehen, und wir machten uns schon auf etwas gefasst, aber sie sagte: »Ach, Jenny, das ist ja reizend.«

Okay. Wir sollten also alle den gestrigen Besuch vergessen. Andererseits sah es tatsächlich reizend aus. Dezente Beleuchtung kaschierte viele Mängel, das Feuer knisterte fröhlich vor sich hin, die durchgesessenen Sofas waren bequem, und die ganzen Bücher verliehen uns ein seriöses Ansehen.

Sie wandte sich an Russell. »Nichts für ungut, Russell, aber ich nehme an, dass das hauptsächlich Jennys Verdienst ist?«

Hinter mir murmelte Andrew: »Wer ist sie, und was hat sie mit der echten Julia angestellt?«, und ich war sehr geneigt, ihm beizupflichten.

Was diese Verwandlung verursacht hatte, konnten wir alle nur vermuten. Vielleicht war sogar ihr klar, dass mit dem Besuch gestern eine Grenze überschritten worden war. Vielleicht war sie unwillig, auf ihr Besuchsrecht zu verzichten. Was auch immer es war, lächelnd insistierte sie, dass sie sich natürlich an Andrew und Tanya erinnere, nahm einen Drink von Russell entgegen und erinnerte Onkel Richard daran, dass sie einen Wein als Gastgeschenk für heute Abend mitgebracht hatten.

Ich glaube, Russell war leicht eingeschnappt, hatte vielleicht das Gefühl, seine eigene Wahl sei nicht gut genug, aber er verstand, wie es gemeint war, und Mrs. Crisp nahm die Flasche mit nach draußen.

Ein paar Minuten lang machten wir Small Talk. Das Wetter wurde in allen Schattierungen erörtert und für diese Jahreszeit als passend empfunden. Man erkundigte sich höflich nach Andrews Tätigkeit und fand nichts daran auszusetzen. Onkel Richard informierte die gespannte Zuhörerschaft, er und Miss Bauer hätten beruflich miteinander zu tun, wenngleich nur wenig, und noch ehe uns die Gesprächsthemen ausgingen, verkündete Mrs. Crisp, die von Russell die Anweisung erhalten hatte, alles so schnell wie möglich voranzutreiben, dass das Essen serviert sei.

Mrs. Crisp und ich waren bei der Tischordnung kein Wagnis eingegangen. Russell am Kopfende war flankiert von Tante Julia auf der einen Seite und Tanya auf der anderen, mit der Begründung, dass seine legendären Fähigkeiten im Umgang mit Frauen ihn durch den Abend lotsen würden, den er uns überhaupt erst eingebrockt hatte. Er kam dem bereitwillig nach und begnügte sich damit, mir zuzuzwinkern, während ich mich mit Andrew und Onkel Richard am anderen Ende niederließ. Russell öffnete den Wein, Mrs. Crisp brachte den ersten Gang herein, und los ging es.

»Ach, das sieht aber köstlich aus«, sagte Onkel Richard anerkennend und spähte auf Mrs. Crisps Meeresfrüchtesalat, der in der Tat sehr ansprechend aussah. Etwas weiter oben am Tisch hörte ich Tante Julia dasselbe sagen.

Russell schenkte ihr Wein nach.

Onkel Richard schaute mich prüfend an. »Jenny, Liebes, welche Soße hättest du gern?«

»Mayonnaise bitte, Onkel Richard.«

Wir reichten einander das Gewünschte und ließen es uns schmecken. Mrs. Crisp verzog sich ängstlich zur Tür, aber sie machte sich ganz umsonst Sorgen. Es war köstlich. Als ich aufsah, lächelte Russell ihr gerade zu und hielt die Daumen hoch. Sie zerschmolz regelrecht.

An unserem Tischende wurde fröhlich geplaudert. Andrew war ein Checkland und somit nie um ein Wort verlegen, und Onkel Richard machte nach einem ängstlichen, um Zustimmung heischenden Blick zum anderen Tischende fröhlich mit.

Er hätte sich keine Sorgen zu machen brauchen. Russell öffnete eine weitere Flasche Wein, die sie sich am oberen Tischende einverleibten. Als ich gerade zu ihnen sah, legte Tante Julia sogar eine Hand auf Russells Arm und lachte. Er zuckte nicht einmal zurück.

Onkel Richard blinzelte kurz, wandte sich dann wieder an mich und flüsterte mir verschwörerisch zu: »Was denkst du, meine Liebe. Sollen wir …?«, und goss mir ein halbes Glas Wein ein, was normalerweise zu unserer sofortigen Verdammnis geführt hätte. Er schenkte sich selbst nach und fragte: »Und wie sieht es mit Ihnen aus, Andrew?«

»Ich bin der Fahrer«, sagte dieser bedauernd. »Außerdem habe ich Bereitschaft.«

»Ach, wie schade aber auch.« Er warf seiner Frau einen weiteren ungläubigen Blick zu. »Also nur du und ich, Jenny.«

Ich nahm einen Schluck nach dem anderen. Leider schmeckte Wein wie Möbelpolitur für mich, aber ich freute mich darüber, einbezogen zu werden, und lächelte meine Gäste selig an.

Sharon und Kevin räumten den Tisch ab. Ängstlich wartete ich auf das Geräusch von zerbrechendem Geschirr, doch das hätte ich vermutlich aufgrund des zunehmenden Geräuschpegels am anderen Tischende gar nicht gehört. Russell erzählte wild herumfuchtelnd irgendeine Geschichte, und Tante Julia lächelte ihn an. Während ich die beiden anstarrte, drehte sich Tanya zu mir und sagte: »Toller Abend, Jenny.«

»Danke«, antwortete ich, erfreut und erleichtert, dass es so gut lief.

»Hühnchen in Weißweinsoße und Trauben«, murmelte Mrs. Crisp. »Serviert mit zartem Gemüse und neuen Kartoffeln.«

»Also wirklich«, sagte Tante Julia. »Du weißt, wie man sich um seine Gäste kümmert, Russell.«

»Meine Frau hat das Menü ausgewählt«, erklärte er, noch immer lächelnd, ohne jedoch irgendjemanden im Unklaren darüber zu lassen, dass die Feindseligkeiten jederzeit ausbrechen könnten. Seine Haare hingen ihm über ein Auge, und er öffnete eine weitere Flasche Wein. Ich konnte den Blick gar nicht mehr von ihnen abwenden.

Tanya bedachte mich mit einem kurzen Lächeln, dann galt ihre Aufmerksamkeit wieder Russell. Ich verspürte eine kleine Erleichterung. Sie hatten die Pflichten zwischen sich aufgeteilt. Andrew war der Fahrer. Sie hatte Russell-Wache. Ich war mir nicht ganz sicher, wer von beiden den kürzeren Strohhalm gezogen hatte.

Onkel Richard und Andrew verstanden sich richtig gut. Wir redeten über Esel – hat man nämlich einen solchen, so scheinen sie zum alles beherrschenden Gesprächsthema zu werden –, über den letzten James-Bond-Film, die vorgesehene Fußgängerzone in Rushford, Fußball, Wein und all die Sachen, die noch so dazwischen aufkamen. Andrews Geschichte über den Versuch einer Familiengründung von Mrs. Aldershots Yorkshire-Terrier mit Mr. Fittertons Staffordshire-Bullterrier und der anschließenden tierärztlichen Behandlung beider Hunde und deren Besitzer brachte uns so heftig zum Lachen, dass es nur halb so schlimm war, als Kevin die Wasserkaraffe umstieß.

Onkel Richard brachte die Weingläser in Sicherheit, Andrew hob die Teller hoch, ich wischte auf, dann stellten wir alles wieder zurück an Ort und Stelle, ohne dass die inzwischen sehr laute

Unterhaltung am anderen Tischende großartig zum Erliegen gekommen wäre.

Kevin flüchtete beschämt, aber Sharons Haselnusstörtchen waren ein voller Erfolg, und wir hatten einen schönen Abschluss.

Alle amüsierten sich viel zu gut, als dass an Gehen zu denken gewesen wäre, also wurde noch Kaffee serviert und eine ganze Menge Brandy über den Tisch gereicht.

Ich glaube, ich fing leicht an zu schwanken, als Mrs. Crisp ein willkommenes Glas Wasser vor mir abstellte, und Onkel Richard, der Tante Julia einen Blick zuwarf, meinte, es sei wohl an der Zeit für sie zu gehen.

Sie wirkte leicht widerwillig, obwohl sie ihre Zehn-Uhr-Schlafenszeit überschritten hatte, bewegte sich dann aber doch langsam und majestätisch zur Tür.

»Eine herrschaftliche spanische Galeone«, flüsterte Andrew hinter mir, und ich kicherte. Russell bedachte mich mit einem sehr merkwürdigen Blick, den ich überhaupt nicht deuten konnte, wenngleich die Dinge gerade ein wenig verschwommen waren ...

»Ach, Jenny«, sagte Thomas leicht amüsiert.

... und mir wurde sehr unvermittelt bewusst, dass sich ein beachtlicher Teil des Weins, obwohl ich ihn sehr genossen hatte, geradewegs auf die Rückreise machte.

Ich wusste nicht, was ich tun sollte. Sie gingen nicht. Standen einfach nur da. Redeten. Jetzt geht doch endlich. O Himmel, mir war so übel. Ich würde nie wieder trinken.

»Du hast noch nie zuvor getrunken«, sagte Thomas.

»Du hilfst nicht«, erwiderte ich.

Russell rettete mich. Gerade als er sich umdrehte, um etwas zu sagen, starrte er mich mit geübtem Blick und nicht gerade unfreundlich an und sagte: »Komm nicht mit nach draußen in die Kälte, Jenny. Ich begleite unsere Gäste.«

»Danke«, antwortete ich, mochte ihn mit einem Mal mehr als je zuvor und eilte die Treppe hinauf.

Ich hatte nicht genug Zeit, um bis zu meinem Zimmer zu kommen. Das große Badezimmer war die erste Tür nach dem Treppenabsatz, und ich schaffte es kaum dort hinein. Ich übergab einen Großteil des Essens in das erstbeste Behältnis - die Badewanne -, beschloss, nie wieder etwas zu trinken oder zu essen, und wartete, bis alles sich beruhigte.

Das tat es aber nicht. Wenn überhaupt, dann fühlte ich mich noch schlimmer. Mein Magen krampfte sich schmerzhaft zusammen, und ich übergab mich erneut. Und wieder und wieder.

Woher kam das alles? Ich konnte mich nicht an Karotten erinnern. Mein Kopf pochte. Meine Sicht war unscharf. Ich zitterte, schwankte und hoffte, ich würde sterben, ehe mich jemand fand.

Nur vage nahm ich wahr, dass Motoren angelassen wurden und Autos wegfuhren. Die Tür quietschte. Ich hörte Stimmen, dann die vertrauten Schritte auf der Treppe.

Er klopfte an die Tür. Ich sagte ihm, er solle weggehen, allerdings in weniger Worten. Er kam trotzdem herein und schien ungebührlich erfreut über meinen Todeskampf zu sein.

»Keine Panik, Jenny, du bist nicht die erste Checkland, die an genau dieser Stelle liegt. Wie oft habe ich da gehangen. Und Andrew damals. Und wenn du mich ein wenig länger ertragen würdest und wir Kinder hätten, dann würde es mich nicht überraschen, wenn auch sie eines Tages die stolze Familientradition fortsetzen würden.«

Mich würde es nicht weiter überraschen, wenn er gleichzeitig sprechen und sich übergeben könnte. Ich bedachte ihn mit einem hasserfüllten Blick und fuhr damit fort, alles, was ich in den letzten sechs Monaten gegessen hatte, zu erbrechen.

»Arme kleine Jenny«, sagte er, kniete sich neben mich und rieb mir sanft über den Rücken.

»Soll ich gehen?«

Tränen der Demütigung rannen mir über die Wangen. Ich schaute zum Verursacher meines ganzen Unglücks und wünschte ihn in den tiefsten Kreis der Hölle.

»Nein, bleib bitte.«

»Natürlich bleibe ich. Ich hole dir ein bisschen Wasser, dann bringe ich dich ins Bett.«

Aber so kam es nicht.

Es ging die ganze Nacht so weiter. Der kleinste Schluck Wasser kam in zehnfacher Menge zurück. Ich war schon völlig erschöpft, aber noch immer war es nicht vorbei. Ich lag auf dem Boden im Badezimmer, hatte mein heißes Gesicht gegen die kalten Fliesen gepresst, zitterte vor lauter Kälte. Russell holte eine Decke, und ich übergab mich auch darauf. Schließlich, kurz vor dem Morgengrauen, wurden die Krämpfe langsam weniger. Eine Stunde verging ohne Zwischenfall.

»Ich werde dich jetzt ins Bett tragen. Wenn du dich auf mich übergibst, rufe ich Andrew an und lasse dich einschläfern.«

Ich nickte, und er hob mich, eingewickelt in die Decke, hoch und trug mich so in mein Zimmer. Vorsichtig legte er mich aufs Bett und ging noch einmal die Schüsseln, Handtücher, Waschlappen, Wasser und die ganzen andern Utensilien, die ich so angesammelt hatte, holen.

»Mach die Augen zu, Jenny«, murmelte Thomas, der niemals gezaudert hatte, selbst nicht bei den unschönen Momenten. *»Versuch zu schlafen.«*

Ich hätte nie gedacht, dass ich das könnte, aber ich schlief völlig erschöpft ein. Es war helllichter Tag, als ich schließlich erwachte, noch immer in meine verschmutzte Decke eingehüllt.

»Ganz langsam. Versuch nicht, dich aufzurichten, falls es gleich wieder losgeht.«

»Daran bist du schuld.«

»Entschuldige mal?«

»Dafür ist es zu spät.«

»Nein, ich meinte, inwiefern soll das meine Schuld sein?«

»Hättest du mich vor all den Jahren nicht daran gehindert, mich umzubringen, dann wäre ich jetzt nicht hier.«

»Wie fühlst du dich?«

»Müde.«

Ich zog meine Arme unter der Decke hervor und griff nach einem Glas Wasser auf dem Nachttisch.

»Ich würde das nicht trinken, Jenny. Nur für den Fall. Mrs. Crisp wird dir ein frisches Glas Wasser bringen.«

Und tatsächlich, genau in dem Moment klopfte sie und kam herein. Sie sah fürchterlich aus. Schlimmer, als ich je jemanden gesehen habe.

»In diesem Fall solltest du deine Augen vorwarnen, wenn du dir die Zähne putzt«, meinte Thomas.

»Ach, jetzt sind Sie endlich wach«, sagte sie. »Wie fühlen Sie sich? Lassen Sie mich Ihnen aufhelfen.«

Ich richtete mich auf, und sie schüttelte die Kissen hinter mir auf. Und ja, sie hatte frisches Wasser dabei.

»Nehmen Sie nur ein, zwei Schlucke, Liebes. Ich gebe Russell Bescheid.«

Ich lehnte mich zurück und machte eine Bestandsaufnahme. Ich hatte die ganze Nacht Unmengen ausgespuckt. Ich hatte in meiner Kleidung und geschminkt geschlafen. Wenn es sonst zu nichts nütze war, so würde er sich wenigstens bei meinem Anblick sehr viel besser mit der Vorstellung unserer Scheidung anfreunden können. Gut möglich, dass bis Montag nächste Woche alles vorbei war. Vorausgesetzt, ich würde so lange leben.

Er tauchte in der Tür auf. »Noch immer am Leben?«

Vorsichtig schüttelte ich den Kopf, und prompt regte sich ein vertrautes Gefühl. Ich schnappte mir eine Schüssel, doch es flaute wieder ab. Das musste es. Ich konnte nun wirklich nichts mehr im Magen haben.

»Mach das bloß nicht«, sagte er, als er ins Zimmer trat. »Trockenkotzen ist nicht lustig. Lass dir das von einem Experten gesagt sein. Glaubst du, es würde helfen, wenn ich dir ein heißes Bad einlasse?«

Ich nickte. Ein Bad klang hervorragend. Um wieder sauber zu werden.

»Außerdem habe ich den Arzt angerufen, du solltest also besser sauber sein, sonst erkennt er dich überhaupt nicht.«

»Nein!«, krächzte ich.

»Zu spät«, erwiderte er und ging ins Badezimmer. Ich hörte, wie Wasser in die Wanne einlief. Dann tauchte er wieder auf.

»Ich weiß nicht, welches dein Lieblingsschaumbad ist – ich habe noch nie so viele verschiedene auf einem Haufen gesehen –, aber ich habe ein paar dazugegeben. Du bist gerade nicht sehr wohlriechend, meine Liebe.«

Vor Scham wurde ich wieder tiefrot.

»Hoch mit dir«, sagte er und hob mich wieder hoch. Mühelos ging er die Treppen hinunter und stellte mich dann vorsichtig ab. Er wickelte mich aus der Decke und öffnete den Reißverschluss.

Ein kleiner Laut entwich mir.

»Nur keine Panik«, sagte er. »Ich mache dir die Sache nur einfacher. Fang noch nicht an, dich auszuziehen. Ich komme gleich noch mal mit deinem Pyjama zurück.«

Sekunden später war er wieder da. »Im Ernst? Einen Shaun-das-Schaf-Pyjama?«

Ich möchte bitte jetzt auf der Stelle umgebracht werden.

Er stellte das Wasser ab und prüfte die Temperatur. »So ist es gut. Ich lasse dich jetzt allein. Schlaf nicht ein und ertrink nicht, sonst wird mir die Schuld dafür zugeschoben. In einer halben Stunde komme ich zurück.«

Damit war er verschwunden und ließ das übliche Vakuum zurück.

Langsam zog ich mich aus und steckte alles in den Mülleimer. Nichts davon wollte ich je wiedersehen. Wie manche Leute sich regelmäßig betrinken konnten, war mir ein Rätsel. Oder wie sie das wollen konnten. Ich würde von jetzt an nur noch Wasser trinken. Wenn ich mal leichtfertig und verantwortungslos sein wollte, dann würde ich eine Zitronenscheibe dazugeben.

Ich lehnte mich in dem warmen, schwer duftenden Wasser zurück und schloss die Augen.

»*Schlaf nicht ein*«, sagte Thomas ängstlich.

Ich wusch mir das Gesicht, die Haare, dann den restlichen Körper und fühlte mich mit jedem Moment, der verstrich, ein kleines bisschen besser.

Eine halbe Stunde später war ich gebadet, hatte mir die Zähne geputzt – »*Schau ja nicht in den Spiegel. Das wird dir nicht guttun, und es ist ja nicht so, als würdest du nicht wissen, wo deine Zähne sind*« –, saß auf dem Bett und kämmte mir die Haare. Ich hatte drei Schlucke Wasser getrunken und sie nicht wieder von mir gegeben. Jemand hatte das Bett frisch bezogen, und ich kletterte erschöpft hinein und schlief wieder ein. Ich erwachte erst, als Mrs. Crisp Dr. Williams hereinführte, der mich schon mein ganzes Leben kannte.

»Tja, Jenny. Ich sollte besser Mrs. Checkland sagen. Was haben Sie nur wieder angestellt?«

Ich schaute Mrs. Crisp an, während er redete, und ihr Gesicht sprach Bände.

»I-i-ich glaube, i-i-ich habe zu viel getrunken«, sagte ich, so gut ich konnte.

»Wie viel haben Sie denn getrunken? Eine Flasche? Zwei?«

»Eins«, erklärte ich, »ein Glas.« Er lachte leise.

»Tja, es gibt hier mehrere Möglichkeiten. Entweder haben Sie zu viel getrunken. Oder Sie haben etwas gegessen, was Ihnen nicht bekommen ist.« Mrs. Crisp schloss die Augen. »Oder aber Sie haben sich einen dieser Infekte eingefangen, die zu dieser Jahreszeit kursieren. Sollen wir uns das mal ansehen, ja?«

Er fing an, seine Arzt-Sachen zu machen.

Ich berührte seine Hand. »Ich k-k-kann nichts Sch-Sch-Schlechtes gegessen haben«, sagte ich und schaute mit zusammengekniffenen Augen haarscharf an Mrs. Crisp vorbei. »Wir hatten g-g-gestern Abend Gäste. Sechs Leute insgesamt. A-a-allen anderen geht's gut.«

Er hielt kurz inne und sagte dann: »Tja, das scheint diese Theorie dann schon mal auszuschließen. Und ganz ehrlich, Jenny, Mrs. Checkland, ich glaube kaum, dass ein Glas Wein derart … spektakuläre Folgen nach sich zieht, egal wie heftig die Beschwerden sind. Wann hat es angefangen?«

Er machte den ganzen medizinischen Kram, stellte ein Rezept aus und bat Mrs. Crisp, es nach unten zu bringen.

Nachdem sie weg war und er seine Sachen wieder eingepackt hatte, sagte er: »Meiner Meinung nach war das ein netter, aber unnötiger Hinweis, Jenny. Ich kenne Lizzie Crisp seit vielen Jahren, und ungeachtet von Meeresfrüchtesalat und Hühnchen, ich glaube nicht, dass sie in der Lage ist, schlechtes Essen aufzutischen. Und wie Sie sagten, allen anderen geht es gut. Nein, ich denke, wir halten uns hier an das Gängigste und tippen auf Magen-Darm. Machen Sie ein, zwei Tage ein bisschen langsam. Trinken Sie Wasser. Essen Sie etwas Toast, wenn Ihnen danach ist. Ich weiß, Sie denken, Sie werden nie wieder etwas essen, aber das werden Sie, glauben Sie mir.«

»Danke. Bitte erwähnen Sie meiner Tante gegenüber nichts davon.«

»Das würde mir nicht im Traum einfallen. Das wird schon wieder, Jenny. Hier sind viele Leute, die sich um Sie kümmern, aber sollte es wieder anfangen, dann lassen Sie es mich gleich wissen, damit ich nach Ihnen sehe.«

Plötzlich kam mir etwas in den Sinn. Darüber hatte ich noch nie zuvor nachgedacht. »Bin ich ein Privatpatient?«

»Eine meiner Lieblingsprivatpatientinnen, also achten Sie auf sich. Das nächste Mal sind Sie beim Wein vielleicht einfach ein bisschen vorsichtiger. Wiedersehen, Mrs. Checkland.«

Er schloss die Tür hinter sich.

Zwei Tage lang machte ich gar nichts. Am dritten Tag stand ich wieder auf, zog mich langsam an und schleppte mich die Treppe hinunter, während Thomas ängstlich jeden meiner Schritte kommentierte.

»*Um Himmels willen, sei bloß vorsichtig auf der Treppe*«, murmelte er, als hätte ich vergessen, wie man einen Fuß vor den anderen setzt. Um ihn zufriedenzustellen, bewegte ich mich mit der beeindruckenden Geschwindigkeit eines Gletschers nach unten. Leute alterten in der Zeit, die ich brauchte, um die Treppe zu bewältigen.

In der Küche setzte man mich auf einen Stuhl beim Ofen, ich bekam eine Tasse Tee, und mein Gesundheitszustand wurde genauestens hinterfragt.

»Noch immer am Leben?«, fragte Russell.

Ich schaute prüfend an mir hinunter und nickte.

»Armes kleines Ding«, sagte er ungezwungen, fast schon sympathisch. »Ich fahre heute Nachmittag mit Mrs. C und Kevin in die Stadt. Sharon ist hier, falls du etwas brauchst. Kommst du damit klar?«

Tatsächlich dachte ich, dass es ganz angenehm sein könnte, einen ganzen Nachmittag einfach mal nichts zu tun.

Ich lerne wirklich nie dazu.

Sharon backte und freute sich über meine Gesellschaft. Sie probierte neue Ideen für Cupcakes aus, und ich trank fröhlich Tee und reihte Backblechs mit Backförmchen für sie aneinander.

Als sie fertig war, schob sie alle in den Herd und knallte die Tür zu.

»Zeig niemals deine Angst«, sagte sie, als sie meinen überraschten Blick auffing. »Knall die Tür zu und zeig ihnen, wer hier der Boss ist.«

Jemand klopfte an die Eingangstür. Das war ein dermaßen ungewöhnliches Ereignis, dass zunächst keiner wusste, was zu tun war.

»Na, nun macht schon auf«, half Thomas uns auf die Sprünge.

Sharon ging nach draußen und kam eine Minute später zurück, ihr Gesicht weiß wie ein Bettlaken. »Da ist ein Mann, Mrs. Checkland. Er sagt, er will seinen Esel zurückhaben, oder er geht zur Polizei.«

Sofort schaltete ich in den Panikmodus. Ich hatte gewusst, dass das passieren würde. Ich hatte es Russell gesagt. Man konnte nicht einfach so Esel stehlen. Ich hatte gesagt, dass der Besitzer aufkreuzen würde, und jetzt stand er da. Und wo war der furchtlose Esel-Kidnapper, wenn es darauf ankam? Vermutlich saß er irgendwo in einem Pub, während ich hier die Festung – und den Esel – hielt und mich mit erzürnten Eigentümern, der Polizei, dem Rechtssystem und Tante Julia herumschlagen musste, denn irgendwie würde sie das herausfinden, und sei es nur, weil Onkel Richard mich irgendwie vor einem Gefängnisaufenthalt bewahren musste.

»Bist du jetzt fertig?«, fragte mich Thomas amüsiert.

»Das ist nicht lustig. Er wird dann zurückkommen müssen, wenn Russell wieder hier ist.«

Sharon stand abwartend da. »Er ist wirklich wütend. Sagt, wenn Sie sie nicht rausrücken, dann holt er sie sich einfach selbst.«

O Gott, o Gott, was sollte ich nur tun? Wo zum Teufel war Russell?

»*Ach, der wird frühestens in ein paar Stunden zurückkommen*«, bemerkte Thomas nicht gerade hilfreich. »*Alles hängt jetzt an dir, Jenny. Da ist sonst keiner.*«

»Ich schaffe das nicht allein.«

»*Du bist nicht allein. Jetzt komm schon, bring deine Haare in Ordnung und tritt ihm ordentlich in den Hintern. Nicht wortwörtlich natürlich. Wobei, ehrlich gesagt, wäre das ganz witzig.*«

»Thomas ...«

»*Ich meine es so, wie ich es gesagt habe. Und jetzt hör auf, hier so rumzujammern, und rette deine Eselin. Du willst ja wohl nicht, dass er sie zurückbekommt, oder?*«

»Langsam gehst du mir auf den Wecker.«

»*Wunderbar. Und jetzt – rein mit dir.*«

»Das ist auch etwas, worüber wir uns später unterhalten werden.«

Aber es funktionierte. Er hatte mich dazu gebracht, mich auf das Problem zu konzentrieren, und das bestand darin, zu verhindern, dass uns Marilyn weggenommen wurde. Und Russell würde mich schon aus dem Gefängnis holen. Irgendwie.

»*Mit ein bisschen Dynamit?*«

An Sharon gewandt sagte ich: »Ich werde mich im Salon mit ihm treffen.«

Sie nickte. »Soll ich dableiben?«

»Nein. Sieh bitte nach, o-o-ob sie w-w-wirklich gut weggesperrt ist.«

Ich stand beim Kamin, strich meine Haare und meine Klamotten glatt und bedeutete, sie könne ihn jetzt reinholen.

Sharon hatte recht. Er war groß und laut und schob seinen Bauch wie eine Infrarot-Rakete in den Raum. Ich hoffte, man würde mir die Bestürzung nicht gleich auf dem Gesicht ablesen können, aber daran hatte ich so meine Zweifel. Er spähte durch den Raum, schätzte sofort den Wert aller Gegenstände ab, inklusive mir. Das Fenster zeigte zum Garten, weshalb ich nur vermuten, aber mir sehr gut vorstellen konnte, dass er in einem klapprigen alten Jaguar mit abgelaufener Steuerplakette hergekommen war.

Er stellte sich in die Mitte des Raumes, die dominierende Position, und ließ eine Hetzrede vom Stapel, in der seine Rechte, unser Verstoß, Beschädigung von Eigentum, Diebstahl, Marilyns Wert und seine überraschend ausufernde und völlig unerwartete Zuneigung zu ihr meine Aufmerksamkeit abverlangten.

Ich wusste nicht, was ich tun oder sagen sollte, also ließ ich ihn einfach reden. Immer weiter und weiter. Selbst als er Anzeichen von Verlangsamung zeigte und mir Gelegenheit bot, etwas zu erwidern, schwieg ich eisern. Er fing an, sich zu wiederholen. Noch immer sagte ich nichts, sondern nutzte die Zeit zum Nachdenken. Als er schließlich an einem toten Punkt seines Monologs angelangt war, war er hochrot im Gesicht und nicht gerade erfreut über den Mangel an Widerstand, auf den er hier traf.

Schließlich sagte ich: »Tja?«, hoffte auf einen weiteren langen Monolog, während dem, mit ein bisschen Glück, die Kavallerie aus dem Pub angerückt käme, um mich zu retten.

»Ich bin wegen dem Esel da, den Sie gestohlen haben, und will eine Entschädigung für den Schaden, den Sie angerichtet haben, oder ich ziehe Sie vor Gericht.«

Noch vor zwei Wochen hätte mich eine solche Drohung in Panik versetzt, doch schon die kurze Zeit mit Russell Checkland hatte meine Moralvorstellungen derart ins Wanken gebracht, dass ich trotz meiner Angst nicht im Traum daran dachte, ihm Marilyn auszuhändigen. Ganz gewiss nicht an diesen riesigen, rüpelhaften Mann, der die kleine Eselin ohne jegliche Skrupel herumtreten und prügeln und ihre kleinen Beinchen wie einen Zweig brechen könnte.

Abgesehen davon, dachte ich, dass da ein riesiges goldenes Pferd neben mir stand, das mich schon mehrfach in meinem Leben und insbesondere in der Schule mühelos dazu gebracht hatte, mich einer körperlichen Auseinandersetzung zu stellen.

Ich zog das zerlumpte Banner meines Mutes fest um mich und sagte: »Aber sicher doch.«

Hinter der Küchentür schnappte Sharon nach Luft.

Ich ging zum Tisch und wühlte in dem Haufen herum, der Russell Checklands (»Ich weiß, wo sich alles befindet«) Ablagesystem darstellte.

»Dann brauchen Sie das hier.« Ich reichte ihm Andrews fein säuberlich aufgelistete und recht beachtliche Rechnung.

»Und das hier.« Ich reichte ihm die Futterrechnung.

»Und das hier.« Die Rechnung des Hufschmieds.

»Und das.« Onkel Richards Visitenkarte.

»Und das.« Als Letztes gab ich ihm die Visitenkarte von Tanyas Arbeitgeber und verpflichtete somit ganz unbarmherzig die beiden angesehensten Anwaltskanzleien der Stadt für die Verteidigung einer kleinen Eselin mit der Lungenkapazität eines Mersey-Tunnels.

»Was ist das alles?«, fragte er ärgerlich, doch nach meinem kurzzeitigen Ausbruch der Beredtheit war ich erneut in meinen ursprünglichen Zustand verfallen. Teils, um wieder aufzutanken, hauptsächlich aber, weil ich sah, wie sehr ihn das verwirrte und ärgerte. Er war hergekommen, weil er sich einen Wettkampf im Anbrüllen liefern wollte, in dem er mich ganz mühelos beherrschen und derart ängstigen könnte, dass ich ihm einen Batzen Geld geben würde, nur damit er wieder ging. Tja, das würde ganz bestimmt nicht passieren. Ich hatte so ein Gefühl, wie ich mich aus dieser Angelegenheit hinausmanövrieren könnte.

»Rechnungen«, sagte ich, obwohl er das auch so feststellen konnte.

»Plus«, wieder kramte ich kunstvoll herum. Er trat einen Schritt zurück, und das war alles, was ich wissen musste. Ich wedelte mit irgendwelchen Unterlagen herum. »Schreiben vom Gemeinderat, die sich darauf beziehen, die anderen toten Esel zu beseitigen. Ein Bericht vom Tierschutzverein hinsichtlich einer ausstehenden Strafverfolgung. Die Anfrage der Polizei, die Sie dringend sprechen will …« Ich ließ das einfach so ausklingen.

Er warf mit den Rechnungen nach mir und baute sich bedrohlich vor mir auf. Ich dachte daran, dass Thomas hier war, und blieb standhaft.

»Kommen Sie mir nicht mit dem ganzen Mist, Lady. Sie haben meinen Esel gestohlen, und genau darum geht's. Ich nehme mal an, dass so ein zartes Gemüt wie Sie die Kleine nicht einfach rausrücken will, also bezahlen Sie mir den Esel, das Tor, legen was für meine Ausgaben und den Umstand drauf, dass ich heute herkommen musste, dann reden wir nicht mehr drüber. Eine nette Lady wie Sie will doch bestimmt nicht, dass ihr Name in der Zeitung auftaucht, und ich nehme mal an, dass auch Ihre Verwandten etwas dafür hinblättern würden, dass das nicht passiert.«

Ich konnte nicht so schreien und toben wie er. Das würde nicht funktionieren. Ich konnte ihm nicht wie Russell eins mit Worten oder Sarkasmus überziehen. Ich musste meine eigene Verteidigung erschaffen. Wieder einmal ließ ich ihn ausreden. Als es so aussah, als wäre er fertig, sagte ich: »Wie Sie meinen« und wandte mich ab, als hätte ich das Interesse verloren.

Ich konnte tatsächlich spüren, wie der Zorn in ihm aufwallte. Vielleicht war es ja doch keine so gute Idee, einen mutmaßlich gewalttätigen Rüpel in Rage zu bringen. So beiläufig wie möglich entfernte ich mich von ihm. Er würde die Polizei nicht einschalten, und Marilyn wollte er auch nicht zurück. Er wollte einfach nur Geld. Er hatte erfahren, dass wir urplötzlich einen

Esel hatten – Marilyn kann man nicht verstecken, allerhöchstens vielleicht drei Kilometer unter der Erde –, hatte Nachforschungen angestellt und mich als schwächstes Glied ausgemacht. Und das war ich ja auch, ich hatte allerdings genug davon, dass die Leute genau das dachten. Ungewohnte Wut trübte meinen Verstand.

»Sie pathetische, hinterhältige Person! Glauben Sie denn tatsächlich, ich hätte Angst vor so einem aufgeplusterten Windbeutel wie Ihnen? Nie im Leben gebe ich sie Ihnen zurück, also verpissen Sie sich endlich mit Ihrem dicken Bauch und Ihrem dummen, dicken, roten Gesicht! Vorzugsweise ehe mein Mann zurückkommt, denn Sie glauben vielleicht, ich wäre ein schüchternes Ding, aber er ist so ein richtiger Mistkerl, der nur darauf wartet, einem zwielichtigen Halunken zu begegnen, den er mal so richtig vermöbeln kann.«

Überrascht machte er einen Schritt zurück. Ich hätte meinen Vorteil weiter ausbauen sollen, aber ich hatte keine Munition mehr. Wieder kam er auf mich zu, ärgerlich darüber, zurückgewichen zu sein, und erhob seine Hand.

»Scheiße! Thomas, wo bist du?«

Die Küchentür wurde aufgestoßen, und Sharon tauchte wunderbarerweise im Zimmer auf, in der Hand eine von Mrs. Crisps geschätzten Le-Creuset-Bratpfannen. Etwas, womit man ganz einfach töten konnte, wenn es wutentbrannt herumgeschwungen wurde.

»Ich habe die Polizei gerufen«, rief sie.

Warum hatte ich nicht daran gedacht?

»Verschwinden Sie. Sofort!«

Ich schnappte mir eine hässliche Vase und fuchtelte drohend damit herum, und ich weiß tatsächlich nicht, was als Nächstes passiert wäre, aber genau in dem Moment hörten alle, wie Russells Land Rover in den Hof knatterte.

Sharon senkte ihre tödliche Bratpfanne. »Mr. Checkland ist zurück. Ich bin mir sicher, er freut sich darauf, Ihre Bekanntschaft zu machen. Möchten Sie vielleicht noch auf eine Tasse Tee bleiben?«

Er kam bereits zur Tür. Ich hörte, wie Russell in der Küche herumbrüllte, nach Sharon und mir rief und was denn hier los sei?

Der Rüpel kämpfte mit der Eingangstür, die in wahrer Checkland-Manier nicht so funktionierte, wie man es von ihr erwartete.

Sowohl Sharon als auch ich hielten unsere Waffen noch fest umklammert, als Russell hereinkam und die Szene mit einem Blick erfasste.

Mit einem kurzen Nicken bedeutete er uns zu verschwinden. Auf der Stelle.

Das taten wir.

Das Letzte, was wir sahen und hörten, war, wie Russell zur Eingangstür ging und überfreundlich fragte: »Kann ich Ihnen behilflich sein?«

Thomas war bereits in der Küche.

»Wo warst du?«

»Ich war bei Marilyn, damit sie Ruhe gibt.«

»Warum?«

»Nun ja, sie war aufgebracht.«

»Sie war aufgebracht? Ich habe mich gerade mit diesem Mann angelegt, und du warst nicht da?«

»Ja, der wichtige Teil dieses Satzes war ›Ich habe mich gerade mit diesem Mann angelegt‹ …«

»Nein, der wichtige Teil dieses Satzes war ›du warst nicht da‹. Ich war drauf und dran, ihm eins mit diesem hässlich lilafarbenen Ding überzuziehen, und Sharon war mit der Le Creuset hier, und wo warst du? Ach ja, im Stall, bei Marilyn, die überhaupt nicht in Gefahr war.«

»Tja, das wusste sie aber nicht. Sie war äußerst verstört, die Ärmste.«

»Genau wie ich.«

»Nein, das warst du nicht. Sobald du in Fahrt warst, hattest du alles im Griff. Tatsächlich habe ich den Eindruck, du könntest dich so langsam in einen kleinen Adrenalinjunkie verwandeln, Jenny. Du solltest vermutlich etwas mehr darauf achten.«

Ehe mein Adrenalin noch weiter in die Höhe schießen konnte, kam Russell zurück in die Küche und sah sehr selbstzufrieden aus.

Er legte einen Arm um Sharon und sagte: »Du warst wunderbar. Diese Woche gibt es noch was obendrauf in die Lohntüte, mit den besten Wünschen und Grüßen meinerseits.«

Jetzt war der Moment gekommen, in dem Mrs. Crisp schnauben und sagen würde, sie würde sich ja schon freuen, wenn überhaupt etwas in ihrer Lohntüte wäre, aber unerklärlicherweise schwieg sie. Sie packte ihre Einkaufstüten aus, räumte die Sachen leise weg und schaute niemandem ins Gesicht. Wie gern hätte ich einen Moment darüber nachgedacht, aber Russell packte mich am Handgelenk und zog mich in das eisige Esszimmer.

»Was hast du dir nur dabei gedacht?«, fragte er.

Na prima! Sharon bekommt eine Zulage und ich einen Anschiss.

»Warum hast du ihm nicht einfach nur gesagt, er solle verschwinden?«

So langsam setzte eine Reaktion ein. Und mir fiel ein, dass ich eben erst so einen 24-Stunden-Virus gehabt hatte.

Ich trat nach ihm.

»Autsch! Was zum Teufel ...«

»Ich hatte Angst! Ich wusste nicht, was ich tun sollte. Und du warst nicht da.« Und genau das war, was mich betraf, der Knackpunkt. »Und er hat rumgebrüllt. Und schrecklich aus dem Mund gestunken. Und du warst nicht da.«

Er hielt inne und zog mich in seine Arme. »Jetzt bin ich da.«

Ich hätte wirklich etwas dagegen ankämpfen oder zumindest irgendeine Art von Widerstand leisten sollen, stattdessen lehnte ich mich an ihn und verbarg mein Gesicht in seiner Jacke. Er roch nach Aftershave, Weichspüler und Seife.

»Alles gut«, sagte er wieder. »Ich bin jetzt da.«

Ich schniefte ein paarmal.

»Ich sollte mich wirklich bemühen und besser auf dich aufpassen, findest du nicht?«

Ich nickte.

»Morgen. Nein, nicht morgen. Da muss ich bei jemandem vorbeischauen. Übermorgen. Da fahren wir in die Stadt, essen zusammen zu Mittag und gehen in den Laden mit Kunstutensilien. Wie klingt das?«

»T-t-tatsächlich klingt das sehr unwahrscheinlich. So wie sich A-A-Ausflüge mit dir gestalten, machen wir uns auf den Weg nach Rushford, werden von e-e-einem Drachen angegriffen, d-d-den du umgehend mit nach Hause nimmst, anschließend verfolgen uns die Besitzer des D-D-Drachen, die drei Hexen, die eine große Summe Geld fordern, oder aber sie werden uns in Kröten v-v-verwandeln, und du bist w-w-während dieser Zeit im Pub.«

Er lachte. »Jenny, wenn du aufgebracht bist, dann bist du geradezu köstlich.« Er beugte den Kopf zu mir und küsste mich ganz sachte, was vermutlich uns beide überraschte. Er räusperte sich. »Wie wär's mit einer Tasse Tee?«

Gute Idee.

»Ich bin heute den ganzen Tag unterwegs«, sagte Russell am nächsten Morgen nach dem Frühstück. »Und ihr alle versucht einfach mal, in keine Scherereien verwickelt zu werden, solange ich weg bin. Jenny, du hast meine Nummer, aber vertrau mir, der kommt nicht zurück. Nie wieder.«

Er knallte die Tür hinter sich zu. Kevin, der sich mit seiner Tasse Tee so viel Zeit gelassen hatte wie nur irgendwie möglich, um währenddessen Sharon ansehen zu können, hatte nun auch den allerletzten Tropfen ausgetrunken und verschwand ebenfalls. Sharon lächelte ihr strahlendes Lächeln, schnappte sich den Staubsauger und polterte damit im Esszimmer herum.

»Also nur du und Mrs. Crisp«, hielt Thomas das ganz Offensichtliche fest.

Ich nippte vorsichtig an meinem Tee, doch alles schien sicher. Sie reichte mir eine Platte mit köstlich belegten Toaststreifen, von denen sie sogar die Rinde abgeschnitten hatte. Aus irgendeinem Grund hatte ich deshalb einen Kloß in der Kehle.

Ich nickte ihr dankbar zu und knabberte vorsichtig daran. Sie beendete ihre Tätigkeit, faltete ihr Geschirrtuch und sagte: »Ob ich wohl kurz mit Ihnen sprechen könnte, Mrs. Checkland?« Mir rutschte das Herz in die Hose.

Sie schob mir einen Umschlag über den Tisch hinweg zu.

»Meine Kündigung.«

Kopfschüttelnd schob ich sie zu ihr zurück. Ich wusste nicht, was ich sagen sollte, also tastete ich mich schweigend vorwärts.

»Ich glaube nicht, dass Sie das verstehen«, sagte sie und verknotete dabei ihre Finger. »Verstehen Sie ... ich denke, dass das, was Ihnen widerfahren ist ... Ihre Krankheit ... mein Fehler gewesen sein könnte.«

Wieder schüttelte ich den Kopf, aber sie wirkte sehr entschieden.

»Lass sie aussprechen.«

»Ich weiß nicht, ob Sie das bemerkt haben, aber manchmal habe ich ... nehme ich nachmittags ein bisschen was zu mir, manchmal bin ich nämlich ein bisschen ... unsicher, und dann ist das sehr hilfreich. Ich schwöre Ihnen, dass es bislang noch nie ein Problem dargestellt hat ... es hilft mir einfach, durch den Tag zu kommen ... aber ich habe mich gefragt, ob ... weil ich doch wegen des Essens so nervös war ... obwohl ich ja gar nicht so viel getrunken hatte, aber es nicht zu wissen, ist natürlich ein Hinweis darauf, dass da ein Problem ist, also ... Ehrlich, Meeresfrüchte und Hühnchen, was habe ich mir nur dabei gedacht?«

Mit gesenktem Kopf saß sie am Tisch, verknotete weiter nervös ihre Finger und weinte lautlos.

»Ich habe immer gesagt, ich würde gehen, wenn Russell heiratet. Sie wissen schon, neues Zepter und so, aber ich hatte ja gedacht, es würde diese Rothaarige werden ...« Dann fiel ihr ein, dass Francesca ja meine Cousine war.

Nie hatte ich mich so hilflos gefühlt. Ich wollte eine eloquente, lange Rede halten, die alles geraderückte. Etwas tun, um ihr ganz offensichtliches Unbehagen zu mildern, aber die Worte verhedderten sich in mir, und da es so wichtig war, geradezu lebenswichtig, dass ich etwas sagte, passierte einfach nichts.

Ich nahm ihre Hand, konzentrierte mich auf das Muster der Tischdecke und sagte: »Nein.«

»Ich glaube nicht, dass Sie verstehen ...«

»Nein.«

»Nein, wirklich, Mrs. Checkland – Sie verstehen das nicht.«

»Da steckt noch mehr dahinter«, sagte Thomas. *»An deiner Stelle würde ich einfach noch eine Minute abwarten.«*

Sie wischte sich mit dem Geschirrtuch über die Augen, was bei jedem anderen zum sofortigen Tod geführt hätte, und fuhr fort: »Ich trinke, verstehen Sie?«

»Ja, ich weiß.«

»Nicht viel, aber mehr als genug.«

Wieder nickte ich.

Sie schaute sich um, aber Sharon war nach oben gegangen, und Kevin war noch immer im Hof. Sie sah mich nicht an, straffte die Schultern und sagte bestimmt: »Ich nehme an, dass Ihre kürzliche Erkrankung meiner Nachlässigkeit zuzuschreiben ist, und deshalb bitte ich Sie, meine Kündigung zu akzeptieren.«

Jetzt war es an der Zeit, etwas anderes als einfach nur nein zu sagen. Ich konzentrierte mich wieder auf das Muster, blau und cremefarben, miteinander verwoben, atmete einmal tief durch und dann gleich noch einmal.

»Dr. Williams sagte, es sei ein 24-Stunden-Virus gewesen. Er sagte, es habe nicht am Essen gelegen. S-s-sonst war keiner krank. Sie k-k-können Russell nicht verlassen. Er wäre am B-B-Boden zerstört. Sie haben ihn aufgezogen. Keiner kann sich an eine Zeit hier erinnern, als S-S-Sie nicht hier waren. Sie dürfen nicht gehen. Sie werden hier gebraucht. Das ist Ihr Zuhause.«

»Nicht schlecht. Gar nicht schlecht.«

Sie schüttelte den Kopf. »Ich hätte schon vor Jahren gehen sollen. Vor vielen, vielen Jahren.«

Ich war verwirrt. »Warum?«

Wieder schaute sie sich um. Sharon kam zurück nach unten. Ich stand auf und ging nach draußen.

»K-k-könntest du Kevin e-e-eine halbe Stunde oder so helfen?« Das schien mir ein guter Vorwand, sie eine Weile loszuwerden.

»Einwandfrei.«

»Danke.«

»Was jetzt kommt, wird nämlich nicht schön werden.«

»Nein.«

Dann ging ich zurück in die Küche, wo sich Mrs. Crisp nicht gerührt hatte.

Ich nahm Platz und wartete.

Zögernd begann sie zu sprechen, während sie das Geschirrtuch zusammenlegte und wieder auffaltete.

»Ich glaube, im Leben eines jeden gibt es Dinge, die er oder sie gern getan hätte. Oder auch gern nicht getan hätte.« Sie schaute mich an und fuhr mühsam fort: »Ich habe etwas getan. Und es war falsch. Sehr falsch. Ich wusste, dass es falsch war, als ich es tat, aber ich war so ... allein ... und für wenige Stunden existierte die Welt nicht mehr, und ... Aber es war falsch. Das war also etwas, das ich vergessen musste. Und so fing ich an, abends einen Drink zu mir zu nehmen, nur um mir beim Schlafen zu helfen und na ja, den Rest können Sie sich vorstellen.«

Sie sah schrecklich aus. Die Last ihrer Vergangenheit musste fast unerträglich sein. Sie war jetzt, was, Ende fünfzig? Wusste Russell, was hier los war?

»*Schwer zu sagen*«, meinte Thomas. »*Er ist erschreckend hellsichtig in manchen Belangen und in anderen wiederum ein totaler Trottel. Ich würde mal annehmen, dass es sich in diesem Fall um einen Trottel-Bereich handelt.*«

Ich hatte keine Ahnung, was ich sonst tun sollte, also ergriff ich ihre Hand. Sie drückte kurz zu und schob meine Hand dann von sich weg.

»Ich werde es Ihnen erzählen«, sagte sie mit überraschender Entschlossenheit. »Ich werde es Ihnen erzählen, und dann verstehen Sie, weshalb ich gehen muss.«

»Das müssen Sie nicht«, erwiderte ich panisch. »Erzählen Sie es mir nicht, wenn Sie das nicht wollen.«

Aber sie hatte ihre Entscheidung getroffen. Ich glaube, sie hörte mir nicht einmal zu. Sie straffte die Schultern und reckte das Kinn.

»Ich habe sie umgebracht. Ich habe Russells Mutter umgebracht.«

9. Kapitel

Sekunden wurden zu Minuten. Ich sollte etwas tun, etwas sagen. Je länger sich das Schweigen hinzog, umso schlimmer würde alles werden. Keiner von uns brachte ein Wort heraus. Thomas stellte sich neben sie und blies ihr sanft ins Haar. Beruhigend und besänftigend.

Ich schluckte ein paarmal, und da sie dann noch immer in ihr Geschirrtuch schluchzte, stand ich mit zitternden Knien auf und schaltete den Teekessel ein. Ich war dem Ganzen wirklich nicht gewachsen. Wieder einmal. Mein erster Gedanke war, sollte sich doch Russell damit auseinandersetzen, aber das wäre keine gute Idee.

»Sehr schlau. Erst mal abwarten, was sie zu sagen hat. Vielleicht bezieht sie sich ja einfach auf einen weiteren gastronomischen Unfall.«

»Russells Mutter kam bei einem Autounfall ums Leben, Thomas.«

»Na ja, also ich kann mir nicht vorstellen, wie sie an den Bremsen unter einem Auto herumschraubt, du etwa? Hören wir ihr doch erst mal zu und entscheiden dann, was wir machen.«

Ich stellte eine Tasse Tee vor sie, nahm ihr das Geschirrtuch ab und ersetzte es durch eine Rolle Küchenpapier.

Einen Moment lang schauten wir einander an, dann fing sie an.

»Dr. Williams … habe ihn schon eine ganze Weile nicht mehr gesehen. Hat er mich Lizzie Crisp genannt?«

Ich nickte.

»Das war mein Geschäftsname.« Bei dem Gedanken an ihre Vergangenheit musste sie lächeln. »Ich fange am besten vorne an.« Jetzt wirkte sie relativ ruhig. Geradezu entschlossen. Ich umfasste meine Tasse mit beiden Händen und hörte zu.

»Grahame und ich lernten einander in der Grundschule kennen. Und es war für uns beide klar, fast vom ersten Moment an. Es würde nie jemand anderen geben. Eine Sandkastenliebe.«

Wieder lächelte sie, aber dieses Mal war es ein trauriges, bitteres Lächeln.

»Er war Mechaniker – ein richtig guter noch dazu. Er arbeitete eine Zeitlang in der Werkstatt seines Onkels, dann baute er sich seine eigene auf. Es lief gut für ihn, aber er war immer beschäftigt, also schaute ich mich nach etwas um, das ich machen konnte. Ich kochte gern und war gut, und als mich eine Freundin bat, das Essen für ihre Abendgesellschaft zuzubereiten, war ich begeistert. Der Abend war ein voller Erfolg. Das sprach sich rum. Aus etwas, das einfach nur ein Zeitvertreib für mich war, wurde ein richtig kleines Geschäft. Grahame war glücklich, ich war glücklich. Alles lief so gut.«

Sie trank noch ein bisschen Tee. So langsam stieg ein ganz schreckliches Gefühl in mir auf. Ich hatte ein Leben gewollt, eines, wie es echte Menschen hatten. Wir sollten besser aufpassen mit dem, was wir uns wünschen. Plötzlich sehnte ich mich nach meinem Dachboden zurück, wo ich mir nicht würde anhören müssen, was mit der glücklichen Lizzie Crisp und ihrer Sandkastenliebe Grahame passierte.

Sie fuhr fort: »Als Alice geboren wurde, war das die Kirsche auf dem Kuchen. Sie war wunderschön. Ich zog ihr blaue Sachen an, passend zu ihren Augen.«

Sie vergaß sich selbst einen Moment lang, und wir warteten geduldig.

»Grahames Vater fand ein Häuschen mit einer kleinen Ladenfassade für uns, in dem ich kochen konnte. Die Leute konnten sich entweder etwas aus der Gefriertruhe aussuchen und mit nach Hause nehmen oder aber ihre eigenen Behältnisse mitbringen, die ich dann auffüllte, und sie konnten so tun, als hätten sie selbst gekocht. Es lief richtig gut. Und auch Grahame war gut beschäftigt. Ich dachte wirklich, es wäre eines von diesen Schicksalen, bei denen es hieß: ›Und sie lebten glücklich und zufrieden bis an ihr Lebensende.‹ Tja, ein paar von uns tun das ja – leben, meine ich. Aber das mit dem glücklich und zufrieden hat nicht für alle geklappt. Tut es niemals, oder gibt es das?«

»Beantworte das nicht.«

»Es war Sommer. Mir war heiß, ich war müde und mit der Arbeit etwas in Verzug geraten. Grahame holte nach der Arbeit erst Alice vom Kindergarten ab und kam dann her, um die Bestellungen auszuliefern. Ich erinnere mich noch genau daran: Das Büfett für die Summers – sie gaben eine Gartenparty für das gute Zeugnis ihrer Tochter. Ein Kuchen ... und ein Filet Wellington sowie pochierte Birnen für die Elliots. Sie waren so ein nettes Paar.«

Sie seufzte. »Ich rannte wie eine Wahnsinnige herum. Alles stand auf dem Tresen bereit. Er belud das Auto, und weil er sah, wie beschäftigt ich war, sagte er, er würde Alice auf die kurze Tour mitnehmen, das würde ihr bestimmt Spaß machen. Ich warf ihm ein kurzes Ja über die Schulter zu. Ich hatte nicht einmal so viel Zeit, die beiden anzusehen. Als die Polizei mich fragte, wie sie gekleidet waren, konnte ich es ihnen nicht sagen.«

Ich spannte die Muskeln an, war bereit, aufzuspringen und wegzurennen.

»Du musst jetzt stark sein, Jenny. Stark genug für zwei. Du kannst das.«

»Es gab einen Unfall. An der Kreuzung. Jetzt stehen da Ampeln. Natürlich zu spät. Es war niemandes Schuld. Es passierte einfach. Der andere Fahrer war ein junger Kerl. Ziemlich nüchtern, auf dem Heimweg vom College. Er hat sich schreckliche Verbrennungen zugezogen, als er versuchte, sie ... sie aus dem Auto zu ziehen. Aber das schaffte er natürlich nicht. Seine Eltern haben ihn danach nach Schottland geschickt. Ich glaube, da ist er noch immer. Ich nehme an, dass er jetzt eine Familie hat ...«

Sie verstummte und schaute sich in der Küche um. Ich hoffte inständig, dass sie sich nicht nach einer Flasche umsah, denn dann wüsste ich wirklich nicht, was ich tun sollte.

»Ich gab das Geschäft auf und machte lange Zeit gar nichts. Und so ein kleines Schlückchen vor dem Schlafengehen fand ich ziemlich ... hilfreich. Wie auch immer, irgendwann schaute Russells Mutter Louisa bei mir vorbei. Wir waren auf dieselbe Schule gegangen. Sie war eine Klasse über mir gewesen, aber ich kannte sie flüchtig. Sie bot mir die Stelle hier an. Haushälterin nannte sie es, tatsächlich war es aber ein bisschen was von allem. Meine – und Grahames – Familie drängten mich, die Stelle anzunehmen, also sagte ich zu. Und um das mal vorwegzunehmen, ich bereute es überhaupt nicht.«

»Ach herrje«, seufzte Thomas, der schon ahnte, was gleich kommen würde.

»Was?«, fragte ich, ich ahnte nämlich noch gar nichts.

»Pssst!«, sagte er, als sie mit ihrer Geschichte fortfuhr.

»Louisa war natürlich reizend. Fröhlich, entzückend, unverschämt, anspruchsvoll, liebenswürdig, selbstsüchtig. Russell kommt ganz nach ihr, bis hin zu den Haaren. Sie wirbelte hier herum, hinterließ in ihrem Kielwasser immer Chaos. Das war mir alles egal. Russells Vater – ich weiß nicht, was Sie gehört haben, aber ich empfand ihm gegenüber sehr viel Sympathie. Schon damals liefen die Dinge nicht so prickelnd, und er versuchte, alles zusammenzuhalten, während Louisa ... na ja, Sie wissen ja, wie Russell so sein kann ...«

Ich nickte. Wir alle wussten, wie Russell so sein konnte.

»Dann fingen die Streitereien an. Die Fronten verhärteten sich immer mehr. Das hier war kein glückliches Haus. Und ich selbst hatte ja auch zu kämpfen. Und eines Nachts, als Louisa und Russell nicht hier waren, genehmigten wir uns einen Drink und noch einen ...«

Wieder verstummte sie. Ich riss ein Stück Küchenrolle für sie ab.

»Ich glaube, danach waren wir beide entsetzt. Und beschämt. Und wir machten ... einfach so weiter, als wäre nichts geschehen. Jetzt nahm ich jeden Abend mehrere Drinks zu mir. Ich habe nie jemandem davon erzählt. Die Streitereien zwischen den beiden wurden immer schlimmer. Und eines Abends hörte ich, wie ihre Tür zugeknallt wurde. Sie raste durch die Küche und kreischte: ›Wie konntest du nur, Jeremy?‹ Sie fegte an mir vorbei hinaus in den Hof, sprang in ihren Wagen und brauste davon.«

Nur um dann zu schnell in die Kurve zu fahren und sich umzubringen.

Vor lauter Tränen und Schuldgefühlen war ihre Stimme ganz heiser.

»Sie verstehen also, dass er ihr in diesem Moment davon erzählt haben muss, und sie ist so wütend davongefahren ... und das war noch jemand, der nie wieder zurückkehrte.«

Danach schwieg sie sehr lange und hing ihren Erinnerungen nach.

»Ich blieb, hauptsächlich, um mich um den kleinen Russell zu kümmern. Mehrere Frauen aus dem Dorf wollten helfen, aber Russells Vater nutzte die meisten Zimmer nicht mehr und sperrte sie zu, also brauchten wir keine Hilfe. Und das ein oder andere

Mal, weil wir allein waren und jeder hin und wieder ein bisschen Trost braucht ...«

Natürlich brauchten sie den. Keiner wusste das besser als ich. Ich hatte Thomas, aber nicht jeder hatte so viel Glück.

Sie lächelte mich an. Nein, tat sie nicht. Voller Bitterkeit verzog sie den Mund. »Sie verstehen also, Mrs. Checkland ...«

Langsam, um mir genug Zeit zum Überlegen zu lassen, sagte ich: »I-i-ich kann verstehen, d-d-dass Sie denken, Sie hätten etwas mit ihrem Tod zu tun, aber ich glaube, da i-i-irren Sie sich.«

Sie wich zurück. »Nein, Sie verstehen das nicht.«

Ich hechtete in die Welt der Wörter.

»Doch, ich glaube schon. Sie sagten, s-s-sie sei an Ihnen in der K-K-Küche vorbeigerauscht. Wenn Mr. Checkland ihr das gesagt hätte, glauben Sie nicht, sie hätte Sie dann zur Rede gestellt? Gleich auf der Stelle? Ich kannte sie nicht, aber ich kenne Russell. Da wird nicht g-g-gefiltert. Sie hätte g-g-geschrien, gebrüllt, versucht, Ihnen die Augen auszukratzen oder so was. Ich glaube nicht, dass Mr. Checkland seiner Frau je von Ihnen erzählt hat. Ich kann verstehen, dass S-S-Sie das, was Sie gemacht haben, mit i-i-ihrem Tod in Verbindung bringen, aber ich g-g-glaube, das war nur ein Zufall. Ich v-v-verstehe, weshalb Sie glauben, ihr Tod sei zum Teil Ihre Schuld, aber ich glaube, da irren Sie sich. Ich glaube, Sie verwechseln Schuld mit Sch-Sch-Schuldgefühlen.«

»Jenny«, sagte Thomas. *»Hervorragend.«*

»Und ich glaube, da Sie ein b-b-besorgter und g-g-gewissenhafter Mensch sind, neigen Sie dazu, das Abendessen deutlich überzubewerten. Ich war nicht so krank, als dass es eine Lebensmittelvergiftung hätte sein können. Das Essen war köstlich, und allen hat es geschmeckt. Sie haben das wunderbar gemeistert, und Russell war stolz auf Sie. Versuchen Sie doch bitte, nicht so viel über die Vergangenheit nachzugrübeln. Konzentrieren Sie sich mehr auf Ihren Verdienst, Russell dazu erzogen zu haben, so sehr ...«

»Ja?«, sagte Thomas.

»Russell zu sein«, endete ich lahm, weil ich nach diesen ganzen Wörtern regelrecht Bauchschmerzen hatte.

Jetzt waren bei ihr alle Schleusen geöffnet. Ich hatte ihr überhaupt nicht gutgetan.

»Falsch«, sagte Thomas. *»Lass sie das alles einfach mal rausweinen und schenk ihr noch eine Tasse Tee ein.«*

Und genau das hätte ich auch getan, wäre in diesem Moment nicht Tante Julia aufgekreuzt.

»Schon wieder? Ist das irgendeine Art Strafe?«

Mrs. Crisp rannte auf ihr Zimmer.

»Denkst du, sie nimmt dir das ab?«

»Ich weiß es nicht.«

»Es war kein Virus, oder?«

»Nein.«

»Was machen wir nur?«

Ich mochte das »wir«. »Ich weiß es nicht.«

Er starrte aus dem Fenster. *»Könnte wetten, dass du dich jetzt nicht langweilst.«*

Tante Julia brachte Blumen und eine sehr geschmackvolle Dankeskarte vorbei. Sie musterte mich eindringlich. »Geht es dir gut, Jenny? Du siehst nicht so aus.«

»Ich bin ein bisschen müde«, sagte ich und nutzte meine kleine *Schwäche* ausnahmsweise einmal aus. »Bei mir geht es gerade ziemlich turbulent zu.«

Sie glaubte mir nicht. »Du bist sehr blass. Fühlst du dich gut?«

»Ja. Vielen Dank für die Blumen. Hättest du gern eine Tasse Tee?«

»Bloß nicht aufhören, bloß nicht aufhören, bloß nicht aufhören …«, beschwor mich Thomas, ein hellauf begeisterter neuro-linguistischer Programmierer.

»Ja, gern. Das wäre sehr nett.«

Er schnaubte.

»Ich glaube nicht, dass du einem jungen Füllen wie mir mit derartigen Ausdrücken kommen solltest.«

Ich führte sie ins Wohnzimmer, vergewisserte mich, dass Russell nichts Fragwürdiges auf dem Tisch hatte liegen lassen, und ging zurück, um Tee aufzusetzen.

»Was machst du denn da?«, fragte sie, als ich ihn zusammen mit einem Teller zweitbester Kekse hereintrug.

»Bloß nicht die HobNobs!«, hatte Thomas mir eingeschärft. Unnötigerweise.

»Den Tee bringen, Tante Julia.«

»Ja, das sehe ich, aber warum machst du das denn?«

»Weil meine Haushälterin vor lauter Kummer und Schuldgefühlen darüber, mit dem Vater meines Ehemannes geschlafen zu haben, am Boden zerstört ist und glaubt, sie hätte zu viel getrunken und mich aus Versehen vergiftet«, war das, was ich nicht sagte.

»Mrs. Crisps freier Tag«, schien mir die weniger umstrittene Antwort.

Ihr Schweigen sprach Bände über Menschen, die ihren Angestellten einen freien Tag gewährten.

Ich schenkte ein. Sie nippte. Wir beide bedienten uns nicht an den Keksen. Sie aufgrund ihrer Hüften und ich, weil ich wusste, wo die HobNobs versteckt waren.

Das Schweigen zog sich in die Länge, aber ich wusste, dass sie das Thema nicht einfach so dabei bewenden lassen würde.

»Mach dich auf etwas gefasst.«

Sie stellte die Tasse ab. »Jenny, es tut mir leid, du kannst sagen, was du willst, aber in meinen Augen siehst du nicht gut aus. Brütest du etwas aus?«

»Tatsächlich erhole ich mich gerade von einem kleinen Virus.«

»Ach tatsächlich – welcher Art?«

»Ach, nur so ein 24-Stunden-Ding, aber bei mir war es schon nach zwölf Stunden wieder vorbei. Inzwischen geht es mir wieder gut.«

»Wann ist das passiert?«

»Ach, weiß nicht so genau. Das war nichts. Mach dir bitte keine Sorgen.«

»Nun ja, ich mache mir aber Sorgen. Solange du bei uns gelebt hast, warst du nie krank.«

»Da bist du ja auch nie rausgekommen.«

»Tante Julia, es geht mir gut, wirklich. Und man hat sich sehr gut um mich gekümmert.«

»Wer denn? Doch nicht etwa – diese Frau? Du bist krank, und sie nimmt sich ihren freien Tag? Das ist nicht gut genug.«

Da sehen Sie, was passiert, wenn man anfängt zu lügen. Insbesondere, wenn man Tante Julia belügt.

Sie fuhr fort: »Und wo ist Russell?« Sie schaute sich um, als könnte er irgendwo in einer Ecke auftauchen. Doch ganz typisch für Russell, der nie dann aufkreuzte, wenn man ihn brauchte, geschah das nicht.

Ganz bestimmt würde ich nicht zugeben, dass ich nicht wusste, wo er war. Ich hatte gar nicht daran gedacht, ihn zu fragen. Ich hatte den Bogen, was es hieß, eine Ehefrau zu sein, eindeutig noch nicht so ganz raus.

»Ähm ...«

Mit spitzen Lippen wandte sie sich wieder mir zu.

»Ich hole noch ein bisschen heißes Wasser«, und schon war ich zur Tür hinaus und in der vorübergehenden Sicherheit der Küche.

Mrs. Crisp war da und machte einen ganz normalen Eindruck.

»Ach, Mrs. Checkland, gehen Sie nur wieder zurück zu Mrs. Kingdom. Ich bringe Ihnen das Wasser.«

Ich hatte genug davon, eine rücksichtsvolle Arbeitgeberin zu sein. »Wagen Sie das ja nicht. Ich habe ihr gesagt, Sie hätten Ihren freien Tag. Also gehen Sie zurück auf Ihr Zimmer und a-a-atmen nicht einmal laut!«

Tante Julia betrachtete unsere Bücher, als ich mit dem Wasser zurückkam. Ich wünschte, ich hätte ihr keinen Nachschlag angeboten. So langsam wurde ich müde.

»Reiß dich zusammen, Butterblume.«

»Du bist mir nicht gerade eine große Hilfe, weißt du das?«

»Was hat es mit diesem ›Virus‹ auf sich? Was hat der Arzt gesagt? Du hast doch einen Arzt geholt, oder?«

»Russell hat ihn gerufen.«

»Russell hat einen Arzt gerufen? Also da bin ich ja überrascht. Hast du ihn darum gebeten?«

»Nein. Ich wollte das nicht.«

»Warum nicht?«

»Weil es nichts Schlimmes war. Ein bisschen Übelkeit und ein bisschen Schüttelfrost. Am nächsten Tag ging es mir wieder gut. Nimm doch einen Keks.«

Sie schaute die Kekse nicht einmal an. Russell hatte sie als Rottweiler bezeichnet, Terrier wäre allerdings sehr viel passender gewesen. Sie wollte einfach nicht von diesem Thema ablassen.

»Du hast dich also tatsächlich zwölf Stunden lang erbrochen? Das könnte etwas Ernstes sein. Lag es am Essen?«

»Keinesfalls, Tante Julia. Das war ein 24-Stunden-Virus. Den bekommen die Leute ständig. Insbesondere zu dieser Jahreszeit. Und Russell und Mrs. Crisp haben sich ganz hervorragend um mich gekümmert.«

Schweigen. Sie war noch nicht fertig. Mit jedem Satz verlor ich an Boden. Sie stellte ihre Tasse ab und ergriff meine Hand. »Jenny. Das hier ist ernst. Sei bitte ehrlich. Wann hat das angefangen?«

»Vor ein paar Tagen«, murmelte ich.

»Vor oder nach dem Abendessen bei euch?«

»Ähm …«

»Wusste ich es doch!«, rief sie und lehnte sich wieder zurück. »Es war diese Frau, nicht wahr? Diese erbärmliche Crisp. Die trinkt. Sie hat die Garnelen nicht gesäubert oder das Hühnchen nicht ordentlich gebraten. Weiß der Himmel, weshalb Russell sie hier behält. Immer ist sie betrunken. Was für ein Glück, dass es nur dich erwischt hat.«

»*Was?*«

»Was?«

»Nein, nein, nein. So meinte ich das doch gar nicht, meine Liebe. Ich wollte sagen, wegen dieser dummen, alten Frau hätten wir alle richtig fürchterlich erkranken können, und wir können von Glück sagen – was natürlich nicht für dich gilt –, dass nur einer von uns krank geworden ist.«

Argwöhnisch betrachtete sie ihre halbleere Teetasse, obwohl ich den Tee zubereitet hatte, und schien mit sich zu ringen.

»Jenny, hör zu. Ich weiß, du denkst – na ja, ich weiß nicht, was du in letzter Zeit so denkst –, aber ich mache mir Sorgen um dich. Du hast so wenig Lebenserfahrung, du bist so ein ruhiges kleines Ding und wohnst jetzt so weit von uns entfernt, und jedes Mal, wenn ich dich sehe, bist du müde oder krank oder hast dir irgendeine Verletzung zugezogen. Dir fällt das vielleicht nicht auf, mir schon. Genau wie deinem Onkel. Bitte, bitte – nein, sag jetzt nichts – bitte hör mir einfach zu. Ich weiß, dass dein Onkel mit dir geredet hat, und ich würde jetzt auch gern etwas dazu sagen. Sollte irgendetwas … passieren, das dich beunruhigt oder ängstigt, dann bitte, bitte, ruf einfach an, und dein Onkel kommt und bringt alles wieder in Ordnung. Verstehst du, was ich damit sagen will, meine Liebe? Wir machen uns solche Sorgen um dich.«

So aufgewühlt hatte ich sie noch nie zuvor gesehen.

»Du brauchst jetzt nichts zu sagen, Jenny, aber denk bitte über meine Worte nach. So. Jetzt ist es raus. Und ich muss auch schon gehen. Vielen Dank für den Tee.«

Sie erhob sich.

»*Tja*«, sagte Thomas. »*Das war … unerwartet. Und ein bisschen beunruhigend. Lass uns zusehen, dass sie das Grundstück verlässt, ehe der junge Hausherr zurückkehrt und es zu einem erneuten offenen und ehrlichen Meinungsaustausch kommt.*«

Mrs. Crisp tauchte erst wieder auf, als Tante Julia verschwunden war.

»Ich habe gehört, was sie gesagt hat. Über mich. Das denkt vermutlich jeder …«

»I-i-ich denke das nicht. Und Russell auch nicht. Und mit allen a-a-anderen hat das n-n-nichts zu tun.«

»Vielen Dank, dass Sie sich für mich einsetzen. Ich weiß zu schätzen, wie Sie …« Wieder verzog sie das Gesicht. Sie schniefte. »Russell …«

»… sch-sch-schafft es nicht ohne Sie. Und das wissen Sie.«

Sie seufzte.

Ich ebenfalls. Da lag noch ein ziemliches Stück Arbeit vor uns.

»Würde Russell von dem … Sie wissen schon … wissen … Glauben Sie, ich sollte es ihm sagen?«

»Nein«, erwiderte ich so bestimmt es mir möglich war. »Nein. D-d-das ist v-v-vorbei. Lassen Sie es dabei bewenden.«

Sie sah erleichtert aus.

Nach dieser ganzen Anstrengung war ich inzwischen richtig langsam geworden.

»Und s-s-selbstverständlich wird es n-n-niemand von m-m-mir erfahren.« Ich versuchte, nicht bitter zu klingen. »I-i-ich weiß nicht, ob Sie das bemerkt h-h-haben, Mrs. Crisp, aber ich bin k-k-keine Klatschtante, und ich hätte auch n-n-niemanden, mit dem ich darüber reden könnte.«

Wieder fing sie an zu weinen. Da musste dann auch ich losheulen. Schließlich rissen wir uns zusammen. Nasen wurden geschneuzt.

Als sie ihre Schürze mit zitternden Fingern wieder umband, empfand ich große Zuneigung für sie. Sie hielt hier alles am Laufen. Und ganz sicher war sie das Zentrum von Russells unberechenbarer Umlaufbahn. Für sie musste es sich so anfühlen, als würde sie die ganze Welt auf ihren Schultern tragen. Kein Wunder, dass sie zur Flasche griff.

An ihren Erinnerungen konnte ich nichts ändern, aber ich konnte ihr dabei helfen, zuversichtlicher in die Zukunft zu blicken. Nur ein paar wenige letzte Worte.

»Bitte, Mrs. Crisp. Verlassen Sie uns nicht.«

Das war es. Ich legte meine Hand auf ihre, und mit einem Mal wurde mir bewusst, dass ich keine Worte mehr brauchte.

Mrs. Crisp war ganz offensichtlich fest entschlossen, uns beiden so schnell wie möglich wieder in den Sattel zu helfen.

»Omelette«, verkündete sie und zeigte auf Eier und eine weitere ängstlich dreinblickende Bratpfanne.

»Tja …«, sagte ich, darum bemüht, mir den Schreck nicht anmerken zu lassen.

»Sehen Sie mir zu«, befahl sie, schlug auf, rührte, goss ein, briet und servierte.

»So.«

Ich starrte auf den Halbkreis goldener Perfektion auf meinem Teller.

»Und jetzt Sie, Mrs. Checkland.«

Ich schlug auf, wischte auf, versuchte es erneut, rührte, goss ein, saugte an meiner Verbrennung, stocherte herum, wenn ich eigentlich hätte rühren müssen, kippte einen Haufen graugelber Würmer auf einen Teller und versuchte, vor lauter Frustration nicht loszuweinen.

»Was rieche ich denn da?«, fragte Russell, der in die Küche kam.

»Omelette«, erwiderte ich geknickt.

Er schnappte sich eine Gabel, ignorierte meine Einwände und haute rein. Er sagte nichts, bis er alles aufgegessen hatte, dann befand er: »Köstlich.«

Mir ging das Herz vor Dankbarkeit über.

»Du solltest diesen Mann heiraten.«

»Ehrlich?«, fragte ich Russell. »Du findest, es war okay?«

»Es war ausgezeichnet. Das nächste Mal noch ein bisschen mehr Gewürz, dann ist es perfekt. Kannst du einen Shepherd's Pie machen?«

»Dafür habe ich all die Jahre auf dem College zugebracht«, murmelte Mrs. Crisp, die gerade die Sachen wegräumte. »Mein langsam gegarter Lammbraten mit Knoblauch und Rosmarin wird über drei Kontinente hinweg gepriesen, und er will immer nur Shepherd's Pie.«

Nach alldem und als ich schon dachte, nun könne mir wirklich nichts mehr widerfahren, geschah doch noch etwas.

Wir waren alle bereit für die Fahrt in die Stadt – um Russells Malutensilien auszusuchen –, als er verkündete, unser Ausflug müsse verschoben werden.

»Es tut mir wirklich leid, Jenny, aber es gibt da ein Problem mit der Futterrechnung. Das muss ich mit Charlie Daniels klären – weiß der Geier, was er glaubt, sich da rausnehmen zu können –, ehe es uns ganz ausgeht und wir die Angestellten an Marilyn verfüttern müssen, um uns selbst zu retten. Mrs. Crisp, machen Sie sich mal keine Sorgen, Sie kommen als Letzte dran. Aber bis zum Mittagessen müsste ich fertig sein, und dann könnten wir nach

Rushford fahren, dort eine Kleinigkeit essen und danach zum Laden gehen. Wie klingt das?«

»Ausgezeichnet«, sagte ich und fragte mich, ob es sich dabei um ein echtes Problem handelte oder nur einen Vorwand.

»Oh, ich glaube, es ist ein echtes. Es liegt nicht in seiner Natur, vor den Dingen wegzulaufen, oder? Er ist eher der Typ ›mit Karacho rein in die Sache und dann alle in Grund und Boden argumentieren‹, findest du nicht? Soll er sich doch darum kümmern, wir machen so lange einen Spaziergang.«

»Gute Idee«, sagte ich, und das war es auch. Der Frühling spross und blühte, leuchtend grüne Blätter schossen überall hervor, und übermütige Vögel wirbelten über den Himmel und zwitscherten, was das Zeug hielt.

»Lass uns den anderen Weg nehmen«, sagte Thomas, und ausnahmsweise gingen wir Richtung Dorf hinunter. Am Ende des Weges bogen wir ab und umrundeten den fälschlicherweise als Ententeich betitelten Tümpel.

»Da habe ich doch schon mehr Enten in einer Kohlemine gesehen«, murmelte Thomas, aber ich beobachtete ein paar Jungen, die sich über etwas auf dem Boden beugten – einen Sack? –, der halb im Wasser, halb an Land lag. Einer stieß mit einem Stock dagegen, und ich glaubte zu sehen, wie sich etwas bewegte.

Noch ehe ich darüber nachdenken konnte, rief ich: »Hey!« und rannte auch schon los.

Einer von ihnen sagte: »Schnell!«, ein weiterer rief: »Komm schon!« und zog den ersten am Arm. Ich sah nicht, wer ihn warf, aber plötzlich flog der Sack durch die Luft und landete mit lautem Platschen im Wasser. Eindeutig bewegte sich da etwas. Irgendetwas war in dem Sack.

Die Jungen zerstreuten sich, als ich auf sie zurannte, was ganz gut war, mir war nämlich schleierhaft, was ich hätte tun sollen, hätten sie mir die Stirn geboten. Das Wasser spritzte nur so auf, als ich hineinrannte, dann stolperte ich über einen Ast, fiel nach vorn, riss mir das Gesicht an etwas auf, geriet in Panik und planschte im eiskalten Wasser herum, das nicht tief genug war zum Schwimmen.

Gerade als er ganz unterging, schlossen sich meine Finger um eine Ecke des Sacks. Ich hielt ihn weit nach oben, kämpfte mich wieder aus dem Wasser, stolperte über ungesehene Hindernisse, zitterte und hustete, weil das Wasser abscheulich schmeckte, und zu allem Überfluss war mir auch noch eiskalt. Ich ließ den Sack auf den Boden fallen und spuckte aus.

»*Hoffentlich bekommst du nicht die Cholera*«, sagte Thomas.

»Wo warst du?«

»*Habe sichergestellt, dass sie nicht zurückkommen.*«

»Oh, danke.«

»*War mir ein Vergnügen.*«

Mit steifen, eiskalten Fingern fing ich an, den Knoten zu lösen.

Thomas trat unbehaglich hin und her. »*Ich weiß ja nicht so recht …*«

»Ich kann das, was da drinnen ist, nicht einfach da drin lassen.«

»*Nein, natürlich nicht, aber es könnte alles Mögliche sein, also sei vorsichtig.*«

Ich hörte nicht zu. Nichts bewegte sich mehr in dem Sack, und ich fürchtete schon, es wäre zu spät.

»*Da ist ein Loch. Reiß es einfach weiter auf.*«

Ich steckte einen Finger in das Loch, riss daran, um es größer zu machen, und was auch immer im Sack war, regte sich mit einem Mal wieder.

»*Vorsicht*«, sagte Thomas noch, aber da war es auch schon zu spät.

Erschrocken fiel ich auf den Po. Ich weiß nicht, was genau ich erwartet hatte – einen Wurf süßer Welpen oder Kätzchen vermutlich, aber das war nicht, was ich bekam. Jetzt steckte ich so richtig in Schwierigkeiten. Ich hatte hier *den Höllenkater* gerettet.

Und er war nicht glücklich. Ganz und gar nicht.

Begleitet vom weltweit schrecklichsten Gestank nach Ammoniak, kämpfte sich dieses Wesen durch das von mir geschaffene Loch. Hätte es zwei Augen gehabt, würden diese vor Wut nur so blitzen. Hätte es zwei Ohren gehabt, dann hätte es diese eng an den Kopf gelegt, während es sich auf der Suche nach dem, was es gleich verschlingen würde, kampfbereit zusammenkauerte. Hätte sein Fell nicht klatschnass an seinem dünnen Körper geklebt, dann wäre es wie bei einer explodierten Klobürste nach allen Seiten abgestanden, doch auch so gelang es diesem Kater, seine aufbrausende, unverhüllte, blanke Wut überaus deutlich zu machen.

»Jenny, komm zurück«, sagte Thomas, der ein paar Meter zurückgetreten war.

Nasse Katzen tun mir immer schrecklich leid. Sie haben etwas Rattenhaftes, ihnen wurde jede Würde genommen, und sie wirken ungeschützt und verletzlich. Nicht so dieses Exemplar hier. Verletzlich gehörte nicht zu seinem Vokabular – das sich als überaus reichhaltig und abwechslungsreich herausstellte, als er die Tonleiter hinauf- und hinunterbrüllte und spuckte und das Universum sowie alles, was sich darin befand, beschimpfte.

»Jenny«, sagte Thomas erneut.

»Was machst du denn da drüben?«

»Dich beschützen.«

»Per Post?«

»Ich finde, du solltest dich unmerklich von dort entfernen, damit er nicht denkt, du wärst eine Bedrohung. Vermutlich will er einfach nur verschwinden und sich sauberlecken.«

Ich schaute auf meine nassen Hände. Schwache Spuren von Blut waren darauf zu sehen. »Ich glaube, er ist verletzt.«

Es folgte eine kurze Pause.

»Jenny, das Tier ist gefährlich und zu allem Überfluss vermutlich auch noch krank. Ich verbiete dir, dich ihm zu nähern.«

»Aber ich glaube, dass er verletzt ist. Und anscheinend fehlen ihm auch unglaublich viele Körperteile.«

»Das mag ja sein, aber die sind ihm nicht erst in den letzten Minuten abhandengekommen. Du hast ihn gerettet, und jetzt verziehst du dich besser, ehe er auf dich losgeht.«

Ich rührte mich nicht. Der Kater und ich schauten einander an. Er erhob sich aus seiner Kampfhaltung und humpelte auf mich zu.

»Sieh nur, er greift gleich an.«

»Was ist denn nur los mit dir?«

»Er ist dreckig und völlig krank. Katzen übertragen Tollwut, musst du wissen. Und Rinderseuche und Milzbrand.«

»Nein, tun sie nicht.«

»Ich könnte wetten, dass es bei dem Exemplar hier der Fall ist.«

»Er hat eine harte Zeit hinter sich«, sagte ich ruhig, betrachtete die Narben, die kahlen Stellen, das zerfetzte Ohr. Das war kein Kater, der sich jeden Abend glücklich vor einem Kaminfeuer zusammenrollte. Ich streckte die Hand aus.

»Bist du wahnsinnig? Du könntest den Arm verlieren.«

So langsam wurde ich wütend auf ihn. Er hatte Marilyn, ohne zu zögern, beruhigt und uns dabei geholfen, sie zu stehlen. Warum nicht diesen Kater?

»Das ist überhaupt nicht dasselbe. Jetzt lass uns zurück nach Hause gehen, damit du aus den nassen Sachen rauskommst.«

»Gute Idee«, meinte ich und streichelte den Kater vorsichtig, der ein merkwürdiges Geräusch von sich gab, ein bisschen wie Russells Land Rover, wenn er sich beim dritten Gang verschaltete.

»Er schnurrt«, sagte ich begeistert.

»Er bereitet sich darauf vor, dir die Kehle aufzureißen.«

»Er mag mich. Ich nehme ihn mit nach Hause.«

»Jenny, ich verbiete dir ...«

Jetzt hatte ich aber genug. Was war nur mit ihm los? Fest entschlossen, meinen Willen durchzusetzen, streckte ich die Arme vorsichtig aus und sagte zu dem Kater: »Ich werde dich jetzt hochheben und unter meine Jacke packen, und danach bekommst du Milch und etwas zu fressen.«

»Was machst du da?«

»Na, wenn ich ihm sage, was gleich passiert, dann hat er keine Angst. Und es tut mir leid, wenn es dir nicht passt, aber ich werde ihn mit nach Hause nehmen.«

»Das wird Russell nicht gefallen.«

»Russell kann ...«

»Ja?«

Da ich unfähig war, mir etwas auszudenken, womit ich Russell drohen könnte, ignorierte ich Thomas einfach. Der Kater zeigte keinerlei Furcht, sondern fuhr seelenruhig mit seinem rostig-metallischen Geräusch fort, also hob ich ihn hoch und machte mich auf den Heimweg, wobei Thomas bei jedem unserer Schritte vor sich hin murmelte.

»Du verschwendest deine Zeit«, sagte ich ärgerlich. »Ich höre dir gar nicht zu.«

Ich hoffte, Russell würde sich noch immer mit Mr. Daniel streiten, aber er lief gerade über den Hof. Wie könnte es auch anders sein?

Ich sagte zu dem Kater: »Das ist Russell. Er brüllt viel herum, tut aber niemandem etwas, also mach dir keine Sorgen. Ich verdecke dich gerade nur etwas.«

»Jetzt steckst du in der Klemme.«

Was war aus dem »wir« geworden?

»Jenny, was ist passiert?«

»Was meinst du?«

»Du bist klatschnass und hast einen Schnitt an der Wange. Also das muss ich dir lassen, Frau Gemahlin, ich war nur eine halbe Stunde weg. Was steckt da in deiner Jacke?«

Na ja, er hatte eine Eselin gestohlen, und ich hatte ihm geholfen, jetzt war er an der Reihe. Ich wollte meine Jacke schon etwas öffnen, aber der Kater war schneller und steckte seinen Kopf wie ein empörtes Periskop heraus, warf einen Blick auf Russell, legte sein zerfetztes Ohr zurück und fauchte lange und laut.

Russell wich zurück.

»Was um alles in der Welt ist das denn?«

Da hatten wir es wieder mal.

»Das ist ein Kater.«

»Jenny, zieh die Jacke aus und geh weg von da.«

»Nein.« Meine Umklammerung wurde fester.

»Was?«

»Ich sagte nein, Russell. Ich kann ihn nicht aus dem Teich ziehen und dann e-e-einfach liegen lassen.«

»Welcher Teich?«

»Der Ententeich. Ein paar Jungen haben ihn da reingeworfen.«

»Was für Jungen?«

»Die, die ihn in den Teich geworfen haben.«

»Und du hast ihn rausgezogen? Du?«

»Ja.«

»Wo waren die Jungen, während das passiert ist?«

»Ich weiß es nicht. Ich habe nicht hingeschaut. Ich war im Teich.«

»Du blutest. Hat das Vieh dich gebissen?«

»Nein, ich bin über etwas gestolpert.«

Wieder fauchte der Kater Russell an.

»Was ist denn nur mit dem los?«

»Nichts. Er mag dich einfach nicht.«

»Wieso nicht, verdammt noch mal?«

»Weil ich friere und klatschnass bin und mein Gesicht brennt und er friert und klatschnass ist und du einfach nur da rumstehst und uns beide anbrüllst, und wenn ich könnte, dann würde ich dich auch anfauchen.«

Mrs. Crisp schob sich an ihm vorbei. »Russell, aus dem Weg. Kommen Sie mit mir mit, Mrs. Checkland. Erst sehen wir zu, dass Sie beide trocken werden, und dann gibt es für Sie eine Tasse heißen Tee und für ihn etwas Milch.«

»Mrs. Crisp, Sie nehmen mir dieses verseuchte Ding nicht mit ins Haus«, rief er hinter uns her.

Ich drehte mich zu ihm um. »Das ist jetzt a-a-aber nicht sehr nett. Ich bin deine Frau.«

»Dich habe ich doch gar nicht gemeint. Du weißt, dass ich dich nicht gemeint habe. Verdammt noch mal, Jenny.«

»Der war gut, Mrs. Checkland«, sagte Mrs. Crisp leise.

* * *

Als ich wieder warm und trocken die Treppe herunterkam, reichte mir Mrs. Crisp eine Tasse Tee und nickte Richtung Ofen. Der Kater kauerte auf einem Handtuch und schlürfte geräuschvoll ein Schälchen Milch. Er war kein ordentlicher Schlecker. Die Milch spritzte überall hin. Neben dem Schälchen stand eine leere Untertasse, die blitzblank geleckt war.

»Dosenlachs«, sagte Mrs. Crisp. »Hat ihm anscheinend geschmeckt.«

»Natürlich hat ihm das geschmeckt«, wetterte Russell, der am Küchentisch saß. »Vor einer halben Stunde musste er dem Tod durch Ertrinken ins Auge sehen, und jetzt bekommt er das wärmste Plätzchen im ganzen Haus, wird mit dem besten Rotlachs von Sainsbury gefüttert und schlabbert die Sahne von der Milch. Was sollte ihm daran nicht gefallen?«

Wenn ich geglaubt hatte, in trockenem Zustand würde er besser aussehen, so hatte ich mich getäuscht. Er war kein hübscher Kater. Er war größer, als ich gedacht hatte, was aber auch daran liegen könnte, dass sein Fell so langsam trocknete. Es war lang und wurde allmählich etwas flauschiger. Das bisschen, was zwischen dem Handtuch hervorblitzte, war irgendwie rot getigert. Sein Schwanz sah merkwürdig aus, bildete fast die Form eines F.

»Der war wohl mal richtig übel gebrochen«, sagte Russell. »Er ist übervoll mit Knoten, Beulen, Narben und Verbrennungen. Vermutlich gehört der heutige Tag zu einem seiner besseren. Und wenn er dann fertig ist, wird Mrs. Crisp ihn vor die Tür setzen, und wir machen uns auf den Weg, Jenny. Hol deine Jacke.«

Ich sah zu Mrs. Crisp, die meinen Blick erwiderte.

Russell wurde die plötzliche Stille bewusst.

»Wir behalten das Ding nicht hier. Es ist wild.«

»Er. Es ist ein Er.«

»Und das ist ein weiterer Grund, ihn nicht zu behalten.«

»Nein, ist er nicht«, sagte Mrs. Crisp, die ihre Brille aufgesetzt und ein bisschen herumgespäht hatte. »Er war mal ein Er. Also war er wahrscheinlich einmal ein Haustier.«

»Genau«, bestätigte Russell. »Irgendein Kind weint sich gerade die Augen aus dem Kopf, weil sein geliebtes Haustier verschwunden ist. Jenny, wie kannst du nur so grausam sein? Oder noch schlimmer, irgend so ein alter Rentner hat seinen einzigen Gefährten verloren und sinkt jetzt auf den Grund der Verzweiflung und Einsamkeit herab. Und das alles ist nur deine Schuld. Ganz ehrlich, Jenny, wenn du eine Katze willst, dann besorge ich dir eine, aber glaub mir, den da willst du nicht haben. Wir bringen ihn ins Tierheim, und bei irgendjemandem wird er dann ein schönes Zuhause finden.«

»Nein, wird er nicht«, widersprach ich. »Er ist kein hübsches Kätzchen, also wird keiner ihn wollen. Er wird in einem Käfig sitzen, und die Leute werden noch nicht einmal stehen bleiben, um ihn sich anzusehen, weil er nicht wie die anderen Katzen ist. Und nach einer Weile werden sie ihn einfach einschläfern, weil niemand etwas haben will, mit dem etwas nicht stimmt.«

Thomas, der die ganze Zeit sehr ruhig gewesen war, blies mir sanft ins Haar.

Uns gegenüber saß der Kater, der versuchte, gleichzeitig zu schnurren und zu trinken – mit verheerendem Resultat.

Wir überließen Mrs. Crisp und Kevin die Aufgabe, aus einer Kartonschachtel, zwei Kissen und einem Handtuch ein Katzenbett zu fabrizieren. So, wie sie sich an die Arbeit machten, würde der Kater hinterher Satellitenfernsehen und auch einen offenen, zweigeschossigen Wohnraum haben.

Meine ganzen Sorgen über Russells vermeintliches Zögern, was das Malen betraf, waren verflogen, sobald wir den Laden betreten hatten. Einen Moment lang schaute er sich um, dann stürzte er sich auf die Farben. Das war seine Welt, und mir wurde ganz ohne Verbitterung klar, dass ich vergessen war.

»Wow«, sagte Thomas, das ewige Shoppingopfer. *»Das hier ist besser als der Eimerladen. Schau dir nur die ganzen Sachen an. Sieh dir diese Farben an. Wonach riecht es hier? Und wofür braucht man das da? Oh, und wie cool ist das denn …«* Und so verschwand auch er. Und da heißt es immer Frauen und Shoppen.

Ich lief durch den Laden, erhaschte hier und da einen kurzen Blick auf Russell am Ende eines Ganges oder hörte das Echo seiner Stimme. Nach einer halben Stunde ging ich zur Kasse, wo bereits erstaunlich viele Schachteln und Taschen bereitlagen. Er hatte den halben Laden leergekauft, wie es schien. Ich fügte dem Stapel noch ein ganz hübsches Buch über Reproduktionen von

Vermeer bei und wartete dann darauf, bis ihm wieder einfiel, dass ich existierte. Und sicherlich wäre das spätestens dann der Fall, wenn diese ganzen Taschen zum Auto getragen werden mussten. Ich entdeckte einen Stuhl, tauschte einen freundlichen Blick mit der Kassiererin und blätterte durch mein Buch. Irgendwann tauchte er auf, zwei weitere Angestellte im Schlepptau; alle ausstaffiert wie Batmans Batgürtel.

»Hallo, werte Gattin«, sagte er freudig. »Wartest du schon lange?«

Die Antwort darauf müsste »Ja« lauten, aber er sah so aufgeregt und glücklich aus, da hätte ich schon ein Monster sein müssen, um ihm das zu sagen.

Ich lächelte, schüttelte den Kopf, und sie fingen an, alles in die Kasse einzutippen. Rein gewohnheitsmäßig und weil ihm noch nicht klar war, dass er das nicht mehr tun musste, fing Russell an, um den Preis zu feilschen. Der Geschäftsführer, der ihn anscheinend schon lange kannte und in Gedanken bereits seine Kommission ausrechnete, reagierte temperamentvoll darauf, woraufhin sich eine lebhafte Diskussion entspann. Die Kassiererin holte sich ihren Tee unter dem Tresen hervor und trank gelassen. Ich las weiter in meinem Buch.

Dann wurde es still. Man hatte sich auf eine Summe geeinigt. Ich reichte ihr mein Buch, das mir mit einem Lächeln und den besten Wünschen zurückgegeben wurde, ehe Russell sich darüber empören und nachfragen konnte, wie es dazu komme, dass ich etwas gratis bekäme, wo ich doch keinen Penny ausgegeben habe, dann wurde die Gesamtsumme eingetippt, und wir waren fertig.

Thomas tauchte wieder auf. *»Ach, da bist du ja.«*

Ich sagte nichts.

Er begutachtete den Berg Schachteln, Kartons und Tüten. *»Sicher, dass ihr auch nichts vergessen habt?«*

Ich hielt mein Buch hoch.

»Du hast eine Stunde gebraucht, um ein Buch zu kaufen?«

Wir wurden von Russell unterbrochen, der etwas zu spät realisierte, dass er Hilfe benötigte, um seinen Kram zum Auto zu tragen.

»Okay, Jenny. Das meiste von diesem Zeug ist ziemlich leicht. Ich nehme die schweren Sachen, aber wenn wir dich gut beladen, dann müssen wir nicht zweimal hin- und herlaufen. Streck die Arme aus.«

Die Sachen mochten ja vielleicht leicht sein, aber als er fertig war, sah ich nicht mehr, wohin ich ging.

»Geht's dir gut hinter dem ganzen Krempel?«, erkundigte sich Thomas.

»Daran bin ich selbst schuld«, sagte ich zu ihm. »Ich hätte so vorausschauend sein und dir beibringen müssen, wie man einen kleinen Wagen zieht.«

Er war entsetzt. *»Ich ziehe keine Wagen.«*

»Warum nicht? Du sagst mir doch immer, du seist ein Pferd.«

Inzwischen standen wir draußen auf dem Bürgersteig. Russell bog nach rechts ab und lief los. Ich folgte, so gut ich konnte. Es war nicht weit, und die Sachen waren tatsächlich nicht schwer. Ich sah nur nicht so richtig, wohin ich ging.

Vor dem Drogeriemarkt Boots stand ein Mann, steckte sein Handy ein und fragte: »Soll ich helfen, Schätzchen?«

»O nein, vielen Dank. Es ist nicht weit, aber vielen Dank.«

»Sieh einer an«, sagte Thomas. *»Da redest du mit fremden Männern auf der Straße. Wer hätte das gedacht?«*

»Er«, betonte ich, »wollte einfach nur helfen.«

Russell tauchte wieder auf. »Was ist los? Hat der Mann dich belästigt?«

»Ganz im Gegenteil«, erwiderte ich. »Er hat mir seine Hilfe angeboten.«

»Oh, hat er das?«, sagte Russell und wandte sich zu dem inzwischen glücklicherweise leeren Platz um, wo der Mann gestanden hatte. »Im Ernst, Jenny, ich denke nicht …«

Weiter kamen wir jedoch nicht mit dem, was er dachte, denn mit der Unvermeidlichkeit eines Ambosses, der von einer vorbeiziehenden Wolke herunterstürzte, stand auf einmal Tante Julia bei uns.

10. Kapitel

Was um alles auf der Welt …? Jenny? Bist du das? Was machst du da?«

Ihr Tonfall würde jeden glauben lassen, Russell hätte mich zum Arbeiten auf eine Zuckerplantage geschickt.

Ich glaube, Russell hatte genug davon.

»Ah, Julia höchstpersönlich. Es tut mir leid, das sagen zu müssen, aber mit ein paar Dingen der Erziehung meiner Frau bin ich nun wirklich ganz und gar nicht einverstanden. Soeben musste ich sie maßregeln, weil sie mit wildfremden Männern auf der Straße redete – ein durch und durch inakzeptables Verhalten für eine frisch verheiratete Frau, das sehen Sie doch bestimmt auch so. Sie kennen mich und wissen, dass ich nicht gern kritisiere, aber da waren Sie nachlässig, Julia, tatsächlich überaus nachlässig. Nun ja, es ist ja nichts Schlimmes passiert, also reden wir einfach nicht mehr darüber.«

Ich sagte: »Ähm …«, aber weiter kam ich nicht.

Egal wie hoch und heilig sie Onkel Richard versprochen hatte, sich zukünftig am Riemen zu reißen, das Versprechen löste sich geradewegs in Luft auf.

»Wie bitte?«, japste sie.

»Nein, schon in Ordnung, Julia. Kein Grund, sich zu schämen. Ich habe mit Jenny geredet, und sie hat mir versichert, dass das nicht mehr vorkommt. Schön, dass wir Sie getroffen haben, aber wir müssen weiter.«

Da sagte Francesca: »Hallo, Russell.«

Hinter diesen ganzen Schachteln hatte ich sie gar nicht gesehen.

»*Oh-oh.*«

Ich fragte mich, ob in den Schachteln etwas war, das kaputtgehen würde, wenn ich anfing, mit ihnen um mich zu werfen.

»*Mach das bloß nicht. Du musst versteckt bleiben. Da braut sich gerade was zusammen. Noch dazu mitten auf der High Street. Hoffen wir mal, dass sie keine Szene in aller Öffentlichkeit machen wird.*«

Tante Julia fuhr unbeirrt fort: »Ich weiß noch sehr gut, dass Sie beim letzten Mal, als ich Sie für die schlechte Behandlung Ihrer Frau zurechtwies, sehr geschickt die Schuld auf mich geschoben haben, weil ich Ihnen anscheinend keine Gelegenheit ließ, Ihr Handeln angemessen zu erklären. Mir liegt nicht daran, denselben Fehler ein zweites Mal zu machen, also vielleicht könnten Sie mich aufklären, weshalb Jenny über und über mit Schachteln beladen ist, die ganz offensichtlich zu schwer für sie sind, während Sie keine tragen?«

Er hätte sagen können, dass er seine beim Land Rover abgestellt hatte und für meine zurückgekommen war. Er hätte ihr zeigen können, wie leicht sie waren. Er hätte mir meine Last abnehmen können. Nichts davon tat er. Er beging einen riesigen Fehler.

»Ich muss mich für mein Handeln nicht vor Ihnen rechtfertigen, Julia. Wenn Sie uns jetzt bitte entschuldigen würden ...« Er fasste mich am Arm.

Ich hingegen musste feststellen, dass Tante Julias Sorge um mein Wohlergehen nicht so weit ging, als dass sie mir ein paar der verachteten Schachteln abgenommen hätte. Oder dass sie auch nur hallo gesagt hätte.

Und die verfluchte Francesca war hier auch irgendwo. Ich erwog tatsächlich, alles fallen zu lassen und abzuhauen.

»*Das würde ich nicht tun*«, riet mir Thomas. »*Diese Schachteln verhindern momentan als Einziges, dass ein Streit in aller Öffentlichkeit losbricht.*«

»Wieso?«

»*Hast du dein Gesicht seit heute Morgen mal gesehen?*«

»Das habe ich ganz vergessen. Es tut auch gar nicht weh.«

»*Man könnte dich geradezu auf ein Poster für misshandelte Ehefrauen setzen. Lass bloß nicht los, ganz egal, was du machst.*«

Ich wandte mich ab. Das Auto war ganz in der Nähe. Sollten sie das doch allein klären.

Doch gerade dann trat Francesca – sie sei gepriesen – mit ihrem elegant beschuhten Fuß mitten ins Fettnäpfchen.

»Ach, Jenny, du siehst so richtig witzig aus mit den ganzen Schachteln.« Wütend schnappte sich Russell die drei, vier obersten.

Ich konnte wieder etwas sehen. Da stand Francesca. Und da Tante Julia. Und halb Rushford lief so langsam an uns vorbei, dass ihnen auch ja nichts entging. Die andere Hälfte starrte in das nächstgelegene Ladenfenster, scheinbar ganz entzückt von der Auslage an Bruchbändern, Einlagen bei Blasenschwäche und Sonderangeboten für Treppenlifte.

Aber zurück zum aktuellen Krisenherd.

Als Russell sich die Schachteln schnappte, erhaschte er einen Blick auf mein Gesicht, schloss einen Moment lang die Augen und murmelte: »Scheiße.«

Ich hatte kein Mitleid mit ihm. Den ganzen Nachmittag war ich mit ihm zusammen gewesen, und ihm fiel das jetzt erst wieder ein? Da musste er allein durch.

Glücklicherweise war Tante Julia vorübergehend sprachlos. Ich hoffte, dass ihr bis zu dem Zeitpunkt, wenn sie ihre Fassung wiedererlangt hatte, auch bewusst war, wie peinlich eine öffentliche Szene wäre, und sie sich damit begnügen würde, Onkel Richard davon zu erzählen.

Ein weiterer Wunsch, der sich nicht erfüllte.

»Es hängt jetzt ganz von dir ab, Jenny«, sagte Thomas. *»Tief durchatmen, konzentrieren und los.«*

Ich nahm einen tiefen Atemzug, konzentrierte mich und legte los.

»Das war ein Unfall, Tante Julia.«

»Noch einer?!«

»Er war gar nicht da. Ich bin in den Teich gefallen.«

»Du machst es nicht gerade besser.«

»Du bist in den Teich gefallen? In welchen Teich?«

»Den Ententeich. A-a-am Ende des Weges. Ich habe einen Kater gerettet.«

»Welchen Kater?«

»Den Kater im Teich.«

»Warum?«

Jetzt war ich sprachlos. »Was?«

»Warum? Warum hast du den Kater gerettet?«

»Weil er im Teich war.« Ich dachte, das hätte ich klargestellt. Es wäre wirklich schön, wenn die Leute mir mal zuhören würden.

»Sie haben Ihre Frau in einen dreckigen Teich fallen lassen?«

»Ich war nicht da. Glauben Sie mir, Julia, ich bin da ganz Ihrer Meinung, und wenn Sie den Kater sehen würden, dann wüssten Sie auch, weshalb.«

»Also haben Sie sie geschlagen, weil sie das Tier gerettet hat?«

»Nein! Ich meine, ich habe sie überhaupt nicht geschlagen. Ich habe in meinem ganzen Leben noch keine Frau geschlagen. Nicht einmal Francesca. Das war der Kater.«

»Na großartig!«

»Wollen Sie etwa behaupten, der Kater hätte sie geschlagen?«

»Niemand hat sie geschlagen. Sie ist über einen Baum gefallen.«

»Sie sagten, sie sei in einen Teich gefallen. Ihre Geschichte läuft hier ein bisschen aus dem Ruder, Russell Checkland.«

»Im Teich lag ein Stamm.«

»Und wo war das gleich noch mal? Ein Mangrovensumpf in Florida?«

Ich bemerkte, dass ich zu zittern anfing. Das war mir noch nie zuvor passiert.

»Jenny?« Thomas klang besorgt.

Ich unternahm eine ungeheure Anstrengung, um etwas Kontrolle über mein Leben zu bekommen.

»A-a-alles in O-O-Ordnung, Tante Julia, wir w-w-waren gerade nur sh-sh…«

Weiter kam ich nicht. Das Wort »shoppen« wollte mir nicht über die Lippen kommen.

Ich versuchte es erneut. »K-K-Künstlerzeugs.«

»Ach?«, sagte Francesca spitz. »Hast du wieder angefangen zu malen, Russell? Das hast du mir gar nicht erzählt.«

»Hat nichts mir dir zu tun, Francesca. Du hast mich verlassen, weißt du noch? Hast mich sitzengelassen.«

Er war sehr blass geworden. Jeden Moment würden Worte fallen, die nicht wieder zurückgenommen werden könnten.

»Ich brauche deine Erlaubnis nicht, um zu malen. Oder deine Gegenwart. Tatsächlich bin ich ohne dich viel besser dran. Jetzt heirate endlich Daniel und hör auf, einem immer so lästig zu sein.«

Sie schlug ihn.

Ohne groß nachzudenken, versuchte ich zu sagen: »Russell, ich würde jetzt bitte gern nach Hause gehen.« Doch ich stand nur da und mühte mich verzweifelt ab, etwas herauszubringen. Mein Mund bewegte sich – aber nichts kam heraus. Ich war wieder zurück auf dem Pausenhof in der Schule. Heiße Tränen rannen mir über die Wangen. Wie angewurzelt stand ich da. Ich konnte mich nicht bewegen oder sprechen. Ich sah kaum etwas. Aber ich roch Ingwerkekse.

Ich versuchte, Russell am Ärmel zu zupfen, doch Francesca und er waren viel zu sehr damit beschäftigt, einander anzuschreien. Tante Julia stellte sich an die Seite und unternahm keinen Versuch, sich einzumischen. Jetzt gab keiner mehr vor, sich die Schaufenster anzusehen. Langsam versammelte sich eine Menge. Jemand lachte. Ich war vor Scham und Demütigung hochrot. Ich hasste alle. Mein dummes Ich am allermeisten.

Ich zitterte und zuckte vor lauter Anstrengung, etwas herauszubringen. Ihnen »hört auf, verdammt noch mal« zu sagen. Mir ein paar Minuten Ruhe zu verschaffen. All diese Leute, die beteuerten, sich so sehr um mich zu sorgen, und jetzt überging mich jeder Einzelne von ihnen. Ich wünschte mir, der Boden unter mir würde sich auftun und mich verschlingen. Ich wünschte mir, ich wäre nie geboren worden.

»Jenny«, sagte Thomas da. *»Ich möchte, dass du ganz ruhig bleibst. Bitte. Versuch nicht, etwas zu sagen und vor allem weine nicht. Steh einfach ganz ruhig da. Versuch, das alles über dich ergehen zu lassen. Hilfe ist unterwegs.«*

Tatsächlich. Andrew kämpfte sich durch die Menge, erfasste die Situation mit einem Blick, machte sich nicht einmal die Mühe, mit den Streithähnen zu sprechen, warf meine Schachteln auf den Boden, legte mir einen Arm um die Schultern und brachte mich zu Tanyas Büro.

Sie verabschiedete sich gerade von einem Kunden. Andrew und sie hatten anscheinend ihren eigenen Code, denn sie sagte zu ihrer Assistentin: »Bitte keine Anrufe mehr durchstellen« und nahm uns mit in ihr Büro.

Ich saß mit einer Schachtel Taschentücher ruhig auf einem Stuhl, und Thomas blies mir sanft in die Haare. Der Geruch von warmen Ingwerkeksen erfüllte den Raum, und langsam rückte alles wieder an seinen Platz.

Als ich wieder in der Lage war, mich umzusehen, riet Tanya Andrew gerade davon ab, seinem Cousin eine Tracht Prügel zu verabreichen.

»Das hilft nicht«, sagte sie zu ihm und warf mir einen Blick zu. »Der Schaden ist bereits angerichtet.« Ich glaube nicht, dass sie dabei von meinem Gesicht sprach. »Man hat sich in aller Öffentlichkeit gestritten, Vorwürfe wurden gemacht. Die ganze Stadt wird sich das Maul darüber zerreißen. Am besten wäre es, das alles einfach zu ignorieren. Es muss möglichst bald danach aussehen, als würdet ihr alle bestens miteinander klarkommen. Ein Essen in einem Restaurant wäre keine schlechte Idee. Aber Jenny darf nicht noch mehr verletzt werden. Das ist das Allerwichtigste. Und du, Andrew, wirst Russell nicht noch einmal verprügeln.«

Noch einmal?

»Tatsächlich warst du die Letzte, die Russell geschlagen hat, mein Engel.«

»Nein, tatsächlich warst du die Letzte, die Russell geschlagen hat, Jenny.«

»Nein, tatsächlich war es Francesca.«

»Ich werde meiner Assistentin mitteilen, dass ich für heute fertig bin, und wir machen uns einen entspannten Abend zu Hause. Jenny, du bleibst heute Nacht bei uns. Ich gebe Russell Bescheid.«

Sollte ihm überhaupt aufgefallen sein, dass ich weg war.

»Ich denke nicht, dass er Einwände haben wird, und morgen kann er dich dann bei uns abholen, und nein, du wirst ihn nicht schlagen, Andrew. Das wird niemand tun.«

»Russell zu schlagen scheint hier zu einer Lieblingsbeschäftigung geworden zu sein.«

Ich antwortete nicht darauf.

Andrew und Tanya hatten eine kleine Wohnung im ehemaligen Gebäude der Augenklinik. Es war schön umgebaut worden, und sie hatten einen großen Balkon mit Blick über den Fluss. Wir saßen zusammen in der Küche. Ich sollte Kartoffeln schälen und Karotten reiben. Andrew schnitt Zwiebeln und Fleisch klein. Tanya taute einen Cheesecake auf und kommandierte uns herum. Ich glaube, wir genossen das. Das war mein erstes Erlebnis in einem normalen Haushalt. Keiner brüllte. Andrew und Tanya tanzten in der Küche umeinander herum, stießen nicht ein Mal zusammen, achteten aufeinander. Einmal schob er ihre Haare zur Seite und küsste sie auf den Nacken.

Ich fühlte mich unbeschreiblich allein.

Er stellte ein Glas Wein vor mir ab. Das Telefon klingelte, und ich nahm einen großen Schluck.

»*Alles ist gut*«, sagte Thomas.

Andrew ging ans Telefon, aber Tanya streckte die Hand danach aus. »Gib es bitte mir.«

Er reichte ihr den Apparat, zwinkerte mir zu und griff zu seinem Weinglas.

»Russell? Natürlich ist sie hier. Hast du etwa gedacht, wir würden sie einfach so mitten auf dem Bürgersteig stehenlassen, während Francesca Kingdom und du euch zum Affen macht? Nein, du darfst nicht mit ihr sprechen. Sie ist äußerst verstört.«

Ich nickte in mein Weinglas. Verdammt, war ich verstört. Thomas gluckste.

»Nein, du darfst heute nicht vorbeikommen. Wir wollen in aller Ruhe essen und uns einen angenehmen Abend machen, und das wäre es nicht, wenn du hier aufkreuzt. Ich überlasse es dir, deinen Angestellten zu erklären, wie es dir gelungen ist, deine Frau inmitten von Rushford zu verlieren, wobei ich mir ziemlich sicher bin, dass sie inzwischen so ziemlich alles darüber wissen dürften. Damit musst du klarkommen. Sollte sie es wünschen, dann darfst du morgen mit Jenny sprechen. Das ist ihre Entscheidung. Ich würde dir vorschlagen, dir bis dahin etwas Zeit zu nehmen, über dein jüngstes schmachvolles Verhalten nachzudenken, und sollte ich Anzeichen von echter Reue und den Willen, dich zu bessern, sehen, dann werde ich mein Bestes geben, Andrew davon abzuhalten, dir eine ordentliche Tracht Prügel zu verpassen. Andernfalls könnte es aber natürlich durchaus auch sein, dass ich in der Stimmung bin, das selbst zu übernehmen. Gute Nacht, Russell.«

Sie legte den Hörer weg.

»Wow. Ich bin geplättet!«

»Ist er überhaupt dazu gekommen, etwas zu sagen?«, fragte Andrew und strahlte sie an.

»Ich weiß es nicht. Ich habe nicht zugehört. Jenny, trink mehr Wein.«

»Ja, Jenny. Trink noch etwas Wein, bevor sie sich uns vorknöpft.«

Es war ein sehr netter Abend. Alle beide, jeder auf seine Weise, machten es mir angenehm und gaben mir das Gefühl, zu Hause zu sein. Andrew erzählte mir witzige Geschichten von seiner Arbeit. Tanya kommandierte uns nett herum. Ich nahm ein langes Bad und tauchte in einem geborgten Pyjama und einem riesigen, flauschigen Bademantel wieder auf. Andrew lachte und schlug die Ärmel für mich um. Tanya gab mir etwas Gesichtscreme, nachdem Andrew überprüft hatte, dass sie auch tatsächlich nicht für irgendein Geschwür bestimmt war. Das Essen war lecker. Und keiner wurde laut. Danach spielten wir Trivial Pursuit, und Thomas half mir mit den Antworten, bis ich, ermattet vom heutigen Tag, ins Bett geschickt wurde.

Ich wollte nicht lauschen, doch als ich aus dem Badezimmer kam, hörte ich, wie Tanya sagte: »Das kann schon sein, aber dafür ist es zu spät, Andrew. Sie wird sich von ihm scheiden lassen.«

»Das wird er niemals zulassen, glaub mir.«

»Glaubst du, sie weiß das?«

»Schwer zu sagen. Sie ist keinesfalls so dumm, wie die Leute glauben.«

Leise ging ich den Gang zu meinem Zimmer hinunter.

Am nächsten Morgen brachte Tanya mir Tee. Wir nahmen ein ausgiebiges, spätes Frühstück zu uns, und danach kümmerte sich Andrew um seine Buchhaltung. Tanya leerte ihren Aktenkoffer auf dem Tisch aus, saß murmelnd über ihren Unterlagen, und ich machte es mir mit einem Buch gemütlich. Ab und an stand einer von uns auf und kochte Kaffee. Im Hintergrund lief leise klassische Musik. Das war der friedlichste Tag, den ich seit langem gehabt hatte. Um zwei Uhr klingelte es an der Tür. Tanya schob ihre Akten zurück in den Koffer, und Andrew schaltete den Computer aus. Er ging zur Tür und kam mit Russell zurück.

Tanya zeigte auf einen Sessel. »Du sitzt da.«

Vernünftigerweise kam Russell ihrer Aufforderung nach.

»Wir machen jetzt Kaffee in der Küche«, verkündete sie. »Das dauert etwa zehn Minuten. Du bekommst zwei Chancen, Russell, schließlich geht deine erste Entschuldigung ganz bestimmt in die Hose.«

»Entschuldigung?«

»Eine weniger. Nur noch eine übrig. Nutze sie klug.« Sie und Andrew verzogen sich in die Küche.

»Sie lauschen an der Durchreiche, wenn sie ein bisschen Grips haben.«

Russell schaute mich an. Ich erwiderte seinen Blick. Das Schweigen zog sich in die Länge.

Lange Zeit saß er da, verknotete seine Hände und schaute auf seine Füße. Ausnahmsweise wusste er einmal nicht, was er sagen sollte. Er hatte meine Tante mitten auf der Straße zurechtgewiesen. Er war in aller Öffentlichkeit geschlagen worden. Tante Julia hatte ihm vorgeworfen, er würde mich schlagen. Und da fiel ihm jetzt wirklich nichts ein, was er sagen sollte?

Auch mir fiel nichts ein. Ich erinnerte mich an meinen beschämenden Kampf, etwas herauszubringen. Es gab keine Worte, um das richtig zu machen. Wie sollte es jetzt mit uns weitergehen?

Die Minuten verflogen.

Schließlich schaute er auf und sagte: »Dein Kater hat mich gebissen.«

Er hielt einen bandagierten Finger hoch.

Thomas' Schnauben hallte in der Küche wider.

Ich wagte es nicht zu lachen.

»Es pocht«, sagte er klagend.

»Das sollte ich mir besser ansehen«, meinte Andrew, der mit Tassen auf dem Tablett aus der Küche kam. »Es könnte entzündet sein.«

»Davon gehe ich mal aus«, sagte Russell bedrückt. »Dieser verfluchte Kater hasst mich.«

»Jeder hasst dich im Moment, Kumpel«, erklärte Andrew. »Aber Tod durch Katzenbiss ist nichts, was Tanya für dich auf der Liste stehen hat.«

»Hasst du mich?«, fragte er.

Ich schüttelte den Kopf.

»Tja, du bist die Einzige, die wirklich zählt. Alle anderen müssen einfach darüber hinwegkommen.«

Tanya kam mit dem Kaffee herein, und er erhob sich wachsam.

»Danke, dass ihr euch um Jenny gekümmert habt. Ihr beide.«

Damit der Moment der Verlegenheit nicht andauerte, fing Andrew an, den Verband abzunehmen. »Oh, iihh.«

»Was?«, fragte Russell ängstlich. »Das ist meine Hand zum Malen.«

»Du hast seit Jahren nicht gemalt, also hör auf zu jammern.«

»Nein«, sagte ich. »Das haben w-w-wir gestern g-g-gemacht. Malsachen gekauft.«

»Ach ja? Nicht schlecht, Russ. Es wird auch so langsam Zeit. Tut das weh?«

»Au, nein«, sagte er nicht gerade überzeugend.

»Tja, das sollte es aber. Das nässt.«

Jeder reckte den Hals, um etwas von Russells Wundflüssigkeit zu sehen.

»Ich mache das für dich sauber und verbinde es ordentlich. Wenn es nicht besser wird, musst du zu einem Arzt.«

Tanya schenkte Kaffee ein.

»Es wäre schön, wenn du nach Hause kommen würdest, Jenny. Mrs. Crisp hört gar nicht mehr auf zu weinen. Dein verfluchter Kater hat mich gebissen, als ich gerade nicht hingesehen habe. Kevin will wissen, welchen Busch er als Nächstes ausreißen soll, Marilyn läuft auf der Suche nach dir überall herum, und Boxer ... der hat noch nicht kapiert, was gerade los ist, aber er wird erschüttert sein, wenn er es schließlich begreift. Und Sharon hat einen Kuchen gebacken. Bitte komm nach Hause. Warum weinst du denn? Was habe ich jetzt gemacht?«

»Verdammt, Russell«, sagte Andrew. »Halt einfach mal die Klappe, ja?«

»Aber ...«

»Es tut mir leid, Jenny, er hat keinen blassen Schimmer.«

»Aber ...«

Tanya riss Andrew wieder mit sich in die Küche. Ich erinnerte mich daran, wie er ihre Haare zur Seite geschoben hatte ...

Jetzt steckte Russell wirklich in der Bredouille. Ganz offensichtlich erwarteten sie, dass er mich küsste und wir uns vertrugen, allerdings hatten sie keine Ahnung von unserer Vereinbarung.

»Was wird er nur machen?«

Er kam zu mir zum Sofa, setzte sich neben mich und ergriff meine Hand. »Du bist wirklich viel zu gut für mich, werte Gattin.«

Ich dachte, ich komme ihm ein bisschen entgegen, und lehnte den Kopf an seine Schulter. Er legte seinen Arm um mich, hob mein Kinn zärtlich an und küsste mich sanft auf den Mund. Und wer weiß, was als Nächstes passiert wäre, aber da klingelte das Telefon.

Er schaute mit einem Gesichtsausdruck nach unten, den ich überhaupt nicht deuten konnte. »Vom Gong gerettet, Jenny.« Aber wer von uns beiden gerettet worden war, das war nicht klar.

Nachdem wir zusammen Kaffee getrunken hatten, sagte er zu mir: »Ich dachte, du hättest vielleicht Lust, heute Nachmittag mit mir zurückzukommen und mir dabei zu helfen, mein Atelier wieder auf Vordermann zu bringen.«

»Meinst du damit, das arme Mädchen kann deine Schachteln die ganzen Treppen hochtragen, während du deine Farben schön ausrichtest?«

»Nein, ich habe das gemeint, was ich gesagt habe. Du könntest mir helfen, alles anzuordnen, meine Staffelei aufzustellen, meine Blöcke wegzuräumen. Solche Sachen.«

Ich erinnerte mich daran, dass er gesagt hatte, niemand würde sein Atelier jemals betreten. Er gab sich richtig viel Mühe.

»Ja«, sagte ich. »Das würde mir sehr gefallen.«

»Ich habe dein Vermeer-Buch gefunden. Es ist in deinem Zimmer.«

Deinem Zimmer? Ich sah, wie Andrew und Tanya einen raschen Blick wechselten.

»Wir kommen alle mit Jenny zurück und helfen Russell mit seinem Atelier«, verkündete Tanya. Sie warf ihm einen herausfordernden Blick zu, und er nickte. »Und dann sehen wir, was Jenny tun will.«

»*Du brauchst mich eigentlich gar nicht, oder?*«, fragte Thomas. »*Das ist ganz so, als hättest du deine persönliche Panzerdivision.*«

Russells Atelier lag am anderen Ende des Ganges im Obergeschoss. Es war leer. Total sauber. Er hatte es zusammen mit dem restlichen Haus gestrichen, aber um die Farbspritzer auf dem Boden hatte er sich nicht gekümmert. Die Fenster waren kahl, ebenso wie die Wände. Die Luft war abgestanden. Gewaltsam öffnete er ein Fenster, und wir alle schauten uns um.

»Trostlos«, sagte Thomas.

Das dachte er nicht als Einziger. Andrew starrte mit angespanntem Gesicht in den Raum. Ich nahm an, dass er schon zu glücklicheren Zeiten hier war und es ein regelrechter Schock für ihn sein musste. Zum ersten Mal sah er das ganze Ausmaß des Schadens. Als Russell an ihm vorbeiging, legte Andrew ihm liebevoll die Hand auf den Arm. Sie schauten einander dabei nicht an. Keiner sagte etwas, dennoch wurde Trost gespendet und angenommen. Ich wandte den Blick ab, ich wollte nicht dabei stören. Als ich wieder zu ihnen sah, standen sie zwei Meter voneinander entfernt.

»Okay«, sagte Russell mit etwas Überwindung. »Andrew und ich bringen alles nach oben. Tanya und Jenny öffnen die Schachteln. Wir packen alles aus, und dann sagt Tanya uns, wo wir alles hinräumen sollen.« Er grinste jedoch bei diesen Worten, und sie lächelte ihm ebenfalls zu. Vielleicht hatte sie diesen Moment ja auch gesehen.

Keiner wollte mir einen Cutter in die Hand geben, also schlitzte Tanya die Kartons auf, und ich packte aus. Andrew und Russell quälten sich die Treppe hoch und runter. Mrs. Crisp kam mit Tee und Kuchen.

Tatsächlich war es ganz nett, den Nachmittag so zu verbringen. Russell und Andrew schnappten sich jeder eine Staffelei und wetteiferten darum, wer seine schneller zusammensetzen konnte. Als wir sie hinterher mit den Zeichnungen des fertigen Produkts verglichen, war bei Russells vorne hinten und Andrews war verkehrt herum montiert.

»Was haben Menschen immer nur für Probleme mit diesen Mitnahmemöbeln?«, wunderte sich Thomas. *»Da steht doch ganz klar, Kante A mit Scharnier B verbinden. Wie konnte das bei den beiden nur so schiefgehen?«*

Tanya schob die beiden zur Seite. Sie baute auf; ich reichte ihr die verlangten Teile. Wir hatten beide Staffeleien in zehn Minuten aufgestellt. So in ihrer Männlichkeit gekränkt, schmollten Andrew und Russell.

Tanya und Russell reihten seine Farben auf, ich stapelte die Leinwände, und Andrew legte seine unzähligen Skizzenblöcke auf ein Regal und fragte dabei lauthals, wie ein einziger Mann nur siebzehn, achtzehn, neunzehn Skizzenblöcke brauchen konnte.

»Ich bin Künstler«, sagte Russell hochtrabend. »Gewöhnliche Menschen verstehen so etwas nicht. Gib dir keine Mühe, sie ganz ordentlich zu stapeln. Mir ist es lieber, wenn sie ein bisschen verstoßen werden.«

»Warum?«

»Es ist nicht einfach, die ersten Striche in einem makellosen, jungfräulichen Skizzenblock zu machen. Da beschmutzt man ihre Perfektion, und das blockiert mich. Also lasse ich sie erst ein bisschen abwetzen. Ein Freund von mir am College hat seine tatsächlich im Regen draußen gelassen, so dass sie wellig und zerknittert waren, wenn er sie dann benutzte. Er behauptete, das würde Wunder für seine Kreativität wirken.«

Ich sah, dass Andrew drauf und dran war, einen Satz loszulassen, in dem die Worte »anmaßend« und »Schwachkopf« eine zentrale Stellung innehaben würden, also passte es geradezu wunderbar, dass Mrs. Crisp genau da ihren Kopf zur Tür hereinsteckte.

Leider hatte sie keine guten Nachrichten. »Mrs. Kingdom ist hier.«

»Dir ist schon klar, dass wir sie im letzten Monat häufiger gesehen haben als in den vergangenen zwanzig Jahren?«

»Ja«, sagte ich resigniert.

»Ist sie hier, um sich zu entschuldigen?«

»Wohl kaum.«

»Sie lässt Ihnen ausrichten, dass es nicht eilt. Sie weiß, dass Sie hier oben beschäftigt sind. Sie würde nur gern sichergehen, dass Sie sich erholt haben, wenn Sie einen Moment Zeit haben.«

Russell ging kurz nach draußen und kam dann zurück, um zu sagen: »Lass sie unbedingt warten.«

»Wie lange?«

»Ich wette, du hältst es keine fünfzehn Minuten aus.«

»Mach das nicht, Russ. Wenn sie zu lange warten muss, dann kommt sie noch selbst hoch. Willst du das?«

»Bloß nicht, Jenny, nein, sieh zu, dass du die Treppe runtergehst. Mach schon, hopp, hopp.«

»Kommst du denn nicht mit?«

»Machst du Witze? Jetzt geh schon runter und opfere dich für das Allgemeinwohl. Geh!«

Wütend starrte ich ihn an, was an ihm ebenso abperlte wie ein Tropfen auf dem Rücken einer kleinen Ente, dann eilte ich die Treppe nach unten. O Gott, er hatte recht. Sie kam mir bereits entgegen und wühlte in ihrer Handtasche. Sie schaute auf.

»Ach, Jenny. Da bist du ja. Du siehst schon viel besser aus.«

Ich kam bis zu »Hallo, Tante Ju...«, dann rutschte mein rechter Fuß unter mir weg, und ich fiel nach hinten. Ich versuchte, mich am Geländer festzuhalten, aber alles ging so schnell, dass ich keinen Halt fand und mir stattdessen das Handgelenk verdrehte. Ich erhaschte einen Blick auf Tante Julias schreckerfülltes Gesicht, dann fiel ich nach unten, prallte mit Knien, Ellbogen, Hüften, mit jedem einzelnen Knochen meines Körpers gegen die Stufen. Nur mit dem Kopf stieß ich nirgendwo an, also war mir jeder einzelne Moment äußerst schmerzlich bewusst. Polternd kam ich zum Stillstand, lag halb auf, halb unter den drei letzten Stufen.

Über mir hörte ich Tante Julia um Hilfe rufen. Mrs. Crisp und Sharon hasteten aus der Küche. Andrew und Russell rannten den Treppenabsatz entlang.

Ich rollte mich zur Seite und fiel auch noch die drei letzten Stufen nach unten. Aus allen Richtungen rannten Leute auf mich zu. Tanya blieb bei Tante Julia stehen, die die Treppe hochgeeilt war und nun so weiß wie das Taschentuch, das sie an ihre Brust gepresst hielt, auf der obersten Treppenstufe saß.

»Nein, nein«, sagte sie heiser. »Bitte sehen Sie nach Jenny. Mir geht es gut. Ich brauche nur einen Moment. Sehen Sie nach Jenny.«

Russell war da, und auch er war ziemlich blass um die Nase. »Jenny? Hörst du mich?«

»Ja«, sagte ich schwach, denn der Sturz hatte mir die Luft aus den Lungen gepresst, und das Atmen war mühsam. Meine Knochen schmerzten. Es ist wirklich kein Spaß, eine lange Holztreppe ohne Teppichbelag hinunterzufallen.

Andrew tastete meine Arme und Beine ab. »Keine Sorge«, sagte er, »das mache ich bei Hunden auch die ganze Zeit.« Auf seine Anweisung hin bewegte ich Finger und Füße, beschwichtigte ihn hinsichtlich Wirbelsäule und Becken, verneinte jegliche Verletzung des Kopfes und sagte ihm, dass er drei Finger hochhielt.

»Kannst du aufstehen?«

»Noch nicht«, erwiderte ich. »Gib mir noch einen Moment.«

Ich schloss die Augen und wartete darauf, dass mich der tröstende Geruch von warmen Ingwerkeksen umfing.

»So, wie ist es jetzt?«

»Besser, danke.«

»Was ist passiert?«

»Bin ausgerutscht. Gib mir einfach noch einen Moment.«

Mit äußerst besorgter Miene strich mir Russell vorsichtig die Haare aus der Stirn. »Mach langsam, Jenny. Es eilt nicht. Wir holen einen Krankenwagen.«

Ich schüttelte den Kopf.

»Keine Widerrede. Das war ein schlimmer Sturz.«

Wieder schüttelte ich den Kopf und flüsterte: »Nein, es g-g-geht mir gut … Da ist n-n-nichts gebrochen.«

Andrew sagte: »Ich glaube, sie hat recht. Nichts scheint gebrochen, und sie hat sich den Kopf nicht angeschlagen. Ich würde aber trotzdem den Arzt rufen.« Er grinste. »Der kann sich dann auch gleich deine Hand ansehen.«

Tanya kam die Treppe herunter. »Russell, du und Andrew tragt Jenny jetzt sehr vorsichtig aufs Sofa und kommt dann für Mrs. Kingdom zurück.«

Mir fiel auf einmal wieder ein, wie bestürzt und schockiert Tante Julia ausgesehen hatte. »Geht's ihr gut?«

»Ja, sie braucht nur auch einen Moment. Russell, während du dich darum kümmerst, rufe ich den Arzt. Du hast Dr. Williams gesagt, nicht wahr?«

»Ja. Jenny, ich werde dich jetzt hochheben …«

»Nein, ich kann laufen.«

»Nein, kannst du nicht.«

»Es tut weh, ob i-i-ich nun laufe oder nicht, a-a-also kann ich auch laufen.«

»Typisch mein Mädchen. Du hast ein bisschen was von einem Kriegsveteranen, weißt du? Dir ist schon klar, dass es ganze Regimente gibt, die weniger Verletzungen erlitten haben als du in der letzten Woche?«

Unter starken Schmerzen humpelte ich zum Sofa, wo Mrs. Crisp mit Kissen und Decken bereitstand. Kurz darauf saß Tante Julia auf dem anderen Sofa. Sie hatte zwar wieder ein bisschen mehr Farbe im Gesicht, die Erschütterung war ihr aber immer noch anzusehen. Das konnte ich ihr nicht verdenken. Versuchsweise lächelten wir einander zu.

Mrs. Crisp ging Tee aufsetzen.

Tanya verkündete, der Arzt würde in der nächsten Stunde vorbeischauen.

»Tja, er kennt den Weg ja. Glaubst du, ihr bekommt Familienrabatt?«

Tanya zog mir die Schuhe aus und deckte mich zu. Langsam klangen die Schmerzen ab, obwohl meine Rippen sich noch immer anfühlten, als würde mein Herz gleich durch meine Brust brechen. Russell saß neben mir und hielt meine Hand. Im Haus war es totenstill. Wir standen wohl alle unter Schock.

»Tja«, sagte Russell und schaute zu Tante Julia. »Ich muss schon sagen, ich bin froh, dass Sie den heutigen Tag für Ihren Besuch ausgewählt haben, Julia.«

Sie setzte sich etwas aufrechter hin. »Falls Sie damit sagen wollen, es wäre erfreulich, dass ich da war und mich mit eigenen Augen davon überzeugen konnte, dass es ein Unfall war …« Ihre Stimme brach ab.

»Nun, ich muss zugeben, dass mir dieser Gedanke kurzzeitig kam.«

Glücklicherweise tauchte da Mrs. Crisp mit Tee auf, und Tante Julia nahm dankbar eine Tasse entgegen. »Sobald der Arzt da war, sollten wir Sie nach Hause fahren, Mrs. Kingdom«, sagte Andrew. »Es ist besser, wenn Sie heute nicht mehr selbst fahren. Wenn Sie möchten, geben wir Mr. Kingdom Bescheid, damit er zu Ihnen nach Hause kommt.«

»Sehr liebenswürdig«, antwortete sie und bedachte ihn mit einem ihrer seltenen, zustimmenden Blicke. »Aber vielleicht wäre es am einfachsten, wenn Richard herkäme und mich hier abholen würde.«

»Natürlich«, sagte er. »Machen Sie sich keine Sorgen um Ihr Auto. Wir kümmern uns darum.«

Dr. Williams traf umgehend ein. Er untersuchte mich und war glücklicherweise abgeneigt, es als zu ernst zu erachten.

»Sie werden großflächig Prellungen haben«, sagte er. »Oder leichtes Gewebetrauma, wie wir es neuerdings nennen. Sie werden steif sein und Schmerzen haben. Ich stelle Ihnen ein Rezept für Schmerzmittel aus. Nehmen Sie es, Sie werden es brauchen. Und ich weiß ja nicht, Jenny. Fünfzehn Jahre lang sehe ich Sie überhaupt nicht, und auf einmal scheine ich nur noch bei Ihnen zu sein.«

Wir lachten alle. Wie in der letzten Szene von Scooby-Doo.

»Und was Sie betrifft, Mrs. Kingdom, lassen Sie den restlichen Tag einfach ruhig ausklingen. Und gehen Sie den morgigen entspannt an. Rufen Sie mich an, wenn Sie etwas brauchen.«

Er verschwand.

Onkel Richard war so liebenswürdig, dass mir die Tränen kamen. Er sagte lauter höfliche und unumstrittene Sachen. Er bedankte sich bei Russell, sich um Tante Julia gekümmert zu haben, tätschelte vorsichtig meine Hand und wünschte mir baldige Besserung, sagte Russell, er solle ihn anrufen, wenn er irgendwie helfen könne, und nahm eine außergewöhnlich stille Tante Julia mit sich.

Dann atmeten wir erst einmal tief durch.

Russell ergriff erneut meine Hand. »Was möchtest du, Schätzchen? Soll ich dich nach oben bringen, oder willst du lieber noch ein bisschen hierbleiben? Sollen wir dich in Ruhe lassen?«

»Ja, bitte.«

Sie gingen nach draußen. Fünf Minuten wartete ich mit geschlossenen Augen, nur für den Fall, dass jemand meinte, unbedingt nach mir sehen zu müssen.

»Sind sie weg?«

»Ja. Sie sind im Hof und sehen sich Boxer an. Jetzt kommt keiner rein.«

Unter Schmerzen setzte ich mich auf, und unter noch größeren Schmerzen angelte ich nach meinen Schuhen. Ich drehte sie um. Der linke war wie immer glatt und trocken, aber die rechte Sohle war dunkel und glänzte mit einer unbekannten Substanz. Ich schnüffelte daran. Diesen Geruch kannte ich. Ich hatte ihn den ganzen Nachmittag gerochen, als Russell seine Sachen auspackte.

Leinöl.

»Thomas, kannst du ...?«

Er war schon oben auf der Treppe. *»Nein, hier ist nichts. Eine kleine Schliere, aber die könnte genauso gut von deiner Sohle stammen. Bist du im Atelier in etwas getreten?«*

»Nein.«

Er stand neben mir, als ich ein Tempo aus der Tasche zog und sorgfältig jede Spur des Öls von meinem Schuh wischte.

»Wir stecken in Schwierigkeiten, was?«

»O ja.«

Am nächsten Tag kreuzte die Polizei hier auf.

11. Kapitel

Ich las entspannt auf dem Sofa, und Thomas schaute sich eines dieser Krankenhausdramen an, in dem jeder mit jedem unangemessenen Sex hatte.

Mrs. Crisp schlüpfte ins Zimmer.

»Die Polizei ist da, Mrs. Checkland.«

Mein Herz klopfte schmerzhaft gegen meine gebeutelten Rippen, und ich wurde von einer ausgewachsenen Panik erfasst.

»Wo?«

»Sie fahren gerade in den Hof.«

Jemand klopfte an der Hintertür.

Ich starrte in die Richtung, vor Angst ganz gelähmt.

Letzte Woche um diese Zeit hätte ich gedacht: Marilyn! Jetzt fragte ich mich, ob Tante Julia irgendwelches Unheil angerichtet hatte.

»Was, wenn dem so wäre?«, fragte Thomas besonnen. *»Die Treppe hinunterfallen ist kein strafbares Vergehen, insbesondere, wenn es in den eigenen vier Wänden passiert. Vermutlich geht es einfach nur noch einmal um Marilyn.«*

Ich fragte Mrs. Crisp: »Wo ist Marilyn?«

»Auf der Weide. Sharon bringt sie so schnell wie möglich in den Stall.«

Ich hatte einen weiteren schrecklichen Gedanken. Was hatte Russell mit Marilyns Besitzer angestellt? War seine Leiche im Garten verscharrt? Ich hatte nie danach gefragt. Was für eine Ehefrau war ich nur?

Ohne einen Funken Hoffnung fragte ich: »Wo ist Russell?«

»Hat Kevin mitgenommen und ist irgendwo hingefahren.«

Wieder klopfte es.

»Ich lasse sie besser herein.«

Ich nickte.

»Denken Sie daran, Mrs. Checkland, es geht Ihnen nicht gut.«

Ich steckte mein Buch unter die Kissen, schaltete den Fernseher aus, zog die Decke hoch, schloss die Augen und war bereit, die Polizei nach besten Kräften zu enttäuschen.

Geräuschvoll trat Mrs. Crisp wieder ein. »Sind Sie wach, Mrs. Checkland?«

Theatralisch öffnete ich die Augen.

Es war nur ein Polizist, und es handelte sich um eine Sie. Sie war noch dazu Sergeant, wenige Jahre älter als ich, und durch die Uniform wirkte ihre gedrungene Figur noch massiger. Aber ich kannte sie. Sie war Schülersprecherin an meiner Schule gewesen. Und sie kannte mich. Es war Marjorie Bates. Ich erinnerte mich daran, wie sie die Schützlinge an dem Tag anführte und über das Hockeyfeld fegte, als wir Rushford St Winifred den Sieg in der Spielverlängerung abgeluchst hatten. Und jetzt war sie Sergeant Bates. Und als Sergeant Bates verströmte sie Beständigkeit, Ruhe, Besonnenheit und fiel damit in Frogmorton auf wie ein bunter Hund.

Ich lächelte und bedeutete ihr, sie solle sich setzen. Mrs. Crisp verschwand, um sie mit Tee und so viel Kuchen, wie sie nur essen konnte, abzulenken.

Ich weiß alles von der Polizei, ich sehe schließlich fern. Ich weiß, dass jede Ermittlung von einem erfahrenen Beamten mit einem Drogenproblem, einer fragwürdigen Vergangenheit, Eheproblemen oder vor irgendeinem mentalen Zusammenbruch stehend geleitet wird. Sein oder ihr Team besteht immer aus unbeschreiblich gutaussehenden, ehrgeizigen jungen Beamten, die einander bei der kleinsten Gelegenheit Steine in den Weg legen und zudem schrecklich viel unangemessenen Sex haben. Immer leisten wenig hilfreiche Kollegen Widerstand, da sie sich mehr mit Politik beschäftigen als damit, Verbrecher zu fangen, und für gewöhnlich ist der Serienmörder einer aus dem Team. Jeden Moment würde sie sich daranmachen, mir mit meinem Telefonbuch so lange übel mitzuspielen, bis ich gestand. Egal was.

»Guten Morgen, Mrs. Checkland.«

Ich würde mich nicht von gutem Benehmen einwickeln lassen.

»Es tut mir leid, Sie zu stören«, sagte sie. »Insbesondere wo es Ihnen nicht gutgeht. Hatten Sie einen Unfall?«

Da ich noch immer nicht wusste, weshalb sie hier war, zeigte ich zur Treppe. Sie stand auf und sah sie sich an.

»Das muss weh getan haben.«

Ich nickte. Das hatte es. Das tat es noch immer.

Dann nahm sie wieder Platz.

»Ich habe nur ein paar Fragen.«

Fragen wozu? Ich hoffte, dass Sharon daran gedacht hatte, auch Boxer in den Stall zu bringen, sonst würde das *Gebrüll* nicht mehr lange auf sich warten lassen und jeder im Umkreis von 15 Kilometern wissen, dass wir einen Esel hatten. Einen gestohlenen Esel.

»Kennen Sie einen jungen Mann namens Kevin Price?«

Ach du lieber Himmel! Kevin. Also suchte die Polizei doch nach ihm und hatte ihn bis zu uns zurückverfolgt. Sie hatten ihn gefunden.

Ich setzte mich auf, redete nur mit einem leicht forcierten Stottern und gab ihr somit ausreichend Zeit zu sagen, dass sie zurückkommen würde, wenn mein Mann da wäre. Wenn sie ihn je erwischen würde. Er war nämlich verdammt noch mal nie hier.

Sie wartete geduldig.

Ich nahm ein Stück Papier und schrieb »Entschuldigen Sie, aber ich stottere« und reichte es ihr.

Sie lächelte. »Überhaupt kein Problem.«

Na super! Ich saß hier mit der einzigen Polizeibeamtin im ganzen Land, die ein Sensibilitätstraining absolviert hatte.

Ich nutzte die Zeit, um nachzudenken. Sie anzulügen war zwecklos. Jeder wusste, dass Kevin hier lebte. Es war ja nicht so, als hätten wir versucht, ihn zu verstecken.

»Ich glaube nicht, dass da das Problem liegt«, sagte Thomas. *»Wir sollten uns eher fragen, was er so getrieben hat, bevor er zu uns kam.«*

Mir fiel wieder Kevins piepsige Stimme ein, mit der er gesagt hatte: »Geben Sie mir Ihre Tasche, Lady«, ohne dabei auch nur ein bisschen bedrohlich zu klingen.

»Ja, nicht gerade der erfolgreichste Kleinganove der Stadt.«

Sie wartete noch immer, während ich, ein ehemals respektables Mitglied der Gesellschaft, inzwischen aber verheiratet mit jemandem, der nicht dazu gehörte, Gedanken formulierte und verwarf, um das Gesetz zu umgehen.

Schließlich sagte ich so stockend, wie es mir möglich war: »Ich k-k-kenne e-e-einen K-K-Kevin.«

»Wie heißt er mit Nachnamen?«

Na wunderbar! Jetzt musste ich einräumen, dass wir jemanden bei uns aufgenommen hatten, der sich geweigert hatte, uns seinen Nachnamen zu nennen. Nein, Moment mal, sie hatte den Namen doch gesagt. Wie war das gleich noch mal?

Ihr Lächeln wurde ein bisschen angespannter, und ich knickte ein wie ein schlecht gebastelter Origami-Schwan.

»Weiß ich nicht.«

»Sie beherbergen ihn hier seit was ... sechs Monaten und wissen nicht, wie er heißt?«

»Er heißt K-K-Kevin«, sagte ich abwehrend. »Wir sind nicht völlig bescheuert.«

Thomas schnaubte nicht gerade hilfreich.

»Lebt Kevin hier in diesem Haus?«

»O nein«, erwiderte ich, glücklich darüber, sie beschwichtigen zu können. »Er wohnt im Stall.«

Schweigen.

»Na prima, Jenny«, sagte Thomas. *»Jetzt glaubt sie vermutlich, dass er total wild ist.«*

»Er hat da ein schönes Zimmer«, erklärte ich verzweifelt, für den Fall, dass sie dachte, er würde sich eine Box mit Boxer teilen. Viel zu spät wurde mir klar, dass sie, wenn sie nun fragte, ob sie es sich ansehen könne, in unserem Stall auch die begehrteste Eselin der ganzen Welt an ihrem lauschigen Plätzchen sowie vermutlich den ehemaligen Besitzer der begehrtesten Eselin der ganzen Welt antreffen würde – Letzteren eingemauert in einer Nische.

Ich überlegte mir ernsthaft, einen Rückfall zu haben.

»Na, seine Mutter wird Ihnen ganz bestimmt sehr dankbar dafür sein, dass Sie ihn bei sich aufgenommen haben«, sagte sie.

»Was?«

»Wenn er von dort zurückkommt, wo auch immer er gerade ist«, sie grinste mich dabei nicht unfreundlich an, »könnten Sie ihm dann das hier geben?«

Sie zog einen Umschlag mit Kevins Namen heraus und legte ihn auf den Tisch.

»Sein Stiefvater ist weg. Habe ihn selbst verhaftet«, sagte sie mit einer gewissen Genugtuung. Da mussten Telefonbücher im Spiel gewesen sein, ganz sicher. »Seine Mutter hat alle seine Freunde angerufen. Sie konnte ihm bis nach Rushford folgen, aber dann verlor sich die Spur, also bat sie uns, ihn zu suchen. Das war nicht schwer. Tatsächlich wünschte ich, alle Ausreißer wären so einfach zu finden. Man kennt Sie hier ziemlich gut, müssen Sie wissen. Wenn Sie ihm das also geben könnten.«

»Wollen Sie ihn nicht sehen und es ihm selbst überreichen?«

»Nein, das ist nicht nötig. Ich muss noch weiter und habe hier nur auf dem Weg kurz vorbeigeschaut. Wiedersehen.«

Ausnahmsweise konnte Russell diesem Vorfall nichts Lustiges abgewinnen.

»Tja, dann hättest du eben einfach selbst hier sein müssen«, erklärte ich leicht säuerlich.

Es folgte eine kurze Pause, dann sagte er: »Fragst du denn gar nicht, wo ich war?«

»Nein.«

»Du hast den Bogen echt noch nicht raus, was es heißt, Ehefrau zu sein, was?«

»Hier ist ja nie jemand, an dem ich üben könnte.«

Er schien noch etwas sagen zu wollen, doch da entdeckte er den Umschlag. »Was ist das?«

»Sie hat eine Nachricht für Kevin gebracht. Von seiner Mum. Sein Stiefvater ist von der Bildfläche verschwunden, und ich glaube, seine Mum möchte ihn wieder zurückhaben.«

Ich kämpfte mich auf die Beine, nahm den Umschlag und machte mich auf die Suche nach Kevin.

Der den Umschlag sehr lange anstarrte.

»Ich nehme an, du wärst jetzt gern allein«, sagte ich und zupfte Russell am Ärmel, dem das Konzept von Privatsphäre völlig fremd war. Glücklicherweise grübelte er noch über meinen Zusammenstoß mit dem Gesetz nach und leistete keinen Widerstand.

Kevin verschwand. Ich sah, wie Mrs. Crisp Sharon betrachtete. Russell schaute zu mir. Und ich dachte, ich könnte mich eigentlich noch ein bisschen hinlegen. Ich musste ein paar Sachen mit Thomas besprechen und seine Meinung dazu einholen.

Russell bestand darauf, mir beim Hochgehen der Treppe zu helfen.

»Ich bin mir nicht sicher, ob das gerade das Klügste ist«, sagte Thomas, als ich mich auf den Fensterplatz setzte. *»Tatsächlich glaube ich nicht, dass es eine gute Idee ist, momentan mit ihm allein zu sein.«*

»Ich weiß«, erwiderte ich. »Aber ich nehme mal nicht an, dass ich zweimal hintereinander die Treppe runterfallen werde. Abgesehen davon schaust du doch nach mir.«

Etwas in seinem Schweigen ließ mich aufhorchen.

»Oder etwa nicht?«

Noch immer antwortete er nicht. Wieder griff die kalte Hand der Vorahnung nach mir: »Oder etwa nicht?«

Er stellte sich an seinen üblichen Platz in der Ecke. Noch immer sagte er nichts.

»Thomas?«, flüsterte ich.

Als er zu mir sah, weinte er. Die vertrauten Ängste kehrten wieder zurück. Alles verkrampfte sich. Ich spürte, wie mir alles Blut aus dem Gesicht wich, das steif und kalt wurde.

Erneut sagte ich: »Thomas?«

Schließlich blickte er auf. Zwei lange, dunkle Tränenbäche liefen ihm aus den Augen. Ich hatte es noch gar nicht bemerkt, aber auch ich weinte.

»Thomas, verlässt du mich?« Ich wollte ihn sagen hören: *»Natürlich nicht. Ich bleibe hier, solange du mich brauchst«*, schließlich sagte er das immer, und ganz bestimmt hatte ich ihn noch nie so sehr gebraucht wie gerade jetzt.

Er seufzte schwermütig. *»Ich muss gehen.«*

»Nein, das darfst du nicht«, sagte ich panisch und kämpfte mich auf die Beine. Vermutlich dachte ich, wenn ich ihm nur die Arme umlegen könnte, dann könnte ich ihn so zurückhalten, ihn irgendwie – egal wie – davon abhalten, mich zu verlassen.

Er erwiderte: »*Nein, mach das nicht. Du tust dir nur weh*«, aber mir war das egal. So schnell ich konnte rannte ich zu ihm und legte ihm die Arme um den Hals. Er senkte den Kopf und schnaubte mir in die Haare, und zum allerersten Mal funktionierte es nicht.

Wir weinten beide.

Schließlich sagte er: »*Hör auf. Bitte hör auf, Jenny. Du machst es nur schlimmer. Bitte setz dich hin. Setz dich hier aufs Bett. Ich verspreche, ich gehe nicht, wenn du loslässt. Bitte, lass uns einander nicht weh tun.*«

Also ließ ich langsam los und setzte mich auf das Fußende des Bettes. Er stellte sich dicht neben mich, und ich streckte die Hand aus, um ihn zu berühren. Wenn ich ihn einfach nur festhalten könnte … in jedem Sinn des Wortes.

»*Alles okay?*«, fragte er. »*Kannst du was sagen?*«

Ich schluckte und nickte, fest entschlossen, ruhig zu bleiben.

»*Jenny, es ist an der Zeit für mich zu gehen. Du brauchst mich nicht mehr.*«

Und da war es auch schon um meine Ruhe geschehen. »Doch, wohl. Und das weißt du auch. Ich werde dich immer brauchen. Wie kannst du nur gehen? Du weißt, was gerade los ist. Wie kannst du nur sagen, ich würde dich nicht brauchen? Du kannst mich nicht verlassen. Thomas, du kannst nicht gehen. Du darfst nicht gehen. Allein schaffe ich das nicht. Thomas, bitte!«

»*Schscht*«, sagte er liebevoll, und der Geruch nach warmen Ingwerkeksen erfüllte das Zimmer erneut. »*Ruhig, Jenny, du machst dich ja ganz fertig.*«

»Ich bin fertig.« Ich schluchzte, Wut und Furcht versetzten mich in Aufruhr. »Ich bin fertig und verletzt und stecke in Schwierigkeiten, und jetzt willst du mich verlassen.«

Ich erhielt keine Antwort. Als ich mir die Haare aus dem Gesicht schüttelte, sah ich, dass er ebenso heftig weinte wie ich. Ich fuhr mir mit dem Ärmel über die Nase und streckte die Hand aus, um seine Tränen fortzuwischen.

»Wenn es dir so schwerfällt, warum willst du dann gehen?«

Er dachte einen Moment lang nach. »*Ich kam zu dir, als du ein Kind warst. Ein verwirrtes, verschrecktes Kind, das einen Freund brauchte. Ich bin all die Jahre als dein Freund bei dir geblieben. Denn das sind wir, Jenny, wir sind gute Freunde. Du bist mir sehr ans Herz gewachsen. Aber jetzt brauchst du mich nicht mehr. Nein, nein, sag noch nichts. Ich muss dir nicht mehr sagen, was du tun musst. Erst vor kurzem hast du geheiratet, eine Eselin gestohlen, der armen Mrs. Crisp zugehört und geholfen, einen Rüpel verjagt, einen Kater gerettet und dich gegen deinen Mann behauptet. Und jetzt muss der junge Kevin alles in den Griff bekommen, und auch dabei wirst du helfen. Es stimmt, Jenny, ich muss dir in letzter Zeit nicht mehr sagen, was du tun musst. Du triffst Entscheidungen und machst Dinge einfach. Du bist mir entwachsen.*«

»Wie kannst du das sagen? Du weißt, was hier gerade los ist. Wie kannst du also ausgerechnet jetzt gehen? Wie kannst du mich mit all dem allein lassen?«

»*Aber du bist doch gar nicht mehr allein. Um dich tummeln sich geradezu Menschen und Tiere, die dein Bestes wollen. Du kannst mit allem, was sich dir in den Weg stellt, klarkommen, Jenny. Das machst du immer. Das muss dir doch aufgefallen sein.*«

»Aber du bist mein Freund. Wir sind schon so lange zusammen. Du kannst nicht einfach gehen.«

»*Ich kann und ich muss.*«

»Du musst? Warum musst du gehen? Ich brauche dich hier.«

Traurig sagte er: »*Das glaubst du, aber dem ist nicht so. Und was das ›müssen‹ betrifft ... Erinnerst du dich daran, als wir uns zum ersten Mal sahen?*«

»Ganz lebhaft.«

»*Du warst am Boden zerstört. Erinnerst du dich?*«

Ich nickte.

»Irgendwo … irgendwo ist jetzt ein kleiner Junge. Er ist sechs Jahre alt. Er versteckt sich in einem Schrank, und sie suchen nach ihm. Verstehst du jetzt, weshalb ich gehen muss?«

Ich war viel zu ergriffen, um zu sprechen. Ich konnte es verstehen, und ich verstand es auch. Aber er war mein Thomas. Mein lieber Freund. Und immer noch mein einziger Freund. Seit meinem dreizehnten Lebensjahr war er mein beständiger Begleiter. Er beschützte mich in der Schule vor den Grobianen, beruhigte mich, wenn mir alles über den Kopf wuchs, führte mich, lachte mit mir, brachte mir Freude. Ich erinnerte mich an seine Aufregung und Begeisterung im großen Baumarkt oder im Laden für Künstlerbedarf. Ich erinnerte mich an seine Freundlichkeit, seine Stärke. Ich sah ihn über den Sumpf galoppieren, golden und wunderschön.

Und frei.

Er las meine Gedanken.

»Du verstehst es, oder? Ich weiß, dass du das tust. Du bist meine Jenny. Du bist zu einer außergewöhnlichen jungen Frau herangewachsen, und ich bin so stolz auf dich.«

Er machte eine Pause.

»Wir dürfen eigentlich keine Lieblinge haben, aber du bist der Liebling, den ich nicht habe. Vergiss mich nicht, Jenny.«

Als ob ich das jemals könnte.

»Dann gehst du jetzt? Genau jetzt?«

»Ja, ich muss. Es ist immer einfacher, es nicht in die Länge zu ziehen.«

Wieder weinte ich, kämpfte mit diesem Blitz aus heiterem Himmel. Noch vor wenigen Stunden hatten wir gemeinsam ferngesehen. Wie war das nur möglich? Ich stand auf, legte die Arme um ihn, verbarg mein Gesicht an seinem Hals, sog seinen Duft ein.

»Jenny, du musst mich freigeben.«

»Heißt das, wenn ich es nicht tue, dann kannst du nicht gehen?«

»Genau das. Du musst mich gehen lassen.«

Meine Umklammerung wurde fester. »Das werde ich nicht.«

»Jenny, ich muss gehen. Sie sind schon fast bei ihm. Irgendwann hat mich jemand freigegeben, damit ich zu dir kommen konnte. Jetzt bist du an der Reihe.«

Ich wollte es nicht, aber ich konnte ihn nicht enttäuschen. Nicht jetzt. Nicht ganz zum Schluss. Ich ließ los und trat zurück. Er senkte den Kopf und blies mir in die Haare. Zum letzten Mal roch ich warme Ingwerkekse. Worte brachte ich nicht zustande.

»Jenny …?«

Ich schloss die Augen und sagte die Worte, die ihn wegschicken würden.

»Ich gebe dich frei.«

»Lebe wohl, Jenny, meine liebe Freundin.«

»Auf Wiedersehen, Thomas. Vergiss mich nicht.«

»Niemals.«

Seine Stimme war nur mehr ein Seufzen.

Er verblasste. Ich erkannte die Kontur des Schranks hinter ihm.

Er verschwand.

Der Duft von Ingwerkeksen hing noch etwas länger in der Luft, dann war auch er verschwunden.

Ich dachte, meine Welt wäre untergegangen.

Russell klopfte an die Tür. Dann noch mal, ein bisschen stärker. Dann so richtig laut.

»Jenny? Ich weiß, dass du da drin bist. Kann ich reinkommen?«

Ich wartete darauf, dass Thomas etwas sagte. Eine Stille, die nie wieder unterbrochen würde, zog sich in die Länge.

Langsam wurde die Tür geöffnet. »Jenny?«

Heute war kein guter Tag zum Reden.

Schnell durchquerte er mein Zimmer. »Was ist passiert?«

Erst als er einen Arm um mich legte und mich zum Innehalten zwang, wurde mir bewusst, dass ich mit angezogenen Knien dasaß und mich vor und zurück wiegte. Die typische Schock- und Trauerhaltung.

Ihm wurde wohl klar, dass er nichts aus mir herausbekommen würde. Er ging zur Tür, rief nach Mrs. Crisp, und dann war ich auch schon in eine Decke eingewickelt und hielt ein Glas mit einem Schuss Brandy in der Hand.

Stimmen erklangen und verstummten, aber nicht die Stimme, die ich so unbedingt hören wollte. Ich blendete alle aus und verbrachte etwas Zeit damit, an überhaupt nichts zu denken. Als ich irgendwann wieder in diese Welt zurückkehrte, ohne so recht zu wissen, wo ich war, war es fast dunkel. Russell saß neben dem Bett.

Eine Weile betrachtete ich ihn, ausnahmsweise einmal ganz schweigsam, zerknittert und übernächtigt. Und verletzlicher, als ihm bewusst war. Während ich ihn anschaute, öffnete er die Augen. Seine Hände waren fast so kalt wie meine. Ich bemühte mich um ein Lächeln, das ich heute jedoch einfach nicht zustande brachte.

»Brauchst du einen Arzt?«

Ich schüttelte den Kopf leicht. Nein.

Er atmete tief durch. »Soll ich deine Tante holen?«

Nein.

»Tanya?«

Nein. Der Einzige auf der ganzen Welt, den ich sehen wollte, kam nie wieder zurück. Nie wieder. Ich schloss die Augen, heiße Tränen rollten über meine Wangen. Ich spürte, dass Russell sich neben mich auf das Bett setzte und mich in den Arm nahm.

»So ist es gut. Lass es einfach raus.«

Und das tat ich. Ich beweinte Thomas, die Eltern, die ich kaum gekannt hatte, das Chaos, das ich aus meinem Leben gemacht hatte, die Einsamkeit, ich beweinte so ziemlich alles.

Er streichelte und tröstete und redete in seiner Boxer-Stimme mit mir. Er brachte mich dazu, mich zu schneuzen. Und noch einmal. Er hielt die Tasse, während ich etwas Tee trank, und schimpfte auch dann nicht, als ich einschlief, ehe ich ihn ausgetrunken hatte.

Als ich aufwachte, war der nächste Tag angebrochen, und Russell war noch immer da, sah unordentlicher und erschöpfter aus als je zuvor. Mrs. Crisp brachte gerade Tee. Das hatte mich geweckt. Ich fragte mich, weshalb alle in meinem Zimmer waren, schaute zur leeren Ecke hinüber, und dann fiel es mir wieder ein, und ich spürte, wie ich wieder wegdämmerte. Weg von dem langen, einsamen, erschreckenden Leben, das vor mir lag.

»Mach die Augen auf, Liebes. Hier ist etwas Tee für dich.«

Gehorsam nippte ich daran.

»So ist es gut.« Er wischte mir das Gesicht ab. »Wie fühlst du dich?«

Ich nickte.

Und da war dann auch Schluss mit Mr. Nice Guy.

»Nein«, sagte er ernst. »Rede.«

Ich schüttelte den Kopf und schloss die Augen wieder.

Er zwickte mich in den Handrücken. Fest. Es tat weh. Ich riss die Augen auf.

»Rede. Oder ich schnappe mir das Telefon, und ehe du es dich versiehst, musst du dich mit Ärzten und Tanten herumschlagen. Was ist passiert, Jenny? Sag's mir. Jetzt.«

Es dauerte ein bisschen, und halb hoffte ich, er würde genug davon haben und verschwinden, doch das tat er nicht. Schlussendlich sagte ich mit dünner Stimme: »Ich habe meinen Freund verloren.«

Was ja stimmte.

Er machte sich nicht die Mühe, umsichtig vorzugehen. »Kenne ich ihn oder sie?«

Ich schüttelte den Kopf. Er sah meinen Laptop in der Nähe stehen.

»Ein Internet-Freund?«

Ja, das würde passen.

Ich nickte.

»Was ist passiert?«

»Es war ganz plötzlich. Er ist einfach w-w-weg.«

»Einfach so? Ohne Vorankündigung?«

Ich nickte.

»Hast du deinen Freund lange gekannt?«

»Fünfzehn Jahre.«

»Ach, Jenny. Und es ist ja nicht so, als hättest du viele Freunde gehabt. Wart ihr eng befreundet?«

»Ich habe ihm alles erzählt. Er hat mir geholfen. Durch ihn war alles nicht ganz so schlimm.«

Sollte ihm das »er« aufgefallen sein, so machte er diesbezüglich kein Kommentar.

Lange Zeit saßen wir schweigend da.

»Es ist nicht einfach, jemanden zu verlieren. Ohne Vorankündigung. Das ist, als würde einem ein Stück aus dem eigenen Körper gerissen.«

Ich nickte. Genau das war es. Er wusste das, schließlich hatte er seine Mutter verloren. Und Francesca. Beide ohne Vorankündigung.

»Aber es hilft nicht, lange über der Vergangenheit zu brüten, Jenny. Glaub mir. Natürlich musst du das Andenken an deinen Freund erhalten, und das geht am besten, indem du mit deinem Leben weitermachst. Behalte die Erinnerungen an ihn in deinem Herzen. Bewahre sie dir, und du wirst sehen, dass sie da sind, wenn du sie brauchst.«

Ich nickte und vermied den Blick in die leere Ecke.

»Und jetzt steh auf. Komm nach unten und iss etwas. Wir haben Esel, die gefüttert werden wollen, einen Garten, in dem gearbeitet werden muss, und Kevins, die beraten werden müssen.

Dein Freund hat dir geholfen. Jetzt ist es an der Zeit, diese Hilfe an andere weiterzugeben.«

Einen Moment lang hörte ich fast das Echo von Thomas' Stimme in der Ecke. Russell hatte genau das Richtige gesagt. Wer hätte das gedacht?

Ich nickte. »Du siehst selbst nicht so prickelnd aus.«

Er lächelte und stand auf. »Meine Frau ist ein Schatz, aber sehr anstrengend. Ich komme in einer halben Stunde zurück. Bis dahin musst du fertig sein.«

Ich war sehr brav und tat genau das, was mir gesagt wurde. Ich duschte und zog mich an, wenngleich sehr langsam. Ich aß, was vor mir abgestellt wurde. Ich half, die Ställe auszumisten. Ich hörte zu, während Mrs. Crisp über das Essen und das Haushaltsbuch sprach. Ich saß mit einer Pflanzkelle in der Hand da und sah zu, wie Kevin im Garten arbeitete. Ich vergaß, meine Schokokekse zu verstecken, und eine sehr überraschte, aber höchst erfreute Marilyn konnte ihr Glück kaum fassen. Nach dem Essen setzten wir uns mit Kevin zusammen.

Sein Brief lag vor ihm. Er war gefaltet, aber ich konnte den Schlusssatz lesen –»Deine Dich liebende Mutter« – zusammen mit drei Küssen.

Ich hätte nicht gedacht, dass etwas den trübsinnigen Nebel, in den ich mich gehüllt hatte, durchbrechen könnte, aber der Anblick von Kevins Gesicht schockierte mich derart, dass ich zur Abwechslung mal an jemand anderen als an mich dachte. Verschwunden war der glückliche, entspannte Kevin, der im Hof herumwerkelte, Marilyn neckte und von ihr geneckt wurde. Er sah genau so aus wie an diesem ersten Abend. Nur dass er etwa einen Kopf größer war. Und breiter.

Mrs. Crisp stellte Tee auf den Tisch, warf mir einen besorgten Blick zu und verzog sich dann mit Sharon, die wiederum Kevin besorgt beäugte. Das einzige Geräusch kam vom Kater, der mit dem Bauch nach oben vor dem Ofen lag. Ich hatte gar nicht gewusst, dass Katzen schnarchten.

»Himmel noch mal aber auch«, sagte Russell gereizt. »Kann nicht jemand endlich ein Geschirrtuch über das Vieh legen? An einem Ort, an dem Essen zubereitet wird, zeigt man doch nicht, wo einst seine Geschlechtsteile waren. Mal angenommen, der Vikar kommt vorbei. Hm?« Ich versuchte an etwas – irgendetwas – zu denken, das unwahrscheinlicher war, als die Geistlichkeit bei Gomorrha, in diesem Fall Frogmorton, auftauchen zu sehen.

»Jetzt zu dir, Kevin«, sagte Russell knapp, aber nicht unfreundlich. »Was ist los?«

Kevin schluckte. »Ich habe einen Brief von meiner Mutter bekommen«, erklärte er, was wir bereits wussten, sprach dann aber nicht weiter.

Ich spürte, wie Russell vor Ungeduld neben mir ganz zappelig wurde, und kurz läuteten die Alarmglocken, doch er fragte nur: »Hast du entschieden, was du tun möchtest?«

»Sie will, dass ich zurückkomme und wieder bei ihr wohne. Er ist weg. Mein Stiefvater ist weg. Aber …«, er verstummte und blinzelte den Brief an.

»Aber du bist dir nicht sicher, ob du zurückgehen willst«, sprach Russell für ihn weiter. »Du machst dir Sorgen, dass dasselbe wieder passieren könnte, wenn der nächste Mann auftaucht. Du weißt nicht so recht, was du davon halten sollst, dass du überhaupt weggeschickt wurdest. Und du machst dir Sorgen, wir könnten dich wegschicken, jetzt, wo du wieder ein Dach über dem Kopf haben kannst. Du hast eine Vorahnung von Unabhängigkeit bekommen, und dir gefällt es hier.«

Und wenn er ginge, dann würde er seine Tage nicht länger damit zubringen können, bei jedem Blick von Sharon rot anzulaufen und nicht mehr zu wissen, was er tat, dachte ich.

»Aber«, fuhr Russell fort, »du fühlst dich schlecht, weil du deine Mutter wirklich gern wiedersehen würdest, doch du weißt nicht genau, was du tun oder sagen sollst, wenn du sie siehst.«

Kevin nickte.

Ich war beeindruckt. Andererseits war er natürlich in der Armee gewesen. Junge Männer und ihre Probleme stellten für ihn nicht dasselbe Rätsel dar wie für mich.

»Na, dann nehmen wir uns diese Dinge doch mal der Reihe nach vor. Du kennst deine Mum natürlich am besten. Wie wahrscheinlich ist es, dass sich das noch einmal wiederholt? Glaubst du, sie hat aus ihrem Fehler gelernt? Und wir alle machen Fehler, Kev. Selbst Eltern sind nicht perfekt. Jeder baut mal Mist. Irgendwann bist du vielleicht derjenige. Ich nehme aber mal an, dass sie dich immer noch mit offenen Armen empfangen wird, wenn du zurückkommst, denn das machen Mütter nun einmal so. Das steht so in ihrer Jobbeschreibung. Und wir werden dich ganz bestimmt nicht rauswerfen. Boxer hat sich an dich gewöhnt, und du bist der Einzige, der mutig genug ist, den Garten ohne den Schutzanzug eines Sondereinsatzkommandos oder einen Feuerwerfer in Angriff zu nehmen. Mach dir darüber also keine Sorgen. Eines Tages wirst du gehen wollen. Und wir werden dich vermissen. Aber noch ist es nicht so weit.«

Kevin nickte wieder und starrte auf den Tisch.

»Wie wäre es denn damit: Fahr ein Wochenende zu ihr. So kannst du am Montag ganz selbstverständlich wieder hierher zurückkommen, und ihr habt beide die Gelegenheit, euch das alles durch den Kopf gehen zu lassen. Könnt sehen, wie es so läuft. Was meinst du?«

Wieder nickte Kevin.

»Und wenn sie dich hier besuchen möchte, um sicherzustellen, dass wir dich nicht ausnutzen oder versklaven, dann ist das auch in Ordnung. Gib uns einfach Bescheid, damit wir diesen verfluchten Kater zudecken können. Tatsächlich weiß ich gar nicht, was er immer noch hier zu suchen hat«, sagte Russell vorwurfsvoll.

Das stimmte. Ursprünglich hatte er verlangt, der Kater solle von hier verschwinden, und als sein ganzer Haushalt ihn daraufhin vorwurfsvoll angestarrt hatte, hatte er widerwillig eingeräumt, seinetwegen dürfe er im Stall schlafen, wo er sich wenigstens nützlich machen und ein paar Mäuse jagen könne. Das hatte der Kater natürlich ignoriert und sich das lauschigste und bequemste Plätzchen im ganzen Haus unter den Nagel gerissen. Und seine Körpersprache ließ vermuten, dass ihn nichts von dort wegbrachte.

Schließlich machte Kevin doch den Mund auf. »Da ist noch was.«

»Ja?«

»Der Garten. Ich mag das. Das macht mir Spaß. Und ich habe mich gefragt ... also, na ja, ich dachte ... Die Sache ist die, ich würde es gern richtig machen. Und Vollzeit. Also bin ich in die Bücherei gegangen und habe mir Informationen zu einem College gesucht. Und es gibt da einen Kurs für Gartengestaltung. Zum Schluss bekommt man ein Diplom. Und dann könnte ich einen richtigen Job finden. Ach, ich wollte nicht, dass es so rüberkommt, wie es klingt, aber ich kann ja nicht für immer hier bei Ihnen bleiben. Es ist kein Vollzeitkurs, und ich dachte, ich könnte noch immer hier arbeiten, und wenn ich den Lehrgang bestanden habe, dann könnten Sie mir vielleicht ein Empfehlungsschreiben ausstellen. Für einen Job, meine ich, oder für den Fall, dass ich was für eine Wohnung brauche ...«

Er zog einen zerknitterten Prospekt aus seiner Tasche, schob ihn Russell und mir hin und sagte zu mir: »Aber natürlich gehe ich nicht, bevor der Garten fertig ist. Das könnte ich auch gar nicht, der neue Kurs fängt erst im September an, aber ich muss da hingehen und mit denen reden, herausfinden, was für Werkzeug ich brauche und wie viel es kostet und so.«

Russell strich den Prospekt glatt. »Alle Achtung, Kevin. Nur ein Tipp – geh jetzt hin und rede gleich mit den Leuten und sieh zu, dass du dich einschreibst. Manchmal kommen solche Kurse nicht zustande, wenn sich nicht genug Leute anmelden, und manchmal wollen zu viele an einem solchen Kurs teilnehmen, und dann heißt es: Wer zuerst kommt, mahlt zuerst. Geh einfach hin und rede mit ihnen. Ich muss morgen nach Rushford, um Charlie Daniels noch einmal wegen dieser verflixten Futterrechnung zusammenzustauchen, vielleicht auch einfach seinen Kopf gegen die Wand zu knallen und sein Büro anzuzünden – je nachdem, wonach mir gerade ist –, da kannst du dann gleich beim College vorbeischauen.«

»Okay, danke«, sagte Kevin und sah mit einem Mal sehr viel besser aus.

»Gut«, meinte Russell und schaute sich um. »Sonst noch wer, wo ich gerade so schön in Fahrt bin? Soll ich uns aus der Wirtschaftskrise führen? Die Probleme im Mittleren Westen lösen? Einen kompetenten Politiker finden? Den Kater abmurksen? Nein? Ich werde einen ruhigen Nachmittag in meinem Atelier verbringen. Willst du mitkommen, werte Gattin?«

Tatsächlich wollte ich einfach nur zurück auf mein Zimmer gehen, aber Thomas hätte etwas dagegen einzuwenden gehabt, also nickte ich, schnappte mir ein Buch, damit er nicht das Gefühl hatte, er müsse mit mir reden, und folgte ihm, während er bereits die Treppe hinaufstürmte.

Was für ein Unterschied. Tanyas ordentliche Anordnung seiner Utensilien war dahin. Es herrschte Chaos. Bilder und Zeitungsausschnitte klebten kreuz und quer an den Wänden. Der jetzt vertraute Geruch von Leinöl stieg mir in die Nase. Fleckige Leinwände standen an den Wänden, im Entstehen begriffene

Gemälde auf den beiden Staffeleien – eine Landschaft auf der einen und etwas Herumwirbelndes auf der anderen. Große und kleine Skizzen waren auf dem großen Tisch verstreut. Obenauf lag eine hübsche Skizze von ein paar Herbstblättern. Am liebsten hätte ich mir alle angesehen, aber die gute Erziehung behielt die Oberhand. Vorsichtig wählte ich meinen Weg zwischen den überall auf dem Boden verstreuten Büchern, leeren Bierflaschen und einer Pizzaschachtel, die er ganz offensichtlich vor Mrs. Crisp versteckte. Am Sofa angelangt, machte ich es mir mit Kissen und Polstern gemütlich, nahm mein Buch und schlief ein.

»Na, du bist mir ja eine anregende Gesellschaft«, sagte mein Ehemann, als ich eine halbe Stunde später die Augen aufschlug. »Ich hatte auf eine gewitzte Unterhaltung, Austausch von Ideen, Anregung der kreativen Säfte und ehefrauliches Geplauder der Ermutigung gehofft, und bekommen habe ich nur Schnarchen. Willst du etwas Tee?«

Ich nickte verschlafen.

»Na, dann stell den Teekessel auf und mach welchen, sei ein braves Mädchen.«

Ich betrachtete ihn mürrisch, machte zwei Tassen Tee und brachte ihm eine.

»Was hältst du davon?«

Er hatte eine ganz reizende Skizze von Marilyn angefertigt, wie sie gerade engelsgleich unter ihrem Schopf hervorlugte, was sie für gewöhnlich immer dann tat, wenn sie gleich darauf etwas völlig Unerhörtes machte.

»Das ist perfekt«, sagte ich. »Genau so hat sie geschaut, bevor sie die Packung Schokokekse verschlungen hat. Können wir das rahmen?«

»Tja«, sagte er, »ich dachte, wir könnten das als Weihnachtskarte verwenden. Das wird unser einziges gemeinsames Weihnachten, also könnten wir es doch ein bisschen besonders machen.

Du weißt schon, im Stil von ›Weihnachtsgrüße von Russell und Jenny Checkland‹. Die schicken wir den Leuten, die wir mögen, und in ein paar Jahren werden sie durch ihre Seltenheit einen gewissen Wert erlangt haben. Sie werden zu Sammlerstücken, und wenn ich reich und berühmt bin, werden die Leute sie für ein Vermögen versteigern.«

Noch so etwas, das ich während meines momentanen Elends vergessen hatte. In etwas über sechs Monaten würde ich von hier weggehen, und wohingegen es mir ganz verlockend erschienen war, mir irgendwo eine kleine Wohnung mit Thomas zu teilen, war die Vorstellung, allein zu leben, mit einem Mal nicht halb so reizvoll. Doch ich wollte nicht klammerhaft und pathetisch wirken, also nippte ich an meinem Tee und nickte.

Auch er sagte weiter nichts, und das Schweigen zog sich immer mehr in die Länge. Draußen brach langsam die Dunkelheit herein. Tatsächlich so was wie eine Metapher.

Ein paar Wochen vergingen. Es wurde wärmer. Kevin und ich rodeten immer mehr vom Garten. Wir liehen uns Bücher in der Bücherei aus, und ich lud Verschiedenes aus dem Internet herunter. Dann legten wir alles vor uns aus und bemühten uns nach Kräften. Ich gab mir große Mühe, begeistert zu sein, doch in mir klaffte noch immer ein riesiges Loch in der Größe von Thomas auf.

Russell malte – wir hörten ihn schreien. Manchmal wurde etwas quer durchs Atelier geworfen. An den meisten Nachmittagen war er jedoch unterwegs. Und wenn er dablieb, bekam er einen Anruf, brüllte uns rasch etwas Unverständliches zu, hüpfte in seinen Land Rover und brauste vom Hof. Keiner wusste, wohin er fuhr. Ich überging die kleine Stimme in mir, die sagte: »Du weißt, wohin er fährt«, denn das war es, was Thomas von mir gewollt hätte, und was machte es mir überhaupt aus?

So unaufhaltsam wie die Kontinentalverschiebung drängte der Kater ins Wohnzimmer und lag jeden Abend vor dem Kaminfeuer, wodurch sich im Raum der markante Geruch von warmem Kater verbreitete.

Kevin kehrte von seiner Mutter zurück, sah müde, aber besser aus, und bei seinem nächsten Besuch begleitete ihn Sharon.

Mrs. Crisp verbrachte weniger Zeit auf ihrem Zimmer. Ich lernte, wie man Shepherd's Pie, Chocolate Sponge, Toad in the Hole und Spag Bol zubereitete, mit wechselndem Erfolg. Sollte ihr auffallen, dass sie mir Gerichte für eine Singlefrau beibrachte, so sagte sie nichts.

Marilyn nahm zu, lernte, wie man die Tür zur Stiefelkammer öffnete und von da zur Küche gelangte, und wurde dabei erwischt, wie sie in dem Versuch, an die Obstschale zu kommen, die Tischdecke vom Tisch zog.

»Kluges Mädchen«, sagte Russell bewundernd.

»Böses Mädchen«, tadelte Mrs. Crisp nicht gerade überzeugend.

»Glückliches Mädchen«, sagte ich. Nie ertappte man Marilyn dabei, wie sie sich Sorgen um die Zukunft machte.

Russell und ich waren zum Abendessen bei Andrew und Tanya eingeladen. Ich beobachtete das unaufdringliche Zusammengehörigkeitsgefühl, das aus dem beidseitigen Verständnis füreinander entsteht, und mir wurde klar, dass ich einsamer war als je zuvor.

Der Silberstreif am Horizont bestand darin, dass Onkel Richard und Tante Julia für drei Wochen in Portugal waren, wo sie jedes Jahr hinfuhren.

»Armes Portugal«, sagte Russell. »Was hat es uns nur angetan? Also, Jenny, am Samstag ist dein Geburtstag. Was würdest du gern machen?«

Das hatte ich ganz vergessen. Da meine Tage bislang immer ziemlich ähnlich verlaufen waren, hatte ich kein sehr gutes Zeitgefühl. Für gewöhnlich konnte ich die momentane Jahreszeit bestimmen; es auf einen Monat zu begrenzen, war schon schwieriger; und das genaue Datum zu nennen, war so ziemlich unmöglich. Er hatte gut daran getan, mich daran zu erinnern.

Ich dachte an letztes Jahr zurück. Thomas und ich hatten uns den Film *Das Ding aus einer anderen Welt* ausgeliehen, und zusammen mit einer Familienpackung Schokoriegel verbrachten wir den Abend voll entzückendem Horror. Dieses Jahr tangierte mich das Ereignis nicht einmal.

Doch andere Menschen hatten anderes vor. Russell weckte mich fürchterlich früh und stampfte wie Tigger auf Koffein durchs Zimmer. Wahrscheinlich hatte er vor der Tür gestanden und auf seine Uhr geschaut, bis sie den frühestmöglichen Zeitpunkt anzeigte, den Mrs. Crisp ihm als halbwegs annehmbar genannt hatte.

Er reichte mir eine Tasse Tee. Ein Tablett mit einer Rose wäre nett gewesen, aber das hier war Russell. Wenigstens kam der Tee in einem Behältnis.

»Geburtstagsfrühstück gibt's unten«, verkündete er. »Trödel nicht so lange.«

Glück wäre etwas Schönes gewesen. Fünfzehn Minuten später klopfte er wieder an die Tür. Ich band meine Haare mit einem Haargummi zusammen und öffnete.

»Hier lang«, befahl er und schnappte sich mein Handgelenk, und einen Moment lang war ich wieder zurück an meinem ersten Tag hier, als er mich herumgeführt hatte. Wie aufregend und wunderbar mir alles erschienen war. Als Thomas noch bei mir war. Wie hatte das alles nur so schrecklich schiefgehen können? Auf dem Tisch war ein üppiges Frühstück angerichtet. Russell servierte Sekt-Orange. An meinem Platz standen viele kleine Geschenke. Es rührte mich, dass sie sich so viel Mühe gemacht hatten. Mrs. Crisp schenkte mir ein kleines Buch mit einfachen Rezepten und – ganz wichtig – mit Farbbildern des fertigen Gerichts, so dass ich ein Ziel hatte, auf das ich hinarbeiten konnte. Von Sharon bekam ich einen hübschen Schal. Kevin hatte aus einem Stück Holz eine Maus geschnitzt. Was für ein talentierter Junge er doch war. Und dann stand da noch eine große Schachtel Schokolade von Boxer, dem Kater und Marilyn. Ich öffnete alle Karten und stellte sie auf dem Tisch vor mir ab. Keiner erwähnte, dass nichts von Tante Julia oder Onkel Richard gekommen war. Vielleicht war es ja noch in der Post.

Wir setzten uns zusammen an den Tisch, und sogar ich ließ mich von der Aufregung etwas anstecken. Der Sekt-Orange half auch ein bisschen dabei. Als wir fertig waren, stand Sharon auf, und Russell sagte: »Mach die Augen zu.«

Mit leichtem Unbehagen gehorchte ich. Ich hörte, wie auf dem Tisch etwas Platz geschaffen wurde. Etwas wurde abgestellt. Es wurde geflüstert.

Schließlich sagte Russell: »Okay, Augen auf.«

Es war ein Geburtstagskuchen. Es war überhaupt *der* Geburtstagskuchen schlechthin. Er war fantastisch. Zweistöckig – oder wie auch immer man einen Kuchen mit zwei Etagen nennt, bedeckt von glasierten grünen und lilafarbenen Streifen und Punkten. Die beiden Etagen waren absichtlich schief angeordnet, wodurch er einen herrlich schrägen Anblick bot. Riesige lilafarbene Schleifen aus Zellophan dekorierten die Seiten, und coole grüne Wunderkerzen waren vorsichtig oben hineingesteckt. Es war der beeindruckendste, lustigste Kuchen, der mir je untergekommen war.

Russell zündete die Wunderkerzen an, und alle sangen »Happy Birthday«. Sie sahen so fröhlich und aufgeregt aus, und ganz unvermutet dachte ich, wie viel Glück ich doch hatte und dass ich mir vielleicht doch nicht so viele Sorgen um die Zukunft machen musste.

»Versuch nur ja nicht, die Wunderkerzen auszublasen«, sagte Russell beflissen. »Aber vergiss nicht, dir etwas zu wünschen.«

Das tat ich, und es wurde wahr.

Jeder von uns aß sofort ein Stück Kuchen. Die untere Schicht bestand aus Orange und Zitrone, die obere aus Schokolade, also nahmen sich manche von uns – Russell – gleich zwei Stücke.

Ich fragte Sharon: »Hast du den gemacht?«

Sie nickte stolz und glücklich, und ich entschied in diesem Moment, dass sie eines Tages ihre eigene kleine Konditorei haben würde. Genies wie ihr musste weltweite Achtung widerfahren.

Eier, Schinken, Pilze, Toasts, Marmelade, Geburtstagskuchen und zwei Gläser Sekt-Orange. Ich war fröhlicher als seit Wochen. Ich drapierte den Schal um meinen Hals und legte Buch und Maus vorsichtig zur Seite.

Es folgte eine merkwürdige Pause, und in dem Schweigen vernahm ich das Geräusch eines Motors.

»Ach du liebes bisschen«, sagte Russell. »Ich frage mich, was das nur sein kann.«

»Oh. Vielleicht sollte ich schnell das Gatter öffnen«, meinte Kevin.

»Ich helfe dir«, beeilte sich Sharon zu sagen.

»Ich komme auch mit«, verkündete Mrs. Crisp, und ich starrte sie an und fragte mich, ob ich etwa nicht die Einzige war, die beim Frühstück zu viel getrunken hatte.

Russell blieb kurz stehen und steckte sich ein paar Karotten in die Hosentasche, doch nach fast sechs Monaten Ehe mit ihm überraschte mich nicht mehr viel.

Ein Pferdetransporter fuhr durch das Tor herein. Es wurden viele Anweisungen gebrüllt, die Martin Braithwaite allesamt glücklicherweise ignorierte. Dann stellte er den Motor ab und sprang aus dem Fahrzeug.

»Guten Morgen zusammen. Alles Gute zum Geburtstag, Jenny.« Mit Kevins Unterstützung ließ er die hintere Rampe herunter.

»Stell dich hierher, Jenny«, sagte Russell und verschwand im Transporter. Alles wurde sehr ruhig. Plötzlich stockte mir der Atem. Gleich würde etwas passieren. Er tauchte wieder auf, und ihm folgte, mit sehr vorsichtigen Schritten, ein hübscher, kräftiger Apfelschimmel mit eisengrauer Mähne und Schweif.

Am Rampenende angekommen, hob er den Kopf, spitzte die Ohren und schaute geradewegs mich – mich! – an und gab ein leises, tiefes Grummeln von sich.

Ich war wie versteinert. Große, glänzende dunkle Augen betrachteten mich milde, und anscheinend gab es an mir nichts auszusetzen, denn er streckte den Kopf zu mir.

Ich machte einen Schritt auf ihn zu. Er senkte den Kopf, und ich spürte seinen warmen Atem durch mein T-Shirt hindurch. Vorsichtig streichelte ich über seine Stirn. Er war wunderschön.

»Alles Gute zum Geburtstag, Jenny«, sagte Russell leise und legte mir den Strick in die Hand.

12. Kapitel

Ich empfand dieselbe Ungläubigkeit wie damals, als er mich fragte, ob ich ihn heiraten wolle – dass es zu gut war, als dass es mir wirklich widerfahren könnte.

»Hier«, sagte Russell und reichte mir eine Karotte. »Zeig ihm, dass du seine Freundin bist.«

Vorsichtig nahm der Schimmel die Karotte, seine sanften Lippen kitzelten an meiner Handfläche. Vorsichtig streichelte ich seine samtene Nase.

»Das war gut, Jenny. Du bist sehr selbstsicher«, lobte Russell. Jetzt war vermutlich nicht der geeignete Zeitpunkt, ihm zu sagen, dass ich die letzten fünfzehn Jahre mit einem unsichtbaren Pferd verbracht hatte.

»Darf ich hoffen, dass es mir ausnahmsweise einmal gelungen ist, meine Frau aus den richtigen Gründen heraus sprachlos gemacht zu haben?«

Ich nickte, konnte den Blick noch immer nicht abwenden. Der Schimmel hatte die Karotte aufgefressen und schaute sich jetzt ruhig im Hof um; scheinbar fühlte er sich ganz zu Hause.

Russell plapperte weiter: »Du hast nie gefragt, wohin ich immer unterwegs war, also danke, dass du es mir so einfach gemacht hast. Ich muss schon sagen, ich war die letzten Monate im ganzen Land unterwegs. Fast hättest du eine hübsche kleine Stute mit mahagonifarbenem Fell und dem Namen Firefly bekommen, aber irgendetwas hat mich davon abgehalten, und sobald ich diesen Kerl hier sah, wusste ich, das ist deiner. Er ist absolut zuverlässig. Er ist lieb und zutraulich und ein richtiger Gentleman. Seine vorherige Besitzerin sagte, tatsächlich sei er immer von allein stehen geblieben, wenn sie gestürzt sei, und habe darauf gewartet, dass sie sich wieder aufrappelte. Er liebt Aufmerksamkeit und mag es, gestriegelt zu werden. Ich glaube, ihr zwei seid wie füreinander geschaffen.«

Ich bekam den Satz fast nicht heraus. »Wie heißt er?«

»Thomas.«

Ich schnappte nach Luft. Thomas war gegangen – aber er hatte jemanden geschickt. Ich hätte es wissen müssen. Ich hätte ihm vertrauen sollen. Er würde mich nie völlig allein lassen. Ein warmes Gefühl der Freude durchflutete mich.

»Er ist wirklich für mich?«

»Er ist wirklich für dich.«

Ich richtete Thomas' Schopf gerade aus und streichelte seinen Kopf, zu überwältigt, um zu sprechen.

»Danke.«

»Gern geschehen.«

»Nein, wirklich, danke.«

»Nein, wirklich, gern geschehen.«

Dann kam mir ein Gedanke. Leise sagte ich: »Aber w-w-was ist mit, d-d-du weißt schon, nächstem Jahr?«

»Darüber reden wir später. Sollen wir ihn in den Stall bringen, damit er seine verrückten Mitbewohner kennenlernt? Halte den Strick einfach gut fest, gib dir den Anschein, als wüsstest du, was du tust, und führ ihn dann hinein. Kevin, machst du bitte seine Boxentür auf?«

Die erste Box stand noch immer leer, aber ich führte ihn in die zweite. Marilyn war direkt daneben und Boxer in der großen am hinteren Ende. Die beiden reckten die Hälse so weit, dass sie fast umfielen.

»Ja, es ist sehr einfach, festzustellen, wer von der Belegschaft hier der Kopf sein wird«, sagte Russell, der hinter uns herkam. »Man muss schon sagen, würde man hier bei den beiden einen Stein auf den Tisch legen, dann wäre das noch immer die intelligenteste Sache weit und breit.«

Stolz führte ich Thomas in seine Box, in der Kevin alles für ihn vorbereitet hatte. Ich löste den Strick, tätschelte ihn ein letztes Mal und ging dann zu Russell.

»Das wäre es«, sagte er. »Lassen wir ihn ein bisschen in Frieden. Dann können die drei sich kennenlernen, und falls Marilyn ihn nicht aufgefressen hat, lassen wir sie später zusammen raus. Hat hier noch jemand Lust auf ein Stück Kuchen?«

Aber ich konnte einfach nicht weggehen. Ich sah Thomas zu – meinem Thomas –, wie er seine Box inspizierte, an seinem Heunetz knabberte, durch die Trennstäbe zu Marilyn schaute, die ihn ebenfalls anblickte, und dann offensichtlich einschlief.

»Hab's dir doch gesagt«, sagte Russell, der mit einem Teller und einer Tasse in der Hand wieder auftauchte. »Den bringt nichts aus der Ruhe. Das hat hier noch gefehlt, jemand mit ein bisschen Grips. Sollte ich im Übrigen deinen Kater noch einmal in meinem Bett vorfinden, dann verarbeite ich ihn zu Handschuhen.«

»Russell …«

»Ja, Liebes? Willst du den Kuchen?«

Ich schüttelte den Kopf. »Russell, was ist, w-w-wenn ich gehe? Den Kater werde ich wohl mitnehmen können, aber ein Pferd …?«

»Ich habe dir doch gesagt, dass ich dir helfe, was zu finden. Und sollten wir nichts finden, dann kannst du ihn immer noch hierlassen. Mir macht das nichts aus. Und Mrs. Crisp würde sich freuen, dich zu sehen, wenn du vorbeikommst.«

»Russell, deine n-n-nächste Frau wird nicht wollen, dass ich mehrmals in der W-W-Woche hier auftauche.«

»Meine nächste Frau?«, fragte er, wie vom Blitz getroffen. »Welche nächste Frau?«

»Na ja, wenn ich n-n-nicht mehr da bin, w-w-wirst du immer noch Geld brauchen, oder? Du solltest dich umsehen, damit du schon jemanden hast. Ein sanfter Übergang.«

Er stellte tatsächlich den Kuchen weg. »Ich will sonst niemanden heiraten«, antwortete er nach einer langen Pause.

»Aber was ist m-m-mit ...?«

»Ich weiß nicht. Ich denke mir was aus. Aber es wird definitiv keine Hochzeit; das lass dir gesagt sein.«

Kaum hörbar fragte ich: »W-w-war es so schlimm?«

»Nein, natürlich nicht, aber irgendwie kann ich mir einfach nicht vorstellen, noch mal zu heiraten.«

»Russell, du bist ein Idiot. D-d-du bist sympathisch, einigermaßen charmant, wenn du dir Mühe gibst, und du hast ein schönes Zuhause. Wenn die F-F-Frauen in Rushford nicht ganz auf den Kopf gefallen sind, dann wirst du sie von hier verjagen müssen.«

»Dann wird Mrs. Crisp meine Anstandsdame und mein Bodyguard. Ich kaufe ihr eines dieser Headsets und eine dunkle Sonnenbrille.«

Er würde zu Francesca zurückgehen. Sobald die Tür hinter mir ins Schloss gefallen wäre, würde sie sich über ihn hermachen wie ein bengalischer Tiger über eine festgebundene Ziege.

Er schaute mich an. »Nein, werde ich nicht.«

»Was wirst du nicht?«

»Wieder mit Francesca zusammenkommen. Ich verbrenne mich kein zweites Mal. Ich bin ein für alle Mal fertig mit langbeinigen Rothaarigen. Sie bringen einem nichts als Ärger«, sagte mein langbeiniger rothaariger Ehemann.

Ich legte ihm eine Hand auf den Arm. »Ich mache mir Sorgen um dich.«

Etwas Merkwürdiges flackerte kurz auf und war dann auch schon wieder verschwunden. »Tja, und ich mache mir Sorgen um dich. Versprich mir einfach, dass du nicht zu deiner Tante zurückgehen wirst.«

»Ich verspreche es.«

Thomas bewegte sich wieder in seiner Box und holte mich ins Hier und Jetzt zurück.

»Ich habe mich gar nicht bei dir bedankt.«

»Doch, hast du.«

Ich nahm ihn in den Arm und drückte ihn so fest ich konnte. Es war das erste Mal, dass ich das machte.

»Danke, Russell. Vielen, vielen Dank. Du w-w-weißt gar nicht, wie viel mir das bedeutet.«

Er versteifte sich etwas und tätschelte linkisch meine Schulter. Ich brachte ihn in Verlegenheit, also löste ich mich von ihm und trat etwas zurück.

»Also noch mal danke.«

Rasch wandte er sich ab und fing an, einen staubigen Schrank zu durchwühlen.

»Und noch mal gern geschehen.«

Ein paar Tage später hatte ich meine erste Reitstunde.

Sie markierten einen Platz auf der zweiten Weide, Ölfässer an jeder Ecke, beschriftet mit A, B, C und, wer hätte es gedacht, D. Ich nahm an, dass es in ihrem Interesse war, denn ich war bereits mit dem Alphabet vertraut, und Thomas konnte vermutlich nicht lesen. Ich trug einen schicken Reithelm und kletterte mit Hilfe einer Kiste unbeholfen in den Sattel. Es ging ein ganzes Stück nach oben. Von da konnte ich fast das Meer sehen.

Boxer schaute über die Hecke zu. Marilyn spähte durch die Hecke, und alle anderen sahen vom Tor aus zu.

Mit Russell, der wie ein Zirkusdirektor in der Mitte stand, lenkte ich Thomas von A nach B, bog nach links zu C ab, dann weiter zu D und zurück zu A und so weiter. Sobald ich mich an diese Merkwürdigkeit gewöhnt hatte, war es nicht mehr zu schwer. Dann trabten wir, und ich hoppelte herum wie ein sehr unelegantes ... wie ein sehr unelegantes Etwas. Wir beendeten das Ganze mit einem Spaziergang den Weg hinauf, damit ich bei den Braithwaites angeben konnte. Ihre achtjährige Tochter Fiona saß auf ihrem Pony, sprang mit ihm leichtfüßig über Zäune, die größer aussahen als ich, und ihre stolzen Eltern sahen ihr dabei zu. Alle winkten.

Zurück zu Hause musste ich meine Beine erst daran gewöhnen, wieder Boden unter den Füßen zu haben, und dann musste ich Thomas unter Russells wachsamem Blick trocken reiben, die Hufe auskratzen – er hob sie für mich hoch, was für ein Gentleman –, sein Gebissstück auswaschen und Sattel- und Zaumzeug putzen. Das alles dauerte dreimal so lange wie das Reiten an sich, und ich war zum Schluss völlig erschöpft. Kein Wunder, dass Russell so dünn war.

Aber ich lernte. Ich lernte tatsächlich reiten. Und der Tag, an dem Russell auch Boxer sattelte und wir zusammen ins Moor hinaufritten, war einer der schönsten meines Lebens. Wir ritten viele Meilen und verschlossen unsere Ohren vor den ängstlichen Schreien einer kleinen, unter Trennungsangst leidenden Eselin, die vom Tal zu uns heraufdrangen.

Sie war im Hof, als wir zurückkamen. Ich nahm an, Mrs. Crisp und Sharon hatten in unserer Abwesenheit mit ihr gespielt, doch das änderte nichts an den Beschimpfungen, die wir bei jedem Schritt durch den Hof über uns ergehen lassen mussten. Wir ließen die beiden Pferde auf die Koppel, wo sie sich sofort ausgiebig wälzten, und während sie auf dem Rücken lagen und die Beine durch die Luft wirbelten, meckerte sie auch die beiden an.

»Hat sie denn keinen Lautstärkeregler?«, fragte Kevin und versuchte, sich außer Hörweite zu bringen.

Mrs. Crisp, die vergeblich etwas sagen wollte, formte an mich gewandt lautlos ein paar Worte mit den Lippen. Sie versuchte es erneut, gerade dann, als Marilyn endlich verstummte, und die Worte: »Sie sind also auf dem Weg hierher« hallten durch den Hof.

Russell trat einen Schritt zurück. »Warum brüllen Sie mich so an?«

Was sie zu diesem Zeitpunkt mit ihm angestellt hätte, fand man nie heraus, denn mit derselben Unausweichlichkeit von Tod und Steuern tauchten meine Verwandten auf.

»Schnell«, sagte Russell. »Lass mich dich ansehen.«

»Was?«

»Hast du Prellungen? Bist du verletzt? Krank? Unglücklich? Müde? Antworte schnell. Damit ich mir eine Ausrede überlegen kann.«

»Es geht mir gut«, antwortete ich und verkniff mir dabei ein Lachen. »Ausnahmsweise ist dir n-n-nichts vorzuwerfen.«

Wenn ich mich da mal nicht getäuscht hatte.

Ich hatte nämlich vergessen, den Reithelm abzunehmen.

Sie blieben wie angewurzelt stehen, als ihnen klarwurde, was das bedeutete.

Tante Julia öffnete den Mund.

Heldenhaft sprach Onkel Richard als Erster.

»Um Himmels willen, Jenny! Reitest du etwa?«

»Ja«, sagte ich stolz. »Ich habe mein eigenes Pferd.«

»Wie aufregend. Kann ich es sehen? Julia, komm, sehen wir uns Jennys Pferd an.«

Wir hatten Glück, die Pferde hatten ihre Bäuche genug zur Schau gestellt, standen wieder richtig herum da und grasten friedlich. Sie übergingen die Zuschauer am Gatter, aber Marilyn trippelte geschäftig heran, um sie unter die Lupe zu nehmen.

Einen Moment lang gaben wir ein ganz normales Bild ab. Die Verwandten, die das Geburtstagsgeschenk der Nichte bewunderten. Dann setzte leider der Ton ein.

»Russell, versuchst du etwa, deine Frau umzubringen?«

Tja, dieses Mal rückte sie geradewegs mit der Sprache heraus und nannte es beim Namen.

»Ich glaube, wir beide kennen die Antwort darauf, Julia.«

»Sind Sie wahnsinnig? Das Risiko ... Sie ist nicht kräftig ... Richard, du kannst nicht zulassen, dass sie damit weitermacht.«

»Also wirklich, Julia, warum sollte das so schlimm sein? Ich nehme doch an, dass sie nicht allein ausreitet, Russell?«

»Noch nicht. Und sie geht auch nicht auf die Straßen. Nur den Weg hoch ins Moor. Da ist es sehr ruhig, und man sieht keine Menschenseele. Abgesehen von Michael Braithwaite mit seinen Hunden ab und an. Und ganz bestimmt kein Verkehr. Außerdem kommt sie sehr gut zurecht, Richard. Und das Pferd ist äußerst zuverlässig. Es gibt wirklich nichts, worüber man sich Sorgen machen müsste.«

Ausnahmsweise gab er sich große Mühe, zur Abwechslung mal versöhnlich zu sein. Er wusste, wie viel mir das bedeutete, und würde nicht zulassen, dass es mir von jemandem weggenommen wurde. Dafür war ich ihm wirklich dankbar.

Thomas kam zu uns, um nachzusehen, wer diese Leute waren. Ich streichelte ihn. »Schau nur, Tante Julia, wie lieb er ist.«

Unsicher sah sie zu ihrem Ehemann. »Richard ...«

Das musste man Onkel Richard zugutehalten, er war vielleicht eine Verkörperung des sanftmütigen Clark Kent, aber wenn er etwas sagte, dann hörte Tante Julia zu.

»Meine Liebe, ich glaube, du machst dir da unnötig Gedanken. Das wird Jenny guttun. Sie lernt, Verantwortung zu übernehmen. Russell, ich weiß, wir müssen gluckenhaft auf Sie wirken, aber wir erinnern uns daran, wie sie war ... als es ihr nicht so gutging wie in letzter Zeit.«

»Natürlich, Sir. Das verstehe ich, aber Sie müssen sich nur ansehen, wie sehr sie sich verändert hat, um zu verstehen, wie gut das für sie ist. Ich hoffe, sie bekommt Ihren Segen. Reiten verschafft ihr große Freude, und Ihr Unmut würde diese bestimmt trüben.«

Alle redeten sie über mich, als wäre ich gar nicht da – wie immer –, doch gerade als ich das dachte, wandte sich Russell um und zwinkerte mir, ungesehen von meinen Verwandten, zu.

»Vielleicht haben Sie ja recht. Aber Jenny, versprich mir bitte, dass du dich nicht auf öffentliche Straßen wagst.«

»Das verspreche ich, Onkel Richard.«

»Und dass du aufpassen wirst.«

»Ja, ich werde aufpassen. Ich bleibe ja nur auf dem W-W-Weg ins Moor h-h-hoch. Und Thomas ist sehr zuverlässig.«

»Heißt er so? Erzähl mir von ihm.«

Also zog ich mit Onkel Richard los und redete über Thomas, während Russell ganz heroisch Tante Julia mit ins Haus nahm, wo sie hoffentlich zu Erfrischungen genötigt wurde, ehe sie wieder ging.

Onkel Richard hatte scheinbar keine Eile, ihnen ins Haus zu folgen, also blieben wir am Gatter gelehnt in der Sonne stehen. Mir fiel wieder der Abend vor der Hochzeit ein, wie sehr es mir gefallen hatte, mit ihm zu reden. Er erzählte mir von ihrem Urlaub in Portugal und ein, zwei Erlebnissen dort.

»Und ich muss schon sagen, Jenny, dein Sprechen hat sich ziemlich verbessert. Du zögerst noch immer ein bisschen, aber es ist schön zu sehen, wie viel Sicherheit du gewonnen hast. Du weißt, dass ich aufgrund deiner Hochzeit etwas besorgt war, aber zu meiner großen Freude habe ich mich da wohl getäuscht. Er ist nicht derjenige, den ich ausgesucht hätte, aber er tut dir zweifellos gut. Es freut mich sehr zu sehen, wie gut es bei euch beiden läuft.«

Das berührte mich sehr. »Vielen Dank, Onkel Richard.«

Ich fühlte mich schuldig. Er würde sich schrecklich aufregen, wenn es zur Scheidung kam. Und noch mehr, wenn ich danach nicht wieder bei ihnen wohnen würde. Aber das war Zukunftsmusik. So langsam eignete ich mir Russells »Ich denke mir schon was aus«-Haltung an.

»Und jetzt«, sagte er in konspirativem Flüsterton, »sollten wir vermutlich besser unsere beiden anderen Hälften aufsuchen. Man weiß immer nie so genau, wie lange der Waffenstillstand währt. Und man sollte das Wohlwollen nicht überstrapazieren, oder?«

Sie hatten mir ein Geburtstagsgeschenk vorbeigebracht und entschuldigten sich für dessen verspätetes Eintreffen. Büchergutscheine, über die ich mich immer freute. In meinen Vor-Russell-Tagen verbrachte ich Wochen im Buchladen, ehe ich meine Entscheidung traf. Da ich so viel Zeit zum Totschlagen hatte, war das der wichtigste Teil der Geschenke. Die Kehrseite war, dass der Buchladen Christopher gehörte und ich zunächst sehr abgeneigt gewesen war, etwas zu seinem Gewinn beizutragen, bis dann allen schmerzlich klarwurde, dass Christopher nicht in der Lage war, ein ordentliches Leben oder gar ein Geschäft zu führen, und dass der Buchladen vermutlich ab dem Moment, als er ihn übernahm, keinerlei Gewinn erwirtschaftet hatte. Manchmal fragte ich mich, wie viel es sie wohl kostete, ihn am Laufen zu halten.

Wir winkten ihnen zum Abschied zu und badeten in Wohlwollen und Sonnenschein. Russell verschwand in sein Atelier, und Kevin und ich blieben, bewaffnet mit unseren Massenvernichtungswaffen, wieder einmal im Garten hängen.

Und so verlief praktisch der ganze Sommer. Morgens ritt ich mit Russell aus, dann ging er in sein Atelier, und ich machte mich über den Garten her. Manchmal beugte sich Russell zum Fenster hinaus und rief uns irgendeinen Ratschlag zu oder kritisierte. Manchmal antwortete ich, er solle einfach die Klappe halten.

Kevin schrieb sich in seinen Lehrgang ein. Mrs. Crisp wirkte konzentrierter denn je und sprach nicht mehr von Kündigung. Sharon erstellte einen Businessplan, und Russell malte. Mit den meisten Sachen war er nicht zufrieden, und ein paarmal segelte etwas aus seinem Fenster und landete im Garten, aber im Großen und Ganzen waren wir ein glücklicher, kleiner Haufen. Ich fing an, mein Leben zu genießen, aber auf einmal raste die Zeit nur so dahin, und plötzlich war es Herbst.

Kevin und ich hatten den Großteil des Gartens auf Vordermann gebracht. Ein, zwei Sachen durften stehen bleiben, dass meiste gruben wir jedoch aus. Kevin klagte beim Ausgraben lauthals über seinen Rücken, und ich beschwerte mich lauthals über den Gestank, während ich das Grünzeug zum Misthaufen karrte und dort ablud.

Wir fanden den Brunnen und kratzten den zähen, schwarzen, abgestandenen Inhalt heraus. »Wie gut aber auch, dass wir kein gemeinsames Schlafzimmer haben«, meinte Russell. »Es wäre sehr unhöflich, dich aus meinem Bett zu werfen, aber ich muss schon sagen, Jenny, du bist eine sehr streng riechende Frau!« Und das von einem Mann, der in unterschiedlichsten Kombinationen nach Pferd, Zitrone, Leinöl, Weichspüler und Bier roch. Wir füllten den Brunnen mit Wasser und stellten tags darauf erstaunt fest, dass er wieder leer war.

»Ihr braucht eine Plane«, rief Russell uns von seinem Fenster aus zu. »Macht euch nicht die Mühe, ihn mit Zement verschließen zu wollen. Das funktioniert nie. Besorgt euch eine Plane und macht dann einen neuen Abschluss mit den Ziegelsteinen. Etwas, auf das man sich setzen kann. Wartet. Ich komme runter.«

Eine Woche lang hüpfte uns dann Russell zwischen den Beinen herum, doch er wusste, was er tat, und letzten Endes waren wir zwar durchnässt und dreckig, aber wir hatten ein wasserdichtes Becken mit einem schicken Ziegelrand, der zudem noch als Bank verwendet werden konnte. Ich muss zugeben, dass die Männer die meiste Arbeit machten, aber ich durfte den Schlauch halten.

Kevin fand das Flittchen in einem der Außengebäude, größtenteils unbeschädigt, obwohl sie die Kleider noch immer nicht am Leib behielt. Russell tätschelte sie zärtlich.

»Perversling«, sagte ich.

»Nein, nein. Sie war ein wichtiger Teil meiner Erziehung.«

»Die Proportionen stimmen überhaupt nicht. Ein W-W-Wunder, dass sie überhaupt aufrecht stehen kann. Und nicht erstaunlich, dass ihr so die Kleidung runterrutscht.«

»Ja«, sagte Kevin und starrte sie dabei an.

Ich überließ es ihnen, zu versuchen, sie wieder auf ihren Sockel in der Mitte des Beckens zu bugsieren, wobei ihre Hände etwas länger auf der Statue verweilten, als ich für nötig erachtete.

Sommerlicher Herbst wurde langsam zu winterlichem Herbst. Die Blätter färbten sich. Wir erwachten bei gelegentlichem Frost. Ich war jetzt seit fast neun Monaten verheiratet, eine Veteranin in Sachen Ehe. Russell versuchte einen Korpus an Gemälden zusammenzustellen, die er den Galerien vor Ort anbieten konnte. Er war angespannt, gestresst und beschäftigt. Ich fing an, allein auszureiten.

»Ja, natürlich kannst du das«, sagte er, ohne den Blick von der Leinwand vor ihm abzuwenden. »Thomas ist vernünftig genug für euch beide. Gib aber immer jemandem hier Bescheid, und sieh zu, dass du stets vor dem Dunkelwerden wieder zurück bist. Das meine ich ernst, Jenny. Im Dunkeln sieht es da oben ganz anders aus.«

Ich nickte. Das erste Mal ritt ich nicht sehr weit, doch mit jedem Ausflug wurde ich etwas mutiger. Außerdem war da dieses lange, gerade Stück kurz vor Pen Tor, wo wir es so richtig schön laufen lassen konnten.

Ich hatte es nicht auf einen solch heftigen Streit angelegt. Russell war müde und angespannt, und ich war, in dem Bewusstsein, dass die Zeit nur so verflog, ein paar Immobilienangebote durchgegangen und hatte diese versehentlich auf dem Tisch liegen lassen. Er explodierte regelrecht. Keine Ahnung, weshalb. Und dann explodierte ich natürlich auch, schließlich machte ich mir Sorgen um meine Zukunft, und er polterte in sein Atelier und brüllte, wenn ich das so sähe, dann solle ich doch so schnell wie möglich von hier verschwinden, und ich erwiderte, ich würde bis zum Monatsende verschwunden sein, und er sagte, na fein, und ich sagte, abgemacht, sattelte Thomas, sagte Kevin, ich sei nur eine Stunde weg und verschwand in flottem Trab.

Mir war nicht danach, lange oben im Moor zu bleiben. Der Tag war klar und kalt, und Thomas griff weit aus. Ich beugte mich über seinen Nacken und genoss den Wind im Gesicht.

Als ich die Augen öffnete, wurde der Himmel bereits dunkler. Das verschwommene Licht stellte sich als Sterne heraus. Und es war sehr, sehr kalt.

Ich lag rücklings auf dem harten Boden, versuchte, den Kopf zu heben, krampfte mich zusammen und erbrach, doch danach ließ der Schmerz in meinem Kopf etwas nach. Ich wischte mir den Mund ab, rollte mich vorsichtig auf den Bauch und hielt den Kopf so ruhig wie möglich, während ich versuchte aufzustehen. Meine Hüfte schmerzte, ebenso Arm und Schulter. Ich war gestürzt. Hier oben im Moor. Wie war das passiert? Ein leises Geräusch ließ mich umdrehen. Thomas stand ganz in der Nähe, mit gesenktem Kopf, der Sattel hing schief an einer Seite.

Ich machte einen Schritt auf ihn zu und erbrach mich erneut, was gar nicht lustig war, doch wieder fühlte ich mich danach etwas besser. Und ich sah auch nicht mehr alles so verschwommen. Zumindest sah ich deutlich genug, um dunkle Blutflecken und ein Gewirr aus Draht um seine Vorderbeine auszumachen. Wieder gab er einen gequälten Laut von sich.

Mein erster Impuls war, nach Hause zu rennen und Hilfe zu holen. Das hier war schlimm. Ich wusste nicht, was ich tun sollte. Aber das konnte ich nicht machen. Thomas würde versuchen, mir zu folgen und erneut stürzen. Ich hatte ein schreckliches Bild von ihm vor Augen, wie er gegen den Draht ankämpfte, um mir hinterherzuhumpeln, nachdem ich ihn zurückgelassen hatte. Weinend vor Schmerzen. Ängstlich und allein.

Ich musste ihn freibekommen, und das musste jetzt passieren. Ehe es stockfinster war. Ich konzentrierte mich auf meine Finger, die ich alle doppelt sah, setzte mich vor ihn und suchte nach dem Ende des Drahtes. Genau wie beim Kater dachte ich, wenn ich erklärte, was ich tat, dann half es ihm, ruhig zu bleiben. Und mir ebenfalls. Der Draht war sehr dünn, was gut war, denn so war er biegbar, und gleichzeitig schlecht, weil er seine Beine übel zerschnitten hatte.

Ich versuchte, die Tränen zurückzuhalten, sonst hätte ich nämlich gar nichts mehr gesehen, außerdem wollte ich Thomas nicht noch mehr beunruhigen. Er war so lieb. Stocksteif stand er da, während ich herumhantierte. Zunächst war ich darüber sehr dankbar, doch dann machte ich mir immer mehr Sorgen und fragte mich, wie schlimm er verletzt war und ob er sich wohl überhaupt würde bewegen können. Sollte das der Fall sein, dann hätte ich besser sofort Hilfe geholt. Während es noch etwas hell war. Ich hatte die falsche Entscheidung getroffen. Ich geriet in Panik, zog an dem Draht, und er wieherte schmerzvoll auf.

Ich zwang mich dazu, langsamer zu machen. Mir schien, wenn ich den Draht ausreichend lockerte, dann könnte ich seinen Huf vielleicht freibekommen.

Vorsichtig fuhr ich mit der Hand an seinem Bein herunter, spürte nichts, was da nicht hingehörte, und er zuckte nicht einmal zusammen, was das Beste war. Also stand ich vorsichtig auf, beugte mich noch vorsichtiger nach unten und hob seinen Huf hoch. Der Gute verlagerte das Gewicht und ließ es zu. Ich zog den Draht weg, verfuhr beim anderen Bein genauso, und endlich war er befreit.

Am liebsten hätte ich den Draht so weit wie möglich von uns weggeworfen, aber das wäre unklug, also wickelte ich ihn auf und steckte ihn in meine Tasche. Dann zog ich meine Jacke aus, denn obwohl mir kalt war, war Thomas, als ich seine Ohren berührte, noch viel kälter. Ich sattelte ihn ab, ließ den Sattel einfach liegen und legte ihm meine Jacke über den Rücken.

»So, mein Junge«, sagte ich bemüht fröhlich. Ich strich seinen Schopf glatt, wie ich das immer tat, streichelte ihm über die Nase und schaute mich um.

Da ich mich nicht an den Sturz erinnern konnte, war ich mir auch nicht sicher, wo genau ich mich in diesem grauen Moor befand. Ich machte mir Sorgen, vielleicht in die verkehrte Richtung zu sehen. Das passierte hier so einfach. Ich war vom Weg abgekommen, und überall standen Felsen hervor. Ich hätte mich an keinem schlimmeren Ort befinden können. Wie durch ein Wunder hatte ich mir keine ernsthaften Verletzungen zugezogen, aber jemand wachte über mich, da war ich mir sicher. Hier lagen so viele Felsen herum, und ich war mit keinem von ihnen kollidiert.

Ich setzte das Geschehene langsam zusammen, erinnerte mich daran, durch das Gatter geritten zu sein, den Weg hinauf, immer schneller – und dann – nichts mehr.

»Was ist mit dir, Thomas?«, fragte ich. »Hast du eine Ahnung, wo wir sind?«

Er hob den Kopf etwas und gab schon wieder dieses leise Geräusch von sich, das mir so große Angst machte. Ich sah mich um. Die Nacht brach herein. Der Himmel war sternenklar. Der Wind hatte sich gelegt. Es war kalt und würde noch kälter werden. Immer mehr blasse Sterne waren zu sehen. Kalte, harte Lichtpunkte. Wie Diamanten im Himmel.

Ich schnallte das Gebiss heraus, damit er es bequemer hatte – er würde mir auch ohne folgen.

Zumindest würde er das, wenn ich ihn dazu bekäme loszulaufen. Wenig überraschend hatte er keine große Lust, es zu versuchen. Ich legte meine Hand unter sein Kinn, schnalzte, wie ich es immer tat, um ihm zuzureden, und sagte dann mit fester Stimme: »Komm schon, Thomas.« Es war wichtig, dass wenigstens einer von uns beiden so aussah und klang, als wüsste er, was er tat. Ich lief los, als wäre es ganz selbstverständlich, dass er mir folgte.

Er machte einen vorsichtigen Schritt und dann noch einen.

»Braver Junge«, lobte ich, und seine Ohren zuckten. »Und noch einen Schritt für mich, so ist es gut.«

Er hatte Schmerzen und bewegte sich nur widerwillig, aber er folgte mir. Mir ging das Herz vor Liebe und Dankbarkeit über. Er vertraute mir. Nie zuvor hatte mir jemand vertraut. Ich hoffte, dass er nicht glaubte, ich würde den Weg nach Hause kennen, denn ich hatte keine Ahnung, wo wir waren. Mir tat alles weh. Mein Kopf pochte. Immer wieder verschwamm alles vor meinen

Augen. Und mir war kalt. Eiskalt. Ich zitterte heftig, aber das könnte auch am Schock liegen. Ich ließ Thomas den Weg wählen. Eine Hand hatte ich auf seinem Widerrist abgelegt, lehnte mich immer mal wieder an ihn und sagte, dass wir schon fast zu Hause seien.

Wir suchten unseren Weg durch die Felsen und gelangten auf den Pfad. Ich sah nach links in die aufgezogene Finsternis, dann nach rechts in dieselbe Finsternis. Thomas bog nach rechts ab.

»Schlauer Bursche«, lobte ich, und wir gingen weiter. Sehr langsam, denn keiner von uns war in der Verfassung, sich zu beeilen, was recht bedauerlich war, mir wurde nämlich von Minute zu Minute kälter. Ich fing an zu zittern und dachte ernsthaft darüber nach, meine Jacke wieder anzuziehen, aber der arme Thomas sah so schockiert und verschreckt aus, außerdem war ich für ihn verantwortlich. Er war mein Pferd, und ich musste ihn nach Hause bringen. Uns beide. Da war sonst keiner. Es hing von mir ab.

»Es hängt von mir ab«, sagte ich ihm, und die Worte gaben mir zusammen mit unseren Schritten einen Rhythmus vor. Hängt von mir ab. Hängt von mir ab.

Ich dachte schon, dass es ja eigentlich gar nicht so weit war, als er wie angewurzelt stehen blieb und sich weigerte weiterzugehen.

»Nein«, sagte ich panisch, weil wir doch schon so nah dran waren. »Du darfst nicht stehen bleiben, Thomas. Du musst weitergehen. Komm schon, sei ein braver Junge, nur noch ein bisschen.«

Doch er rührte sich nicht.

Ich versuchte alles. Ich schmeichelte, befahl, schrie, weinte, bettelte. Nichts. Unbeirrbar stand er da. Gab keinen Mucks von sich. Und schließlich schwieg auch ich. Hilflos starrte ich vor mich hin. Ich konnte ihn nicht tragen, und ich würde ihn nicht zurücklassen, also machte ich das Einzige, was mir blieb. Ich setzte mich hin.

Es war jetzt fast völlig dunkel. Ich stützte meinen schmerzenden Kopf in die Hände und lauschte in die uns umgebende Stille.

Nein, ganz ruhig war es nicht. Ich hörte Wasser. Wasser, das ganz in unserer Nähe gurgelte. Ich rappelte mich auf, sagte zu Thomas: »Bleib hier«, als würde er irgendwo hingehen, doch es verschaffte mir die Illusion von Kontrolle, dann ging ich dem Geräusch nach.

Ich sah den Bach, sah, wie das Sternenlicht darin auffunkelte, während das Wasser über die Felsen plätscherte. Und dann fielen mir Russells Worte wieder ein. »Wenn du dich verirrst, dann such Wasser und folge ihm.«

Leider war es zu dunkel, um zu sehen, in welche Richtung das Wasser floss, aber ich fand ein altes Taschentuch in meiner Hosentasche, warf es in den Bach und sah den hellen Fleck zu meiner Linken entschwinden.

Wir gingen in die falsche Richtung.

Wir hatten alles gegeben und waren in die falsche Richtung gegangen. Fast hätte ich mich hingesetzt und losgeweint. Wie dumm war ich nur? Ich hätte einfach da bleiben und warten sollen, bis man mich fand. Andere wussten immer, was zu tun war. Warum war ich so ...?

Und dann dachte ich, nein, ganz und gar nicht dumm. Ich war Thomas gefolgt, der mich zu diesem Bach gebracht hatte, und wenn wir ihm nach unten folgten, wären wir aus dem Moor und in Sicherheit. Vermutlich sehr viel schneller, als würden wir dem Weg folgen. Der in der Dunkelheit noch dazu nur schwer auszumachen war. Ich hatte ihm vertraut, und jetzt vertraute er mir, uns nach Hause zu bringen.

Und das würde ich. Ich spritzte mir etwas Wasser ins Gesicht und brachte ihm etwas in meinen gewölbten Handflächen.

»Komm schon, mein Sonnenschein«, sagte ich fröhlich. »Wir beide sind doch viel zu schlau, um hier oben zu sterben. Lass uns zurückgehen und ihnen von unserem Abenteuer erzählen, ja?«

Also folgten wir dem Bach nach unten. Der Weg war sehr uneben, und wir gingen sehr vorsichtig. Meine Hand lag die ganze Zeit auf Thomas. Ich erzählte ihm von meiner Kindheit. Von der Schule. Von meiner Tante und meinem Onkel. Ich erzählte ihm von Francesca, ebenso wie von Russell – das dauerte ziemlich lange. Hin und wieder wandte er seine Ohren in meine Richtung. Er hörte zu.

»Wir schaffen das«, sagte ich ihm. »Wir schaffen es nach Hause. Und du, mein schlauer Freund, kommst in den warmen Stall, bekommst einen besonderen Leckerbissen und kannst den beiden anderen eine tolle Geschichte erzählen. Wir schaffen das, Thomas. Wir schaffen es nach Hause. Das verspreche ich dir.«

Inzwischen war es jedoch vollkommen dunkel. Nirgendwo war Licht zu sehen. Ein eisiger Wind wehte von der leeren Ödnis zu uns herüber. Noch war der Mond nicht aufgegangen. Ich hatte keine Lampe. Und mir war so kalt. Ich klemmte meine Hände in die Achseln und zog meine Kapuze hoch. Aber das half nichts.

Jetzt musste ich entscheiden, ob wir es riskieren sollten, uns beim Herumstraucheln in der Dunkelheit noch mehr zu verletzen, oder ob wir uns hinsetzen und auf mögliche Hilfe hoffen sollten. Wenn wir weitergingen, könnte einer von uns erneut stürzen, und dieses Mal würden wir vielleicht nicht mehr aufstehen. Aber wenn wir uns hinsetzten, dann würden wir erfrieren.

Thomas nahm mir die Entscheidung ab. Er blieb stehen. Darin lag eine gewisse Endgültigkeit. Dieses Mal war mir klar, dass er nicht weitergehen konnte.

Ich dachte nicht einmal daran, ihn allein zurückzulassen. Das würde ich niemals tun. Tja, wenigstens hatte sich damit die Frage erübrigt, was ich tun würde, wenn ich mich von Russell trennte.

In einem Grab verfaulen lautete die Antwort. Für ihn käme das ganz passend. Er würde das Geld und das Haus behalten.

Ich zog meine Jacke ein bisschen höher auf Thomas' Widerrist. Er ließ den Kopf so tief wie nie zuvor hängen. Ich kraulte ihn mit eiskalten Händen hinter den Ohren.

»Bitte, Thomas«, flüsterte ich. »Schaffst du es nicht wenigstens ein kleines bisschen weiter?«

Plötzlich hob er den Kopf. Seine Nüstern blähten sich. Er spitzte die Ohren, warf den Kopf hoch und wieherte lange und laut. Dann ließ er den Kopf erschöpft wieder hängen.

In der Ferne hörten wir ein Rufen, Pfiffe. Motoren wurden angelassen. Scheinwerferlicht tauchte über dem Hügel auf, malte breite Streifen durch die Dunkelheit.

»Das ist die Kavallerie«, sagte ich ihm. »Nicht aufgeben. Sie kommen, Thomas. Sie haben uns gefunden. Bald sind wir zu Hause.«

Und dann kamen mir die Tränen.

Durch den ganzen Lärm hindurch hörte ich, wie unten im Tal eine kleine Eselin nach uns rief.

13. Kapitel

Die nachfolgenden Ereignisse vermischen sich etwas in meiner Erinnerung. Ich weiß, dass ich mich weigerte, ins Krankenhaus zu gehen, ehe Thomas wohlbehalten in seiner Box war. Danach schleppte Russell mich mit sich, und laut ratternd wie eine alte Nähmaschine fuhren wir auf den Parkplatz des Krankenhauses. Es wurde viel gebrüllt – das war ganz offensichtlich Russell. Ich schloss einfach die Augen und ließ die anderen machen.

Alle waren sehr nett, aber schon bald merkte ich, dass die vielen Leute über ganz viele Dinge mit mir reden wollten, sobald ich die Augen öffnete, also erschien es mir für alle am besten, mit geschlossenen Augen liegen zu bleiben.

Ich nutzte die Zeit zum Nachdenken.

Über das, was soeben passiert war. Über das Abendessen, zu dem wir bei uns zu Hause geladen hatten. Russell hatte am anderen Tischende gesessen. Nicht gerade kilometerweit entfernt, aber ich war doch ganz gewiss außerhalb seiner Reichweite gewesen. Dann dachte ich daran, wie Kevin den Wasserkrug umgestoßen hatte und an das darauffolgende Durcheinander. Alle hatten Teller und Gläser hochgehoben, während aufgewischt wurde. Es wäre ganz einfach gewesen, etwas in ein Glas – egal welches – zu schütten und es dann vor mir abzustellen, als alles wieder auf den Tisch zurückgebracht wurde. Wir tranken alle denselben Wein, und in der Verfassung, in der ich war, hätte ich das bestimmt nicht bemerkt. Das wäre sehr einfach zu bewerkstelligen gewesen. Und hätte Kevin den Krug nicht umgestoßen, dann hätte sich eine andere Gelegenheit ergeben, da war ich mir sicher.

Auch über meinen Sturz von der Treppe dachte ich nach. Ich erinnerte mich daran, wie mein Fuß unter mir wegrutschte und wie verzweifelt ich nach dem Geländer gegriffen hatte. Ich erinnerte mich an den widerlichen Aufprall, als ich nach hinten fiel. Es war ein Wunder, dass mein Kopf nicht aufgeplatzt war. Und genau das wäre passiert, wäre die kleine Ölpfütze auf einer tiefer liegenden Treppenstufe gewesen. Mein Kopf wäre auf der hölzernen Stufe darüber aufgeprallt, und bei meiner Geschwindigkeit wäre das übel ausgegangen.

Zwei ganz normale Haushaltsunfälle. Ein verdorbener Magen und ein Sturz auf der Treppe. Beides einfach zu erklären.

Aber das hier – das war etwas anderes. Jemand hatte ein Drahtknäuel auf dem Weg ausgelegt, auf dem ich entlangritt. Und nicht nur ich. Das implizierte auch Thomas. Meinen heißgeliebten Thomas, der darauf vertraut hatte, dass ich uns nach Hause brachte und so geduldig dastand, während ich diesen furchtbaren Draht mit kalten, zitternden Fingern löste.

Ja, dieser Zwischenfall war ganz anders. Eine Eskalation. Sehr viel schwieriger zu erklären. Insbesondere, da ich den Draht behalten hatte.

Die Frage war, was würde ich damit anstellen? Liebe und Treue ist nur bis zu einem gewissen Punkt möglich. Der sicherste Ort für mich wäre vermutlich bei Onkel Richard. Tante Julia würde ganz demonstrativ im Radius von hundert Kilometern eine absolute Sperrzone um das Haus errichten, und Russell Checkland dürfte sich mir nicht nähern. Niemals wieder. Und solange Russell weit weg wäre, müsste ich sicher sein. Aber das war nicht das, was ich wirklich wollte. Das würde nichts lösen. Und es ging nicht mehr nur um mich.

Mehr als je zuvor vermisste ich den großen goldenen Thomas, der mit hin und her schwingendem Schweif neben meinem Bett stehen würde und ganz bestimmt etwas dazu zu sagen hätte. Aber er war weg. Er hatte mich verlassen. Anscheinend, weil ich jetzt erwachsen war und allein mit diesem ganzen Mist zurechtkam. Ich fragte mich, ob er das alles vorhergesehen hatte. Natürlich hatte er das. Und doch hatte er mich verlassen. Weil er dachte, ich käme allein damit zurecht. Also sah ich besser zu, dass hier etwas vorwärtsging.

Ich wurde am nächsten Tag entlassen. Russell kümmerte sich um die Entlassungspapiere und brachte dann das Auto zum Ausgang. Ich wartete auf seine Rückkehr. Die Ärztin, deren Namen ich vergessen hatte, stand neben mir.

»Passen Sie auf sich auf, Mrs. Checkland.«

»Das werde ich. Vielen Dank für alles. Ich weiß das zu schätzen.«

Wir sahen zu, wie Russell über die zweifache gelbe Linie fuhr und den Parkwächter dabei anstrahlte.

»Ja, ja«, sagte sie amüsiert. »Finden Sie, dass er katastrophal charmant oder einfach nur charmant katastrophal ist?«

Was ich darauf geantwortet hätte, wird man nie wissen, denn das Wesen, um das sich die Unterhaltung drehte, stand plötzlich bei uns, schnappte sich meine Tasche, bedankte sich bei der Ärztin und wirbelte mit mir weg, ehe ich das, was ich zu diesem Zeitpunkt als meinen Verstand bezeichnen möchte, zusammennehmen konnte.

Auf dem gesamten Heimweg plapperte Russell, fuhr jedoch (verhältnismäßig) langsam zurück nach Frogmorton, wo ich seine Anweisungen ignorierte und geradewegs zu Thomas in den Stall ging.

Der arme Thomas. Sein Anblick verdeutlichte mir die Ernsthaftigkeit des Geschehens, wie es meine Verletzungen nicht geschafft hatten. Sie hatten seine Streu aufgeschüttet, und er war gut eingepackt, dennoch sah er noch immer jämmerlich aus und wirkte, als wäre ihm kalt. Sein Kopf hing herunter, und seine Augen waren halb geschlossen.

»Thomas?«

Er hob leicht den Kopf und grummelte, was mich fast zu Tränen rührte. Aber er kam nicht zu mir. Ängstlich starrte ich ihn an.

»Welchen Teil von geh direkt ins Haus und schau zu, dass du im Warmen bleibst, hast du nicht verstanden? Warum machst du nicht das, was ich dir sage? Ich schwöre dir, du bist die anstrengendste Frau, die ich je hatte«, sagte Russell, der zu meinem großen Übel neben mir auftauchte.

»Na ja, ist doch egal. Nicht mehr lange.«

Zögerte er hier vielleicht gerade etwas?

»Ja. Genau, wie du sagst, nicht mehr lange.«

Das Schweigen lastete immer schwerer.

»Was sagt Andrew?«

»Andrew sagt, in einer Woche oder so wird er wiederhergestellt sein. Wechsle nicht das Thema.«

»Welches Thema?«

»Uns. Unsere Zukunft. Was wir machen werden.«

Ich erinnerte mich daran, dass der Streit über unsere Zukunft mich überhaupt erst aus dem Haus getrieben hatte.

»Kopf hoch, Russell. Wenn das so w-w-weitergeht, dann steht mir k-k-keine großartige Zukunft bevor. Vermutlich wird mich bis nächsten Dienstag der Blitz getroffen haben, dann sind alle deine Mühen vorbei.«

Mit zusammengepressten Lippen trat er einen Schritt zurück.

»Was?«

»Sollte mir irgendetwas passieren, solange wir noch verheiratet sind, dann bekommst du alles. Das Haus. Das Geld. Francesca, wenn du sie n-n-noch immer willst. Alles.«

Wenn überhaupt, dann wurde er nur noch angespannter. Ich machte mich auf etwas gefasst.

»Was unterstellst du da?«

»Ich sage, dass du sehr, sehr vorsichtig sein musst, Russell. Ich habe herausgefunden, was hier los ist. Du weißt genau, wovon ich spreche.«

»Wie lange weißt du das schon?«

Ich zog den Draht heraus und legte ihn vorsichtig auf den Tisch vor ihn. Er starrte ihn an, hob ihn hoch, wendete ihn und legte ihn dann wieder hin. Sein Blick war wachsam.

»Was wirst du tun?«

»Nichts. Ich will nicht, dass sonst noch jemand darin verwickelt wird. Es wird schon genug über uns getratscht. Ich denke mal, und ich bin mir ziemlich sicher, dass du hier zustimmst, dass das ein ›Unfall‹ zu viel war. Ich glaube nicht, dass sich noch weitere ereignen werden. Wenn du gut darüber nachdenkst, dann stimmst du mir da bestimmt zu.«

Er nahm den Draht wieder in die Hand, konnte ihn scheinbar nicht liegen lassen.

»Ja, das tue ich.«

»So, wie es momentan aussieht, bist du in sehr viel größerer Gefahr als ich.«

»Tja«, sagte er leichtfertig und balancierte den aufgerollten Draht in seiner Handfläche, »dann sorgen wir besser dafür, dass dir nichts mehr passiert, was? Und jetzt komm um Himmels willen ins Haus, damit Mrs. Crisp sich um dich kümmern kann.«

Sie freuten sich sehr, mich zu sehen. Ich konnte es gar nicht glauben. Mrs. Crisp vergaß meine Prellungen, nahm mich fest in den Arm, entschuldigte sich und drückte mich erneut. Sie war warm und weich und roch nach Sherry.

Sharon, die sich an meine Verletzungen erinnerte, nahm mich vorsichtiger in den Arm. Sie war warm und weich und roch nach Vanille.

Kevin schüttelte mir sehr männlich die Hand, also nahm ich ihn stattdessen in den Arm. Er roch nach Pferden.

Der Kater löste sich vom Herd, hüpfte auf meinen Schoß und rieb seinen Kopf an mir. Er roch nach Dosenlachs.

»Verfluchtes Vieh«, sagte Russell. »Jedes Mal, wenn ich mich ihm nähere, beißt er mich. Ich weiß nicht, warum er noch immer hier ist, Jenny. Ich habe extra die Anweisung gegeben, dass er gefälligst rausgeworfen werden soll. Warum macht nie einer das, was ich sage? Euch allen hier ist schon klar, dass ihr für mich arbeitet, ja?«

Stoisch schauten seine Arbeiter ihn an. Er wechselte das Thema.

»Ich habe Hunger.«

Sie ließen uns allein, damit wir ein ruhiges Abendessen einnehmen konnten. Hinterher döste ich auf dem Sofa, und Russell ging nach draußen. Stunden später wachte ich auf, genau zum richtigen Zeitpunkt, um ins Bett zu gehen.

Doch da ich den ganzen Tag geschlafen hatte, war ich ruhelos und konnte nicht wieder einschlafen. Das Schmerzmittel hatte nachgelassen, und das Ibuprofen, das sie mir mitgegeben hatten, war zu schwach. Unter Schmerzen wälzte ich mich im Bett herum, und da es mir nicht gelang, eine bequeme Position einzunehmen, griff ich nach einem Buch.

Ich hörte, wie Russell nach Hause kam, hörte, wie er (für seine Verhältnisse) leise die Treppe hochstapfte und dann seine Schritte im Gang. Er muss wohl das Licht unter meiner Tür gesehen haben, denn er blieb stehen und klopfte.

»Jenny?«

Er steckte den Kopf zur Tür herein. »Ist alles in Ordnung?«

Ich nickte. »Nur nicht müde.«

»Willst du einen Tee? Ich muss dir was zeigen.«

Ich nickte, er verschwand und kam mit einem Tablett und den falschen Tassen, der tropfenden Teekanne, ohne Löffel, aber mit einem Fotoalbum zurück. Er stellte alles geräuschvoll auf dem Tisch ab, schenkte zwei Tassen ein und machte es sich auf dem Bett gemütlich.

»Rutsch mal ein bisschen.«

Ich gehorchte, und er streckte sich neben mir aus.

»Verschütte nichts. Hier hast du die Tasse. Um Himmels willen, was ist nur mit deinen Füßen los?«

»Der Kater.«

»Der schläft hier?«

»Natürlich nicht. Nein, nie.«

»Also solltest du irgendeine grässliche Krankheit bekommen und sollten dir die Füße abfallen, dann beschwer dich ja nicht bei mir.«

Ich versprach, es nicht zu tun.

Wir nippten gemeinsam an unserem Tee wie ein ganz normales Ehepaar.

»Also, was hast du für mich?«

»Ach ja. Andrew hat das neulich ausgegraben. Darin ist etwas, das dich interessieren könnte.« Er blätterte drauflos. »Ja, da haben wir es.«

Er reichte mir das sehr alte Fotoalbum.

»Das ist ja unser Garten.«

»Ja, das sind Fotos aus der Zeit meines Großvaters. Ich habe ihn nie kennengelernt, aber ich dachte, es könnte dir gefallen, den Garten so zu sehen, wie er einmal war. Diese Fotos sind schwarz-weiß, aber man bekommt eine Ahnung.«

Er muss wunderschön gewesen sein. Rosen, Lavendel, Geranien, Levkojen, Fingerhut, Lupinen und noch viele mehr, die ich nicht benennen konnte, erstreckten sich wild über Kieswege. Schon beim Hinsehen hörte man die faul summenden Bienen und spürte, wie die Sommersonne herunterbrannte. In der Mitte des Brunnens presste das Flittchen ihre Kleidung vergeblich an sich.

»Und«, sagte er, stellte seinen Tee weg und nahm mir das Album ab. »Erkennst du hier jemanden?«

Er reichte es mir wieder. Ich sah ein sehr altes Foto von vier Kindern, die im Gras saßen. Christopher hielt sich etwas im Hintergrund und blickte finster drein. Francesca und Russell saßen vorne und lächelten einander an. Sie machte einen Gänseblümchenkranz. Ich war am Rand, starrte aus dem Bild, vertieft in meine eigene Welt wie immer.

»Ich erinnere mich nicht daran.«

»Ich auch nicht, aber das sind wir. Deine Haare sind kurz, also warst du so zehn, elf?«

Ich nickte.

»Und da ist noch eins.«

Er blätterte weiter. Und da waren wir, nur wir beide. Russell hielt einen Eimer in der Hand, und ich schaute hinein.

»Das mit den Eimern hat schon damals angefangen«, sagte er. »Das ist ein Zeichen.«

Es kostete mich Mühe zu lächeln. Ich betrachtete mein jüngeres Ich, seufzte und klappte das Album vorsichtig zu. Russell legte es auf den Boden. Stellte seine Tasse dort ab. Und meine.

»Jenny. Ich rücke gleich damit heraus und sage es. Ich möchte mir lieber in den Hintern treten, weil ich ein unsensibler Idiot bin, als dass ich mich in den nächsten Jahren in den Hintern treten müsste, weil ich nicht sage, was ... Die Sache ist die, ich will nicht, dass du gehst. Ich wäre höchst erfreut und stolz und ... geehrt ..., wenn du bleiben würdest. Ich weiß, die letzten Monate waren ziemlich hart für dich, aber ich glaube, wir stimmen beide zu, dass das jetzt vorbei ist. Mir ist das Geld egal. Gib's dem Kater, wenn du willst. Du kannst dich um den Garten kümmern, das Haus herrichten, Kochen lernen, mit mir ausreiten, die Buchhaltung machen, Eier von Wänden kratzen, sonderbares Getier nach Hause bringen – welche Frau könnte einem solchen Lebensstil schon widerstehen?«

Diese eine hier ganz bestimmt nicht. Ich wollte wirklich nicht gehen. Ich dachte an das, was ich hier zurücklassen würde. Aber wenn ich blieb – und es zu einem weiteren Unfall kam und sie Russell dann wegbrachten –, was dann? Ich wusste, was die Leute über ihn sagten. Schon immer über ihn gesagt hatten. Er war sich selbst sein schlimmster Feind.

Ich seufzte schwer. Ich wollte wirklich bleiben. Die Situation war nicht total verfahren. Ein Risiko eingehen. Ein Risiko eingehen und bleiben.

»Ja«, sagte ich, »ich würde gern bleiben.«

Er drückte fest meine Hand. »So gefällt mir das.«

Um die Verlegenheit des Moments zu überspielen, lehnte ich mich zurück in die Kissen – wo ich auf seinen Arm traf. Er unternahm nichts, um ihn von dort zu entfernen.

»Ich werde mein Glück jetzt ein bisschen herausfordern.«

Natürlich tat er das. Wann tat er das nicht?

»Ich würde auch gern bleiben.«

Zunächst verstand ich nicht, was er meinte. Dann machte es klick. Oder ich dachte, das hätte es gemacht. Vielleicht lag ich ja falsch. Mein Herz pochte. Wollte er damit etwa sagen ...?

»Wenn du willst, dass ich gehe, dann gehe ich. Aber ich warne dich, ich komme morgen Abend wieder und übermorgen, bis du eines Tages ... Jenny, wir kennen einander inzwischen etwas besser, und die letzten Wochen waren ... schwierig für mich. Ich hatte gehofft ... aber wenn du nicht willst ... also ich meine, ich würde das verstehen. Sag einfach nein, und ich ...«, er seufzte schwer und fuhr in einem Tonfall fort, der mich glauben ließ, er leide an irgendeiner riesigen, dunklen, namenlosen Sorge, »... verziehe mich in mein Zimmer und versuche, nicht an dich hier zu denken, weich und warm, ohne mich ... Ich wäre dann nebenan, ganz allein, schrecklich verlassen und dem zweifelhaften Vergnügen nächtlicher Single-Aktivitäten mit möglicher Blindheit als Folge ausgesetzt. Also kein Druck, Jenny.«

Ich versuchte nicht zu lachen und verbarg meinen Kopf an seiner Schulter.

»Ist das ein Ja? Ich weiß, ich bin ein Checkland, und wir mögen Herausforderungen, aber ich brauche etwas mehr als nur den oberen Teil deines Kopfes, um agieren zu können. Schau mich an. Schon besser. Kein Anlass zur Aufregung. Ich habe das alles in den letzten zehn Sekunden sehr sorgfältig durchdacht, und für den Zweck dieser Übung schlage ich vor, wir teilen uns in zwei Gruppen auf: den Küssenden und den Geküssten. Du, Jenny, bist die Geküsste und musst nur mit verstörend treuherzigem Blick zu mir aufschauen. Ja, das ist schon sehr gut. Der Küssende, das bin im Übrigen ich, atmet einmal tief durch, versucht sich daran zu erinnern, wer er ist, hebt das Kinn der Geküssten sanft an, in etwa so, und legt dann los.«

»Legt dann los?«

»Ja. Der Küssende macht dann, wenn er alles zu seiner Befriedigung vorbereitet hat, den ersten Zug.«

Er beugte den Kopf und küsste mich ganz sanft. Und lange. Seine Lippen waren warm und weich. Mir wurde schwindlig. Das schrieb ich der Gehirnerschütterung zu.

Kurzzeitig fragte ich mich, ob er genauso fühlte. Das schien unwahrscheinlich. Soviel ich wusste, machte er das jeden Tag in der Woche.

Nach einer Weile öffnete ich die Augen. Er betrachtete mich aufmerksam, ein kleines Lächeln im Gesicht, aber die Finger, die meine Haare zurückhielten, zitterten leicht.

»Er unterdrückt seine Erleichterung, dass die Geküsste nicht schreiend vom Bett springt oder ihm mit der Nachttischlampe eins über den Kopf zieht, dann fragt sich der Küsser leicht unsicher, auf welchem Planeten er sich gerade befindet und worin sein nächster Zug besteht.«

Wieder küsste er mich. Das zweite Mal war sogar noch besser. Offensichtlich lernte ich dazu.

»Das ist dann der Moment, in dem der einfühlsame und aufmerksame Küsser nachhakt, nicht ganz frei von Zweifel, ob es der Geküssten gutgeht.«

Da die Geküsste völlig sprachlos war, nickte sie nur.

Er zog mich enger an sich, und ich spürte die Wärme seines Körpers durch das Bettzeug hindurch.

»Und dann macht der Küsser ...«

Die Geküsste zog ihm das T-Shirt aus und streichelte über seinen langen Rücken.

Das ließ den Küsser eine Weile verstummen, wenngleich er sehr erfreut dabei aussah.

»Was war das denn?«

Ich grinste ihn an. »Rückmeldung.«

Er lachte und liebkoste meinen Nacken, woraufhin eine Unzahl von Neuronen einfach abschaltete, um sich besser auf andere, wichtigere Dinge konzentrieren zu können.

»Der Küsser ist unglaublich dankbar für besagte Rückmeldung. Jetzt mach dich auf was gefasst. So etwas nennt man im Übrigen Vorspiel. Sehr wichtig. Anscheinend legen Frauen großen Wert darauf.«

Während er redete, knöpfte er meinen Pyjama auf und schob seine warme Hand vorsichtig, ganz vorsichtig darunter.

Ich zitterte.

»Kalt?«

»Nein.«

»Ängstlich?«

»Nein.«

»Genießt du's?«

»Vielleicht.«

»Hmmmm. Der Küsser, leicht enttäuscht über diese Antwort auf einen seiner besten Schachzüge, versucht jetzt das … und das … und ganz besonders … das.«

Ich erschauderte.

»Der Küsser würde gern erwähnen, dass der Sprachverlust der Geküssten zu diesem Zeitpunkt völlig normal ist. Sollte die Geküsste ihr Gefallen zum Ausdruck bringen wollen, kann sie später die Kommentarspalte für das Kundenfeedback ausfüllen.«

Er hatte wunderbare Hände. Diese langen, dünnen Finger waren überall auf mir, zielsicher und ziemlich verzaubernd.

Wieder erzitterte ich.

Er lachte leise.

»Nachdem die Geküsste nicht mehr weiß, wo ihr der Kopf steht, macht der Küsser seinen nächsten Zug und erinnert die Geküsste daran, dass sie aufhören kann, wann immer sie will. Selbst wenn das zur Folge hätte, dass der Küsser den Kopf verliert.«

»Das wäre ja dann kein großer Verlust.«

»Für diese Bemerkung kann der Küsser keine Gnade walten lassen.«

Vorsichtig zog er an meiner Pyjamahose.

»Ist das … sind das … Sind das pinkfarbene Kühe auf deinem Pyjama? Was ist nur los mit dir, Pyjamas und Tiere vom Bauernhof?«

»Wenn du sie nicht magst, dann kannst du sie ja beseitigen …«

Meine Hose flog quer durch das Zimmer.

»Und, magst du das?«

Mein gesamter Körper bäumte sich kurzzeitig auf …

»Der Küsser nimmt sich einen Moment, um selbstgefällig zu grinsen.«

Er machte das noch einmal, und langsam fing ich an zu schmelzen. Ich klammerte mich an ihn, spürte, wie ich langsam die Kontrolle über meinen Körper verlor. Ungewohnte Hitze durchströmte mich. Ich spürte, wie mein Herz zusammen mit seinen Händen pulsierte. Und was sie da anstellten. Alles driftete von mir weg. Ich stöhnte leise. Ob aus Furcht oder Vergnügen, wusste ich nicht einmal.

»Schon in Ordnung«, flüsterte er mir ins Haar. »Schon in Ordnung, Jenny. Mach die Augen zu.«

Seine Hände streichelten mich, berührten, liebkosten. Ich schmolz nur so dahin. Wieder lachte er, und plötzlich dachte ich – hey, ich habe auch Hände.

Ich hantierte ungeschickt an seinem Reißverschluss herum, und er musste mir helfen.

Ich griff nach unten.

»Oh!«

Erschrocken riss er die Augen auf. »Was? Was ist los? Was stimmt nicht?«

»Ich brauche eine größere Hand.«

»Jenny, du … schreckliches Mädchen. Schon allein dafür …«

Der Küsser konnte einen ganzen Moment lang keinen schlüssigen Gedanken mehr fassen.

»Russell?«

»Ja, Liebes?«

»Ich weiß nicht … zeig mir, was ich tun soll.«

Er küsste mich und führte meine Hand. »So. O Gott, ja. Genau so.« Er verbarg seinen Kopf zwischen meinen Haaren und stöhnte.

Die Geküsste grinste selbstgefällig.

Seine Hände berührten mich an Stellen, von denen ich gar nicht wusste, dass ich sie hatte. Dass jemand, der sich so sprunghaft und geräuschvoll bewegte, so langsame Hände haben konnte, war beeindruckend. Und was er mit ihnen anstellte, war noch viel beeindruckender. Ich spürte, wie sich ein Rhythmus aufbaute, passend zu meinem immer heftiger pochenden Herz. Mein Körper bewegte sich ganz von allein. Ich konnte das Vergnügen nicht länger ertragen.

»Russell, was passiert da gerade?«

Seine Stimme klang abgehackt. »Ich weiß nicht. Hör nicht auf.«

Einen Moment lang stand alles im Universum still, dann stolperte ich geradewegs über den Abgrund.

Und eine Minute später folgte er mir.

Mit einem Rums fiel der Kater vom Bett.

Russell umschlang mich, und ich grinste glücklich vor mich hin.

»Ich werde nicht da sein, wenn du morgen früh aufwachst«, flüsterte er. »Aber ich komme zurück. Das war nur der Anfängerhügel, Jenny. Morgen – morgen verlassen wir die reguläre Piste.«

Am nächsten Morgen hüpfte ich nicht gerade aus dem Bett – bei den ganzen Prellungen war das einfach nicht möglich –, aber ich humpelte erwartungsvoll nach unten, um festzustellen, dass schon fast Essenszeit war.

Ich kämpfte mich in meine alte, stinkende Jacke, zog Gummistiefel an und stapfte nach draußen in den Regen, um nach Thomas zu sehen.

Als Erstes musste ich Marilyn begrüßen, sonst hätte sie die Tonleiter hoch- und runtergebrüllt. Ich gab ihr eine Karotte und drehte mich zu Thomas, der schon etwas besser aussah. Er beugte den Kopf zu mir nach unten, ich sprach sanft mit ihm und streichelte seine Nase. Er grummelte wieder leise und blies mir sachte ins Haar. Ich lehnte den Kopf an seinen und atmete seinen warmen Pferdegeruch ein. So standen wir lange Zeit da.

Wir standen noch immer beieinander, als Russell von wo auch immer zurückkam und mich zum Essen ins Haus schleppte. Wir aßen zusammen am Küchentisch. Gelegentlich fing er meinen Blick auf. Ich versuchte, nicht rot zu werden. Einmal sah ich, wie Mrs. Crisp uns musterte, und dann lief ich doch rot an.

Nachdem wir alles auf dem Tisch aufgegessen hatten, verkündete er, er würde ins Atelier gehen.

»Kommst du mit, Jenny?«

»Ja«, sagte ich überrascht und erfreut, dass er mich bei sich haben wollte, wenn er arbeitete.

Ich folgte ihm mit seinem Kaffee, und wieder überraschte mich die Veränderung hier.

Überall standen Leinwände in unterschiedlich fortgeschrittenen Arbeitsphasen. Ich sah Farbe, Bewegung und Licht. Außerdem noch weitere Pizzaschachteln und auch mehr Bierflaschen. Das Atelier war ein Chaos, aber ein kreatives Chaos.

Ich räumte sein ramponiertes altes Sofa etwas frei und zog mir dann eine Decke über die Beine. Regen prasselte gegen die Fenster, aber drinnen war es warm und friedlich. Russell hatte sich ein mit Farbklecksen verkrustetes T-Shirt und eine ebensolche Jeans angezogen, drückte Farbtuben aus und murmelte vor sich hin, verloren in seiner eigenen Welt.

Ich machte es mir bequem und bereitete mich darauf vor, einem Genie beim Arbeiten zuzusehen. Ich weiß ja nicht, wie das bei anderen Genies so ist, aber das hier arbeitete mit unglaublicher Energie, rieb die Farbe auf die Leinwand, trat zurück, murmelte, hechtete wieder nach vorn, stach mit dem Pinsel darauf ein, verrieb die Farbe mit den Fingern, sang merkwürdige Songpassagen – er hielt nie inne. Ich wurde schon allein vom Zusehen müde. Er hatte mich ganz offensichtlich vergessen, also rollte ich mich unter der Decke zusammen, trank bedächtig meinen Kaffee und erinnerte mich an ein paar Momente von letzter Nacht. Seine Hände, meine Hände – was er damit gemacht hatte, wo sie überall waren ... Ich war gerade damit fertig, einen meiner Lieblingsmomente durchzuspielen, als mir bewusst wurde, wie ruhig es auf einmal war. Ich schaute auf und stellte fest, dass er mich beobachtete.

»Woran denkst du gerade?«

Ich errötete. »I-i-ich, ähm, i-i-ich ...«

»O nein, du fängst nicht wieder damit an. Spuck's aus, Frau Gemahlin.«

Ich versuchte, ein paar Worte herauszubringen, aber keines wollte mir über die Lippen kommen.

»Tja, solange du gerade nichts kritisieren kannst, komm doch rüber und sieh dir das an.«

Das war eine Ehre. Anscheinend gab er sich heute ganz besonders viel Mühe. Und wenn er das konnte, dann konnte ich das auch.

Ich trat zu ihm hinter die Staffelei. Was auch immer er gerade gemalt hatte, hatte er unterbrochen und an die Wand gelehnt. Vor mir stand eine lebhafte Kohleskizze. Ich blickte auf mich. Aber so hatte ich mich selbst noch nie zuvor gesehen.

Die Skizze sah mir entgegen, ein leicht rätselhafter Zug lag um den Mund. Die Augen mit den schweren Lidern blickten nach hinten, und was die Augen sahen, war ganz offensichtlich. Meine Haare lockten sich um mein Gesicht, wie sie es im wirklichen Leben nur selten machten, und meine bloßen Schultern waren nur mit wenigen Strichen angedeutet. Es war ein intimes, persönliches Porträt von jemandem, der mich ganz anders wahrnahm als ich mich selbst.

Langsam streckte ich die Hand aus, hielt erst kurz vor der Skizze inne, als würden meine Finger, wenn sie dem Umriss in der

Luft folgten, das einfangen, was er auf dem Papier festgehalten hatte, und es in mich aufsaugen.

Ich sah dieses andere Mich an, und dieses andere Ich schaute mich an.

Es brauchte mehrere Anläufe, doch er stand geduldig da und wischte sich die Hände sauber.

»I-i-ist das …? Wie …? Findest du …?«

Es ist wirklich eine gute Idee, sich vorher zu überlegen, was man sagen will. Oder wie Thomas gesagt hätte: »Schalte das Hirn ein, ehe du den Mund öffnest.«

»Magst du es?«

Ich nahm einen Hauch Unsicherheit wahr. Das war Russell Checkland, der wiederkehrende Künstler, der sich seiner noch immer nicht ganz sicher war.

»Ja, sehr. Ich wusste nicht … ich habe einfach …«

»Kleiner Tipp, Jenny. Wenn du dasitzt und so heiße Sachen denkst – und das darfst du gern machen –, dann sieh bitte zu, dass nur ich mit im Zimmer bin.«

»Das weißt du doch nicht …«

»Dummerchen. Eine Leuchtreklame ist gar nichts dagegen.«

»Nein, du irrst dich. Ich habe nur an … den Kater gedacht.«

Wir beide wandten uns um, um den Kater anzusehen, der irgendwie hier aufgetaucht war und mit dem Bauch nach oben auf dem Sofa lag. Keine Ahnung, wie er durch die Tür gekommen ist. Vermutlich durch Osmose.

Russell verschränkte die Arme und schaute mich mit seinem selbstgefälligen Checkland-Grinsen an.

»An den Kater?«

»Ja.«

Trotzig erwiderte ich den Blick. Er starrte zurück. Und hörte gar nicht auf. Der Moment, in dem ich hätte wegsehen sollen, verstrich unbemerkt. Es war, als bekäme ich nicht genug Luft.

Die Stille verdichtete sich immer mehr, verwandelte sich in etwas anderes. Ich hörte das Pochen meines Herzens. Plötzlich wusste ich, weshalb Thomas mich verlassen hatte. Der schlaue Thomas, der immer mehr sah als ich.

Ich dachte an letzte Nacht. Das hier war anders. Letzte Nacht war weiße Schokolade gewesen. Mild. Süß. Für Anfänger. Das hier war so richtig finster. Dunkle Schokolade. Herb und kräftig. Nur für Erwachsene. Süchtig machend und gefährlich.

Ich weiß nicht, weshalb er über mich gelacht hatte. Genauso gut hätte ein Leuchtreklameschild über ihm aufleuchten können. Blitzartig hatte sich alles verändert. Plötzlich war ich auf neuem, gefährlichem Gebiet unterwegs, und es war mir völlig egal. Ich eilte auf ihn zu. Er packte mich. Wir prallten aufeinander. Unser erster Kuss hatte nichts mit dem vorsichtigen Spaß letzter Nacht gemein. Russell fiel über mich her, wie ein untergehender Mann nach Luft schnappt.

Ich zog ihm das T-Shirt über den Kopf, und er schleuderte die Jeans von sich. Er war heiß und hart. Seine Hände waren überall. Nicht vorsichtig, langsam und geduldig wie letzte Nacht, sondern verlangend und fordernd. Kleidungsstücke flogen quer durchs Atelier. Er kniete sich vor mich, knöpfte meine Jeans auf und zog sie vorsichtig nach unten. Mit einer Hand stützte ich mich auf seiner Schulter ab, mit der anderen an der Wand. Letzte Nacht hatte ich erfahren, was Hände tun konnten, aber das hier ... Meine Knie gaben nach. Er fing mich auf, und wir fielen zusammen auf den Boden. Irgendwoher nahm er ein Kondom – weiß der Himmel, woher – und riss die Verpackung auf. Vor dem Hintergrund des prasselnden Regens und des leisen Zischens des Gasfeuers hörte ich nur noch das Pochen meines Herzens und seinen abgehackten Atem.

Er drückte meine Beine mit seinem Knie auseinander und flüsterte: »Wenn du dir nicht sicher bist, dann sag es jetzt, in

Kürze wird mich nämlich nichts mehr aufhalten können. Wie eine Rakete.«

»Das ist mein Russell – meine kleine, unaufhaltsame Rakete.«

Ich sah das Gelächter in seinen Augen. »Irgendwann müssen wir uns einmal über deinen unangemessenen Humor unterhalten.«

»Das können wir gern jetzt tun.«

»Glaub mir, in zehn Sekunden wirst du nicht mehr in der Lage sein, etwas zu sagen, und ausnahmsweise mal aus den richtigen Gründen.«

Er wusste, was dieser Augenblick bedeutete. Und nicht nur für mich. Ich spürte, dass er so angespannt war wie das Fell einer Trommel.

»Bereit?«

»Ja, ja!«

Seine Lippen pressten sich auf meine. Alle meine Sinne verschoben sich vor erwartungsvoller Erregung. Ich spürte, wie er sich an mich presste. Ich stand kurz vor dem Abgrund ...

Da klopfte Kevin an die Tür.

»Mr. Checkland?«

Alles kam zum Erliegen.

Russell stieß einen haarsträubenden Fluch aus und sagte dann in vorbildlich normalem Tonfall: »Was gibt's, Kevin? Ich bin hier gerade ziemlich beschäftigt.«

»Mrs. Kingdom ist hier.«

»Was? Dann steh nicht einfach so rum. Du weißt doch, was dann zu tun ist. Schließ die Türen ab. Mach das Licht aus. Alle auf den Boden unter den Küchentisch und so tun, als wären wir nicht da.«

Es folgte eine kurze Pause.

»Guten Tag, Russell«, ertönte Tante Julias Stimme auf der anderen Seite der Tür.

Ich versuche ja, eine gute Ehefrau zu sein. Doch leider ...

Ich krümmte mich, zog mich zu einer kleinen Kugel zusammen, hielt mir die Hände vors Gesicht und schüttelte mich vor Lachen.

Nachdem er festgestellt hatte, dass keinerlei Hilfe von seiner Frau zu erwarten war, seufzte Russell und ließ einen Moment lang den Kopf hängen.

»Guten Tag, Julia.«

»Russell, Sie müssen sich nicht großartig Mühe geben. Wir sind hier, um Jenny zu sehen. Wo ist sie?«

»Unter ihrem Ehemann« wäre die korrekte Antwort auf diese Frage gewesen. Interessiert wartete ich ab, was er wohl sagen würde.

»Sie hat sich etwas hingelegt, Julia.«

Durchaus richtig.

»Trotzdem ...«, setzte sie an und benutzte dabei ihren besonderen Tonfall.

Wieder seufzte er und rollte von mir herunter. Der Nachmittag fühlte sich plötzlich sehr kühl an.

»Kevin, bring Mrs. Kingdom doch bitte nach unten. Ich sehe nach, ob Jenny bereit ist, Besuch zu empfangen.«

»Danke, Russell. Und um die Dinge für alle einfacher zu machen – ich werde nicht gehen, ehe ich sie gesehen habe. Ich glaube, wir beide wissen, was das bedeutet.«

Ihre Schritte entfernten sich die Treppe hinunter.

Russell seufzte schwer. »Entschuldige, Jenny. Das Wissen, dass sie nur ein paar Meter entfernt ist ... Hör auf zu lachen und zieh dich wieder an.«

Sich wieder anziehen ist sehr viel peinlicher als das Gegenteil. Russell wischte ein paar Kohlestriche von überraschenden Stellen, dann war ich für eine Inspektion gewappnet.

Er wirkte zerstreut. Ganz bestimmt dachte er an etwas ganz anderes, und ich konnte ihn gerade noch davon abhalten, mit einem verkehrt herum angezogenen T-Shirt nach unten zu gehen.

Er blieb oben am Treppenabsatz stehen und drehte sich zu mir um, als wollte er etwas sagen. Ich erinnere mich genau an diesen Moment. Was auch immer es war, es wurde nie ausgesprochen. Er griff nach meiner Hand, und gemeinsam gingen wir nach unten. Und ja, auch Francesca war da, weil es ohne sie ja noch nicht schlimm genug war. Sie sah superschlank und umwerfend aus. Ihr entzücktes Leuchten würde ich nie besitzen. Ich hatte keine Ahnung, was jetzt gleich passieren würde, und ich würde gern sagen, dass mich irgendein Instinkt vorgewarnt hatte, dem war aber nicht so. Mir war nicht bewusst, dass meine Welt kurz vor dem Aus stand.

Russell brachte mich zum Sofa und verschwand in der Küche.

Wie üblich vergeudete Tante Julia keine Zeit. »Jenny, ich möchte, dass du eine Tasche packst und mit mir mitkommst. Francesca hilft dir dabei.«

Ganz offensichtlich war das für meine Cousine neu, sie sah nämlich alles andere als begeistert aus – was das Packen betraf, nahm ich an, nicht, dass ich Russell verlassen würde.

»Nein danke, Tante Julia. Es geht mir hier gut.«

»Wie kannst du das behaupten? Ich sagte dir, dieses Tier sei gefährlich. Ich sagte, dass so etwas passieren würde. *Jenny, du warst im Krankenhaus.*«

Ach du lieber Himmel, jetzt brachte sie auch noch ihre besondere Betonung zum Einsatz. Das war nie gut. Ich versuchte, an etwas Beschwichtigendes zu denken. Dabei war ich mir gar nicht sicher, ob ich das überhaupt herausbringen würde. Das war egal. Russell kam zurück und mischte sich nun ebenfalls in die Diskussion ein.

»Vielleicht solltest du darüber nachdenken, Jenny. Ich habe es so richtig satt, dass deine Familie ständig hier aufkreuzt und aus jedem abgebrochenen Fingernagel ein Drama macht. Ich versuche, hier zu arbeiten, und bin es leid, sie hier ständig zu sehen und zu hören.«

Das brachte das Gespräch zu einem Nothalt, und während sich alle eine passende Antwort überlegten, klingelte das Telefon, und Mrs. Crisp rollte einen üppig bestückten Teewagen herein. Tassen, Untertassen, Zuckerzange, das volle Programm.

Russell stand auf, um ihr zu helfen. »Jenny, kannst du ans Telefon gehen?«

Tante Julia gab sich schreckliche Mühe, ruhig zu sprechen. »Jenny hat so ihre Schwierigkeiten mit dem Telefonieren.«

»Sprich in das Ende mit den Löchern, werte Gattin.«

Ich verzog das Gesicht – was weh tat –, hob den Hörer ab, atmete einmal tief durch und sagte: »Ja bitte?«

Daniel Palmers Stimme erklang: »Oh, wie gut, du bist es, Jenny.«

Ich brachte ein »Hallo, Daniel« zustande und war sehr stolz auf mich.

»Hör mal zu, ich habe ziemlich aufregende Neuigkeiten. Erinnerst du dich an die Idee, über die wir gesprochen haben? Vor einer halben Ewigkeit. Über Elisabeth Tudor und Maria Stuart? Tja, sieht so aus, als würde etwas daraus werden. Können wir uns irgendwann treffen? Um darüber zu reden? Natürlich nur, wenn du Lust darauf hast.«

Kein anderer Gedanke geisterte mehr durch meinen Kopf.

»Ja, ja, sehr gern! Das ist so …«, da hielt ich inne, weil mir kein passendes Wort einfiel.

»Aufregend«, beendete er den Satz lachend für mich. »Also, wann und wo?«

»Also, ich bin gerade erst aus dem Krankenhaus entlassen worden …«

»O Gott, Jenny, das habe ich ganz vergessen. Ich bitte tausend Mal um Entschuldigung. Ich wollte es dir einfach nur sagen …«

»Nein, nein, schon in Ordnung. Könntest du zum Abendessen vorbeikommen? ... Morgen Abend?« Ich warf rasch einen Blick zu Mrs. Crisp, die nickte.

»Ja, kann ich. Zumindest denke ich, dass ich kann. Ich muss das noch mit Francesca besprechen.«

»Sie ist gerade hier«, sagte ich, froh, sie einbringen zu können. »Moment mal eben.«

Ich reichte das Telefon an Francesca weiter, die nur wenige Zentimeter entfernt saß und ganz offensichtlich unbedingt wissen wollte, weshalb ihr Verlobter ausgerechnet mit mir sprechen wollte.

Ich ließ sie allein und gesellte mich zu Tante Julia ans Fenster. Scheinbar war sie nicht gewillt, sich irgendwo in Russell Checklands Nähe aufzuhalten, aus Angst, sich etwas einzufangen, also betrachtete sie seine Skizze unseres Gartens.

»Das ist hübsch«, meinte sie und erstickte vermutlich fast an diesen Worten, doch sie war entschlossen, die gebührende Anerkennung zu zeigen.

»Das hat Russell gezeichnet. So wird der Garten wieder einmal aussehen«, erklärte ich und drehte das Papier so, dass es zu den Terrassentüren zeigte. »Rosen, Pfingstrosen, roter Fingerhut, Geranien – lauter Sommerblumen – mit Hunderten von Narzissen im Frühling und auch vielen Herbstblühern.«

»Das wird ganz schön viel Arbeit sein«, sagte sie streng und dachte gerade zweifelsohne an ihre eigene makellose und immer gleiche Erika- und Nadelbaumödnis.

»Trinkt euren Tee, bevor er kalt wird«, befahl Russell, und wir setzten uns wieder. Francesca nickte mir zu – das Abendessen stand. Ich fragte mich, wann sie tatsächlich das letzte Mal mit mir gesprochen hatte, doch es fiel mir nicht ein.

Ich teilte Mrs. Crisp mit, dass am morgigen Abend zwei weitere Personen anwesend wären, dann hob ich meine Untertasse mit Tasse hoch.

In meiner Erinnerung hat sich alles Folgende in Zeitlupe und höchst detailreich abgespielt, aber natürlich kann es so nicht gewesen sein.

Ich lehnte mich gerade mit meinem Tee zurück, als mir Mrs. Crisp von hinten über die Schulter griff und sagte: »Das wollen Sie nicht mehr trinken, Madam. Es ist kalt.« Damit nahm sie mir die Tasse ab und brachte sie nach draußen.

Ich verstand gar nichts, sondern saß nur da und starrte auf die Stelle, an der mein Tee gestanden hatte, und konnte dabei an nichts Besseres denken, als dass sie mich Madam genannt hatte.

Und dann machte es klick. Die Leute sagen immer, ihre Welt würde aus den Angeln gehoben, aber meine wurde geradewegs mitten entzweigerissen. Sehr viel unvermittelter und schmerzhafter. Mir wurde plötzlich klar, was sie getan hatte und warum. Ich schaute zu Russell, der mir gegenübersaß und meinem Blick mit undurchdringlichem Ausdruck begegnete. Als hätte es das verzaubernde Lachen letzter Nacht, dieses Nachmittags, diese neun vergangenen Monate überhaupt nicht gegeben.

Diese Erkenntnis überrollte mich wie ein Zug. Russell war es. Schon die ganze Zeit. Ich hatte völlig falschgelegen, hatte mich für so schlau gehalten und gedacht, ich hätte alles herausgefunden – dass sie es gewesen waren, aber damit hatte ich unrecht. Ich war wirklich so dumm, wie alle immer annahmen. Ich war so stolz auf mich gewesen. Und ich lag total daneben. Ohne Thomas, der mich führte, hatte ich alles völlig und total falsch eingeschätzt. Ich war wirklich dumm. Dumm genug zu glauben … dumme Jenny Dove.

Langsam fand ich mich wieder in der Realität ein, nur um festzustellen, dass ich wie eine Statue aus Eis dasaß.

Tante Julia starrte mich schreckerfüllt an. Sie hatte eine Hand vor den Mund gepresst, die Augen vor Schock weit aufgerissen. Den Ausdruck auf ihrem Gesicht werde ich nie vergessen. Langsam wandte sie den Blick von mir ab und schaute zu Russell.

Der sich auch nicht bewegt hatte. Er sah noch immer mich an. Selbst als Tante Julia »Russell« keuchte, starrte er mich weiter unverwandt an. Vergeblich suchte ich nach einem Ausdruck von Gefühl in ihm, Verdruss, Wut oder auch Angst. Ich wartete, bis er redete. Sich verteidigte. Etwas unternahm. Irgendetwas. Das ganze Universum war stehengeblieben. Kein Geräusch. Keine Bewegung. Alles wartete auf Russell Checkland.'

Rasch stellte Francesca ihre Tasse ab und schob sie von sich, versuchte, den Abstand zwischen sich und der Tasse und ihm zu vergrößern.

Ihre Bewegung brach den Bann. Abrupt stand er auf und verließ den Raum ohne ein Wort. Ich hörte, wie er mit Mrs. Crisp in der Küche sprach. Ich hörte, wie der Motor seines Land Rovers angelassen wurde. Ich hörte ihn davonbrausen, und dann war er weg.

14. Kapitel

Ich kam einfach nicht darüber hinweg. Die immer gleichen Wörter schwirrten in meinem Kopf herum. Falsch, falsch, falsch. Dumm, dumm, dumm.

Ich konnte nicht richtig denken, geschweige denn sprechen. Leute redeten mit mir, aber ihre Stimmen verloren sich, noch ehe sie mich erreichten. Ich zog mich in eine kleine, abgeschlossene Welt zurück. In die Welt, in der ich lebte, bevor Thomas aufgetaucht war. In der ich sicher war.

Ich rührte mich den ganzen Nachmittag nicht, starrte ins Feuer und dachte darüber nach, wie dumm ich doch gewesen war. Wie dumm ich noch immer war. Wie sehr ich mich geirrt hatte. Und wie eingebildet ich war. Wie konnte ich denken, jemand so Gutaussehendes, Charmantes und Talentiertes wie Russell Checkland hätte auch nur einen Blick für mich übrig? Wie einfach er mich doch zur Hochzeit überredet und von einer Scheidung abgebracht hatte. Und ein bisschen zwangloser Sex, um seine Kontrolle über die dumme Jenny Dove weiter auszubauen, einfach, weil es ihm möglich war. Nur damit sie ihn noch ein bisschen mehr anbetete, als sie es ohnehin schon tat. Blicklos starrte ich vor mich hin, während bittere, erniedrigende Scham jedes Mal, wenn ich daran dachte, wie einfach ich alles für ihn gemacht hatte, in Wellen über mich hinwegrollte.

Immer mal wieder vollführte mein Gehirn eine winzige Anstrengung, um sich zusammenzureißen – zu versuchen, zu verstehen –, doch immer, immer wieder sah ich diesen Arm über meine Schulter greifen. Um mir den Tee wegzunehmen und dem närrischen Idiotenparadies, in das ich eingetaucht war, ein Ende zu bereiten.

Es war Russell. Es war immer Russell gewesen. Russell hatte etwas in meinen Tee geschüttet, während alle am Telefon waren oder aus dem Fenster geschaut hatten. Und hätte Mrs. Crisps Gewissen sie nicht zur Ordnung gerufen ... Mrs. Crisp, die vermutlich nicht am Tod einer weiteren Mrs. Checkland schuldig sein wollte.

Ich weiß nicht, wie sie unseren Besuch loswurde, aber es gelang ihr. Tante Julia konnte gar nicht schnell genug verschwinden. Hätte sie mir erneut gesagt, ich solle eine Tasche packen und mit ihr mitkommen, dann hätte ich das vermutlich getan. Aber diese Gelegenheit hatte sie nicht bekommen. Nur wenige Minuten nachdem Russell gegangen war, brachte Mrs. Crisp die beiden zur Tür hinaus.

Sie ließen mich keinen Moment allein. Mrs. Crisp brachte ihre Kochbücher und saß mit am Tisch, um ein Menü für den morgigen Abend zusammenzustellen. Ich wusste nicht, weshalb sie sich diese Mühe machte. Und nachdem sie wieder hinausgegangen war, kam Sharon herein und tat so, als würde sie Staub wischen. Dann saß Kevin mit einem Buch am Tisch beim Fenster und las. Dann kam wieder Mrs. Crisp mit einem Omelette. Dann Sharon mit einer Tasse Tee. Dann ging ich ins Bett. Dann stand ich auf, um den Kater hereinzulassen. Dann lag ich fast die ganze Nacht wach, einsam und leer, horchte auf das Ticken der Uhr im Erdgeschoss.

Russell kam nicht nach Hause. Ich fragte mich, ob er jemals zurückkommen würde. Vielleicht fuhr er einfach immer weiter und kam nie wieder zurück. Ich würde noch ein paar Wochen hier wohnen, dann würden mich meine Tante und mein Onkel schnappen, alles einpacken, und ich wäre wieder bei ihnen zurück. Als hätte es die vergangenen neun Monate gar nicht gegeben.

Ich stellte fest, dass es mir egal war.

Der nächste Morgen war schrecklich. Alle schienen verabredet zu haben, so zu tun, als sei nichts geschehen. Beim Frühstück zeigte mir Mrs. Crisp das vorgeschlagene Menü: geräucherte Lachspastete, mein Lieblingseintopf mit Lamm und Aprikosen und dann einen Zitronenkuchen. Ich nickte. Sie hätte auch einen Eintopf aus Schlamm und Sägemehl vorschlagen können, und ich hätte zugestimmt.

Sie sorgten dafür, dass ich beschäftigt war. Ich brachte Boxer und Marilyn auf ihre Weide, verbrachte etwas Zeit mit Thomas, polierte Gläser und Besteck, half dabei, den Tisch zu decken. Wir würden im großen, eintönigen Esszimmer essen. Das schien angemessen. Am späten Vormittag klingelte das Telefon. Tante Julia und Onkel Richard hatten sich ebenfalls eingeladen. Mrs. Crisp fluchte, und in diesem Moment kam Russell herein und teilte ihr mit, dass auch Andrew und Tanya kommen würden.

Doch sie rächte sich umgehend, als sie ihm eine Einkaufsliste reichte und sagte, er solle es ja nicht wagen zurückzukommen, bevor er alles eingekauft hätte, was perfekt war, denn damit stand er niemandem im Weg herum.

Irgendwann ließen sie von mir ab. Ich ging nach oben in mein Zimmer. Meine Zuflucht. Trotz aller Bemühungen von Thomas noch immer mein sicherer Hafen.

An der Tür blieb ich jedoch stehen und schaute zum Durchgang zu Russells Zimmer, in dem ich nur einmal gewesen war. Ich würde dort nie wieder hineingehen. Die Neugier siegte. Ich ging die Stufen hinauf, öffnete die Tür und trat ein.

Sein Bett war gemacht. Natürlich, er hatte letzte Nacht ja nicht darin geschlafen. Ich roch Pinselreiniger und Aftershave und einen ganz schwachen Geruch nach Pferd. Typisch Russell. Eine Jeans hing über einer Stuhllehne. Drei nicht zueinander passende Schuhe waren im Zimmer verteilt. Ein abgestoßenes Taschenbuch lag aufgeklappt, mit der Schrift nach unten auf dem Bett. Das Foto seiner Mutter stand noch immer auf der Kommode.

Als ich das letzte Mal hier drin war, waren die Wände kahl gewesen, doch jetzt hingen sechs, sieben Skizzen hier und da. Ein paar waren nicht mehr als eine Ansammlung von Strichen, zwei sahen ziemlich fertig aus.

Mir war unangenehm bewusst, dass ich hier herumspionierte, trotzdem trat ich näher. Bilder von mir beim Lesen, wie ich ins Leere schaute, ein Profil ... Bilder von mir. Liebevoll, sorgfältig angefertigt. Das war fast ein körperlicher Schock. Ich hatte nie für ihn Modell gesessen. Er musste sie aus dem Gedächtnis gemalt haben. Warum?

Ich hatte keine Ahnung ... Dann wieder hatte ich in den letzten Monaten so vieles nicht begriffen, dass diese eine Sache kaum einen Unterschied machte. Wir hatten bereits festgehalten, dass ich dumm war – jetzt musste nur noch die genaue Tiefe meiner Dummheit ausgelotet werden.

Ein leises Geräusch auf der Treppe ließ mich ertappt zusammenzucken. Rasch ging ich auf mein Zimmer und schloss die Tür hinter mir. Als mein Herzschlag sich wieder annehmbar normalisiert hatte, setzte ich mich auf meinen Fensterplatz, nahm mein Buch, hielt es wie ein Schutzschild vor mich, hörte auf, dumm zu sein, und fing an, mal so richtig nachzudenken.

Mrs. Crisp brachte mir eine Tasse Tee, als es langsam Nachmittag wurde. Unten gab es nichts für mich zu tun. Ich sollte mich darauf konzentrieren, mich fertig zu machen. Sie wirkte überraschend munter und fröhlich, angesichts der Vorfälle der letzten vierundzwanzig Stunden.

Ich gab mir keine große Mühe mit meinem Aussehen. Warum sollte ich? Diese Tage waren vorbei. Ich zog eine saubere Hose, ein weißes Top und eine graue Wasserfallweste an, dazu schwarze Stiefel. Ein Outfit, in dem ich mich warm und sicher fühlte. Ich legte meine hübsche Uhr als Glücksbringer um. Und um etwas deutlich zu machen. Ich wusste, dass Russell im Haus war; ich hatte das Echo seiner Stimme die letzte halbe Stunde gehört.

Nachdem ich einmal tief durchgeatmet und mir mehr denn je den besänftigenden Geruch von warmen Ingwerkeksen herbeigewünscht hatte, machte ich mich auf den Weg nach unten. Auf Mrs. Crisps Aufforderung hin inspizierte ich das Esszimmer. Es würde nie wirklich schön sein, aber der Tisch war nett hergerichtet, der alte Teppich gesaugt, und die meisten Stühle passten zusammen.

Die ersten Gäste waren Andrew und Tanya, gut eine halbe Stunde zu früh; auf Russells Bitte hin, wie ich annahm. Sobald sie mit einem Willkommensdrink versorgt waren, tauchte auch der Herr des Hauses auf, ignorierte mich und stellte sich geradewegs zu Tanya ans andere Ende des Zimmers. Als Andrew sich zu uns gesellte, verließ mich Mrs. Crisp – heute Abend mit erstaunlich klarem Blick – und ging zurück in die Küche.

Als Nächste trafen Daniel und Francesca ein. Francesca ignorierte Russell, wandte sich ganz demonstrativ von ihm ab. Ich fragte mich, wie er wohl über diese öffentliche Zurückweisung der einstigen Liebe seines Lebens dachte. Gefechtslinien wurden abgesteckt. Andrew und Daniel plauderten ungezwungen miteinander. Ich starrte ins Feuer und ließ den für mich gedachten

Drink stehen. Ich weiß, Russell war am anderen Ende des Zimmers, außer Reichweite, aber ich wollte kein Risiko eingehen. Je größer der Abstand zu ihm, desto sicherer wäre ich.

Schließlich trafen Tante Julia und Onkel Richard ein. Schlicht gekleidet, mit ernstem Gesichtsausdruck. Mrs. Crisp ließ uns antreten und ins Esszimmer gehen.

Ich hatte keine Ahnung, ob und falls ja, was heute Abend passieren würde. Mrs. Crisp nahm ein Glas, füllte es aus einer Flasche auf dem Servierwagen und reichte es mir mit mahnend gerunzelter Stirn.

»Ihr Wein, Mrs. Checkland.«

Ich nippte daran und verzog keine Miene. Es war Wasser.

Den anderen entging nicht, dass ich ein separates Glas und eine separate Flasche hatte. Ich war auf alles gefasst und fragte mich, wer wohl als Erstes loslegte.

Es war Tante Julia. Natürlich. Ich betete einfach nur, dass Russells Kopf gesenkt bleiben und er den Mund halten würde.

»O Gott«, sagte er laut. »Sie setzt zu einer Rede an.«

»Sie könnten wenigstens versuchen, sich an die Höflichkeit zu erinnern, die Sie Ihren Gästen schulden«, sagte sie wütend.

»Sie sind nicht meine Gäste«, erwiderte er, leerte sein Glas in einem Zug und füllte es wieder auf. »Sie haben sich selbst eingeladen, erinnern Sie sich? Sie können gehen, wann immer Sie wollen.«

Da fiel ihr wieder ein, weshalb sie gekommen waren. Sie wandte sich mir zu, das Gesicht vor lauter Ärger ganz verkniffen. »Jenny ...«

Ich räusperte mich und konzentrierte mich ...

»Bevor jetzt noch jemand etwas sagt«, verkündete ich und unterbrach sie zum ersten und letzten Mal in meinem Leben. »Ich werde n-n-nirgendwohin gehen. Ich bleibe hier. Es gefällt mir hier. Ich habe keine Ahnung, wie viele Pläne das durchkreuzt,

Russell, Francesca, Tante Julia, aber so sieht es aus: Ich bleibe hier.«

Unbekümmert leerte ich mein Wasser, und ebenso unbekümmert schenkte Mrs. Crisp mir nach.

Tante Julia schnappte nach Luft.

»Mir ist das doch völlig egal«, sagte Francesca, und wie eine infrarotgesteuerte Rakete die Vulkaninsel Krakatau ansteuerte, wandte sie sich den wichtigen Dingen zu. »Daniel, ich habe darüber nachgedacht, welche Rolle ich spielen soll – Maria Stuart oder Elisabeth Tudor. Ich meine, es ist natürlich ganz offensichtlich, dass Elisabeth letzten Endes gewinnt und länger lebt, also ist diese Rolle größer, aber Maria hat eine so wunderbare Sterbeszene. Tragisch, aber kämpferisch. Aber natürlich hängt das von dir ab, Liebling. Ich bevorzuge Elisabeth, aber wen immer du für besser erachtest.«

Er sagte nichts. Gespannt wartete die Tischgesellschaft auf einen Mann.

»Tatsächlich habe ich bereits jemanden für Elisabeth vorgesehen.«

»Ach, das macht nichts. Dann eben Maria.«

»Und für Maria auch.«

»Aber ... du kannst nicht ... was ist mit mir?«

Die gute Franny – kommt immer gleich auf den Punkt.

Leicht verlegen rutschte Daniel auf seinem Stuhl herum. »Ich glaube kaum, dass das hier der richtige Ort ist ...«

»Nein«, verkündete Tante Julia und brachte die Unterhaltung von einer Krise zurück auf eine andere zu sprechen. »Jenny ...«

Wieder kam sie nicht weiter.

Mrs. Crisp servierte die Pastete.

Ich erhielt eine separate Portion. Sie zog die Frischhaltefolie ab und stellte einen blauen Teller vor mir ab. Alle anderen hatten weiße. Alle starrten auf meinen blauen Teller und dann wieder auf ihren eigenen.

Tante Julia schob ihren angewidert von sich. Francesca starrte ihren an, als würde er ihr gleich an die Kehle springen. Andrew, Tanya und Daniel machten sich über das Essen her. Ich wartete. Hier ging etwas vor sich, und wie immer hatte ich keine Ahnung davon.

Francesca versuchte es erneut.

»Welche Rolle bekomme ich dann?«, fragte sie. »Da muss doch etwas für mich dabei sein. Ich habe rote Haare.«

Dass etwas mehr Fähigkeiten für einen Auftritt in einem brandneuen TV-Drama vonnöten sein könnten, schien ihr nicht in den Sinn zu kommen.

Stille breitete sich aus. Ich schaute über den Tisch zu Russell, der von Tante Julia und Tanya flankiert wurde. Neben mir saßen Onkel Richard auf der einen und Andrew auf der anderen Seite. Francesca und Daniel besetzten die neutrale Zone in der Mitte. Ich fühlte mich schrecklich allein.

Als ich zu ihm sah, fing Russell meinen Blick kurz auf, starrte mich ausdruckslos an und dann wieder weg. Mir wurde ganz flau im Magen.

»Jenny, Liebes. Versuch doch etwas zu essen.« Onkel Richard schob meinen Teller vor mich und lächelte mich freundlich an. Sein Gesichtsausdruck sagte: »Wir lassen die beiden das austragen, ja? Dann stecken wir die Köpfe zusammen und machen das, was sinnvoll ist. Wir beide zusammen.«

Ich erinnerte mich an den letzten Abend in seinem Haus, wie wir gemütlich im Warmen am Küchentisch saßen, während er darauf wartete, dass seine Milch heiß wurde. Bevor das alles losgegangen war. Ich hätte mir die Augen ausheulen können. Wegen all der verpassten Gelegenheiten. Wegen allem, was schiefgelaufen war.

»Lassen Sie sie in Ruhe«, sagte Russell barsch.

Zum dritten Mal setzte Tante Julia an: »Jenny ...«

»Ja, Tante Julia. Schmeckt dir deine Pastete? Meine ist köstlich.«

»Also, Jenny«, schaltete Daniel sich ein. Auf seine eigene, aber sehr viel charmantere Weise war er mindestens ebenso zielgerichtet wie Francesca. Kurz dachte ich, dass sie vielleicht tatsächlich einen ebenbürtigen Partner in ihm gefunden hatte. »Ich habe mich gefragt, ob du vielleicht mitarbeiten willst. Du weißt schon, Ideen, Vorschläge, ein bisschen Nachforschen. Und die Danksagung wird dir gelten. Nach einer Idee von Jenny Checkland. So was in der Art.«

Ich löste meine Aufmerksamkeit von Russell und wandte mich Daniel zu. Ich muss ihn mit offenem Mund angestarrt haben, denn er grinste und sagte: »Nicke einfach, wenn dir das leichter fällt.«

Das machte ich. Wahrscheinlich war das echte Leben nun einmal so. Pech in der einen Minute, Glück in der nächsten. Niemals wirklich sicher, ob es der beste oder der schlimmste Abend deines Lebens ist.

»Daniel, mein Lieber, Sie dürfen nicht vergessen, dass Jenny sich gerade von einem schlimmen Unfall erholt. Sie muss erst wieder zu Kräften kommen. Vielleicht nachdem sie sich ein paar Monate bei uns zu Hause ausgeruht hat …«

Hörte mir denn nie einer zu?

»Das ist sehr nett von dir, aber das hier ist mein Zuhause. Ich bleibe hier.« Ich schaute zu Russell. »Es sei denn, du willst, dass ich gehe.«

Gleichgültig meinte er: »Das ist deine Entscheidung.«

»Dann wäre das also entschieden.«

Obwohl es das natürlich nicht war.

»Jenny, es tut mir leid«, sagte Daniel, »aber wir müssen hier vorwärtskommen.«

»Es geht mir gut«, erklärte ich.

»Also fangen wir nächste Woche an, wenn dir das passt?«

Ich nickte.

»Denk darüber nach, notier dir alles, was dir nützlich erscheint. Wirklich alles. Du wirst überrascht sein, was alles verwendet werden kann.«

»Aber was ist denn jetzt mit mir?«, verlangte Francesca zu wissen und kam damit wieder auf den Knackpunkt zu sprechen.

»Tja, meine Liebe, es ist reizend, dass du so ... enthusiastisch bist. Vielleicht ... eine Kammerfrau ...«, sagte Daniel hoffnungsvoll.

»Oder eine Kurtisane?«, murmelte eine anonyme Stimme am anderen Tischende.

»Russell!«, zischte Tante Julia.

»Was denn?«, fragte er entweder in echter oder aber in gut gespielter Empörung.

»Okay«, schaltete ich mich wieder ein, bevor noch jemand etwas sagen konnte. »Soll ich zu dir kommen, Daniel? Oder kommst du hierher?«

»Komm du zu mir. Da habe ich meine ganzen Notizen. Soll ich dich abholen?«

»Nicht nötig«, sagte Russell knapp. »Ich fahre sie.«

»Danke, Russell. Wenn es Thomas besser geht, werde ich rüberreiten. Wenn das für dich in Ordnung ist, Daniel.«

»Das ist nicht in Ordnung«, platzte Tante Julia heraus.

»Fast zwanzig Minuten ohne zu dramatisieren«, sagte Russell in einem Tonfall, den er vermutlich für leise erachtete. »Könnte das eine Art Rekord sein?«

Sollte er versuchen, sie abzulenken, so vergeudete er seine Zeit. Von wem glaubte er denn, dass Francesca diesen Zug hatte?

»Das kannst du nicht ernst meinen, Jenny. Reiten? Nach allem, was passiert ist? Wenn es um die Sicherheit Ihrer Frau geht, erwarte ich ja wirklich nicht viel von Ihnen, Russell, aber ich kann einfach nicht glauben, dass dieses Tier noch nicht notgeschlachtet wurde. Es ist ganz eindeutig nicht zuverlässig.«

Russell trank noch etwas Wein und lächelte gefährlich.

»So weit wird es nie kommen, Julia.«

Sie kniff die Augen zusammen. »Sie sind kaum in einer Position, anderen Vorschriften zu machen, oder?«

»Ach, tatsächlich? Und wieso?«

»Sie wissen sehr gut, weshalb nicht.«

»Nein, weiß ich nicht, Julia. Sie müssen schon damit herausrücken.«

Onkel Richard sagte mit einem Mal: »Sei still, Julia.«

Russell bedachte ihn mit einem mokierenden Blick. »Wie weise.« Nur ihm gelang es, es wie eine Beleidigung klingen zu lassen.

Onkel Richard stellte das Weinglas ab und sagte leise und würdevoll: »Ich glaube nicht, dass es klug für Sie wäre, sich mit uns anzulegen, Russell. Nicht nach dem, was gestern vorgefallen ist. Jenny wird heute Abend brav mit uns nach Hause kommen, und wir werden ihr helfen, über ihre Zukunft nachzudenken.«

»Ihre Zukunft? Würden nicht gerade Sie das sagen, Richard, dann könnte man das für einen Scherz halten. Ich glaube, wir beide wissen nur zu gut, welche Art Zukunft für Jenny vorgesehen ist. Natürlich muss sie die Entscheidung treffen, aber wenn sie hierbleiben möchte, dann wird sie das auch.« Er lächelte sardonisch. »Zusammen mit mir.«

»Sie!«

Und da legte Tante Julia wieder los. Sie hatte mir einmal erzählt, dass einer ihre Vorfahren mit den Eroberern übergesetzt hatte. Angesichts des Gesindels, das dieser mit sich brachte, lautete meine eigene Theorie, dass sie von einer der Zivilpersonen, die der Truppe folgten, oder einem Schwarzmarkthändler abstammte. Ganz gewiss brauchte man jedoch einen über tausend Jahre alten Stammbaum, um so viel Verachtung und Geringschätzung in ein einziges, einsilbiges Wort zu legen. Lady Bracknell würde vor Neid erblassen.

»Sie ...« Nach diesem vielversprechenden Anfang verstummte sie, anscheinend überwältigt von ihren Gefühlen.

»Was ist mit mir?«, fragte Russell und lächelte auf einmal gar nicht mehr. »Machen Sie ruhig weiter, Julia. Sagen Sie es. Was ist mit mir?«

Ihr platzte der Kragen.

»Sie teuflischer, unsäglicher Mensch. Sie haben meine Nichte gegen unseren Willen geheiratet, und nachdem Sie sich so ihr Geld sicherten, verbrachten Sie die letzten Monate damit, mehrere merkwürdige Unfälle zu arrangieren. Versuchen Sie ja nicht zu leugnen, dass Sie gewalttätig gegen sie waren. Es gibt keine Worte, um Ihre Verdorbenheit zu beschreiben, Russell Checkland, oder Ihre Gemeinheit oder Ihre ...«

»Nun, wie gewöhnlich haben Sie wieder mal richtig viel gefunden. Wissen Sie eigentlich, dass ich mich nicht daran erinnern kann, wenn Sie mal nicht geredet haben, Julia? Aber wie auch immer, Sie haben unrecht.«

»Leugnen Sie etwa ...«

»Natürlich leugne ich das. Sie verspritzen Ihr Gift an die völlig falsche Person.«

Wieder versuchte Onkel Richard einzugreifen. »Julia, ich verbiete dir ...«

»Ach tatsächlich, Russell? Nun, wenn nicht Sie, wer dann?«

Schweigen.

Russell lehnte sich zurück, das Weinglas in der Hand. »Soll ich das wirklich beantworten? Jetzt? Hier?«

»Ja, ja, unbedingt.«

Mit hochrotem Kopf und äußerst wütend beugte sie sich auf ihrem Stuhl nach vorn. Wir anderen sahen zu – fasziniert ist nicht das richtige Wort dafür. Es war eher wie bei einem unvermeidlichen Autounfall. Man weiß, dass es schlimm ist, aber man kann einfach nicht wegsehen.

Russell richtete sich auf und sagte: »Es tut mir leid, Jenny. Aber so können die Dinge nicht weitergehen. Du wirst schwer verletzt, und ich komme zum Schluss noch ins Gefängnis. Ich hoffe, du verstehst das.«

»Das tue ich. Mach, was du für das Beste hältst. Ich stehe hinter dir.«

Er lächelte traurig. »Nein, tu das nicht. Du kannst neben mir stehen. Oder Rücken an Rücken mit mir. Du kannst sogar auf mir stehen, wenn du willst, aber du wirst niemals hinter mit stehen, Jenny, ist das klar?«

Ich nickte, brachte mit einem Mal kein Wort mehr heraus.

»Jenny, Liebes, was sagst du da?«

Ich wandte mich an Onkel Richard, war plötzlich viel zu müde und traurig, um zu reden. Vielleicht war es ja noch nicht zu spät ... Ich tastete nach seiner Hand, aber er zog sie weg.

Tante Julia beugte sich weiter vor. »Was geht hier vor sich? Was sagst du da, Jenny? Willst du etwa behaupten ... es ist nicht Russell?«

»Natürlich war es nicht Russell, Tante Julia. Russell war es nie. Sicher, er ist ein Idiot ...«

»Vielen Dank auch, Frau Gemahlin.«

»Und er hat sich, so schnell es ging, sein eigenes Grab g-g-geschaufelt, aber nein, Russell war es nicht. Mal abgesehen von gestern Nachmittag. Russell, ich will gar nicht mit dir darüber sprechen. Du hast mir den schlimmsten Nachmittag m-m-meines Lebens beschert.«

»Es tut mir leid, Jenny. Was anderes ist mir nicht eingefallen.«

»Ich weiß. Mach das niemals wieder.«

»Nein. Einmal hat gereicht.«

Überraschenderweise schaltete sich da Daniel Palmer ein. »Francesca, würdest du bitte deine Sachen holen?«

Sie starrte ihn mit offenem Mund an.

»Wir gehen jetzt, und du kommst mit mir nach Hause.«

Russell nickte ihm zu. »Danke, Daniel. Du solltest sie so schnell wie möglich von hier wegbringen.«

»Sie wegbringen?«, fragte Francesca. »Ich gehe nirgendwohin. Warum sollte ich? Hör auf, Daniel, du machst mir Angst.«

»Francesca, du musst hier eine Entscheidung fällen. Jenny ist nicht die Einzige, deren Zukunft sich heute entscheidet. Ich habe dir den Schutz einer Verlobung geboten, aber wenn du jetzt nicht mit mir mitkommst, dann werde ich dir vielleicht nicht helfen können.«

»Warum?«, fragte sie verwirrt. »Warum muss ich gehen?«

»Tja, Russell, Sie haben meine Frage nicht beantwortet. Wenn nicht Sie, wer dann?«

»Julia, ich sage es nicht noch einmal. Sei still!«

»Daniel? Was ist denn hier los?«

Und genau dann, als alles so verzwickt war, dass man nur noch hätte schreien wollen, klopfte es an der Tür.

Alle schauten einander an. Russell nickte Kevin zu, der zur Eingangstür ging, um sie zu überreden, sich zu öffnen. Ich hörte Stimmen und sich nähernde Schritte. Christopher kam herein.

Ich hatte ihn seit Jahren nicht mehr richtig gesehen. Gelegentlich hatte ich einen kurzen Blick auf ihn erhascht. Nicht in seinem Buchladen wohlgemerkt. Vermutlich wusste er nicht einmal genau, wo der sich befand. Er stolzierte herein. Ein kleiner Mann mit einem großen Auftritt.

Meine erste Reaktion war Furcht. Ich weiß nicht, weshalb. Ich war kein Kind mehr. Was sollte er mir schon in meinem Zuhause antun? Ja, er war ein Tyrann, aber er war auch ein Feigling. Sowohl Russell als auch Andrew verabscheuten ihn. Ich war rundum sicher, und dennoch hatte ich Angst.

Dabei war es ja nicht so, als könnte der Abend nicht noch schlimmer werden ...

Unter dem Tisch griff Andrew nach meiner Hand und drückte sie fest. Ich konnte ihn nicht ansehen. Ich konnte niemanden ansehen.

Russell machte keine Anstalten, ihn zu begrüßen. Das Schweigen zog sich immer mehr in die Länge.

»Na, mein Junge«, sagte Onkel Richard schließlich. »Was machst du denn hier, hm?«

Christopher machte sich nicht die Mühe zu antworten. Sein Blick fiel auf Onkel Richard und richtete sich dann auf mich. Schlagartig wurde mir kalt.

Unvermittelt stand Russell auf.

Hastig sagte Onkel Richard: »Dann holen wir mal einen Stuhl für dich. Du kannst dich zu Jenny und mir setzen.«

»Nein, kann er nicht«, sagte Russell. »Ich will dieses Schwein gar nicht hier haben, aber wenn er schon bleibt, dann besser in meiner Nähe, wo ich sicherstellen kann, dass er kein Silber klaut oder das Personal betatscht. Pass auf dich auf, Kevin.«

Das war ein netter Versuch. Einen Moment lang glaubte ich wirklich, die drei würden aus dem Zimmer, dem Haus, meinem Leben, aus allem herausstürmen. Aber Wünsche werden nur selten wahr.

Christopher ließ sich zwischen Tante Julia und Russell auf einen Stuhl fallen, trank ihren Wein und hielt das Glas dann hoch, um nachgeschenkt zu bekommen. Man ignorierte ihn.

Onkel Richard stand auf, wobei er noch immer sein nettes, onkelhaftes Verhalten an den Tag legte.

»Tja, wie ich sehe, bist du müde, Jenny. Vielleicht war es ein bisschen viel, so kurz nach deinem Unfall ein so großes Abendessen zu planen. Wir lassen dich jetzt besser in Ruhe. Daniel, ich weiß, dass du nicht zu lange bleiben wirst. Wir wollen sie ja nicht ermüden.«

Auch er wurde ignoriert.

Russell spielte träge mit seinem Messer herum.

Kevin stand hinter Christopher.

Mrs. Crisp hatte sich hinter mir aufgestellt.

Sharon bewachte die Tür.

Man hätte eine Maus niesen hören können.

»Francesca, ich sage das jetzt zum letzten Mal. Das letzte Mal, dass ich auf dich aufpassen kann. Sieh mich an. Du musst mit mir gehen. Jetzt.«

Sie versuchte, ihre Hände wegzuziehen, aber er hielt sie fest.

»Hör auf. Hör auf und sieh mich an.«

Sie gehorchte, schaute ihn an, wandte den Blick ab und sah Daniel dann an, als sähe sie ihn zum ersten Mal. Sie schaute über den Tisch. Fast hörte man, wie es ratterte. Die Stille zog sich hin. Sie öffnete den Mund, wollte etwas sagen. Wir alle hielten den Atem an.

Christopher stürzte sich auf Russells Glas und stieß dabei die Flasche um, deren Inhalt sich über den Tisch ergoss.

Alle schnappten sich Gläser und Teller. Mrs. Crisp und Sharon wischten und tupften. Wie immer schien deutlich mehr über den Tisch zu fließen, als in eine Flasche passen konnte.

Schließlich war die Ordnung erneut hergestellt, und wir nahmen wieder Platz.

Ich führte mein Glas an den Mund.

Es war Wein. Kein Wasser. Alles ergab einen Sinn – die ganze Zeit waren sie es gewesen.

Wie im Nachhall eines Alptraums griff Mrs. Crisp über meine Schulter nach vorn und nahm das Glas.

Ich sah zu Russell. Er schaute mich nicht an.

»Im Ernst?«, sagte ich. »Ich kann nicht glauben, dass ihr gedacht habt, es könnte ein zweites Mal funktionieren.«

Einen Moment lang blickte Onkel Richard verwundert drein. Dann wurde sein Gesichtsausdruck wieder normal. »Es tut mir leid, Jenny. Ich muss dir wohl versehentlich Andrews Weinglas gegeben haben.«

»Netter Versuch«, sagte Andrew.

»Hier haben Sie Ihre Antwort, Julia.«

»Ich verstehe das nicht«, sagte sie zögerlich.

»Doch, das tun Sie sehr wohl.«

»Wollen Sie etwa behaupten ...?«

»Genau das.«

»Das ist doch lächerlich«, sagte Onkel Richard wütend. »Ich habe einfach nur die Gläser durcheinandergebracht. Glauben Sie mir, wenn Sie erst einmal so alt sind wie ich, dann passiert Ihnen das ganz automatisch.«

»Ersparen Sie uns das«, sagte Russell. »Sie sind überhaupt nicht der sympathische, nette Onkel Richard. Der sind Sie noch nie gewesen. Sie sind das Scheußlichste, was mir seit langem untergekommen ist. Ich nehme stark an, dass Ihre Familie große Angst vor Ihnen hat. Wie sonst hätten Sie sie zu dem überreden können, was sie gemacht haben?«

»Ich denke«, verkündete Onkel Richard nachdrücklich, »heute Abend ist bereits zu viel gesagt worden. Wir reden morgen wieder, wenn sich die Gemüter beruhigt haben.«

»Nein, werden wir nicht«, sagte Russell. »Nach dem heutigen Abend wird nämlich niemand Ihrer Familie jemals hier wieder willkommen sein. Das gilt auch für dich, Francesca. Du hättest mit Daniel gehen sollen. Jetzt steckst du genau so tief in dieser Geschichte wie die anderen.«

»Wir gehen zur Polizei«, erklärte Tante Julia.

»Wunderbar! Wollen Sie sie anrufen oder soll ich?«

Christophers Blick huschte zu mir.

Trotzig starrte ich zurück. Aber nur weil Andrew und Russell ganz in der Nähe waren.

Russell lächelte freudlos. »Sie werden nicht zur Polizei gehen, oder, Richard?«

Onkel Richard setzte sich. Sein runzeliges Gesicht sah verhärmt und traurig aus. Ein überarbeiteter Familienvater, der mit schwierigen Problemen zu kämpfen hatte.

»Ich sehe, dass nichts gelöst wird, ehe Sie zu Wort gekommen sind, Russell. Vielleicht würden Sie uns gern wissen lassen, was Sie denken. Reden Sie es sich von der Seele. Ich bin gespannt, was Sie hier als Beweise anführen wollen.«

»Ach, das ist einfach. Der Draht, den Christopher über den Weg ausgelegt hat, damit Jennys Pferd stolperte. Den bewahren wir in der Scheune auf. Meine äußerst intelligente Frau hat ihn nämlich mitgenommen. Ich könnte wetten, dass Christophers Fingerabdrücke überall darauf zu finden sind.«

Ich dagegen könnte wetten, dass dem nicht so war. Oder wenn sie darauf waren, dann nicht mehr, nachdem ich an dem Draht herumgefingert hatte, aber egal.

»Und in dem Glas, das Sie Jenny gerade gereicht haben und das von Mrs. Crisp entfernt wurde, befindet sich ganz bestimmt dieselbe Substanz, die Sie zuvor schon verwendet haben. Vielleicht eine etwas stärkere Dosis dieses Mal. Außerdem werden sich überall darauf Ihre Fingerabdrücke finden lassen.«

»Das ist doch lächerlich. Jenny muss etwas verwirrt sein. Zwischen ihrem und meinem Glas gibt es doch gar keinen Unterschied.«

»Richard, wir sind doch nicht von gestern. Jenny hat den ganzen Abend Wasser getrunken. Sobald Sie die Gläser vertauscht haben – eine Gefälligkeit dieses Flachwichsers hier –, war es uns allen klar. Dachten Sie etwa wirklich, dass alle nach dem gestrigen Abend einfach davon ausgehen würden, ich wäre es, ohne weiter nachzuhaken? Sie sind doch nicht mehr ganz bei Trost!«

»Jenny, das sind einfach nur Anschuldigungen eines verzweifelten Mannes. Gestern ist er gescheitert, wurde er ertappt und versucht jetzt, es möglichst schnell allen anderen in die Schuhe zu schieben.«

»Nein, hat er nicht«, sagte ich.

Russell seufzte. »Mit dem Tee gestern war alles in Ordnung, Richard. Ich habe ihn danach in der Küche getrunken. Mrs. Crisp und ich hatten das so abgesprochen, um Julia und Sie in Panik zu versetzen. Und es hat funktioniert. Plötzlich erkannten Sie, dass Sie es nicht allein darauf abgesehen hatten, dass Jenny etwas zustieß. Und sollte sie sterben, ehe Sie sie zurückhätten, dann wären Sie so richtig beschissen dran, nicht wahr?«

Tante Julia hatte ihre Fassung wiedererlangt. »Also wirklich, das ist doch absurd. Seien Sie Manns genug, die Wahrheit zu akzeptieren, Russell. Treten Sie zurück. Lassen Sie Jenny in Ruhe mit uns nach Hause kommen, dann reden wir nicht mehr darüber.«

»Nein, das werden wir verflucht noch mal nicht machen, Julia.« Wütend donnerte Russell mit der Faust auf den Tisch. Geschirr klirrte und klapperte. »Wir werden so einiges darüber reden.«

Himmel, war Russell wütend! Ich hatte ihn noch nie zuvor so gesehen. Um den Mund herum war er ganz weiß, seine Haare standen wirr ab, und seine Augen funkelten.

Tanya sagte etwas, und er fiel in sich zusammen. »Jenny, ich wollte dir keinen Schrecken einjagen. Aber ich hatte so große Angst, du würdest ihnen glauben.« Er lächelte. »Ich hätte wissen sollen, dass es funktioniert.«

»Das hat es. Das meiste zumindest. Ich verstehe aber einfach nicht, weshalb. Was habe ich getan, dass sie mich umbringen wollen?«

»Gar nichts, mein Schatz. Und sie wollten dich auch nicht umbringen. Das wäre das Letzte, was sie gewollt hätten. Deshalb waren sie so erschrocken über das, was Christopher getan hat. Ich könnte wetten, dass er dafür so richtig zusammengeschissen wurde. Solltest du sterben, dann würde ich als dein Ehemann nämlich alles bekommen, und das hätte ihnen überhaupt nicht gepasst. Es ging ihnen einfach darum, dass du ein paar merkwürdige, kleinere Unfälle haben solltest, in die ich verwickelt war. Von Anfang an hatten sie es auf mich abgesehen. Und natürlich auf meinen Besitz«, beendete er seinen Satz bitter.

Er fuhr fort: »Wenn ich nicht mehr da wäre, dann würdest du wieder bei ihnen wohnen, Jenny. Ich käme vielleicht ins Gefängnis, vielleicht auch nicht. Ich nehme an, da sie den Verdacht bei allen gestreut haben, würden sie mir anbieten, die Sache zu vergessen, wenn ich von hier wegginge. Wenn ich dir das Haus und das Land überlassen würde. Du würdest wieder bei ihnen leben. Natürlich nur zu deinem eigenen Besten. Und dann – dafür habe ich keine Beweise, es ist nur eine Vermutung, aber in ein paar Jahren hätte man dich wohl eines Morgens mit einer leeren Pillenschachtel neben dem Bett vorgefunden und der Notiz, du hättest so nicht weitermachen können.«

Ich dachte an jenen Tag zurück. An den Tag, an dem Thomas erschienen war. Vor all den Jahren wäre es ihnen fast gelungen. Aber Thomas war gekommen.

Ich wandte mich an Onkel Richard.

»Sieht ganz so aus, als wärst du nicht so schlau, wie du gedacht hast.«

»Du ...« Sein Mund arbeitete wütend. »Wer bist du schon, um von schlau zu sprechen?«

Sein unterdrückter Zorn machte mir Angst.

»Halten Sie die Klappe, Richard«, sagte Russell, doch mein Onkel ließ sich nicht aufhalten. Nach all den Jahren waren die Schleusen jetzt geöffnet.

»Du ... wieso solltest du das ganze Geld haben? Wärst du mit ihnen gestorben, hätte Julia es bekommen. Es hätte uns gehört. Es sollte uns gehören.«

Mit ihnen? Es war, als hätte ich soeben eine kalte Dusche abbekommen. Ich starrte ihn an, versuchte, die Frage zwischen steifen

Lippen hervorzupressen. »Habt ihr …? Wart ihr verantwortlich für den Unfall meiner Eltern?«

»Nein, natürlich nicht, wir sind keine Mörder.«

Nein, technisch gesehen waren sie das nicht. Aber wenn ich daran dachte, was sie Thomas angetan hatten. Und Mrs. Crisp. Und Russell. Ohne mit der Wimper zu zucken, hätten sie ihn ins Gefängnis gehen lassen und sein ganzes Leben ruiniert.

Kalter, tauber Schrecken machte sich in mir breit, so schwer wie Blei. Ich blickte in ihre Gesichter – Menschen, die sich um mich sorgen, mich lieben sollten … Ich hatte es vermutet, aber jetzt wusste ich es. Ich spürte, wie ich den Boden unter den Füßen verlor. Es ist keine Kleinigkeit, wenn man von der eigenen Familie gehasst wird …

Mrs. Crisp stand hinter mir, legte mir eine Hand auf die Schulter.

Ich quälte mich durch diesen unfasslichen Verrat und fragte Onkel Richard: »Aber warum …?«

Er schaute mich nicht an. Keiner von ihnen schaute mich an. Außer Francesca, die verwirrt vor Entsetzen um sich blickte.

Tanya ergriff leise das Wort.

»Es tut mir so leid, Jenny. Es ging um dein Geld. Sie haben sich all die Jahre klammheimlich daran bedient. Zu ihrem Nutzen. Und zu Christophers. Und es tut mir leid, das zu sagen, aber auch zu deinem, Francesca. Hast du dich nie gewundert, woher das ganze Geld kam? Deine Ausgaben? Deine Unterstützung für London?«

Ich war nicht sicher, ob Francesca überhaupt etwas davon hörte. Das konnte ich ihr nachfühlen. Auch ich tat mich schwer damit.

»Jenny, es tut mir leid, dir das sagen zu müssen, aber dein Geld ist fast aufgebraucht. Aus diesem Grund haben sie zugestimmt, dass du Russell heiratest. Dann brachten sie so viele Gerüchte in

Umlauf, wie sie nur konnten – deine merkwürdigen Unfälle, das Gerücht, dein Ehemann wäre gewalttätig. Die verdächtige Nahrungsmittelvergiftung, die sonst keinen betraf. Ein Großteil von Rushford glaubt, Russell versucht dich umzubringen, um an dein Geld zu kommen. Und Russell, unser großer Idiot hier, hat ihnen richtig schön in die Hände gespielt. Jedes Mal.«

»Jenny«, sagte Tante Julia bemüht. »Ich weiß nicht, wie du dir das anhören kannst. Nach allem, was wir für dich getan haben …«

»Ach, verdammt noch mal, Julia«, brüllte Russell. »Geben Sie auf. Nichts haben Sie für sie getan. Sie haben sie isoliert, ihr ein normales Leben verweigert und ihr mit Ihren bescheuerten Geschichten von einer ›speziellen Anstalt‹ Angst eingejagt. Sie haben sie bestohlen, sie vergiftet, untergraben, Ihr nichtsnutziger Sohn hätte sie beinahe umgebracht – die Liste könnte noch fortgesetzt werden. Also halten Sie die Klappe wegen der Begünstigungen, die Sie ihr all die Jahre angeblich zukommen ließen, oder ich nehme das Stück Draht und gehe geradewegs zur Polizei – gleich jetzt. Und Mrs. Crisp hat Jennys Glas. Mitsamt Inhalt. Nachdem Sie versucht haben, ihr die Schuld an Jennys Vergiftung in die Schuhe zu schieben, ist sie kein bisschen besser auf Sie zu sprechen als ich.«

Tante Julia versuchte es erneut, nachdem sie ihre zitternden Lippen halbwegs unter Kontrolle hatte. »Ich denke, Sie vergessen, dass Francesca und ich gestern hier im Haus waren, als Sie …«

»Ich habe Ihnen schon gesagt, dass der Tee in Ordnung war«, entgegnete er verächtlich. »Das Ganze haben wir veranstaltet, um Sie glauben zu lassen, dass ich Ihre Nichte vielleicht beseitigen will. Dass ich es auf ihr Geld abgesehen hatte. Wie groß waren da Ihre Befürchtungen, Julia? Groß genug, um zu Richard zu gehen und sich für den heutigen Abend einzuladen. Damit Sie es noch einmal versuchen konnten. Ein letzter Versuch, Jenny doch noch zu sich zu holen und mich dranzubekommen. Was sind Sie doch für ein rücksichtsloses Miststück, Julia. Sie haben Öl auf die Treppe getropft, damit Jenny ausrutschte. Und fast hätte sie Sie dabei ertappt. Sie mussten umdrehen und so tun, als würden Sie die Treppe hochkommen. Ich muss Ihnen zuerkennen, dass Ihr Schock danach sehr echt wirkte. Sie ist so richtig übel gestürzt, was? Vor Ihren Augen. Und Ihretwegen. Und danach haben Sie alles ganz ordentlich aufgewischt, während Sie Ihr Taschentuch scheinbar vor Schock an sich pressten. Dachten Sie etwa, mir würde der Geruch von Leinöl nicht auffallen? Wie geschickt von Ihnen, etwas zu benutzen, von dem halb Rushford wusste, dass ich es tags zuvor gekauft hatte. Dank der recht öffentlichen Szene, die Sie arrangiert hatten. Und das von einer Frau, die bekannt dafür ist, öffentliches Aufsehen zu meiden? Da haben Sie wirklich etwas übertrieben, finden Sie nicht?«

Ich konnte nicht anders. Ein dummer, trockener Schluchzer entrang sich meiner Brust. Andrew griff wieder nach meiner Hand und sagte leise: »Fast geschafft, Jenny, das verspreche ich dir. Fast geschafft.«

Tanya stellte ihre Aktentasche auf den Tisch und zog ein paar Unterlagen heraus.

»Ich werde Ihnen jetzt Russells Angebot unterbreiten. Ich sage Ihnen das nur einmal. Sollten Sie ablehnen, wird er – werden wir – mit dem Glas inklusive Inhalt, dem Draht und einem gewissen Finanzbericht, den Sie ganz bestimmt nicht publik machen wollen, zur Polizei gehen.«

»Sie bluffen«, sagte Onkel Richard.

»Ich denke«, meinte Andrew und sah Russell mit einem Mal sehr ähnlich, »als Sie verkündeten, Miss Bauer und Sie hätten beruflich miteinander zu tun, gingen Sie davon aus, dass sie eine Anwältin ist, genau wie Sie. Es tut mir leid, wir haben Sie weiterhin in diesem Glauben gelassen. Tatsächlich ist Miss Bauer eine bei Gericht zugelassene Wirtschaftsprüferin. Und sie ist gut. So richtig gut. Möchten Sie den Bericht sehen?«

Onkel Richard machte eine unwirsche Geste.

Tanya fuhr fort:

»Dieses Dokument überträgt den Besitz von Christophers Geschäft an Jenny. Immerhin hat sie es in den letzten Jahren mehrfach aufgekauft. Die Übereinkunft beinhaltet das Geschäft, den Bestand und die Räumlichkeiten.«

»Nicht die Räumlichkeiten.«

»Vor allem die. Das ist der einzige Grund, weshalb Sie den Laden über die Jahre am Laufen hielten. Wenn erst das neue Einkaufsviertel gebaut wird ...« Sie ließ den Satz verklingen. »Unterschreiben Sie jetzt.«

Tante Julia war bestürzt. »Nicht Christophers Geschäft. Richard, das kannst du nicht machen. Was soll dann aus ihm werden?«

Russell sprach überaus beherrscht: »Lassen Sie es mich in Worte fassen, die Sie verstehen, Richard. Sie übertragen Christophers wertloses Geschäft – und das Gebäude, das hat schließlich etwas Wert – an Jenny, jetzt, heute Abend, oder Tanya übergibt den ganzen Bericht ihrem Boss. Die Polizei wird involviert. Sie sind ruiniert und kommen ins Gefängnis. Julia ist ruiniert und kommt ins Gefängnis. Christopher ist ruiniert und kommt ins Gefängnis. Francesca ist nur ruiniert. Ihr Geschäft, Ihr Ruf, das alles ist morgen um diese Zeit dahin. Ich werde es tun, Richard. Sie zu stürzen wird mir größeres Vergnügen bereiten als alles, was ich bislang gemacht habe. Also unterschreiben Sie. Jetzt.«

»Nein«, sagte Tante Julia schrill. »Es gehört Christopher.«

»Na gut. Ich muss zugeben, Sie alle ins Gefängnis zu bringen war ohnehin meine erste Wahl. Tanya ...«

Sie steckte die Unterlagen wieder ein.

Leise sagte Onkel Richard: »Ich unterschreibe.«

Sie reichte ihm die Dokumente, und er unterschrieb. Christopher unterzeichnete ebenfalls. Kevin und Mrs. Crisp bezeugten.

»Und jetzt«, sagte Russell mit zusammengepressten Zähnen, »bringt diesen Wichser hier raus, ehe ich ihm noch das Genick breche.«

Kevin riss Christopher von seinem Stuhl hoch und drängte ihn aus dem Zimmer. Später fiel mir ein, dass er die ganze Zeit kein Wort gesagt hatte. Er redete nur selten, aber Christopher hatte größere Auswirkungen auf diesen Abend als sonst jemand hier im Raum.

Francesca schaute mit großen, erschrockenen Augen von Russell zu Daniel und sagte: »Daniel. Ja.«

»So gefällt mir das«, sagte dieser und nahm ihre Hand.

Aber Russell hatte noch mehr zu sagen.

»Ich bin noch nicht mit Ihnen fertig, Richard. Sie werden in Rente gehen. Sie haben ein Jahr. Ein Jahr, um alles zu verkaufen – die Kanzlei, das Haus, alles – und aus Rushford zu verschwinden. Die Hälfte der Einkünfte werden Sie Jenny als Wiedergutmachung überschreiben, dann lassen wir Sie einfach so verschwinden. Oder aber ...«

Ich glaube nicht, dass Tante Julia klar war, was auf dem Spiel stand. Wütend wandte sie sich an Russell.

»Aber Sie lassen uns ja kaum noch etwas. Wohin sollen wir denn gehen?«

»Mir doch egal.«

»Jenny, du kannst doch nicht ...«

»Ich habe es doch schon mal gesagt. Lassen Sie sie in Ruhe. Sie hat nichts mehr mit Ihnen zu tun.«

Wieder sagte Onkel Richard: »Halt den Mund, Julia. Ein Drittel, Russell. Sie bekommen ein Drittel, und wir verschwinden.«

»Abgemacht. Unterschreiben Sie hier.«

Er gehorchte.

»Und jetzt raus hier.«

Tante Julia hatte noch immer nicht aufgegeben. »Wir wollten doch niemanden umbringen. Und ganz bestimmt nicht Jenny. Das müssen Sie uns glauben. Als Christopher ... Na ja, wir waren entsetzt. Hätte sie einfach weiter zurückgezogen bei uns gelebt, dann hätte sie ein schönes Leben haben können. Sicher, beschützt. Wir haben sie bei uns aufgenommen. Wir haben uns um sie gekümmert.«

»Kein Zuhause – ein Gefängnis. Jenny, mit dir ist alles in Ordnung. Das sage ich dir schon die ganze Zeit, aber man hat dir eine solche Gehirnwäsche verabreicht ... Du stotterst ein bisschen und hast das Selbstbewusstsein eines Teebeutels. Das ist alles. Es gibt überhaupt keinen Grund, weshalb du kein normales Leben führen solltest. Diese ... Drohung, die über dir schwebte, ist, wie ich dir bereits gesagt habe, kompletter Schwachsinn. Das haben sie benutzt, um die Kontrolle über dich zu behalten. Und je länger du dort geblieben bist, desto unwahrscheinlicher wurde es, dass du gingst. Oder gehen wolltest. Und alle akzeptierten das einfach – du, deine Schule, alle in Rushford. Alle dachten, du wärst die kleine Jenny Dove, nicht ganz richtig im Kopf, das arme Ding, und würdest bei deiner lieben Tante und deinem lieben Onkel leben. Wäre ich nicht gewesen – ich meine, ich habe auf den ersten Blick gesehen, dass ...«

»Russ«, unterbrach ihn Andrew.

Er verstummte. Atmete tief durch. Erlangte wieder die Kontrolle.

»Julia, verschwinden Sie. Ehe ich ausraste.«

Ihr Gesicht veränderte sich. Ich hätte sie nicht wiedererkannt.

»Du dummes Ding. Sobald du mir übergeben wurdest, wusste ich, dass du Ärger bedeutest. Hast niemals geredet. Immer nur geschaut. Und du hattest das Geld, während meine eigenen intelligenten, wunderschönen Kinder ... es ist ja nicht so, als hättest du es jemals gebraucht. Du hast nichts mit deinem Leben angefangen. Du musstest nur bei uns wohnen. Das war ja wohl nicht zu viel verlangt.«

»Richard, bringen Sie sie zum Schweigen.«

»Wer bist du schon im Vergleich zu uns? Du bist nichts. Das habe ich immer von dir gedacht. Das nichtssagende Mädchen. Ich gebe dir die Schuld, Russell. Wo immer du auftauchst, verursachst du Ärger. Dein Vater hat seine Frau umgebracht. Wieso hättest du nicht dasselbe tun sollen?«

Ohne Vorwarnung fuhr Onkel Richard sie an: »Julia. Sei still. Ich verbiete dir, auch nur ein Wort mehr zu sagen. Kommt dir vielleicht in den Sinn, dass sie das aufnehmen könnten?«

»Aber Richard ...«

»Halt – die – Klappe!«

Die Worte wurden mit kaum verhaltener Aggression herausgeschleudert. Erschrocken starrte ich ihn an. Wo war der Onkel Richard, den ich kannte? Wohin war er verschwunden? Die Antwort darauf lautete natürlich, dass es ihn nie gegeben hatte. Das war nur das Gesicht, das er der Welt zu zeigen gewillt war. Und mir. Mir wurde ganz schlecht, wenn ich an die falsche Freundlichkeit und seine Sorge dachte, dabei war die ganze Zeit ...

Ich musste etwas sagen. Ja, okay, sie hatten es auf mich abgesehen gehabt, aber Russell war derjenige, der wirklich in Gefahr war. Russells Leben wäre ruiniert gewesen. Zum zweiten Mal. Ich weiß nicht, was gerade passierte. Und ich weiß auch nicht, warum es genau jetzt passierte. Ich weiß nur, dass ich ganz plötzlich, ohne Vorwarnung, meine Stimme fand.

»Verschwindet. Verschwindet aus unserem Haus. Alle beide. Mir ist allein durch eure Anwesenheit hier ganz schlecht. Ihr habt mich ein nichtssagendes Mädchen genannt. Tja, das nichtssagende Mädchen verachtet euch. Ich bin lieber nichts und werde von Russell Checkland geliebt als sonst etwas. Ihr hättet sein Leben ruiniert, dabei ist er so viel besser als ihr. Er ist nett, großherzig und leidenschaftlich, lauter Dinge, die ihr nicht seid. Er wird eines Tages ein großartiger Maler sein. Und … und im Bett geht er ab wie eine Rakete.«

Tante Julias Gesicht verzog sich verächtlich.

Ich nahm an Fahrt auf.

»Und den Ratschlag gebe ich euch: Verschwindet aus Rushford und kommt nie wieder zurück. Russell wäre vielleicht damit zufrieden, euch im Gefängnis zu sehen, aber er ist ja auch ein sehr viel netterer Mensch als ich. Ich schwöre, sollte ich einen von euch je wiedersehen – dann mache ich euch kalt.«

Diese letzten Worte hatte ich mit einer Leidenschaft hervorgebracht, von der ich gar nicht wusste, dass ich sie besaß.

Andrew lachte. »Glückwunsch, Russ. Du hast ja gesagt, dass sie das große Los ist.«

Ich drehte mich zu ihm. »Hat er?«

»Mehrfach. Verdammt, Jenny, die ganzen Nächte, die ich ihm zuhören musste, während er mich mit dir gelangweilt hat …«

»Ja, danke, Andrew«, sagte Russell. »Warum bist du immer noch hier?«

»Wegen des Essens. Können wir bitte die Idioten hier rausschaffen und essen?«

»Aber natürlich. Kevin, bring die Meute nach draußen. Franny, wenn du bleiben willst, dann kannst du das tun. Du kannst nichts für deine entsetzliche Verwandtschaft.«

Ganz automatisch antwortete sie: »Nenn mich nicht Franny.«

»Bring sie durch die Küche nach draußen, Kev. Ich möchte nicht, dass sie durch so etwas wie eine Tür an ihrem hastigen Aufbruch gehindert werden. Jenny, ich weiß nicht, was du am Tischende da unten bei Andrew zu suchen hast. Du hast Besseres verdient. Komm und setz dich her zu mir.«

Ich sah gar nicht, wie Tante Julia und Onkel Richard verschwanden. Ich setzte mich zu Russell, und er hielt meine Hände fest. So lange waren sie die wichtigsten Menschen in meinem Leben, und als ich aufsah, waren sie weg.

Er sagte: »Ich sollte mich entschuldigen. Für gestern.«

»Schon in Ordnung.«

»Nein, ist es nicht. Wenn du deinen Gesichtsausdruck gesehen hättest – ich hätte fast alles vermasselt. Fast hätte ich dir oben an der Treppe etwas gesagt, aber … Und dann konnte ich nur dafür sorgen, dass du nie allein warst oder dass immer Zeugen zugegen waren, wenn ich doch einmal in deiner Nähe war. Und hoffen, dass du es dir zusammenreimst.«

»Es hat eine Weile gedauert, ehe mein Hirn wieder gearbeitet hat, aber schließlich habe ich es geschafft.«

»Und das heute Abend tut mir schrecklich leid, aber ich musste das Thema forcieren. Ich musste ihnen Angst einjagen, damit sie den ersten Schritt machten. Vor Zeugen. Aber jetzt bist du sicher. Und ich verspreche dir, Jenny …«

Aber ich fand nie heraus, was er mir versprechen wollte.

Die Tür flog auf, Kevin raste in den Raum, sein Gesicht so weiß wie sein Hemd.

»Der Stall brennt.«

15. Kapitel

Im Bruchteil einer Sekunde war alle Farbe aus Russells Gesicht gewichen. Sein schlimmster Alptraum war wahr geworden. Er sprang so ungestüm auf, dass sein Stuhl nach hinten flog.

»Andrew!«

Sie drängelten zur Tür. Kevin war schon wieder draußen.

Zu meiner Überraschung war auch Daniel Palmer aufgesprungen. An diesem Abend gewannen wir zwei gute Freunde.

Er sagte: »Bleib hier, Francesca«, aber sie überging ihn und folgte uns nach draußen. Russell gab die Befehle.

»Mrs. Crisp – Sie rufen die Feuerwehr. Sagen Sie ihnen, wir haben Pferde. Sie müssen das wissen. Kevin, hol den Schlauch. Versuch nichts auf eigene Faust, warte auf mich. Sharon, hol Eimer. Jenny, mach das Tor zu.«

Ich nickte. Pferde hassen Feuer. Sie haben Angst davor. Panische Pferde, die durch das Tor galoppierten und sich in den Verkehr unten im Dorf mischten, war das Letzte, was wir jetzt brauchen konnten.

Wir schnappten uns alte Jacken und eilten in den Hof hinaus, gerade rechtzeitig, um zu sehen, wie Andrew nach Russell den Stall betrat, dicht gefolgt von Daniel und Kevin.

Es war ein Alptraum. Nicht nur Russells, sondern der eines jeden. Rauchschwaden, blass in der Dunkelheit, dicht und beißend, ließen das Vertraute fremd wirken. Merkwürdige Umrisse zeichneten sich ab und verschwanden, verliehen der ganzen Szene den Anschein eines abgehackten Films.

Ungläubig stand ich da. Das konnte nicht passieren. Wir hatten gedacht, alles wäre vorbei, aber Christopher – wer sonst? – hatte ein letztes Mal zugeschlagen. Neben mir murmelte Tanya etwas Schreckliches auf Deutsch.

Ich ging quer über den Hof, um das Tor zu verschließen. Danach sah ich mich genauer um. Nicht der Stall brannte. Der Rauch kam von der Scheune daneben. Wo wir das Futter lagerten. Entsetzlich brennbares Heu und Stroh. Und Christophers Drahtrolle. Der üble Geschmack in meinem Mund kam nicht allein vom beißenden Rauch.

Ungeduldig stand ich da. Mir schien, sie hätten schon schrecklich viel Zeit im Stall zugebracht. Ich war versucht, selbst dorthin zu gehen, aber es waren bereits vier Leute im Stall, und der Gang war eng. Mehr Menschen würden nicht hilfreich sein. Krank vor Sorge stand ich am Tor mit Beinen, die scheinbar nicht so ganz zu mir gehörten, und wartete.

Ich wusste, was das Problem sein würde. Marilyn. Esel sind intelligenter als Pferde. Sie fliehen nicht blindlings. Angesichts von Gefahr bleiben sie stocksteif stehen und denken erst einmal nach. Die Leute glauben, sie wären stur, dabei waren sie sehr sensibel. Wenngleich nicht übersensibel. Sie würde unbeweglich dastehen, während sich der Stall mit dem Rauch von nebenan füllte, die Flammen sich ausbreiteten, das Dach herunterbrannte ... ich schüttelte mich. Das würde nicht passieren. Russell würde das nicht zulassen. Nicht heute Abend. Nicht nach allem, was passiert war. Wir konnten doch jetzt nicht alles verlieren. Russell würde ...

Russell würde verbrennen, unter dem einstürzenden Gebäude begraben oder von den hinausstürmenden Pferden niedergetrampelt werden. Russell könnte heute Abend sterben. Zusammen mit meinem Selbstvertrauen und meinen Hoffnungen für die Zukunft – mit allem, was ich je gewollt hatte. Und ohne ihn, ohne seine Stärke, seinen Glauben an mich würden Julia und Richard wieder zurückkommen. Ich hörte es schon. »Arme Jenny. Was für eine Tragödie. Es war ein solcher Schock für sie. Ich glaube nicht, dass sie das überwinden wird.« Und wer würde mir glauben? Und Andrew könnte auch sterben. Und Daniel. Oder Kevin. Eine Welle der Panik überrollte mich, drängte mich, etwas zu tun, irgendwas.

Ich ließ das Tor los und ging quer über den Hof. Tanya hielt mich am Arm zurück. »Nein. Nein, Jenny. Du musst sie da machen lassen. Du darfst nicht reingehen.«

Sie hatte recht. Es war so einfach, in eine Katastrophe verwickelt zu werden und die Dinge schlimmer zu machen. Am schwierigsten ist es, sich zurückzuhalten und nichts zu tun. Sie rieb mir über den Arm. »Überlass das Andrew und Russell.«

Schließlich tauchte Daniel Palmer durch den Rauch auf und führte einen langsam dahinschreitenden Thomas hinaus. Ich hörte, wie Francesca aufschluchzte, aber Thomas humpelte mutig durch die Dunkelheit. Er schwitzte und zitterte, war aber für Frogmorton-Verhältnisse so ruhig wie ein Fels in der Brandung.

Daniel rief nach mir, und ich rannte zu ihm, um ihm Thomas abzunehmen. »Russell hat gesagt, bring ihn auf die Weide. Er könnte versuchen, wieder zurück in den Stall zu rennen.«

Ich nickte. Pferde machten so etwas. Sie fühlen sich sicher in ihrem Stall – er ist ihr Zuhause –, und wenn sie in Gefahr sind, eilen sie dahin zurück. Selbst wenn er gerade brennt.

Ich führte Thomas weg. Ich hörte, wie Francesca »Daniel!« rief, aber er wandte sich um, stützte sich mit den Händen auf den

Knien ab, atmete ein paarmal tief durch und ging dann wieder hinein.

Ich rief Francesca zu, sie solle mir das Gatter zur Weide öffnen. Ungeschickt rannte sie los. Manolo Blahniks. Typisch Francesca.

Tanya nahm meinen Posten am Hoftor ein und spähte den Weg entlang, von wo die Rettungsfahrzeuge kommen mussten. Wo waren sie bloß? Stunden schienen vergangen zu sein, vermutlich waren es aber keine zehn Minuten. Vielleicht waren sie gerade in einer ganz anderen Ecke des Bezirks. Vielleicht waren sie bereits zu einem anderen Feuer gerufen worden, und bis sie hier wären, wäre es zu spät.

Wir brachten Thomas auf die Weide, und ich zwang mich, allem, was gerade auf dem Hof passierte, den Rücken zuzuwenden, damit ich ihn beruhigen konnte. So hatte ich eine Aufgabe, und nach allem, was ihm widerfahren war, verdiente er Besseres, als auf eine eisige Weide gejagt und dann im Dunkeln allein gelassen zu werden.

Wir warteten. Und warteten. Wo verdammt noch mal blieb Russell? Was war da nur los? Thomas stand relativ ruhig da, zitternd, aber gefasst. Zusammen warteten wir, unsere Atemwölkchen vermischten sich in der kalten Nachtluft. Ich überlegte mir ernsthaft, Francesca den Strick in die Hand zu drücken, aber gerade als ich den Mund aufmachen und sie rufen wollte, tauchte Kevin auf und stolperte mit Marilyn im Arm in den Hof. Er machte sich auf den Weg zur Weide, gefolgt von Francesca, die rief: »Wo ist Daniel? Wo ist Russell? Was ist da drin los?«

Lauter gute Fragen, doch der arme Junge war nicht in der Lage zu antworten. Vorsichtig setzte er Marilyn ab. Sie war gelähmt vor Angst. Unter ihrem Schopf hatte sie die Augen fest geschlossen und hielt sich mit gespreizten Beinen – gerade so – aufrecht. Sie stand unter Schock und bot einen erbärmlichen Anblick. So hatte sie ausgesehen, als sie den ersten Tag bei uns war. Ich spürte, wie mich eiskalte Wut ergriff. Sollte ich Christopher jemals wiedersehen …

»Was gibt es da drin für ein Problem?«, fragte ich Kevin, obwohl ich die Antwort darauf bereits kannte.

»Boxer«, sagte er knapp, schnappte nach Luft. Teils aufgrund des Rauchs, teils weil die kleine Eselin inzwischen beträchtlich schwerer war als bei ihrer Ankunft hier. »Wir dachten … wenn … wir sie rausschaffen … kommt er vielleicht nach.«

Wir schauten zur Stalltür. So einfach würde es nicht sein. Boxer würde die Wände vor Angst hochgehen und dabei ganz kopflos die verletzen, die versuchten, ihm zu helfen.

Ich legte eine Hand auf seinen Arm und sagte: »Kevin …«

»Schon in Ordnung, Mrs. Checkland. Er hat gesagt, ich soll nicht wieder reingehen. Ich kann nichts machen, und es ist zu gefährlich. Russell und Andrew bekommen ihn schon raus.«

Er ging zurück in den Hof, nahm Sharon den Schlauch ab und bespritzte die Stalltür. Ich hatte keine Ahnung, ob das überhaupt etwas nützte.

Thomas schleppte sich ein paar Schritte vor und senkte den Kopf zu Marilyn. Sie hob die Nase, allerdings waren die Augen unter ihrem Schopf noch immer fest geschlossen. Er schnupperte hinter ihren Ohren herum, und sie gab wieder diesen leisen Laut von sich.

Noch immer kein Anzeichen von Andrew oder Russell. Francesca weinte jetzt laut vor sich hin. Um ein Haar hätte ich mitgeheult. Ich reckte den Hals. Wo waren sie? Was war da nur los?

Plötzlich hörte ich ein Poltern im Inneren. Dann ein Klappern. Sie hatten es geschafft, dass er sich bewegte. Jemand rief eine Warnung, dann hörte man ein lautes Krachen. Etwas Großes war nach unten gestürzt. Nicht Boxer. Bitte, lieber Gott, nicht Boxer. Vor meinem geistigen Auge sah ich Russell – oder

Andrew – unter ihm feststecken. Gefangen, während die Flammen immer näher kamen.

Marilyn öffnete die Augen und tat, was kleine Esel nun einmal tun, wenn ihre Welt zusammenstürzte. Sie klagte.

Sie öffnete das Maul und ließ alles heraus. Als würde eine ganze Flotte Supertanker die Hörner angesichts der größten Nebelbank der Welt ertönen lassen. Ich schwöre, ich konnte spüren, wie meine Brust dröhnte.

Francesca, die mit dieser Eigenschaft von Eseln nicht vertraut war, machte zwei Schritte zurück und starrte sie verwirrt an. »Was ...?«

Bevor sie weiterreden konnte, setzte Marilyn erneut an.

Als sie schließlich merkwürdigerweise verstummte, hörte ich in der Ferne die Sirenen. War das eine Art Antwort? Oder hatte sie das ganze Land in Bombenalarm versetzt?

Boxer brach aus den Stallungen hervor, tauchte durch den Rauch auf, eine Furie aus der Hölle mit wildem Blick, Russell und Andrew wie zwei Partyluftballons hinter sich herziehend. Daniel folgte ihnen.

Russell konnte Boxer nicht halten und stürzte fluchend geradewegs vor seine Vorderhufe. Andrew blieb am Türpfosten hängen und fiel zurück in den Rauch.

Boxer galoppierte achtlos weiter. Mit klappernden Hufen donnerte er über den Hof. Verängstigt. Blind vor Panik. Er galoppierte geradewegs in den Wassertrog und stürzte schwer.

Russell rappelte sich wieder auf, schwankte leicht, rief »Andrew!« und machte sich noch einmal auf den Weg in den Stall.

Francesca schrie. Kevin brüllte etwas und ließ den Schlauch fallen.

Sharon hob rasch den Schlauch auf und bespritzte weiter die Stalltüren, während ihr die Tränen über die Wangen liefen.

Boxer versuchte aufzustehen. Er strampelte heftig, hob seinen großen Kopf, und seine verängstigten Schreie hallten von den

Mauern wider. Ein brüllendes Pferd ist nichts, was Sie je hören wollen. Mit rudernden Beinen versuchte er, auf dem nassen Beton Halt zu finden. Eines seiner Hinterbeine war sogar unter dem Trog verkeilt. Ich hatte große Angst, dass er es sich brechen könnte.

Marilyn gab Notsignale von sich, die bis nach Venezuela zu hören waren.

Rasch warf ich Francesca Thomas' Strick zu und rannte zurück in den Hof. Ich warf mich auf Boxer, presste ihn auf den Boden. Ich machte mich darauf gefasst, jeden Moment abgeworfen oder gebissen zu werden, doch wenn er den Kopf nicht heben konnte, dann konnte er nicht aufstehen.

Ich hörte, wie Francesca »O Gott, o Gott, o Gott!« rief, immer wieder. Ich spürte Boxers dampfenden Atem heiß an meinem Bein.

Sharon ließ den Schlauch fallen. Ich hörte, wie Tanya Anweisungen gab. Irgendwie, keine Ahnung, wie, hoben sie den Wassertrog hoch. Gerade hoch genug. Überall spritzte Wasser. Sobald sein Bein frei war, rollte ich von Boxer herunter, und Kevin rief allen zu, von ihm wegzutreten, damit er allein aufstehen konnte.

Mit zurückgelegten Ohren rappelte Boxer sich auf, noch immer schrecklich verängstigt und bereit, nach allem und jedem auszukeilen. Mit gesenktem Kopf jagte er über den Hof, suchte verzweifelt nach einem Ausweg. Und nach Marilyn. Jetzt, wo Russell weg war, war sie die einzige Sicherheit, die er in dieser plötzlich tatsächlich so erschreckenden Welt hatte.

Francesca hörte auf zu schreien, und ohne dass man es ihr gesagt hätte, zog sie das Gatter zur Weide auf.

Doch sie war viel zu langsam.

Boxer durchbrach das Gatter, ohne es zu bemerken. Er hatte viel zu große Angst, als dass ihm bewusst war, was er tat, und schleuderte sie dabei mit Wucht um. Sie kippte um wie ein

Baum, und es sah so aus, als würde er geradewegs über sie hinwegrennen.

Voller Schrecken beobachtete ich, wie er in der Dunkelheit verschwand. Verängstigt rufend kämpfte Marilyn sich hinter ihm her. So schnell ich konnte rannte ich zu Francesca, fürchtete mich vor dem, was ich dort antreffen würde.

Bei ihr angekommen – ein dunkler Haufen, der auf dem Boden lag – fragte ich drängend: »Franny, kannst du mich hören? Franny?«

Sie lag mit dem Gesicht nach unten da. Eine erstickte Stimme sagte: »Nenn mich nicht Franny.«

Ich schluckte heftig. »Entschuldige. Kannst du dich bewegen? Tut dir etwas weh?«

Sie sagte etwas Unflätiges, drückte sich auf die Ellbogen hoch und rollte sich dann langsam und steif auf den Rücken.

Eine von Kevins Aufgaben besteht darin, die Weiden jeden Morgen mit einem Eimer abzulaufen. Das ist gut für die Rosen. Er machte das sehr sorgfältig, aber manchmal übersah er einen Haufen.

Francesca hatte ihn gefunden.

»Kannst du dich aufsetzen?«

Sie nickte, und ich half ihr, sich aufzurichten. Sie stöhnte, machte aber erstaunlich wenig Aufhebens darum.

»Francesca?« Daniel traf außer sich ein, schubste mich zur Seite und legte die Arme um sie.

»Geht's dir gut? Was tut weh?«

»Alles«, sagte sie verständlicherweise. Zwei dicke Tränen gruben sich durch den Pferdemist in ihrem Gesicht.

Er starrte sie an – wie wir alle. Rußgeschwärzt, die Haare zerzaust, eine aufgeplatzte Lippe ... ich wartete auf den Wutanfall. Doch er kam nicht.

Sie nahm sich sehr zusammen.

»Es geht mir gut, Daniel.« Sie klang erstaunt. »Erst bin ich mit dem Tor, dann mit dem Pferd, dann mit dem Boden zusammengestoßen.« Sie schaute an sich herunter, beschmiert mit Dreck und Schlimmerem, ihre kaputten Schuhe hingen von ihren Füßen. »Um Gottes willen, Jenny, ich sehe genau so aus wie du.«

Ihr Lächeln war etwas unsicher, aber sie lächelte. Francesca hatte einen Witz gemacht. Ich hingegen war ihretwegen in Tränen aufgelöst.

Und Russell. Und Andrew. Wo waren sie? Tanya stand noch immer vor dem Stall und rief verzweifelt nach ihnen. Rauch quoll stärker als zuvor heraus. Jede Minute würde sich etwas entzünden, und die beiden waren noch immer da drin. Andrew bewusstlos, vielleicht schwer verletzt. Und Russell kämpfte darum, ihn rauszubringen, und war vielleicht selbst verletzt. Orientierungslos durch den Rauch.

Ich stand da und sah zu – wie ein Zuschauer bei einem Theaterstück.

Kevin drängte in Zeitlupe nach vorn, Tanya und Sharon hielten ihn an den Armen zurück.

Mrs. Crisp stand in der Tür zur Küche wie ein dunkler Schatten vor dem erleuchteten Hintergrund, die Hände ans Gesicht gepresst.

Daniel hielt die rußgeschwärzte Francesca fest, als würde er sie nie wieder loslassen.

Mit einem Mal drehte sich die Welt wieder schneller, und viele Dinge passierten gleichzeitig.

Mit einem Knall flogen die Scheunentüren auf, und riesige orangefarbene Flammen züngelten in den Nachthimmel hinauf.

Warnlicht verkündete das Eintreffen der Rettungsfahrzeuge. Sie hatten die Sirenen ausgeschaltet, was gar nicht verkehrt war. Marilyn hätte die Herausforderung annehmen können. Plötzlich war der Hof voll roter und blauer Lichter und Männern, die einander Befehle zuriefen und Schläuche ausrollten.

Russell tauchte auf, einen blutverschmierten Andrew stützend. Leute rannten auf sie zu, zogen sie weg von den Flammen. Nicht ich. Meine Beine funktionierten nicht mehr. Ich schaffte es bis zu Thomas und musste dann stehen bleiben; ich stützte mich auf ihn und weinte in seine Mähne. Er nahm es ganz gut auf.

Russell übergab Andrew den Sanitätern und drängelte sich dann zu mir durch.

»Hey, was soll das? Uns allen geht es gut. Warum weinst du?«

Ich konnte ihm nicht sagen, weshalb. Die Antwort war viel zu kompliziert, als dass ich es jetzt hätte versuchen können.

»Bin in einer Minute wieder da. Bleib hier und versuche, dich nicht selbst zu verletzen.«

Er beugte sich zu Francesca. »Franny? Daniel hat's mir gesagt. Wenn du das Gatter nicht aufgemacht hättest, dann hätte er sich schwer verletzen können. Ich kann dir gar nicht sagen, wie dankbar ich bin. Bist du verletzt?«

»Nein«, sagte sie und klang noch immer sehr überrascht. »Bin ich nicht.«

»Morgen wirst du steif sein, und dir wird alles weh tun«, sagte er. »Sieh zu, dass Daniel dich für ein paar Tage in ein richtig schickes Wellnesshotel bringt. Tatsächlich könnte es eine ganz gute Idee sein, jetzt zu gehen.«

Er stand auf. »Bring sie weg, Daniel. Ich halte sie so gut wie möglich aus dem Ganzen raus, aber wenn die Polizei wissen will, was hier vor sich geht, dann sage ich die Wahrheit. Ich werde nicht lügen, um diesen Scheißkerl Christopher Kingdom zu schützen.«

Daniel nickte, legte einen Arm um Francesca und führte sie weg. Tanya, die sich über den hustenden Andrew gebeugt hatte, richtete sich auf.

»Francesca. Nächste Woche kommst du mit Jenny und mir zum Mittagessen. Ich rufe dich an.« Das war ein Befehl.

Francesca nickte, sie sah inzwischen eher blass aus. So langsam setzte eine Reaktion ein. Sie winkte schwach, dann brachte Daniel sie weg.

Russell sprach mit den Leuten von der Feuerwehr, die alles perfekt unter Kontrolle hatten. Es war ein angenehmes Gefühl, heute Abend Leute hier zu haben, die wussten, was sie taten.

Wir fanden Boxer am anderen Ende der Weide, schnaubend und zitternd und gerade noch so auf dem Planeten Erde zu Hause. Marilyn wuselte um ihn herum wie ein kleiner Schlepper. Wir führten die beiden zurück zu Thomas, der sich nicht bewegt hatte, und die drei stellten sich dicht nebeneinander.

Martin Braithwaite kam mit seinem Pferdeanhänger und brachte sie weg. Sie konnten die Nacht in aller Ruhe in seinem Stall verbringen. Er würde für uns ein Auge auf sie haben.

Tanya brachte Andrew ins Krankenhaus. Er und Russell wechselten ein paar Worte. Russell klopfte ihm auf den Arm und umarmte ihn dann. Vermutlich nicht ganz die richtige Behandlung bei Prellungen.

Zu Tanya gewandt sagte er: »Was soll ich sagen? Es gibt keine Worte ...«

Sie erwiderte: »Es braucht keine Worte, Russell.«

Ich saß in der Kälte und Dunkelheit auf dem Boden, Kevin auf der einen, Sharon auf der anderen Seite von mir. Schweigend warteten wir ab. Der Kater tauchte auf, zerzaust und nach Rauch riechend. Er kletterte in meinen Schoß, und ich presste ihn an mich.

Mrs. Crisp versuchte, uns nach drinnen zu holen. Wir weigerten uns. Stöhnend setzte sie sich zu uns auf den Boden. Ich machte mir Sorgen, dass wir sie nie wieder hochbekommen würden.

Es dauerte nicht lange, bis alles unter Kontrolle war. Die Scheune würde neu gebaut werden müssen. Unser ganzes Futter war verbrannt. Die Ställe nebenan hatten nur unter dem Wasser und dem Rauch gelitten. Nichts, was man nicht wieder in Ordnung bringen könnte. Keiner war tot.

Russell kümmerte sich um alle und alles. Es wurde nicht gebrüllt.

Dann fand er uns vor wie Flüchtlinge, die in der Dunkelheit saßen. Er half Mrs. Crisp auf, und zusammen mit Sharon ging sie hinein, um eimerweise Tee als kleines und unzulängliches Dankeschön für unsere wunderbaren Feuerwehrmänner aufzusetzen.

Russell kam zu mir zurück. »Komm schon. Wir können jetzt wieder reingehen«, sagte er und zog mich hoch. Ich wollte den anderen schon hinterhergehen, als er mich am Arm zurückhielt und leise fragte: »Was ist wirklich los?«

Ich hielt den Kater noch immer fest umklammert und senkte den Blick. Ich schaute überall hin, nur nicht ...

»Spuck's schon aus, Frau Gemahlin.«

Ich schüttelte den Kopf.

»Jenny. Das war ein langer Tag. Und er ist noch nicht zu Ende. Sag mir, was nicht stimmt. Du erinnerst dich – vor ganz langer Zeit –, da hast du versprochen, mir zu sagen, was los ist. Du wolltest mich nicht rätseln lassen.«

Stimmt.

Ich atmete tief durch. »Meine Familie. Was sie mit dir gemacht haben. Und heute Abend.« Ich gestikulierte um mich. »Und der Deal war – ich bringe das Geld, du das Haus, aber da ist kein Geld. Ich kann meinen Teil des Deals nicht einhalten. Du hast gesagt ...«

»Ach verdammt, Jenny.« Der Kater knurrte. Schnell ging Russell zwei Schritte zurück. »Willst du mir jeden Mist, den ich dir einmal gesagt habe, vorhalten? Jetzt? Heute Abend? Denn wenn du das machen willst, dann werden wir noch ganz schön lange hier stehen. War das alles für dich? Einfach nur eine Handelsaktion? Tja, das ist es aber nicht. Zumindest nicht für mich. Also, anfangs war es das, aber nicht sehr lange. Und ich habe das mit deinem Geld schon recht bald vermutet. Diese Angelegenheit mit der nie bezahlten Futterrechnung – und auch ein paar andere Dinge. Und jetzt, jetzt habe ich endlich alles geklärt, und du stehst mitten in der Nacht draußen und heulst dir die Augen aus, weil du glaubst, ohne Geld wärst du nichts wert? Wäre ich nicht der lässigste, klagloseste, geduldigste Typ hier auf diesem Planeten, dann könnte ich schwören, ich würde den ganzen Frust herausschreien.«

Er hörte auf zu schreien, atmete tief durch und legte mir einen Arm um die Schultern.

»Alles in Ordnung, Jenny. Ich halte dich fest ... Aber warum weinst du denn jetzt?«

»Weil ich muss.«

»Tja, also, okay, dann ist das in Ordnung. Lass uns reingehen, ehe sie den ganzen Zitronenkuchen aufgegessen haben. Und bring den Kater rein.«

»Was?«

Er grinste. »Wer glaubst du denn, hat Boxer dazu gebracht, sich zu bewegen? Der alte Griesgram hier hat ihn gebissen. Was mich betrifft, so hat er für sein restliches Leben ein Zuhause gefunden. Aber das war dir ohnehin schon klar, oder?«

Die Küche war voller Leute. Alle redeten laut durcheinander. Tassen und Teller waren auf jedem verfügbaren Platz abgestellt. Vom Zitronenkuchen war kein Krümelchen mehr übrig.

Ich setzte mich in die Ecke, schaute zu, genoss eine Tasse Tee und die Wärme des Katers. Nach und nach gingen die Leute. Fragen, Papierkram und Erklärungen würden vonnöten sein, aber das hatte Zeit bis morgen.

Russell wandte sich an Mrs. Crisp. »Haben Sie denen unseren Pudding gegeben?«

Sie lächelte leicht und strich ihre Haare glatt. »Na ja, das sind Feuerwehrmänner.«

»Hören Sie sofort damit auf«, sagte er. »Was für ein Verhalten ist das denn vor zwei so leicht zu beeindruckenden jungen Menschen?«

Die beiden leicht zu beeindruckenden Menschen grinsten ihn an.

»Und ihr beide könnt das auch gleich sein lassen. Was macht ihr da?«

Mrs. Crisp hatte angefangen, Teller und Geschirr aufzustapeln. Er nahm es ihr ab und sagte sanft: »Gehen Sie ins Bett, Tante Lizzie. Darum kümmern wir uns morgen.«

Sie schluckte und sagte: »Ach ... Russell.«

Er küsste sie auf die Wange. »Fort mit Ihnen. Und schlafen Sie morgen um Himmels willen ein bisschen aus. Das haben Sie sich verdient. Ich gehe mal davon aus, dass Sie ein paar Feuerwehrmänner da reingeschafft und zusammen mit Ihren anderen Liebhabern an die Wand gekettet haben, also lassen Sie sie nicht länger warten.«

Sie schnaubte.

»Und machen Sie nicht so viel Lärm«, rief er ihr noch hinterher.

Sie knallte die Tür zu.

»Kev, es tut mir leid, aber du kannst nicht zurück in dein Zimmer, bis wir ein Okay dafür bekommen, und ich habe keine Ahnung, wann das sein wird.«

»Kein Problem, Mr. Checkland. Ich schlafe hier, vor dem Herd. Nur für den Fall, dass ... jemand zurückkommt.«

Daran hatte ich gar nicht gedacht und schaute Russell alarmiert an. Er schüttelte den Kopf. »Wenn sie ein bisschen Verstand haben, dann haben Richard und Julia ihn inzwischen außer Landes geschafft. Sharon, es ist schon sehr spät. Ich rufe dir ein Taxi.«

»Nicht nötig«, sagte Sharon unschuldig. »Ich bleibe auch hier. Nur für den Fall. Ich lege mich aufs Sofa.«

»Das musst du nicht machen«, sagte mein dummer Ehemann. »Wir haben oben Gästezimmer und ...«

Ich trat unter dem Tisch nach ihm.

»... ganz offensichtlich willst du für den Notfall lieber hier unten bleiben. Ein löbliches ... Engagement. Erinnere mich daran, dass ich dich diesen Monat bezahle. Jenny, ab ins Bett mit dir. Du siehst schrecklich aus.«

Glücklich darüber zu gehen, wünschte ich eine gute Nacht und verließ die Küche, um das längste und beste Bad meines Lebens zu nehmen.

Als ich beachtliche Zeit später rosig und in etwas Kuscheliges gekleidet auftauchte, saß Russell in T-Shirt und Shorts auf meinem Bett und rieb sich die Haare trocken.

Er ließ das Handtuch fallen und sah mich lange an. Mein Herz pochte immer heftiger.

Schließlich sagte er: »Du hast deiner Tante und deinem Onkel gesagt, dass ich abgehe wie eine Rakete?«

Was auch immer ich erwartet hatte, das war es nicht.

»Was?«

»Du hast ihnen gesagt, ich würde abgehen wie eine Rakete. Weißt du überhaupt, was das heißt?«

»Also, ich habe mal gehört, wie jemand sagte ...«

»Das hat jetzt aber nichts mit der Raumfahrt zu tun, hoffe ich doch.«

»Ähm ...«

»Und woher willst du das überhaupt wissen?«

»Also ...«

»Wie soll ich denn meinen Ruf als nüchterner, verheirateter Mann und verantwortungsvolles Mitglied unserer Gemeinschaft aufrechterhalten, wenn du überall herumerzählst, dass ich abgehe wie eine Rakete?«

»Also … ähm, wenn du glaubst, dass es hilfreich wäre, dann könnte ich allen ja das Gegenteil erzählen und ihnen sagen, dass du *überhaupt* nicht abgehst.«

Er schloss die Augen. »Ich hätte nie gedacht, dass ich das tatsächlich sagen muss, aber Jenny – hör bitte auf zu reden.«

»Ich habe nur versucht zu helfen.«

Er schüttelte den Kopf. »Manchmal weiß ich einfach nicht, was ich mit dir anstellen soll.«

»Doch, das weißt du.«

Er lächelte. »Ja, das weiß ich.«

Rasch stand er auf, hob mich hoch, legte mich vorsichtig aufs Bett und liebte mich langsam und mit so außerordentlicher Sanftheit, dass ich fast zerging.

Epilog

Ich wachte sehr früh auf. Sogar die Vögel waren noch nicht wach. Ich drehte den Kopf auf dem Kissen und lächelte ein riesiges goldenes Pferd in der Ecke an, das den Schweif sanft hin und her schwingen ließ und das Zimmer mit dem Geruch von warmen Ingwerkeksen erfüllte.

»Hallo, Jenny.«

»Hallo, Thomas.«

»Komm mit nach unten und weck niemanden.«

Ich löste mich vorsichtig aus der Umklammerung dieses unbeschreiblich ansprechenden Oktopus, der neben mir schlief, schnappte mir ein paar Klamotten und einen alten Pulli von Russell wegen der morgendlichen Kühle und ging leise aus dem Haus.

Er wartete auf dem Pfad auf mich.

»Thomas.«

Ich legte die Arme um ihn. Es war so wunderbar, ihn wieder zu berühren. Er senkte den Kopf und lehnte seine Stirn an meine. Ich verlor mich in einer riesigen Wolke des Glücks. Ich streichelte seine Wange, ordnete seine Mähne und strich seinen Schopf glatt. Er blies mir ins Haar.

»Sollen wir ein bisschen spazieren gehen?«

Wir liefen im schwachen grauen Morgenlicht los. Irgendwo in den Bäumen fing ein Vogel an zu zwitschern. Schon bald würden die anderen es ihm gleichtun und damit einen weiteren langen Sommertag ankündigen.

Beim Gehen legte ich Thomas eine Hand auf den Hals. Es schien ihm nichts auszumachen.

»Und, wie geht's dir, Jenny? Was ist so los?«

Wo sollte ich anfangen?

»Tja, Russell ist ganz der Alte. Er malt gerade wie ein Wahnsinniger. Eine Galerie hier in der Gegend hat ein paar seiner Sachen ausgestellt, die ziemlich gut ankamen. Jemand kam extra aus London, um sie sich anzusehen. Ein Gemälde hat er verkauft und eine Anzahlung dafür bekommen, die Lokalzeitung hat über ihn berichtet, und er stellt für eine Ausstellung nächstes Jahr einen neuen Katalog zusammen.«

»Und wie läuft es so? Ist der Funke noch da?«

»Er kämpft ein bisschen. Seine Arbeiten sind ... anders. Ich glaube, er macht den Fehler, dass er versucht, seinen alten Stil neu einzufangen. Er ist nicht mehr derselbe Mensch wie damals.«

»Ist er glücklich?«

»Er brüllt viel rum, also denke ich schon.«

»Was ist mit Francesca?«

»Ach, das wirst du nicht glauben; sie hat Gefallen an Marilyn gefunden und angeboten, bei einer Werbekampagne für das Eselzentrum hier mitzuwirken. Die Presse war da, und man hat Fotos von ihr gemacht, wie sie unglaublich fotogene Babyesel knuddelte. Sie war ein ziemlicher Erfolg und nimmt jetzt viel an Spendenaktionen für Esel teil. Das ist natürlich jede Menge toller Werbung, die ihr überhaupt nicht schadet, und ich glaube, sie genießt es. Und noch viel überraschender, sie hat sehr viel Erfolg in Spanien.«

»Was? Ist das unsere Rache für die Armada?«

»Die lieben sie da einfach. Sie ist immer unterwegs für Fotoshootings und so. Daniel begleitet sie häufig.«

»Dann sind sie also noch immer zusammen, ja?«

»Absolut.« Ich machte eine Pause. »Viele Menschen haben in dieser Nacht viel gelernt. Ach, darauf kommst du nie – Mrs. Crisp hat jetzt einen Freund.«

Er blieb abrupt stehen, und ich stolperte in ihn.

»*Nein!*«, sagte er ungläubig.

»Doch. Der Gutachter einer Versicherungsfirma. Er ist hier aufgekreuzt, um sich den Schaden anzusehen und die Anspruchshöhe festzustellen. Und dann ist er immer wieder mit irgendwelchen dummen Fragen zurückgekommen. Russell dachte schon, sie versuchen, sich um die Auszahlung zu drücken, und war kaum noch höflich zu dem armen Mann, und schließlich stellte sich heraus, dass Mrs. Crisp die Attraktion war. Er konnte einfach nicht wegbleiben. Er heißt Bill und führt sie jeden Sonntag aus. Einmal ist sie über Nacht weggeblieben und erst nach dem Frühstück am nächsten Tag aufgetaucht, und wir alle mussten so tun, als hätte sie einfach verschlafen. Russell macht sich Sorgen, dass er das ›Wie lauten Ihre Absichten?‹-Gespräch führen muss.«

»Wer ist ›wir alle‹?«

»Also Kevin ist noch immer bei uns, aber nicht mehr lange. Sharon hat passende Räumlichkeiten für ihren Cupcake-Shop gefunden, über denen eine Wohnung ist. Wir haben ihnen ein bisschen Geld geliehen. Keine Ahnung, ob das erfolgreich sein wird oder ob Kevin nach dem College einen Job findet, aber die beiden sind noch jung. Die schaffen das.«

»Wohingegen du deine besten Jahre natürlich schon längst hinter dir gelassen hast, Jenny.«

»Ich betrachte mich als jemand in einem Alter reifer Überlegungen, falls du das damit meinst.«

»Was noch?«

»Du bist ja unersättlich, was? Tatsächlich nicht viel mehr.«

Er seufzte. *»Ich meinte, was gibt es noch bei dir, Jenny?«*

»Ach, ich. Tja, ich bin gerade dabei, den Buchladen zu verkaufen. Eine nationale Kette, du weißt schon, welche, hat mir ein Angebot gemacht, das ich annehmen werde. Und ich habe etwas mit Daniel an seiner Fernsehserie gearbeitet. Das war wirklich interessant. Es hat mir total gefallen. Und vielleicht machen wir noch eine über Isabelle. Du weißt schon, die Wölfin von Frankreich. Und ich reite viel.« Kurze Pause. »Hast du ihn hergeschickt?«

»Wen?«

»Den anderen Thomas.«

»Bestimmt nicht. Wie könnte ich? Ich habe nur dafür gesorgt, dass gewisse Dinge passiert sind.«

Mir fiel die Stute ein, die Russell fast für mich genommen hätte, zusammen mit seinen Worten: »Und sobald ich diesen Kerl hier sah, wusste ich, dass er für dich war.«

»Und sieh nur, wie sich alles zum Guten gewendet hat.«

Jetzt liefen wir am Hof der Braithwaites vorbei. Martin stand an der Hintertür, eine Tasse in der Hand. Ich winkte.

Die Sonne tauchte hinter dem Hügel auf, als wir ins Moor traten. Ein weiterer strahlend goldener Tag war geboren. Wenngleich nicht so strahlend und golden wie Thomas, der mich voller Liebe betrachtete.

»Und was ist mit dir, Thomas? Geht's dir gut?«

»Natürlich.«

»Und dein kleiner Junge? Hat er …? War er …?«

»Nein.«

In diesem kurzen Wort lag eine ganze Welt voller Schmerz.

Ich blieb stehen.

»Ach, Thomas …«

Er seufzte. *»Ich habe getan, was ich konnte. Es war nicht genug. Es* *ist nie genug. Er war noch so klein. Aber ich konnte ihm zum Schluss den Schmerz und die Angst nehmen.«*

Ich spürte, wie mir die Tränen kamen. »Das tut mir schrecklich leid.«

»Das kommt vor, Jenny. Öfter, als mir lieb ist. Für gewöhnlich gibt es kein Happy End. Tatsächlich kann ich mich nur an eines erinnern.«

Der arme Thomas. Der sein Bestes gab. Immer. Der niemals knauserte. Und trotzdem fast immer versagte. Ich stellte mich auf die Zehenspitzen und küsste ihn auf die Stirn. »Es ist schön, dich zu sehen. Warum bist du hier?«

»Ich verließ dich überraschender, als geplant war. Es gab noch immer Sachen, die gesagt werden wollten. Ich habe dich vermisst. Und ich dachte, du würdest das hier vielleicht gern sehen.«

Wir gingen weiter. Ich legte eine Hand auf seine Schulter, spürte seine Wärme und Kraft. Versuchte, allen Mut zusammenzunehmen und es zu sagen ...

»Thomas, würdest du gern ...?«

Plötzlich blieb ich stehen. Wir hatten den obersten Punkt des Hügels erreicht, und da unten, verteilt über das Tal vor mir, war eine ganze Herde riesiger Pferde in allen möglichen Farben. Ein leuchtendes Fuchsbraun, cremiges Weiß, glitzerndes Silber, dunkles Kaffeebraun. Wunderschöne Pferde. Wunderschöne, große, kräftige Pferde. Manche standen in kleinen Grüppchen beieinander, die Köpfe zusammengesteckt, manche grasten, ein, zwei Tiere tranken am Fluss, manche standen ruhig allein da, genossen vielleicht in aller Ruhe die frühe Morgensonne. Ein gestohlener Moment des Friedens.

Oben, auf einem Hügel über ihnen, stand ganz still und wachsam ein einzelnes Pferd, sehr viel größer als alle anderen und kohlrabenschwarz. Das Königspferd.

Aber es gab nur ein goldenes. Meinen Thomas, der ganz ruhig neben mir stand und mich beobachtete, wie ich sie betrachtete.

Mein Herz schwoll bei dieser ganzen Schönheit und Erhabenheit an.

»Thomas …«

Er sagte: *»Das kommt nicht sehr oft vor. Ich dachte, du könntest das sehen wollen. Man könnte es einen Arbeitsausflug nennen, nehme ich an.«*

Auf dem gegenüberliegenden Hügel schüttelte das schwarze Pferd den Kopf und stampfte mit dem Huf auf. Ich spürte, wie der Boden unter mir erzitterte.

»Ich muss gehen.«

Nein, er durfte nicht …

»Warte, Thomas, was ich dir sagen wollte … du musst nicht allein sein. Dein kleiner Junge starb, und du bist traurig, aber du musst nicht allein sein. Warum kommst du nicht einfach ab und zu bei mir vorbei? Wenn du mal reden willst. Oder auch wenn du nicht reden willst, wenn mal was schlecht gelaufen ist und du einfach nur mit einem Freund zusammen sein willst. Ich will dich nicht verlieren. Das war mir nicht klar, bis ich dich wiedergesehen habe … und ich schulde dir so viel. Lass es mich ein bisschen zurückgeben. Lass das nicht das letzte Mal sein, dass wir einander sehen.«

Ich streckte eine Hand nach ihm aus.

»Warum?«, fragte er.

»Weil du etwas Besonderes bist.«

Wieder schüttelte das Königspferd den Kopf und stieß einen langen, klaren Ruf aus. Die Pferde hoben die Köpfe. Ein, zwei fingen an loszulaufen.

»Ich muss gehen«, sagte Thomas, bewegte sich aber immer noch nicht.

Ich konnte ihn nicht einfach gehen lassen. Nicht noch einmal. Es zerriss mich innerlich.

»Bitte, Thomas, was meinst du? Kommst du mich ab und zu besuchen? Du solltest jemanden haben, mit dem du reden kannst. Du solltest nicht allein sein.«

Lange Zeit dachte er darüber nach. Mein Herz pochte. Ich konnte ihn nicht noch einmal verlieren. Das konnte ich einfach nicht.

»*Das würde ich gern*«, sagte er leise. Seine Augen glänzten vor Schalk, was so viele Erinnerungen zurückbrachte. »*Ich komme zu besonderen Anlässen – wie der Geburt deines ersten Kindes.*«

»Oh, okay.«

Sollte es einem Pferd möglich sein zu grinsen, dann grinste er jetzt. »*Das heißt also in weniger als sechs Monaten.*«

»Was? Thomas, warte …«

Aber weg war er. Er galoppierte langsam den Hügel hinunter, setzte unten über den Bach, wie er es zuvor schon getan hatte. Und genau wie zuvor hing er den Bruchteil einer Sekunde reglos in der Luft, ein perfekter Bogen, ehe er den anderen Hügel zu seiner Herde hinaufgaloppierte.

Jetzt folgten auch die anderen Pferde ihrem Leithengst. Sie bewegten sich vorwärts, als wären sie eins. Mähnen und Schweife flatterten hinter ihnen her wie mittelalterliche Banner. Aus dem Stand fielen sie in einen ausgreifenden Galopp, den Hals lang vorgestreckt, und unter ihrem glänzenden Fell zeichneten sich kräftige Muskeln ab. Mit voller Kraft donnerten sie den Hügel hinauf. Ein wunderbarer Anblick, bei dem mir vor Staunen fast das Herz stehenblieb. Der Boden erbebte unter ihren Hufen. Einer nach dem anderen verschwanden sie. Allmählich verklang das Donnern, bis nur noch das Zwitschern der Vögel zurückblieb. Das und ein kleines Lüftchen, das meine Haare wehen ließ.

Doch als es über den Hügelkamm verschwand, buckelte das letzte Pferd, das allerletzte Pferd, das große goldene, aus Spaß und purer Lust am Leben.

Und dann waren sie verschwunden.

Charmant, weihnachtlich und »very british« – ein zauberhaftes Spin-off zu »Draußen wartet die Liebe«!

JODI TAYLOR

DER DUFT VON INGWERKEKSEN

NOVELLE

Weihnachten steht vor der Tür auf der Frogmorton Farm – doch für Jenny und Russell wird es alles andere als eine besinnliche Zeit. Jenny erwartet ihr erstes Kind, sowieso schon eine aufregende Zeit im Leben junger Eltern. Außerdem möchte der örtliche Vikar die eigenwillige Eselsdame Marilyn für das Krippenspiel ausleihen. Ob das eine so gute Idee ist? Nicht nur muss Jenny es schaffen, dass Marilyn für ihren großen Weihnachtsauftritt präsentabel aussieht (schwierig bei einem Tier mit einer ausgeprägten Abneigung gegen Bäder), nein, sie muss die resolute Eselsdame auch irgendwie davon abhalten, die Jesus-Attrappe aus der Krippe aufzufressen. Zu allem Überfluss gerät Russell auch noch in ein Unwetter mitten im Moor – wird er es rechtzeitig zur Geburt schaffen, zu seiner geliebten Jenny zurückzukehren?

Dieses Lesevergnügen ist als kostenloses eBook erhältlich!

Wenn der Bräutigam dich küsst,
du aber nicht die Braut bist.

MHAIRI MCFARLANE

IRGENDWIE HATTE ICH MIR DAS ANDERS VORGESTELLT

ROMAN

Nach wochenlangen Flirts kommt es zwischen Edie und ihrem Kollegen Jack zu einem Kuss. Dummerweise befinden sich die beiden da gerade auf Jacks Hochzeit und werden zu allem Überfluss auch noch von Charlotte, der frischgebackenen Ehefrau, erwischt. Kurz nach diesem Fehltritt bricht ein fieser Shitstorm über Edie herein. Während Jack den reuigen Ehemann gibt, wird sie zum Sündenbock gemacht. In ihrer Not flieht Edie in ihre Heimatstadt Nottingham. Aber die Gerüchte, Edie habe eine Affäre mit Jack gehabt, reißen nicht ab. Doch zum Glück hat Edie Freunde, die zu ihr halten. Und dann ist da auch noch der Schauspieler Elliot, der ihr zwar gehörig auf die Nerven geht, aber das Herz doch am rechten Fleck hat …

»Originell, scharfsinnig und witzig – ein moderner Liebesroman in höchster Vollendung.« HEAT

KNAUR

Anna Bells witzig-romantische Trilogie rund um den schönsten Tag im Leben.

ANNA BELL

SAG EINFACH NUR JA

ROMAN

Penny Robinson hat große Pläne für ihre Hochzeit: Ein unvergessliches Fest soll es werden, märchenhaft, romantisch und perfekt bis ins kleinste Detail. Dafür haben sie und ihr Freund Mark eigens ein Hochzeitskonto angelegt. Doch dann stellt Penny entsetzt fest, dass sie den Großteil des Geldes beim Online-Bingo verzockt hat. Das darf Mark auf keinen Fall erfahren! Nun ist Pennys ganzer Einfallsreichtum gefragt, damit ihre Traumhochzeit doch noch stattfinden kann.

ER MUSS JA NICHT ALLES WISSEN

ROMAN

Penny ist frisch verheiratet und überglücklich. Ihre Erfahrungen teilt sie auf ihrem Hochzeitsblog. Eine besonders begeisterte Leserin fleht Penny regelrecht an, ihre Hochzeitsplanerin zu werden. Da kann Penny schlecht nein sagen – doch schon bald steckt sie deswegen privat und beruflich in einem bösen Schlamassel ...

ICH WÜRD'S WIEDER TUN

ROMAN

Im dritten Teil der Serie macht Penny sich selbständig und hat als Expertin für Low-Budget-Hochzeiten, die aber trotzdem viel hermachen, bald alle Hände voll zu tun. Doch dann taucht eine hinterhältige Konkurrentin auf, die vor nichts zurückschreckt, um Pennys Ruf als Hochzeitsplanerin zu ruinieren.

»Witzig, einfühlsam und fabelhaft geschrieben.« Daily Express